ullstein

MARC MELLER ist das Pseudonym eines erfolgreichen Roman- und Drehbuchautors. Am liebsten schreibt er Thriller, in denen das Thema »Angst« in all seinen Ausformungen eine zentrale Rolle spielt. Marc Meller lebt in Köln und Hannover.

Marc Meller

RAUM DER ANGST

Ein Escape-
Room-Thriller

Ullstein

Besuchen Sie uns im Internet:
www.ullstein.de

MIX
Papier
FSC FSC® C083411

Originalausgabe im Ullstein Taschenbuch
1. Auflage September 2020

Umschlaggestaltung: zero-media.net, München
Titelabbildung: © FinePic®, München
Satz: LVD GmbH, Berlin
Gesetzt aus der ITC Slimbach Std
Druck und Bindearbeiten: CPI books GmbH, Leck
ISBN 978-3-548-06380-5

Der beste Spieler ist der, der nicht gewinnen will – sondern gewinnt.

KAPITEL 1

Hannah sah zu, wie das Wasser in den Ausguss lief und dabei die Schaumkronen mit sich nahm. Sie war in Gedanken schon bei ihrem Referat, das sie morgen zusammen mit einem Kommilitonen halten würde. Kognitive Dissonanz – ein Thema, das sie faszinierte. Die Fähigkeit des Gehirns, Scheuklappen aufzusetzen und nur die Informationen zuzulassen, die der eigenen Haltung entsprachen und das positive Empfinden förderten. Oder anders gesagt: wie der Mensch es schafft, sich immer wieder selbst zu betrügen. Hannah hatte viel Zeit und Herzblut in ihre Arbeit investiert. Das einzige Ärgernis bei dem Referat war ihr Kommilitone Anton, der so gut wie nichts zum Ergebnis beigetragen hatte.

Hannah füllte ein weiteres Weizenglas mit Wasser, schüttete es mit Schwung über die gesamte Theke, um die letzten Reste des Spülmittels zu beseitigen. Dann legte sie das Gitter wieder ein. Heute würde kein Bier mehr gezapft werden.

Noch eine halbe Stunde etwa, dann wäre der Laden so weit auf Vordermann gebracht, dass die Putzfrau morgen früh durchwischen konnte. Der Koch hatte längst Feierabend gemacht. Noch drei Gäste waren in der Bar, ein Pärchen an einem Tisch, das schon bezahlt hatte, aber sich immer noch an seinen Cocktails festhielt, und ein Lonesome Cowboy am Ende der Theke, der die ganze Zeit auf sein Handy starrte. Er passte ganz gut in das Ambiente einer Mexican Bar, fand Hannah, mit seinen Bluejeans, den Cowboystiefeln und dem Cowboyhut auf dem Kopf. Die Tür hatte sie bereits abgeschlossen, um sicherzugehen, dass nicht kurz vor Feierabend noch jemand meinte, den Abend hier ausklingen lassen zu müssen. Pablo, ihr Chef, bestand darauf, dass kein Gast je weggeschickt werden dürfe. Daran hielt Hannah sich, aber ab dem Moment, wenn sie die einzige Mitarbeiterin war, gab sie niemandem mehr die Möglichkeit, ihre Arbeitszeit ungebeten zu verlängern.

Das Pärchen am Tisch stand auf. Endlich! Hannah lächelte, während die beiden ihre Jacken anzogen. Der Lonesome Cowboy schien davon keine Notiz zu nehmen, wie eine unbewegliche Statue saß er auf seinem Hocker an der Theke und starrte auf sein Handy.

Hannah trocknete sich die Hände, ging zur Tür, drehte den Schlüssel um und verabschiedete sich besonders laut von den vorletzten Gästen. In der Hoffnung, der Cowboy würde es mitbekommen und den Wink mit dem Zaunpfahl verstehen. Sie schloss die Tür wieder ab, drehte sich herum – und erschrak fürchterlich. Der Cowboy stand direkt vor ihr. So nah, dass sie sein Aftershave roch. Sie mochte den süßlichen Geruch ganz und gar nicht.

Instinktiv wich sie einen Schritt zurück, während er den Kopf senkte und lässig die rechte Hand hob. Zwischen Zeige- und Mittelfinger hielt er einen Zehneuroschein.

»Stimmt so«, brummte er.

Hannah nahm den Schein. »Danke«, sagte sie und wunderte sich insgeheim, denn er hatte nur eine Flasche Corona getrunken.

Sie öffnete ihm die Tür. Stumm ging er an ihr vorbei nach draußen. Über dem Holzfällerhemd trug er eine gefütterte Jeansjacke, auf dem Kopf den dunklen Cowboyhut mit breiter Krempe. Seine Schultern waren breit, die Taille schmal. Was für ein komischer Aufzug, ging es ihr durch den Kopf. Wie ein Rodeoreiter.

Dann schloss Hannah wieder von innen ab. Sie kehrte hinter die Theke zurück, griff zu einer Flasche Rum im Regal und machte aus ihrer Cola einen Cuba Libre. Endspurt, dachte sie.

Etwa eine Dreiviertelstunde später fiel die Wohnungstür hinter ihr ins Schloss. Sie drehte wie gewohnt den Schlüssel um, ließ ihn von innen stecken. Vor etwa zwei Monaten hatte Hannah Einbruchsspuren am Türrahmen entdeckt. Dem Täter war es nicht gelungen, das Schloss aufzuhebeln, darum hatte er anscheinend von seinem Vorhaben abgelassen. Seitdem war sie alarmiert, achtete verstärkt auf kleine Details in ihrem Umfeld. Hannah war alles andere als ein ängstlicher Typ, aber die Vorstellung, dass jemand nachts unbemerkt in ihre Wohnung eindringen könnte, hatte sie einige Nächte lang nicht gut schlafen lassen.

Sie spürte eine Schwere in ihrem Kopf und bereute den Cuba Libre. Oder war es die Müdigkeit, die allmählich ihren Körper emporkroch? Plötzlich fühlte Hannah sich kraftlos wie lange nicht mehr.

Sie stellte ihre Handtasche auf den Wohnzimmertisch, legte ihren Mantel auf die rote Zweisitzercouch von Ikea. Die Wohnung war etwas über vierzig Quadratmeter groß

Hannah konnte sie sich nur leisten, weil sie ihrem Vater gehörte. Zwei Zimmer, ein Wohn- und Essbereich mit einer kleinen Küchenzeile, Schlafzimmer, Diele, Bad. Und ein Abstellraum.

In diesem Moment nahm Hannah den eigentümlichen Geruch wahr. Es roch fremd. Nach etwas, das sie nicht einordnen konnte. Eine Mischung aus schwerem Parfüm und verwelkenden Blumen. Sie ging zum Mülleimer, der am Rande der Küchenzeile stand. Hatte sie etwas Verderbliches hineingeschmissen? Doch bis auf eine zerknüllte Zalando-Rechnung war der Mülleimer leer. Hannah kippte das Fenster, dann ging sie aus dem Wohnzimmer. In der Diele war der Geruch kaum wahrzunehmen. Im Schlafzimmer, in das gerade mal ein Bett und ein kleiner Schrank passten, roch es ungelüftet, aber normal. Oder kam der Geruch womöglich aus dem Abstellraum? Sie ging darauf zu, betätigte die Klinke und machte die Tür auf. Bügelbrett, Konservendosen, Staubsauger. Sie schloss die Tür wieder.

Als Hannah ins Wohnzimmer zurückkehrte, hatte der Geruch eindeutig nachgelassen. Ein geöffnetes Fenster vertreibt Gestank und Sorgen, dachte Hannah.

Nur dass es nicht geöffnet war.

Der Hebel zeigte nach unten. Um sich zu vergewissern, rüttelte Hannah daran. Kein Zweifel, das Fenster war geschlossen.

Verblüfft starrte sie auf den Fensterhebel. Was war mit ihrem Verstand los? Lag es an der Müdigkeit? Den Kopfschmerzen? Sie hätte schwören können, das Fenster gekippt zu haben, und holte dies sofort nach. Dann kramte sie in ihrer Handtasche nach Tabletten gegen die zunehmenden Kopfschmerzen. Vorboten einer Migräne. Sie warf zwei Ibuprofen ein, spülte mit einem großen Schluck Wasser aus der Flasche nach.

Als sie ihr verschwommenes Spiegelbild auf der ansonsten dunklen Scheibe betrachtete, war Hannah sich mit einem Mal sicher, das Fenster geöffnet zu haben. Heute. Vor weniger als einer Minute.

Sie fuhr herum.

Jetzt wusste sie, an was sie dieser Geruch erinnerte – Aftershave.

Es ist jemand hier, schoss es ihr durch den Kopf. Ihr Puls raste mit einem Mal. Sie atmete tief ein und hielt die Luft an, manchmal half dies, um nicht in Panik zu geraten. Zum Beispiel im Flugzeug, wenn die Maschine in ein Luftloch fiel.

Aber das hier war eine andere Art von Bedrohung. Vorsichtig setzte Hannah einen Fuß vor den anderen, ging leise in die halbdunkle Diele, schaute kurz nach rechts und links. Der Weg zur Tür war frei. Sie schlich weiter, tastete mit der Hand nach dem Schlüssel im Schloss …

… und griff ins Leere.

Dort steckte kein Schlüssel. Jetzt überkam sie die nackte Panik. Sie lief ins Wohnzimmer zurück, schnappte sich ihre Handtasche, drehte sie um, damit alles herausfiel. Der Lippenstift. Das Portemonnaie. Tampons.

Aber kein Handy. Kein Schlüsselbund.

Sie sah wieder zum Fenster.

Es war geschlossen.

Hannahs Knie fühlten sich plötzlich weich wie Gummi an. Sie versuchte, sich irgendwo festzuhalten – vergeblich. Ihre Beine gaben nach, und sie sackte auf den Boden. Der Raum um sie herum fing an, sich zu drehen, drehte sich immer schneller, als ihr Kopf und Oberkörper einigermaßen sanft auf dem Teppich vor dem Sofa zum Liegen kamen.

Hannah war bewegungsunfähig. Sie spürte, dass ihr Körper da war, aber er gehorchte ihr nicht mehr. Verweigerte den Dienst, als wären die Nervenbahnen unterbrochen worden. Der freie Wille, der ihrem Kopf entsprang, wurde nicht mehr weitergeleitet. Verschwommen nahm sie das Wohnzimmer aus ihrer ungewohnten Perspektive wahr, versuchte zu begreifen, was passierte, als zwei Beine in ihr Sichtfeld traten.

Beine mit Jeans – und Cowboystiefeln.

Wie von allein setzte sich das Puzzle in Hannahs Kopf zusammen. Er musste es getan haben, der Lonesome Cowboy! Als sie zur Tür gegangen war, um dem Pärchen aufzuschließen. Das Glas mit der Cola hatte hinter der Theke gestanden. Ein paar Tropfen der richtigen Substanz reichten. Hannah wusste dies, als angehende Psychologin musste sie sich mit menschlichen Abgründen auseinandersetzen, wozu auch die Vergewaltigung von Wehrlosen gehörte. Er hatte genau die richtige Dosierung gewählt, sodass sie nicht schon im Laden umkippte, sondern es noch bis nach Hause schaffte.

Aber woher wusste er, wo sie wohnte? Hannah kannte ihn nicht. Oder doch? Hätte sie ihn erkennen müssen? Oder war seine Aufmachung nur Verkleidung, der Hut, die Stiefel?

Während sie fieberhaft überlegte, setzte der Mann sich auf ihr rotes Sofa. Jetzt konnte Hannah auch den Rest von ihm sehen. Er war es tatsächlich, der Cowboy aus der Bar. Sein Gesicht blieb unter der Krempe des Hutes verborgen. Hannah sah nur die weißen AirPods in seinen Ohren. Sein rechter Fuß, nur einen Meter von ihrem Kopf entfernt, wippte unaufhörlich im Takt der Musik.

Was machte er da?, fragte sie sich. Warum schien er alle Zeit der Welt zu haben? Hannah lief es eiskalt den Rücken herunter, als die Erkenntnis einsetzte.

Er wartet ab, bis das Mittel seine Wirkung vollständig entfaltet!

Sie wollte etwas sagen, doch ihre Zunge lag bleischwer im Mund, ließ sich einfach nicht bewegen, sosehr sie sich auch anstrengte. Ein gequältes Stöhnen war alles, was sie herausbekam.

Da kehrte die Panik mit voller Wucht zurück, und ihr brach der Schweiß aus.

Ich bin ihm hilflos ausgeliefert!

Hannahs letzter Gedanke, bevor kalte Schwärze sie packte, war, ob sie das hier überleben würde. Und wie dieses Leben danach aussähe.

KAPITEL 2

Die Teilnehmer trugen Virtual-Reality-Brillen, die das Sichtfeld zu hundert Prozent einnahmen, sowie Kopfhörer, die keinen Schall mehr von außen ans Trommelfell ließen. Obwohl die sieben noch in einem komfortablen Reisebus saßen, waren sie bereits in eine andere Welt abgetaucht. Jeder von ihnen hatte zwei Sitzreihen für sich, wodurch niemand den anderen wahrnahm.

»Herzlich willkommen zum Escape-Room-Experiment«, ertönte die vertraute Stimme des Professors aus den Kopfhörern. Vor ihren Augen sahen die Teilnehmer eine Berglandschaft, die Farben waren greller und das Licht heller, als es wohl auf dem Mount Everest in Wirklichkeit aussah. Professor Andreas Zargert trat ins Bild. Er hatte seine grau melierten Haare nach hinten gekämmt, den Dreitagebart etwas gestutzt und trug wie immer einen schwarzen Anzug, mit weißem Hemd ohne Krawatte. Sein Abbild wich ein wenig von der Realität ab, er wirkte leicht künstlich, als wäre er geschminkt.

»Hinter mir sehen Sie den Mount Everest, den höchsten Berg der Welt. Warum steigen Menschen auf Berge hinauf? Die Antwort: Weil sie es können. Je höher ein Gipfel, desto größer der Wille, es zu schaffen. Sie, liebe Probanden dieses Experiments, befinden sich sinnbildlich auf dem Weg zu

einem Gipfel. Auf Sie wartet eine große Herausforderung. Der Mount Everest lässt sich nicht allein besteigen. Das Gleiche gilt für die Räume, die wir speziell für Sie erdacht und konstruiert haben. Auch diese lassen sich nur im Team bewältigen.« Er machte eine rhetorische Pause und blickte direkt in die Kamera. »*Sie kennen einander nicht. Sie werden Ihre Mitstreiter erst vor Ort zum ersten Mal sehen. Intuition, Intellekt, Empathie, Egoismus, Aggressivität, Gelassenheit und Logik.*«

Die Worte, die der Professor mit Nachdruck aussprach, flogen in großen roten Buchstaben von den Bergen hinter ihm an seinem Kopf vorbei. »*Jeder von Ihnen steht für eine dieser Charaktereigenschaften oder Wesensmerkmale. Die Kernfrage des Experiments lautet: Welche dieser Eigenschaften wird sich in welcher Situation am ehesten durchsetzen – und: Ist dies dienlich, oder verhindert der Dominanteste unter Ihnen am Ende die Lösung des Problems?*«

Der Mount Everest verschwand und blendete über zu einem tibetanischen Kloster in einer Berglandschaft. Professor Zargert sprach weiter. »*Der Dalai-Lama sagte, die Menschen folgten lieber der Mehrheit als der Wahrheit. Leider hat er damit recht! Beherzigen Sie diesen Satz. Um aus den Räumen zu entkommen, bedarf es keiner Abstimmung, keiner Mehrheit. Sie müssen nur die Lösung finden, den Schlüssel, um die jeweilige Tür zu öffnen.*«

Im Hintergrund erschienen drei überdimensionale Bücher, auf deren Cover der Professor abgebildet war. »*Sie kennen mich. Sie wissen, dass dies nicht nur ein Spiel ist. Es geht um seriöse wissenschaftliche Arbeit.*«

Die Kamera näherte sich rasend schnell dem Kloster und flog hinein, aber statt in einem dunklen, holzvertäfelten

Raum Mönchen in dunkelroter Kleidung gegenüberzustehen, befanden sich die Teilnehmer auf einmal in einem Gefängnis. Der Professor näherte sich vom Ende eines scheinbar endlos langen Ganges, von dem rechts und links vergitterte Zellen abgingen wie in einem Hochsicherheitstrakt.

»Das Stanford-Prison-Experiment im Jahre 1971 ist eines der berühmtesten psychologischen Experimente, die es gab. Probanden ließen sich freiwillig in ein Gefängnis einschließen, die einen waren die Wärter, die anderen Gefangene. Leider musste der Versuch vorzeitig abgebrochen werden.« Der Professor atmete tief ein und seufzte dann laut. *»Was war passiert? Nun, meine Kollegen hatten die menschliche Natur unterschätzt – oder sollte ich besser sagen: völlig ignoriert. Bei genauerer Betrachtung hätte man das Desaster vorhersehen können.«*

Das Bild änderte sich erneut, aus dem Gefängnis wurde ein Labor, mit weißen Wänden, Monitoren, Schreibtischen und Mitarbeitern in hellblauen Kitteln.

Der Professor fuhr fort. *»Wir haben uns viel Zeit genommen, die besten Teilnehmer auszuwählen. Nach streng wissenschaftlichen Kriterien.«* Der Professor hob seinen rechten Arm, an dem sich ein Fitnesstracker befand, so voluminös wie eine Taucheruhr. *»Aus Gründen der Sorgfaltspflicht trägt jeder von Ihnen so ein Gerät. Sie können es nicht nach Belieben abnehmen, denn: Sollte es Ihnen unwohl sein, der Puls oder Ihr Blutdruck steigen, erfahren wir das, bevor Sie etwas merken.«*

Der Professor stellte sich in die Bildmitte, und die Kamera zoomte schrittweise näher heran. Jedem einzelnen Teilnehmer kam es vor, als würde er oder sie langsam auf ihn zugehen.

»Kommen wir zum letzten Punkt. Jeder von Ihnen hat eine eigene Agenda – eine eigene Motivation, hier mitzumachen. Als Belohnung winkt Ihnen das vertraglich vereinbarte Honorar von dreitausend Euro. Für jeden von Ihnen.« Er lächelte. *»Ich möchte Ihnen nun ein weiteres Angebot machen. Ich erhöhe das Honorar um das x-Fache. Das ›x‹ steht für die Anzahl der Teilnehmer, die bis zum Schluss dabeibleiben. Jeder von Ihnen darf abbrechen, jederzeit. Aber: Wenn alle sieben den letzten Raum gemeinsam verlassen, bekommt jeder von Ihnen das siebenfache Honorar.«* Er lächelte wieder. *»Einundzwanzigtausend Euro. Bei nur noch sechs Teilnehmern sind es achtzehntausend und so weiter. Dies soll eine weitere Motivation für Sie sein, die Wissenschaft zu unterstützen. Denn dieses Experiment ist sehr, sehr wichtig. Dass Sie bis heute nichts von dem Escape-Room-Experiment gehört haben, hat einzig und allein damit zu tun, dass es auch in meiner Zunft Spione gibt, vor denen ich mich schützen möchte. Wenn alles vorbei ist, werden wir an die Öffentlichkeit gehen. Ich garantiere Ihnen, Sie werden berühmt werden.«*

Der Professor winkte zum Abschied. *»Meine Damen, meine Herren. Ich überlasse Sie nun Ihren kognitiven und charakterlichen Fähigkeiten. Weitere Informationen erhalten Sie vor Ort. Lassen Sie die Brille auf, bis Sie das Ziel erreicht haben. Erst wenn das Bild erlischt, dürfen Sie die Brille absetzen. Viel Erfolg! Wir sehen uns bald.«*

Der Professor und das Labor verschwanden. Es folgte eine Lasershow mit meditativer Musik, die einen vergessen lassen sollte, dass man in einem Bus saß.

Sepan Akyol, der in der ersten Reihe des Busses direkt hinter dem Fahrer Platz genommen hatte, war voller Vorfreude. Der Professor sprach von Damen und Herren. Es würden also nicht nur Männer dabei sein. Er war gespannt.

Melissa Ahrendt, die wie bei den Klassenfahrten früher in der letzten Reihe saß, ließ sich das Angebot durch den Kopf gehen. Die Vorstellung, in Kürze um zwanzigtausend Euro reicher zu sein, erzeugte ein Lächeln auf ihrem Gesicht. Sie brauchte das Geld dringend.

Sophie Dräger, in Reihe vier, vermisste schon jetzt ihr Handy, das sie vor der Abfahrt hatte abgeben müssen. Aber wenn sie es wieder in Händen hielte, würde sie ihren neuntausenddreihundert Followern auf Instagram etwas zu berichten haben. Dann wären es bald über zehntausend.

Der Bus bremste ab, wurde langsamer und fuhr um eine scharfe Kurve. Die Musik blendete aus. Auf den Brillen sahen sie nun ein Livebild, ihre Umgebung. Es wirkte zumindest wie ein Bus. Die anderen Teilnehmer trugen dunkle Gewänder mit schwarzen Kapuzen. Der Bus war zum Stehen gekommen. Alle standen auf und traten aus den Sitzreihen.

Die Stimme des Professors aus ihren Kopfhörern ertönte wieder: *»Steigen Sie nun aus, und folgen Sie den Markierungen am Boden.«*

Vor ihnen auf dem Boden waren Pfeile zu sehen, die aus dem Bus führten. Die sieben wurden mehrere Minuten lang durch einen virtuellen Korridor geleitet, der aus einem *Star Wars*-Film abgekupfert war. Als wären sie auf dem Todesstern. Die dunklen Wände und der Boden glänzten metallisch.

Melissa kam das komisch vor, sie meinte zu spüren, dass sie auf einem Untergrund ging, der etwas nachgab. Sie fasste an ihr rechtes Ohr, um den Kopfhörer ein Stück wegzunehmen, und vernahm das Knarren von Holzbohlen unter ihren Füßen. In der Realität befanden sie sich also in einem alten Gebäude. Schließlich, nach einer gefühlten Ewigkeit, endete der virtuelle Korridor in einem Raum mit weißen, glatten Wänden. So weiß wie die Uniformen der Sturmtruppen. Die Teilnehmer bildeten einen Halbkreis, die Gesichter einander zugewandt.

Dann erfolgte das Kommando durch die Kopfhörer: *»Sie sind am Ziel angekommen. Nehmen Sie nun bitte Ihre Brillen ab.«*

Jeder tat es, entfernte die Brille, nahm die Kopfhörer ab. Sie sahen sich an, keiner kannte den anderen. In der Realität trugen sie keine Einheitsuniform, sondern jeder war individuell gekleidet.

Sepan hatte sich für sportliche Kleidung entschieden, einen Trainingsanzug von Adidas. Er schaute zu Melissa, einem alternden Gothic Girl mit langen schwarz gefärbten Haaren, schwarzer Jeans und schwarzem Kapuzenshirt. Sie schien ein wenig nervös zu sein, nahm Sepan an, weil sie mit den Fingern an der Kordel ihrer Kapuze herumspielte. Unter dem Rand eines Ärmels schaute eine Tätowierung hervor. Solche Frauen waren gar nicht sein Fall. Sie schien seinen Blick richtig zu interpretieren, hörte auf, an der Kordel zu spielen, und zeigte ihm galant den Mittelfinger. Er sah zu Sophie, die schlank war und eine enge Jeans und einen engen Pulli trug. Sie hatte blondes Haar, das ihr locker über die Schultern fiel. Jackpot, sie war genau sein Typ.

Der Blick aller wanderte durch den Raum, der nichts mehr mit einem *Star Wars*-Film zu tun hatte. Im Gegenteil. Sie waren in der Vergangenheit gelandet. Der Raum, quadratisch mit schätzungsweise zehn Metern Kantenlänge, wurde ausschließlich von Kerzen erhellt. Die Mauern aus Stein wirkten wie die einer mittelalterlichen Burg, an der Decke aus dunklem Holz, fünf Meter über ihnen, prangte ein riesiger Kronleuchter, in dem Kerzen brannten. Die Ausstattung des Zimmers erinnerte an ein Labor, ein Physiklabor. An einer Wandseite befand sich ein riesiges Regal mit alten, ledergebundenen Büchern, an den anderen Wänden hingen Tafeln, auf die mit Kreide Formeln und Zeichnungen geschrieben worden waren. Davor standen Schreibtische, und in der Mitte des Raumes war ein Labortisch mit seltsam anmutenden Geräten.

Eine Tür, durch die sie hineingekommen waren und wieder hinausgehen konnten, gab es nicht.

Sie waren eingesperrt.

Alles klar, dachte Sepan. Game on!

KAPITEL 3

Der tonnenschwere Kranwagen hatte Mühe, um die letzte Kurve zu kommen. Die Straße war für den Verkehr komplett gesperrt.

Bernd Kappler trat hart auf die Bremse, als er das Ungetüm vor sich sah. Die gesamte Fahrbahn war blockiert, ein Weiterkommen unmöglich. Kappler lenkte seinen Dienstwagen an den Straßenrand und blickte zu seiner Kollegin auf dem Beifahrersitz.

»Welch ein Glück, dass du heute auf deine Stöckelschuhe verzichtet hast.«

»Ich trage zur Arbeit nie Stöckelschuhe«, erwiderte Eva Dahlhaus mit einem Kopfschütteln. »Männer.«

Die beiden stiegen aus. Der Wagen parkte halb im Graben, neben ihnen war eine Böschung.

»Und was war das neulich?«, führte Kappler das Gespräch über die Schuhe fort.

»Das waren Schuhe mit Absätzen. Schon mal von gehört?«

Er grinste, weil sie ihm wieder auf den Leim gegangen war. Die beiden arbeiteten noch nicht sehr lange zusammen, und so gut kannte Eva ihren Kollegen noch nicht, um zu wissen, dass er sie mit chauvinistischen Kommentaren nur ärgern wollte. Kappler kannte sehr wohl den

Unterschied zwischen einem Absatz und einem Stöckelschuh.

Eva war einen Meter fünfundsechzig groß, ihre blonden Haare trug sie schulterlang und offen. Vor zwei Monaten hatte sie ihren dreißigsten Geburtstag gehabt und sich zu diesem Anlass selbst das größte Geschenk gemacht, wie sie stolz erzählt hatte: Die Waage zeigte nur noch siebzig Kilo an.

Kappler fand nicht, dass Eva zu dick sei, und ihr Verlobter schien auch keine Probleme mit ihrer Figur zu haben. Trotzdem ließ sie sich das Intervall-Fasten von niemandem ausreden und verzichtete sechzehn Stunden am Tag aufs Essen. Zum Leidwesen ihres Kollegen, der gerne essen ging, und das ungern allein.

Der Kranwagen rangierte, die Kommissare machten einen weiten Bogen um ihn herum und schritten an den Polizeiwagen und Feuerwehrfahrzeugen vorbei. Ein paar Schaulustige hatten sich durch den Wald geschlagen, um das Geschehen aus der Ferne zu beobachten. Einige machten Fotos, von einem verunfallten Reisebus, der auf einer kurvenreichen Straße von der Fahrbahn abgekommen, geradeaus in den Wald gefahren, dort umgekippt und einen kleinen Abhang heruntergekullert war. So sah es zumindest aus. Zurückgeblieben war ein Wrack, das nun von dem Kranwagen geborgen werden musste.

Bernd Kappler und Eva Dahlhaus hatten bereits weiterreichende Informationen, sonst wären sie nicht aus Hannover angereist. Verkehrsunfälle gehörten nicht in ihr Ressort. Beim LKA Niedersachsen war Kappler für Kapitaldelikte zuständig und galt als Experte für Geiselnahmen und Entführungen. Mit Kommissarin Dahlhaus arbeitete er seit vier

Wochen zusammen. Sie hatte sich der Liebe wegen nach Hannover versetzen lassen.

Nein, dies war kein normaler Verkehrsunfall, denn der Reisebus war, abgesehen vom Fahrer, leer gewesen. Seine Leiche hatten die Polizisten nicht hinter dem Steuer gefunden, sondern im Gepäckraum, mit durchgeschnittener Kehle.

Kappler und Dahlhaus gingen zu dem Gerichtsmediziner, der unweit des Busses stand und in ein Diktiergerät sprach. Der tote Busfahrer lag auf einer Trage, das Tuch bis über das Gesicht gezogen. Kappler kannte den Arzt nicht, weil er aus Hildesheim kam. Sie gaben einander die Hand und stellten sich vor.

»Wollen Sie einmal sehen?« Der Rechtsmediziner wartete die Antwort nicht ab und zog das Tuch weg. Ein sauberer Schnitt verlief oberhalb des Kehlkopfes über den ganzen Hals vom linken bis zum rechten Ohr. Es sah aus, als hätte man bereits vor Ort mit der Obduktion begonnen.

»Eine erstklassige Rasur«, befand der Arzt. »Beide Halsschlagadern durchtrennt. Fachmännisch, würde ich sagen.«

»Wann ist es passiert?«, wollte Eva wissen.

»Ich schätze, vor etwa drei Stunden.«

»Und der Unfall geschah wann?«

»Das müssen Sie Ihre Kollegen fragen. Das Opfer hat den Bus auf jeden Fall nicht in die Rabatte gefahren, da war er schon tot.«

»Danke!« Kappler wandte sich unvermittelt ab, Eva folgte ihm. Er blieb stehen, damit sie aufholen konnte. Kappler war einen Meter neunzig groß und hatte stets einen zügigen Schritt drauf. Walken gehörte zu seinen Hobbys. Manchmal vergaß er, dass er wieder eine Partnerin an seiner Seite hatte, und dachte nicht immer daran, sie mit einzubeziehen. Des Öfteren musste Eva ihm hinterherlaufen. Sie hatte das Studium vor zwei Jahren beendet – mit Bestnoten. Das verleitete ihn dazu, ihr die Schreibarbeit zuzuschustern, unter dem Vorwand, sie würde sich besser mit Computern und der Bürokratie auskennen. Im Moment spielte Eva noch mit, aber Kappler wusste, dass sie irgendwann protestieren würde. Zu Recht. Eva repräsentierte die neue Generation von Polizistinnen, während er im Team der weise alte Mann war, auch wenn noch kein langer grauer Bart sein Gesicht zierte. Man sah Kappler seine neunundvierzig Jahre deutlich an, obwohl er das grau melierte Haar raspelkurz trug und ein Dreitagebart die tiefsten Falten verbarg.

Als die beiden Kommissare zu dem Kollegen mit drei silbernen Sternen auf der Schulterklappe kamen, genügte ein kurzer Blick von Eva. Kappler sollte das Gespräch beginnen.

»Wer ist das Opfer?«, fragte er, nachdem sie sich vorgestellt hatten.

»Uwe Wagner, dreiundvierzig Jahre alt. Busfahrer. Laut seiner Firma sollte er eine Gruppe von sieben Personen abholen und zu einem ehemaligen Hochregallager in Lauenau bringen. Im Auftrag der Universität Hannover. Dort soll so etwas wie ein psychologisches Experiment stattfinden, haben wir erfahren.«

Kappler glaubte, sich verhört zu haben. »Ein *Experiment*?«

»Jepp. Schon mal von Professor Andreas Zargert gehört?«

»Nicht nur gehört«, warf Eva ein, »ich habe ihn einmal

im Fernsehen gesehen. Das ist so ein aufgeblasener Typ, der Bücher schreibt, stimmt's?«

»Genau der«, nickte der Kollege. »Psychologieprofessor und Bestsellerautor. Er veranstaltet wohl ein Experiment. Mehr dürfen Sie mich dazu nicht fragen.«

»Und was ist mit denen, die in dem Bus saßen?«, hakte Kappler nach.

»Wie ich schon sagte: Die sollten nach Lauenau gebracht werden, sind dort aber nicht angekommen. Von ihnen fehlt bisher jede Spur.«

»Gibt es Zeugen, die gesehen haben, wer den Bus in den Wald gesteuert hat?«

Der Kollege schüttelte den Kopf. »Nein. Keine Zeugen. Ein Autofahrer hat uns verständigt, aber da war es bereits geschehen.«

Kappler kratzte sich am Kinn. »Wo wurde der Busfahrer getötet?«

»Den Blutspuren nach zu urteilen, saß er hinter dem Lenkrad, als man ihn rasiert hat. Die Leiche fanden wir im Gepäckraum. Nachdem wir dann erfuhren, welchen Auftrag der Fahrer hatte und dass die Teilnehmer nicht am Zielort angekommen waren, haben wir das LKA verständigt.« Er machte eine Pause. »Was glauben Sie: Haben wir es mit einer Entführung zu tun?«

Kappler schwieg. Er mochte keine voreiligen Schlüsse ziehen, zumindest nicht laut, weil dies die Ermittlungen negativ beeinflussen konnte. Offensichtlich war es so: Jemand hatte die Businsassen verschleppt und den Busfahrer getötet. Mehr ließ sich im Moment noch nicht sagen. Fest stand nur, dass schleunigst eine Ermittlungsgruppe innerhalb der Mordkommission gebildet werden müsste.

»Wo finden wir diesen Professor?«, fragte Eva.

»In Lauenau, am Zielort. Ich gebe Ihnen die Adresse.«

Der Kollege ging vor zum Streifenwagen, reichte ihnen einen Zettel. Kappler und Eva verabschiedeten sich. Auf dem Weg zum Auto telefonierte Kappler mit seinem Vorgesetzten Kriminalrat Günther Schmidt, um ihn über den Vorfall zu unterrichten.

Sie waren noch ein paar Meter vom Auto entfernt, als Kappler unvermittelt stehen blieb. Eva blickte ihn fragend an.

»Immer wieder faszinierend«, sagte Kappler, die Augen auf den Autokran gerichtet. Dieser hatte in dem unwegsamen Gelände die richtige Position gefunden und fuhr nun den Ausleger in die Höhe, um den Bus an den Haken zu nehmen.

»Du willst dir das jetzt nicht wirklich anschauen, oder?« Eva hätte nicht ungläubiger klingen können.

Kapplers Mundwinkel zuckten. »Wieso nicht? Ich finde das spannend.«

»Wir haben einen Job zu erledigen«, sagte sie mit Nachdruck, bevor sie ihn am Arm fasste und mit sich zog. »Männer – ihr werdet nie erwachsen.«

Dem konnte er nicht widersprechen.

KAPITEL 4

Es war stockdunkel. Beinahe zumindest. Nur ein schwaches Licht anscheinend aus weiter Ferne glomm. Wie ein Stern in dunkler Nacht. Hannah hatte die Augen weit aufgerissen, aber außer dem grünlichen Licht sah sie nichts, nicht mal die Hand vor Augen. Es hätte auch Einbildung sein können, eine Art Reiz auf der Netzhaut.

»Ist da jemand?«

Ihr Ruf verhallte ungehört. Der Raum, in dem sie sich befand, klang, als wäre er kahl.

Sie lag. Auf einer Pritsche, die sich nicht sonderlich bequem anfühlte. Ihr Kopf dröhnte wie nach einem furchtbaren Besäufnis. Mit weit aufgerissenen Augen starrte sie in die Dunkelheit.

Schlaf bloß nicht wieder ein! Bleib wach!

Sie hatte keinen blassen Schimmer, wo sie war. Geschweige denn, wer sie hierhergebracht hatte.

Ein Krankenhaus? Nein. Kliniken hatten keine Dunkelkammern. Sie fühlte sich eher wie in einem Keller. Aber wieso?

Hannah bewegte die Beine, die Arme, ließ die Handgelenke kreisen. Dann richtete sie sich langsam auf, und ein stechender Schmerz in ihrem Kopf ließ sie aufstöhnen. In diesem Moment spürte sie, dass es noch ein Problem gab.

Ihre Blase. Mist! Sie musste sie schleunigst leeren. Doch wie sollte sie in der Dunkelheit so etwas wie eine Toilette finden, wenn es denn überhaupt eine gab? Ihr Blick richtete sich auf das schwache grüne Licht, und sie fühlte sich an ihre Kindheit erinnert. Ihre Mutter hatte neben der Tür des Kinderzimmers ein Nachtlicht in die Steckdose getan, damit Hannah den Weg zur Toilette fand.

Sie schwang sich auf, ihre Füße berührten den Boden, sie hatte keine Schuhe an und spürte kalte Fliesen unter ihren Sohlen. Langsam kam sie auf die Beine, die sich noch etwas wackelig anfühlten. Sie strich mit der Hand über ihren Körper und betastete die Kleidung. Sie trug die Sachen, die sie nach Feierabend in der Bar angezogen hatte, eine Cargohose mit Seitentaschen an den Beinen, ein T-Shirt und darüber ihre Fleecejacke.

Ihr blieb kaum Zeit. Der Druck in der Blase schwoll schmerzlich an. Langsam setzte sie einen Fuß vor den anderen, tastete sich in Richtung des Lichts vor. Mit Bedacht, um in der Dunkelheit nicht gegen ein Hindernis zu stoßen.

Verdammt!

Es ging nicht mehr, sie schaffte es nicht. Hannah öffnete die Hose, zog sie bis zu den Knien herunter und begab sich in die Hocke. Das Gefühl der Erleichterung siegte über die Scham, irgendwo auf den Boden zu pinkeln. Wenigstens blieben ihre Füße trocken.

Sie war fertig, kam wieder auf die Beine und zog die Hose hoch. Ein Problem hatte sie erst einmal gelöst. Die Kopfschmerzen dagegen ließen nicht nach. Sie tastete sich weiter vorwärts, einen Fuß vor den anderen setzend, immer dem schwachen grünen Licht entgegen. Der Boden war kalt. Ihre Augen hatten sich mittlerweile an die Dunkelheit gewöhnt, von Minute zu Minute schien das Licht immer heller zu werden.

Nach ein paar Schritten erkannte Hannah, dass das fluoreszierende Leuchten von einem Schalter herrührte. Jetzt nahm sie auch ein paar Objekte im Raum wahr. Sie glaubte, so etwas wie eine Tischplatte erkennen zu können. Und Stühle.

Gleich hast du es geschafft, dachte sie.

Langsam tasteten sich ihre nackten Füße vorwärts. Dann war der Schalter nur noch eine Armlänge entfernt.

Sie streckte die Hand aus.

Sie betätigte den Schalter.

Nichts.

Hannah verharrte in fast völliger Dunkelheit, biss sich auf die Lippen, um nicht zu verzweifeln. Sie betätigte den Schalter noch mal. Ein weiteres Mal. Es blieb dunkel.

Ganz ruhig. Nicht in Panik geraten.

Sie atmete ein paarmal tief ein und wieder aus. Wer tat ihr so etwas an? Warum war sie hier? Sie hatte keine Erinnerung mehr an letzte Nacht und wusste nur noch, dass sie gearbeitet hatte, in der Bar. Es war sehr viel los gewesen. Sie sah es vor sich, die Gäste, die Tabletts mit Gläsern und dann, wie sie zwei Enchiladas an einen Tisch brachte. Damit endete alles, wie ausgelöscht. Ihre Erinnerung an das Danach war so schwarz wie der Raum, in dem sie sich nun befand.

KAPITEL 5

Leon beäugte seine Mitstreiter kritisch. Als Soldat hatte er sein Leben oft einem anderen Kameraden anvertrauen müssen. Gegenüber Fremden verhielt er sich reserviert, hegte Misstrauen. Auch wenn er hier nicht im Kampfeinsatz war und es bei diesem Experiment nicht ums Überleben ging, müssten die anderen sein Vertrauen erst verdienen, so hatte er es auch deutlich im Vorstellungsgespräch gesagt. Genau das schien dem Professor besonders gefallen zu haben. Leon war ein Typ, der Menschen auf den ersten Blick abschreckte.

»Ist das Steampunk?«, fragte Melissa, während ihr Blick durch den Raum schweifte.

»Nein«, antwortete Michael.

Michael war eindeutig der Älteste in der Runde, Leon schätzte ihn auf Ende vierzig, und trug eine dunkelblaue Jeans, ein kariertes Hemd und darüber eine schwarze Weste. Er sah in Leons Augen aus wie ein Lehrer und verhielt sich auch so.

»Steampunk ist moderner Kult«, erklärte Michael nun. »Der Raum hier gibt eher die Abbildung eines Physiklabors aus dem 19. Jahrhundert wieder. Sehr detailgetreu, muss man sagen.«

»Und da überall Kerzen brennen, hat Edison die Glühbirne noch nicht erfunden«, fügte der Typ namens Phil hinzu. Er musste um die dreißig sein, war schlaksig und trug eine schlecht sitzende Jeans und einen verwaschenen Pulli.

Michael schenkte Phil ein herablassendes Lächeln. »Edison hat die Glühbirne nicht erfunden, auch wenn es in vielen Büchern so steht.«

»Ach ja? Und wer war es dann?«

Michael zuckte mit den Schultern. »Das weiß keiner so genau.«

»Sehr interessant«, sagte Sophie schnippisch. »Dann haben wir wenigstens herausgefunden, wer hier die Klugscheißer sind.«

Der Typ im Trainingsanzug – Sepan – grinste Sophie aufmunternd zu, was Leon nicht entging. Er vermutete, dass Sepan auf das Mädchen scharf war.

Sophie seufzte schwer. »Also, ich weiß ja nicht, wie es euch geht, aber ich habe eure Namen schon wieder vergessen. Können wir uns noch einmal kurz vorstellen? Damit ich euch nicht dämliche Spitznamen verpassen muss? Ich bin Sophie Dräger. Neunzehn Jahre alt.«

Leon verdrehte die Augen. Er hatte keinen einzigen der Namen vergessen, sein Gedächtnis funktionierte einwandfrei.

»Michael Köhler. Siebenundvierzig«, antwortete nun der, der aussah wie ein Lehrer.

»Philip Schweickert, sagt einfach Phil. Dreiunddreißig.« Phil gab sich betont lässig, auch das entging Leon nicht.

Der Nächste, der sich vorstellte, war ein Kraftpaket namens Rick. »Ich bin Rick, also eigentlich Roderick, Roderick Schumann. Neunundzwanzig.« Rick schien Bodybuilding oder etwas Ähnliches zu machen. Er hatte ein kantiges Gesicht mit ausgeprägter Kiefermuskulatur. Das dunkelblaue Leinenhemd spannte sich um die Muskeln seines Oberkörpers, dazu trug er eine helle Anzughose und weiße Sneaker.

Ein in die Jahre gekommenes Gothic Girl namens Melissa nannte nur ihren Vornamen und fügte hinzu: »Wie alt ich bin, geht euch einen Scheiß an.«

Das brachte Sepan zum Grinsen. Wieder einmal. Leon wusste aus Erfahrung, dass Menschen, die ein Dauergrinsen im Gesicht trugen, damit meistens von irgendetwas ablenken wollten.

»Ich heiße Sepan, und mein Alter dürft ihr gerne wissen. Sechsundzwanzig.«

Rick musterte ihn. »Sepan Akyol? Der Fußballspieler?«

Sepan nickte und grinste schon wieder.

»Du bist der Elfmeterkiller, richtig?«, hakte Rick nach.

»Elfmeterkiller?«, fragte Phil. Sein Gesichtsausdruck verriet, dass er mit Sport nicht viel am Hut hatte.

»Unser Freund hier hat mehr Elfmeter in seiner Karriere gehalten als jeder andere Torwart auf der Welt«, klärte Rick ihn auf.

»Relativ betrachtet«, fügte Sepan hinzu. »Meine Karriere war zu kurz, um noch mehr zu halten.«

Er klärte die anderen auf. Mit gerade einmal fünfundzwanzig Jahren hatte er seine Karriere als Torwart vor einem Jahr an den Nagel hängen müssen. Grund war eine Krankheit mit unaussprechlichem Namen, über die nur wenig bekannt war. Seine Kondition reichte nicht mehr für Hochleistungssport, die roten Blutkörperchen transportierten zu wenig Sauerstoff, was auf Dauer zu Ausfallerscheinungen und massiven Schädigungen führen konnte. Professor Zargert hatte schon vor einem Jahr mit Sepan Kontakt aufgenommen, weil der Psychologe die Instinkte des Torwarts, seine intuitiven Reaktionen, erforschen wollte. Dann hatte Zargert ihm vorgeschlagen, an diesem Experiment teilzunehmen.

Sepan beendete seine Geschichte, schaute zu dem Mann neben sich – zu Leon. »Und wer bist du noch mal?«

»Leon«, antwortete er kurz. »Fünfunddreißig.«

»Du machst auch viel Sport«, stellte Sepan fest und nickte grinsend.

»Berufsbedingt«, antwortete Leon knapp. Sein athletischer Körper hatte weniger sichtbare Muskeln als der von Rick, dafür umso mehr Körperspannung, die ihn aufrecht hielt, als hätte er einen Stock im Kreuz.

»Sagst du uns auch, was du beruflich machst?«, hakte Michael nach.

Ganz schön neugierig, dachte Leon. Laut sagte er: »Ich bin Soldat.«

»Bundeswehr?«

»Pff!« Leon machte eine abfällige Handbewegung. Er würde diesen Leuten bestimmt nicht auf die Nase binden, womit genau er seine Brötchen verdiente.

»Aha«, sagte Rick. »Machst du auch Kampfsport?«

Leon nickte.

Melissa meldete sich zu Wort. »Bevor die Herren der Schöpfung sich noch länger gegenseitig bewundern, sollten wir uns überlegen, wie wir diesen Raum hier verlassen. Dazu sind wir wohl hier, oder?«

»Das wollte ich auch gerade vorschlagen«, sagte Leon, den das persönliche Gequatsche genauso nervte wie Melissa.

»Normalerweise gibt es eine Erklärung im ersten Raum«, sagte Phil. »Oder eine Person, die sagt, was wir tun sollen.«

»Brauchst du immer jemanden, der dir sagt, was du tun sollst?« Leons Tonfall war absichtlich provozierend. Mal sehen, wie weit er gehen konnte.

Rick räusperte sich und hob beschwichtigend die Hände. »Wenn ich den Professor richtig verstanden habe, sollen wir als Team funktionieren. Also bitte: Stellen wir die Eitelkeiten und Befindlichkeiten hintenan. Okay?«

»Kein Problem«, bemerkte Leon, während er ein Lächeln auflegte. »Wir wählen dich hiermit zum Klassensprecher.«

Die anderen warfen sich vielsagende Blicke zu, und Leon spürte, dass sein Verhalten einige von ihnen verunsicherte. Gut so.

»Ich habe schon zwei Dutzend Escape Rooms hinter mir«, brach Phil nach ein paar Sekunden das Schweigen. »Und da war es jedes Mal so, dass man einen Tipp oder eine Aufgabe gestellt bekam.«

»Aber wir sind Teil eines Experiments«, erwiderte Michael. »Hier geht es um mehr als ein Spiel.«

»Ja«, nickte Sophie. »Vielleicht sollen wir selbst nach dem Rätsel suchen.«

»Wir haben nicht allzu viel Zeit«, bemerkte Melissa. Alle Augenpaare waren auf sie gerichtet. Melissa zeigte zum Kronleuchter. »Die Kerzen brennen schnell ab.«

Leon blickte nach oben. Sie hatte recht. Die meisten Kerzen steckten in dem Kronleuchter über dem Labortisch, ein Dutzend weitere in sechs Haltern an den Wänden verteilt. Auf der einen Seite des Raumes befand sich die Regalwand mit den alten Büchern. Sie hatten alle exakt die gleiche Größe und sahen vom Buchrücken her identisch aus. Auf dem Labortisch in der Mitte des Raumes standen Experimentiergeräte. Eine Kugel aus Aluminium. Dicke, nicht isolierte Stromkabel aus Kupfer und Zink. Klemmen und Schrauben. Und eine große Glühlampe. Sie leuchtete nicht – noch nicht.

An den Wänden hingen die Tafeln, auf denen mit Kreide Formeln und Abbildungen geschrieben waren. Die schmalen Schreibtische darunter hatten viele kleine Schubladen mit Beschlägen aus Messing.

»Haben wir einen Physiker in der Runde?«, fragte Rick.

»Ich bin Elektroingenieur«, erwiderte Phil.

Michael deutete auf die Tafeln. »Als Ingenieur müsstest du doch mit dem Kram etwas anfangen können.«

Sophie zeigte zu der Glühlampe. »Vielleicht sollten wir die Glühbirne in Betrieb nehmen. Bevor die Kerzen erloschen sind.«

»Dann lasst uns nach einem Schalter suchen«, schlug Phil vor.

Sechs Personen schwärmten aus, nur Leon nicht, er blieb stehen, wo er war, und schaute nach oben zum Kronleuchter. Dann suchte sein Blick den Raum ab.

»Für alle, die es nicht wissen«, erklärte Phil laut, während er eine Wand abtastete. »In einem Escape Room sind die meisten Dinge ohne Bedeutung. Die Schwierigkeit liegt darin, Wichtiges von Unwichtigem zu unterscheiden.«

»Hat jemand ein Streichholz oder ein Feuerzeug?«, fragte Leon.

Phil drehte sich zu ihm um und zog die rechte Augenbraue hoch. »Wozu?«

»Wir blasen die eine Hälfte der Kerzen aus und zünden sie wieder an, wenn die anderen abgebrannt sind. So verschaffen wir uns mehr Zeit.«

Rick nickte anerkennend. »Eine gute Idee. Und wie willst du sie ausblasen?«

Der Kronleuchter befand sich mindestens fünf Meter über ihnen. Selbst wenn man sich auf den Labortisch stellte, fehlte mehr als ein Meter, um sie wieder anzuzünden. Die Kerzenhalter an den Wänden hingen genauso hoch.

»Lass das mal meine Sorge sein«, sagte Leon. »Organisiert mir Streichhölzer.«

Zufrieden stellte er fest, dass sie seiner Anweisung folgten und begannen, die Schubladen der Schreibtische zu öffnen und zu durchwühlen. Einmal ein Anführer, immer ein Anführer, dachte er.

Michael trat neben Leon, der wieder zu den Kerzenhaltern an der Wand hochsah. »Du willst die Kerzen da herunterholen, stimmt's? Sollen wir Räuberleiter machen?«

»Das reicht nicht. Aber schau!« Er zeigte zu einem der Kerzenhalter. »Mit welcher Art Schraube die Halter befestigt wurden.«

Es waren 16er-Schrauben, extrem überdimensioniert für jeweils zwei Kerzen. Der Halter würde das Gewicht eines Menschen tragen, ohne aus der Wand zu reißen. Leon hatte den richtigen Riecher, er spürte es. Der Kronleuchter befand sich unerreichbar in der Mitte des Raumes, aber die Kerzen an der Wand waren nicht zu weit entfernt. Wenn man wusste, wie man an sie herankäme.

»Ich brauche ein Seil oder ein Kabel, das man als Seil

benutzen kann, und Tücher für die Hände«, sagte Leon, während er zu suchen begann.

»Bingo!«, rief Sepan in diesem Moment und hielt eine Streichholzschachtel hoch, die er in der geöffneten Schublade vor sich gefunden hatte. »Nur drei Streichhölzer«, verkündete er kurz darauf mit enttäuschter Stimme, als er in die Schachtel blickte.

»Gut. Wir können die Kerzen auch mit einer brennenden Kerze wieder anzünden«, schlug Melissa vor.

»Stimmt. Ab und zu haben sogar Frauen gute Ideen«, erwiderte Leon. Manche Kommentare lagen einfach auf der Hand, und wenn er Melissa damit aus der Reserve locken konnte, umso besser.

»Hey. Spar dir deine dummen Sprüche«, gab das Gothic Girl auch prompt zurück und verdrehte die Augen.

Leon verzog spöttisch den Mund, bevor er ein langes Kabel aus Kupfer vom Labortisch nahm. An dem einen Ende befand sich eine Öse, die groß genug war, um über einen der Kerzenhalter zu passen. Er packte das Stromkabel wie ein Lasso, drehte es im Kreis und ließ los. Die Öse prallte gegen die Tafel und fiel auf den Schreibtisch.

Das war knapp, dachte Leon. Sehr knapp. Beim zweiten Mal klappt's.

Er drehte das Lasso erneut, ließ los – und traf. Die Öse fiel über den Kerzenhalter und blieb hängen, dabei fiel eine der zwei brennenden Kerze heraus und landete auf einem der Schreibtische. Sepan war sofort zur Stelle, pustete die Kerze aus, bevor etwas Feuer fing, und hielt sie hoch. »Eine haben wir schon mal.«

Leon nahm zwei Tücher, die Melissa gefunden hatte, wickelte seine Hände damit ein und packte das Kabel. Als er sich daran hochzog und die Füße gegen die Tafel stemmte, verwischte er mit seinen Schuhen die Kreide. Sei's drum, dachte er und bewegte sich weiter nach oben.

»Hey, pass auf«, schrie Phil. »Vielleicht haben die Formeln etwas zu bedeuten.«

Leon ignorierte ihn, er brauchte alle Kraft und Konzentration, um an der Wand nach oben zu laufen. Nur er wusste, dass er so etwas nicht zum ersten Mal machte. Auf Höhe des Halters angekommen, pustete er die zweite Kerze aus und nahm sie in seine linke Hand, während er sich nur noch mit rechts festhielt. Dann drückte er sich von der Wand ab und sprang hinunter. Als wäre es das Selbstverständlichste auf der Welt, legte Leon die Kerze neben die andere, kaum dass er auf dem Boden gelandet war.

Rick klopfte ihm anerkennend auf die Schulter. »Wow, gut gemacht, Mann.«

Leon sah auf den Fitnesstracker an seinem Handgelenk. Der Puls lag bei neunzig Schlägen die Minute. Sehr gut, dachte Leon und verkniff sich ein Grinsen.

Auch Sepan warf ihm einen beeindruckten Blick zu. »Hey, du bist ja topfit.«

»Sieht ganz so aus.« Mehr sagte Leon nicht dazu. Mit einem Peitschenschlag löste er die Öse vom Kerzenhalter. Dann wandte er sich dem nächsten zu, schwang das Lasso erneut. Diesmal fiel keine Kerze herunter.

Phil betrachtete die Tafel, auf der mehrere Fußabdrücke die Kreide verwischt hatten.

Michael trat neben ihn. »Hast du nicht eben selbst gesagt, dass das meiste in einem Escape Room keine Bedeutung hat und nur der Verwirrung dient?«

»Ja. Aber weißt du sicher, dass die Formeln nicht doch irgendwann wichtig sind, um die Tür zu öffnen?«

Sophie mischte sich ein. »Wenn es hier stockdunkel ist, weil keine Kerze mehr brennt und wir den Schalter für die Glühbirne nicht gefunden haben, kannst du auch nicht lesen, was da steht. Oder?«

»Vielleicht kannst du die Formeln auswendig lernen«, schlug Melissa vor.

Leon, der stumm zugehört hatte, riss der Geduldsfaden. Er würde seinen Plan verfolgen und dann weitersehen. Einen Schritt nach dem anderen, das war sein Credo – erst die Kerzen, dann der Rest. Bei den folgenden Versuchen gab er sich Mühe, nichts mehr mit seinen Füßen zu verwischen. Seine Kraft und Körperbeherrschung verschafften der Gruppe schließlich zwölf Kerzen, die sie als Reserve hatten, wenn der Kronleuchter abgebrannt war. Darauf konnte er stolz sein, fand Leon und war gespannt, wie sich das auf sein Abschneiden im Experiment auswirkte.

Trotz dieses Erfolgs war Leon klar: Licht allein würde nicht ausreichen, um den Escape Room zu verlassen. Sie mussten nach der Tür und dem Mechanismus suchen, der sie öffnete.

Nun, da Leon das Kupferkabel nicht mehr brauchte, ließ er es einfach an dem Halter hängen. Es schlängelte sich über einen Schreibtisch bis auf den Boden. Er dachte sich nichts dabei – warum auch? – und beging damit eine Achtlosigkeit, die einer von ihnen noch bereuen sollte.

KAPITEL 6

Hauptkommissar Bernd Kappler fühlte sich an *Big Brother* erinnert, damals eine, in seinen Augen, sehr sinnvolle Fernsehsendung. Es hatte geradezu etwas Entlarvendes gehabt, dass erwachsene Menschen so etwas auf sich nahmen, nur um im Mittelpunkt zu stehen und berühmt zu werden. Das wahre Leben wurde damals eins zu eins in einer Fernsehshow widergespiegelt, und die Zuschauer durften bestimmen, wen sie aus dem Alltag scheiden ließen und wen nicht. Da dieses Format mittlerweile veraltet war, schickte man heutzutage lieber eine Gruppe von C-Promis in den Dschungel Australiens. Den Einschaltquoten nach ein Wahnsinnserfolg.

Kappler schaute ausgesprochen wenig Fernsehen. Er hatte ein zeitraubendes Hobby – sein Enkelkind. Seine Tochter Maike studierte noch, und wenn der Job es zuließ, kümmerte er sich um den Nachwuchs, da der kleine Mann leider keine Großmutter mehr hatte. Kapplers Frau war vor drei Jahren an Krebs gestorben, und die Schwiegermutter erwies sich als ein Totalausfall, ebenso wie der Vater des Kindes. Sosehr Kappler seinen Enkel Eric auch liebte, zehn Stunden Observation eines Kriminellen waren nichts im Vergleich zu zwei Stunden Verstecken spielen mit dem Kleinen und so zu tun, als wüsste man nicht die ganze Zeit, wo er war. Danach brauchte Kappler jedes Mal Entspannung, die er in Irish Folk und Countrymusic fand.

Ja, wie *Big Brother*, ging es ihm durch den Kopf, als er den Kontrollraum sah, in dem die Teilnehmer des Experiments beobachtet werden sollten. Dieser bestand aus zwei Bürocontainern. Die Wände gespickt mit Monitoren, ein Netzwerk aus Kabeln und Computern. Alle Bildschirme waren eingeschaltet, aber nirgendwo sah man eine Person. Schließlich, ein paar Sekunden später, beobachtete Kappler, wie zwei Männer durch einen der Räume schritten.

»Das ist der Professor«, sagte einer der Assistenten, die vor den Bildschirmen saßen. »Er kommt jetzt raus.«

Kappler trat aus dem Bürocontainer in die riesige Halle, die extra für das Experiment angemietet worden war. Früher war dies einmal ein Hochregallager gewesen, in dem ein Filmausstatter sich verwirklicht hatte. Die Wände der Escape Rooms waren aus Verschalungen, wie sie beim Betonbau benutzt wurden.

»Hast du den Professor gefunden?«, fragte Eva, die in der Halle gewartet hatte.

»Ja«, sagte Kappler und zeigte zu einer Tür, die im selben Moment aufging. Professor Andreas Zargert trat in Begleitung eines anderen Mannes aus dem Escape Room. Kappler und Eva gingen auf ihn zu.

»Professor Zargert?«, sprach Eva ihn an.

»Ja, das bin ich. Sie sind von der Polizei?«

»Kommissarin Eva Dahlhaus, LKA. Mein Kollege Bernd Kappler.«

Sie hatten es so abgesprochen, dass Eva das Gespräch zuerst führte, Kappler würde sich zurückhalten und beobachten. Manchmal sendeten Menschen kleine verräterische

Signale aus, die mehr Aussagekraft hatten als ein Lügendetektortest.

»Können Sie mir sagen, wo die Teilnehmer meines Experiments abgeblieben sind?« Neben dem arroganten Unterton schwang in der Stimme des Professors noch etwas Schrilles mit. Er schien alles andere als stressresistent zu sein. Widerworte, das wusste Kappler, vertrugen solche Leute gar nicht.

»Nein«, antwortete Eva knapp.

»Darf ich mich vorstellen«, sagte der Mann neben dem Professor. »Mein Name ist Doktor Brettscheid. Ich bin der Dekan der Philosophischen Fakultät der Uni Hannover, zu der das Institut für Psychologie gehört.«

Brettscheid trug einen dunklen Anzug mit weißem Hemd und roter Fliege. Er war älter als Zargert. Nur noch ein Haarkranz säumte die Glatze des Dekans, und auf seiner Nase saß eine randlose Brille. So sieht der typische Verwaltungsbeamte aus, dachte Kappler, der Brettscheid von oben bis unten musterte, ohne dass der Dekan es bemerkte.

Professor Andreas Zargert, mit den grau melierten Haaren und dem Dreitagebart, wirkte wesentlich selbstbewusster. Er war offensichtlich der Chef im Ring und ignorierte den Dekan geflissentlich.

»Was ist nun mit den Teilnehmern?«, fragte der Professor ungeduldig. »Reden Sie schon!«

»Wir haben den Bus gefunden«, antwortete Eva, die sich nicht aus der Ruhe bringen ließ. »Der Fahrer wurde ermordet.«

Zargert riss die Augen auf. »Ermordet?«

»Ja. Ihre Probanden waren nicht mehr im Bus, als der Unfall passierte.«

»Das ist gut«, seufzte der Dekan neben Zargert erleichtert.

»Gut?« Eva verschränkte die Arme. »Erklären Sie mir, was ist daran gut? Sie sind verschwunden. Und zwar alle.«

Brettscheid antwortete nicht, stattdessen sah er zum Professor, der nun buchstäblich ins Schwitzen kam.

»Ich verstehe das nicht«, sagte Zargert. »Die Teilnehmer sind doch nie in den Bus gestiegen! Der Busfahrer hat fast eine halbe Stunde vergeblich gewartet und sich dann bei uns gemeldet.« Der Professor hob beschwörend die Hände. »Sie sind gar nicht losgefahren!«

»Nicht von dem vereinbarten Treffpunkt zur vereinbarten Zeit, das stimmt«, erklärte Eva. »Wir überprüfen gerade die Verbindungsdaten aller sieben Handys, die derzeit abgeschaltet sind. Wie es aussieht, wurden die Teilnehmer gestern Abend kurz nacheinander von derselben Nummer angerufen.«

Der Professor sah sie verdutzt an. »Von welcher Nummer denn?«

»Das ist jetzt unerheblich«, schritt Kappler ein. »So, wie es im Moment aussieht, wurden die Probanden zu einem anderen Treffpunkt beordert. Ein anderer Treffpunkt, ein anderer Bus, ein anderer Fahrer.«

In diesem Moment setzte ohrenbetäubender Lärm ein – eine Kreissäge kreischte irgendwo auf dem Gelände.

»Wo können wir ungestört reden?«, schrie Kappler und hielt sich die Ohren zu.

Der Professor zeigte zu einem weiteren Bürocontainer und ging voraus. Als sie eingetreten waren, schloss Eva die Tür und machte keine Anstalten, sich auf einen der fünf Stühle, die um einen Tisch herumstanden, zu setzen.

Kappler blieb ebenfalls auf den Beinen, nur der Dekan und der Professor zogen sich einen Stuhl heran.

Eva räusperte sich. »Wir brauchen die Namen der Teilnehmer und alles, was Sie über sie haben. Wie viele waren es noch gleich?«

»Sieben«, antwortete Zargert. »Fünf Männer und zwei Frauen.«

»Warum die unterschiedliche Anzahl von Männern und Frauen?«, hakte Eva nach.

»Weil ich das Experiment erdacht habe und es hier nicht um Gleichberechtigung geht«, antwortete der Professor schroff und verschränkte die Arme vor der Brust.

Nun schaltete sich auch Kappler ein. »Und worum geht es? Was genau hätten die sieben tun sollen? Ich habe gerade die Monitore gesehen. Erinnert alles ein wenig an *Big Brother*.«

»Nein!« Der Professor schlug mit der Faust auf den Tisch und war sichtlich aufgebracht. »Das hier ist keine Fernsehshow, sondern Wissenschaft. Ein Experiment.« Er sah zu dem Dekan. »Hans Martin, kannst du dich bitte darum kümmern, dass wir die Akten der Teilnehmer bekommen?«

Brettscheid folgte der Aufforderung prompt und eilte aus dem Container. Kappler und Eva tauschten einen vielsagenden Blick.

Kaum war der Dekan weg, fuhr Zargert fort. »Ich habe viele Neider, müssen Sie wissen. Auch er, unser lieber Dekan Brettscheid. Er möchte keine Verantwortung übernehmen, nie etwas riskieren, aber am Ende hat der Erfolg viele Väter. Dann sonnt er sich im Glanz anderer.« Der Professor hob die buschigen Augenbrauen, um seinen nächsten Worten noch mehr Gewicht zu verleihen. »In *meinem* Glanz.«

Kappler wurde ungeduldig. Zargerts Arroganz ging ihm gehörig gegen den Strich. »Würden Sie uns nun endlich erklären, was genau Sie hier machen.«

Zargert seufzte. Als wäre er es leid, seine Arbeit erklären zu müssen. »Haben Sie von dem Stanford-Prison-Experiment gehört? Und dem Milgram-Experiment?«

Eva schüttelte den Kopf. »Nein.«

Der Professor nickte, als wenn er nichts anderes erwartet hätte. »Beides waren bedeutende psychologische Experimente in den Sechziger- und Siebzigerjahren, die sich mit der Frage von Autorität und Gehorsam beschäftigten. Inwieweit sind wir Menschen frei in unserer Entscheidung – oder beeinflussbar. Und kann der Einfluss auf andere so weit gehen, dass wir Menschen Dinge tun, die wir gar nicht wollen, vielleicht sogar verabscheuen?«

Er hält uns für zwei seiner Studenten, ging es Kappler durch den Kopf. Laut sagte er: »Dürfte ich Sie bitten, keine Vorlesung daraus zu machen und zum Punkt zu kommen.«

Der Professor warf ihm einen kurzen, irritierten Blick zu, bevor er fortfuhr. »Das von mir erdachte Escape-Room-Experiment kombiniert die beiden erwähnten Experimente Milgram und Stanford-Prison. Unter dem Druck, dass die Teilnehmer eingesperrt sind und entkommen müssen, wollen wir erforschen, welche menschlichen Charakterzüge beziehungsweise Wesensmerkmale dominieren und welche unterdrückt werden. Alle Teilnehmer sind selbstverständlich Freiwillige.«

»Und wie wurden sie ausgesucht?«, wollte Eva wissen.

»Zuerst gab es einen Aufruf im Internet. Sie müssen

bedenken, ich bin kein unbeschriebenes Blatt. Meine Bücher, populärwissenschaftliche Werke, sind allesamt Bestseller.«

Bei dieser Bemerkung huschte dem Professor ein Lächeln über die Lippen. Selbstverliebter Schnösel, dachte Kappler.

»Aus wie vielen Bewerbungen haben Sie die Teilnehmer ausgesucht?«, hakte Eva nach.

»Etwas über vierhundert.«

»Und bekommen die Teilnehmer Geld dafür?«

»Ja. Eine Aufwandsentschädigung.«

»Wie viel?«, wollte Kappler wissen.

»Dreitausend Euro. Aber warum fragen Sie nach der Höhe des Honorars? Was hat das mit der Entführung zu tun?«

»Könnte einer, den Sie abgelehnt haben, sich an Ihnen rächen wollen?«, fragte Eva.

»Oder ein Mitarbeiter?«, fügte Kappler hinzu. »Haben Sie in letzter Zeit jemandem gekündigt?«

Zargert schüttelte den Kopf. »Nein. Außerdem – das Experiment ist geheim gehalten worden. Die Teilnehmer haben nur rudimentäre Kenntnisse erhalten, was sie erwartet. Und von dem Ort, wo das Experiment stattfinden sollte, wusste nur eine Handvoll Leute. So gut wie niemand.«

»Niemand?« Kappler schlug einen sarkastischen Ton an. »Haben Sie das alles hier selbst gebaut? Und wer bedient die Kreissäge da draußen? Der Dekan?«

Zargert sah den Kommissar mit funkelnden Augen an und ließ dessen Fragen unbeantwortet. »Wie dem auch sei: Für mich ergibt die ganze Sache keinerlei Sinn. Für Sie vielleicht?«

Kappler blieb ruhig. »Ich neige dazu, keine voreiligen Schlüsse zu ziehen. Noch kennen wir nicht alle Details.«

Wie aufs Stichwort ging die Tür auf, und zwei junge Männer brachten je einen Karton mit Aktenordnern herein. Brettscheid folgte ihnen. Die Männer stellten die Kartons auf dem Tisch ab, drehten sich um und verschwanden wieder.

»Das sind die Akten der Teilnehmer«, sagte der Professor. »Bedienen Sie sich.«

»Wir schauen uns das gleich an«, erwiderte Kappler. Langsam ging er auf Zargert zu. Je näher er kam, desto mehr sah er auf den Professor herab. »Denken Sie bitte genau nach. Gibt es jemanden in Ihrem Umfeld, der Sie hasst. So sehr, dass er sogar zu einem Mord fähig wäre.«

Zargert schüttelte vehement den Kopf. »Nein, ich wüsste niemanden.«

»Denken Sie nach. Dem Busfahrer wurde die Kehle durchgeschnitten wie von einem Chirurgen. Verstehen Sie?«

Zargert blickte hoch zu Kappler, schüttelte wieder den Kopf. »Nein, ich verstehe nicht, was Sie mir damit sagen wollen!«

»Hier hat es vielleicht jemand auf *Sie* abgesehen, auf Sie und dieses Experiment. Ihre Bestseller, die Sie geschrieben haben, worauf basieren die? Worum geht es da? Haben Sie schon vorher ähnliche Experimente mit Menschen gemacht?«

Der Professor schluckte.

»Haben Sie?«, hakte Eva nach, die sich nun im Hintergrund hielt und Kappler das Ruder überließ.

»N-nein.« Er stotterte leicht. »Also, ja. Alles, was ich

gemacht habe, können Sie nachlesen, in meinen Büchern, meinen Veröffentlichungen. In Fachzeitschriften.«

Kappler beugte sich nun dicht an Zargerts Gesicht heran. »Wir haben nicht die Zeit, uns das alles durchzulesen. Erzählen Sie uns von den Menschen, denen Sie im Laufe Ihrer Karriere auf die Füße getreten sind.«

»Da gibt es etliche«, warf Brettscheid ein, und plötzlich richteten sich alle Blicke auf den Dekan.

KAPITEL 7

Wieder erlosch eine Kerze. Der Rauch stieg in einem dünnen Faden auf, während der Docht noch einen kurzen Moment nachglühte. Dann erstarb auch dieses Licht. Es war die vorletzte Kerze des Kronleuchters. Der Raum war bereits so abgedunkelt, dass man die weiße Kreideschrift auf den schwarzen Tafeln kaum noch lesen konnte.

Sie hatten nur drei Streichhölzer. Die einzig brennende Kerze war die, die noch oben auf dem Kronleuchter war. Unerreichbar weit weg. Leon hatte offenbar nicht darüber nachgedacht, als er die Kerzen aus den Haltern genommen und sie jedes Mal ausgeblasen hatte. Das war ein Fehler gewesen, über den Leon selbst sich am meisten ärgerte, Phil sah es ihm deutlich an. Die anderen verloren kein Wort darüber.

Phil überlegte kurz, ob er laut aussprechen sollte, was er dachte – nämlich dass sie noch weit von einer Lösung der Rätsel, wie die Glühlampe aktiviert wurde und wo der Ausgang war, entfernt waren –, ließ es dann aber bleiben.

Jetzt sah er zu Michael, der die Streichholzschachtel in der Hand hielt und versuchen wollte, eine Kerze zu entzünden. Michael atmete tief durch, dann rieb er den ersten Streichholzkopf an der rauen Seite der Schachtel – ohne Ergebnis. Der rote Streichholzkopf war auf den Boden gebröselt, und Michael hielt nur noch ein Stäbchen aus Holz in der Hand.

Er sah betreten in die Runde. Mit diesem Ergebnis hatte er offensichtlich nicht gerechnet. »Will es jemand anders probieren?« Michael hielt die Schachtel Rick hin, der den Kopf schüttelte. Auch Sepan hob abwehrend die Hände.

Melissa verdrehte die Augen. »Nun gib schon her«, sagte sie. Sie nahm das zweite Streichholz aus der Packung. Über ihr flackerte die letzte Kerze, das Licht ließ nach. Sie zögerte nicht lange, rieb das Streichholz an der Schachtel.

Knack, da war es abgebrochen. Melissa bückte sich sofort und hob das halbe Streichholz auf. Der rote Kopf war noch intakt. Keiner sprach ein Wort. Alle schienen die Luft anzuhalten. Diesmal war Melissa vorsichtiger, das Holz hielt, aber der rote Phosphor zerbröselte, ohne sich zu entzünden.

Über ihnen flackerte gerade noch genug Licht, dass Phil das letzte Streichholz in der Packung sehen konnte. Bevor er überhaupt eine Chance gehabt hätte, sich für den letzten Versuch zu melden, drängte sich schon der athletische Leon an ihm vorbei und nahm Melissa die Schachtel aus der Hand.

Der Soldat, der nach und nach aufgetaut war, grinste. »Ganz ruhig, Leute. In der Steinzeit gab es auch Feuer und keine Streichhölzer.«

In diesem Moment erlosch die Kerze über ihnen, und es wurde stockdunkel. So dunkel, dass das Verglimmen des Dochtes einem Stern am Nachthimmel glich, der langsam verschwand.

»Hat einer die Kerze parat?«, fragte Leon.

»Ja«, erklang Sophies Stimme aus der Dunkelheit.

Kurz darauf hörte Phil ein unverwechselbares Geräusch und sah ein grelles Aufflammen, als sich der Phosphor entzündete und die Gesichter der Umstehenden erhellte. Leon hatte es einfach getan, ohne Vorwarnung. Die Flamme ließ nach, als der Phosphor abgebrannt war, aber das Holz hatte sich bereits entzündet.

Sophie hielt ihm die Kerze hin, der Docht fing Feuer und brannte.

Aus einigen Lungen entwich hörbar die Luft, Sepan fing laut an zu lachen, lag sich mit Rick in den Armen. Phil und Michael klopften Leon auf die Schultern. Es war sein Verdienst, wieder einmal, daran bestand keinerlei Zweifel.

»Wie viele Kerzen sollen wir anzünden?«, fragte Sophie.

»Mindestens zwei, es könnte immer eine ausgehen«, antwortete Michael.

Leon nickte zustimmend. Sie entzündeten zwei Kerzen, stellten sie weit voneinander entfernt in selbst gebastelte Halterungen. Der Raum war nun minimal beleuchtet.

Die Grundversorgung mit Licht hatte Leon organisiert, für das Lösen des Rätsels war nun Phil zuständig, der studierte Elektrotechniker. Das hier war eindeutig sein Raum.

Phil wandte sich wieder den Tafeln zu. Die ganze Zeit schon hatte er versucht, die mit Kreide geschriebenen Formeln und Zeichnungen zu entziffern. Escape Rooms, zumindest die gut gemachten, reihten nicht einfach nur ein Rätsel an das nächste, sondern hinterließen so etwas wie eine Signatur ihres Schöpfers, wie Phil wusste. Hier, in diesem Raum, ging es definitiv um Strom, um die Entdeckung der Glühbirne, die einem Quantensprung in der Geschichte der Menschheit gleichkam: von der Kerze zum elektrischen Licht.

Das Erste, was Phil bereits getan hatte, war, die Kabel und Kontakte der Glühlampe zu überprüfen, nur um festzustellen, dass der Strom fehlte. Ihn wunderte das nicht, denn das wäre nun wirklich zu einfach gewesen. Die Kabel waren nicht isoliert, sie bestanden aus blankem Kupfer. Aber auf dem Labortisch gab es auch zwei Steckfelder und ein Kabel mit den dazu passenden Steckern. Dieses Kabel unterschied sich von allen anderen, weil es isoliert war. In jedem Steckfeld befanden sich dreißig Buchsen, was bedeutete, dass es dreißig mal dreißig, also neunhundert, Kombinationsmöglichkeiten gab, um die beiden Steckfelder miteinander zu verbinden. Sepan und Rick hatten bereits alle ausprobiert. Ohne Erfolg. Die Glühlampe hatte sich nicht geregt, kein Milliampere Strom war durch sie hindurchgeflossen.

Und auch die Bibliothek gab keinen Hinweis preis. Melissa und Sophie hatten sie durchsucht, als noch genug Licht vorhanden war. Jedes einzelne Buch aus dem Regal hatten sie hervorgezogen, durchgeblättert und umgedreht, um nachzusehen, ob etwas herausfiel. Sie hatten ins Regal geblickt, ob sich dahinter ein Schalter verbarg. Nichts.

Phil fluchte und drehte sich zu Michael um, der am Labortisch in der Mitte des Raumes stand. Ihre Blicke trafen sich.

»Nun, was sagt der Elektroingenieur?«, fragte Michael.

»Und was der Lehrer?«, gab Phil zurück.

»Ich bin kein Lehrer«, erwiderte Michael.

»Du hast doch Pädagogik studiert. Willst du nicht Lehrer werden?«

Die beiden hatten sich unterhalten, und Phil wusste, dass Michael so etwas wie der ewige Student war. Philosophie, Pädagogik, Geschichte. Jedes Mal einen Abschluss verfehlt, weil er auf dem Weg die Lust verloren hatte. Das schien Michaels Problem zu sein, glaubte Phil.

Michael räusperte sich. »Wie war das mit der Glühbirne? Wer hat sie nun erfunden?«

»Ich dachte immer Edison, aber du sagtest, dass das nicht stimmt. Glaubst du, die Frage bringt uns irgendwie weiter?«

Michael deutete zur Tafel. »Übersetze, was da steht.«

Phil sah wieder auf die Tafel. »Das sind Formeln der Elektrotechnik.«

»Wie man sie damals kannte – oder Wissensstand von heute?«

Phil kratzte sich am Kopf. »Du stellst Fragen, ich bin Ingenieur, kein Historiker. Glaubst du, ich weiß, wann Faraday oder Ohm welchen Geistesblitz gehabt haben?«

Neben ihnen erlosch wieder eine Kerze, eine weitere brannte noch, und Melissa zündete eine neue an.

»So, Freunde, auch die Ersatzkerzen gehen langsam zur Neige«, verkündete sie.

Sophie geriet in Panik. Sie öffnete eine Schublade nach der anderen, stieß sie wieder zu, obwohl andere vor ihr schon alles durchsucht hatten. »In völliger Dunkelheit werden wir hier weder eine Tür noch einen Mechanismus finden, um sie zu öffnen.«

Die nächste Kerze erlosch, und der dünne Faden aus Rauch verlor sich in der Luft. Melissa zündete wieder eine an.

»Wir haben wirklich überall nach einem Schalter gesucht. Überall!« Sophies Stimme klang hysterisch, als sie die letzte Schublade zuknallte.

»Wieso muss es eigentlich ein Schalter sein?«, fragte Phil.

»Was denn sonst?«, fragte Rick, der am Bücherregal stand und sich bisher in allem ziemlich zurückgehalten hatte.

Phil betrachtete den Labortisch. Zwischen den Geräten lagen Notizzettel, die mit Tinte beschrieben waren. Das Papier sah alt aus. Er fing an, in den Blättern zu wühlen und einige beiseitezulegen.

»Vielleicht gibt es keinen Schalter«, erklärte Phil, während er sich durch die Blätter arbeitete. »Wenn ihr ein neues Gerät kauft, in dem schon Batterien sind, was muss man dann machen, damit es funktioniert?«

»Meistens ist da ein Plastikstreifen, den man rausziehen muss, damit die Kontakte freiliegen«, antwortete Michael.

Phil sah es vor sich. Irgendwo in dem Chaos lag ein Stapel Blätter, etwa zehn Stück, die von einer Klammer aus Holz zusammengehalten wurden. Diese Klammer war kaum sichtbar mit einem Kabel an dem Labortisch befestigt. Das Kabel war im Gegensatz zu den anderen isoliert. Es sah neu aus und stammte definitiv aus der Gegenwart.

Wieder erlosch eine Kerze.

»Ich zünde jetzt die letzte an, danach ist Schluss«, sagte Melissa.

Phil nahm die Klammer und zog die Papiere heraus. An dem Holz befanden sich zwei Kontakte, die sich berührten, sobald kein Papier mehr dazwischensteckte.

Im selben Moment leuchtete die Glühbirne grell auf.

KAPITEL 8

Die Neonröhren flackerten. Sie flackerten noch schneller und gaben schließlich ein gleißend helles Licht ab.

Hannah kniff überrascht die Augen zusammen, denn sie hatte keinen Schalter betätigt. Sie blinzelte ein paarmal, und es dauerte eine Weile, bis sie den Raum vor sich sehen konnte. Die weiß gestrichenen Wände, die weiße Decke.

Der Raum erinnerte sie an eine Betriebskantine. Eine abgehängte Decke mit Rigipsplatten, Raufaser an den Wänden, weiße Fliesen auf dem Boden. In der Mitte ein langer weißer Tisch mit acht Plastikstühlen drum herum. Keine Pflanzen, nichts, was dem Raum ein wenig Gemütlichkeit verliehen hätte. Als sie auf dem Tisch mehrere Plastikflaschen mit Wasser und ein paar Becher entdeckte, spürte sie plötzlich, wie durstig sie war. Ihre Zunge fühlte sich an, als wäre sie aus Sandpapier.

Warum war ihr das vorher nicht aufgefallen? Weil du unter Schock stehst, beantwortete Hannah ihre Frage selbst. Sie griff nach einer Wasserflasche, der Drehverschluss ging schwer, das weiche Plastik verformte sich unter der Kraft ihrer Hände, dann zischte es. Sie setzte die Flasche an den Mund und trank wie eine Verdurstende. Als sie aufhörte, war die Flasche zur Hälfte leer. Ein lauter Rülpser entglitt ihr. Na und? Sie war schließlich allein.

Bin ich das denn wirklich?

Ihr Blick schweifte umher auf der Suche nach einer Kamera. Heutzutage konnten diese Dinger verdammt klein sein, so groß wie ein Stecknadelkopf. Gut versteckt würde man sie nie finden.

Hannah nahm noch einen großen Schluck, dann stellte sie die Flasche wieder auf den Tisch. Ihr Blick wanderte zu der Stelle, wo das Feldbett stand. Unter dem Bett, das sah sie erst jetzt, lagen schwarze Nike-Turnschuhe – ihre eigenen. Erleichtert, nicht mehr barfuß auf dem kalten Boden gehen zu müssen, machte sie sich daran, die Schuhe anzuziehen. Währenddessen fiel ihr Blick auf einen Abfluss nicht weit weg vom Feldbett, ungefähr dort, wo sie sich erleichtert hatte. Eine Urinlache war nicht zu sehen. Es hatte sich jemand etwas dabei gedacht, das Bett dort hinzustellen, ging es Hannah durch den Kopf.

Sie stand auf und blickte sich weiter um.

Warum bin ich hier?

Erst jetzt bemerkte sie den weißen Vorhang, der an einer Stange an der Wand hing. Was würde sich dahinter befinden? Zögerlich ging sie ein paar Schritte, bis sie ihn erreicht hatte, packte den weißen Stoff und riss ihn zur Seite.

Eine Tür. Weiß. Aus Holz.

Sie zögerte. Sollte es etwa so leicht sein, hier herauszukommen? Die Hoffnung starb zuletzt. Sie drückte die Klinke herunter – und, sie konnte es selbst kaum fassen, die Tür öffnete sich!

Vor ihr war eine Toilette, ein Waschbecken, ein Spiegel und jede Menge Klopapier. Das Hochgefühl, das Hannah eben noch erfasst hatte, verwandelte sich in kaltes Entsetzen. Was hatte das zu bedeuten? Wollte man sie etwa länger hier festhalten?

Sie drehte sich um, ihr Blick streifte die Stühle. Wozu so viele Stühle?

Acht Stühle, aber nur ein Feldbett.

Hannah trat vor den Spiegel und erschrak bei ihrem Anblick. Sie hatte tiefe Ränder unter den Augen, auf den kalkweißen Wangen traten feine Äderchen hervor, und die dunklen Haare fielen strähnig auf ihre Schultern.

»Du hast schon mal besser ausgesehen«, sagte sie zu ihrem Spiegelbild. Und wusste selbst nicht, woher sie den Humor in dieser Situation nahm.

Plötzlich kam ihr ein beunruhigender Gedanke. Wurde sie beobachtet? War das vor ihr ein venezianischer Spiegel?

»Bist du da?«, fragte sie ihr Spiegelbild. »Siehst du mich, kannst du mich hören?«

Keine Reaktion.

Hannah hatte noch immer keine Erinnerung an letzte Nacht, aber sie ging davon aus, dass jemand ihr K.-o.-Tropfen verabreicht und sie entführt hatte. Nur warum? Die naheliegendste und gleichzeitig beängstigendste Erklärung wäre, dass sie in die Fänge eines Triebtäters geraten war. Aus einem Seminar zum Thema Kriminalpsychologie wusste sie, dass solche Täter zu beinahe hundert Prozent Männer waren. Und was für eine andere Erklärung konnte es sonst geben? Hannah fiel nichts ein. Nein, irgendein kranker Typ hatte sie betäubt und hierhergebracht, sie war sich sicher. Aber was wollte er? Soweit Hannah das beurteilen konnte, hatte er sie bisher nicht angefasst – weder ihre Kleidung noch ihr Körper wiesen irgendwelche Anzeichen auf. Stumm starrte sie ihr Spiegelbild an. Wenn sie sich doch nur erinnern könnte! Ihr Kopf schmerzte und fühlte sich an, als wäre er mit Watte gefüllt. Das wird sich schon geben, versuchte sie sich selbst zu beruhigen. K.-o.-Tropfen verursachten eine temporäre Amnesie. Die Erinnerung würde wiederkommen. Früher oder später.

Unverrichteter Dinge trat Hannah wieder aus der Toilette heraus und schloss die Tür, als ihr der dünne Strich an der Wand ein paar Meter entfernt auffiel. Sie ging hin, um es sich genauer anzusehen. Die Raufasertapete war an einer Stelle durchtrennt, in gerader Linie bis zum Boden. Hannah klopfte gegen die Wand, es klang hohl. Sie drückte dagegen, nichts tat sich. Sie drückte noch einmal, diesmal fester und mit einem Ruck, da hörte sie ein Geräusch, ein Klacken. Irgendein Mechanismus schien hinter der Wand zu sein. Als sie noch einmal mit aller Kraft dagegendrückte, sprang eine Tür auf, zumindest einen Spaltbreit, und Hannah öffnete sie ganz.

Hinter der Wand stand ein Automat mit Getränken, Knabbereien und Sandwiches. Jedes Fach war mit einer Nummer versehen. Neben dem Sichtfenster gab es eine Anzeige und ein Display, auf dem man die Artikelnummer eintippen konnte. Ein Schlitz, um Geld einzuwerfen, fehlte. Was sollte das nun wieder? Hannah hatte keinen Hunger, sie brauchte auch keine Dose Cola oder Red Bull. Im obersten Fach sah sie ein paar Hygieneartikel – Zahnbürsten, Zahnpasta, Deoroller, Shampoo. Gut, die könnte sie womöglich noch brauchen.

Hannah suchte weiter. Wo eine geheime Tür war, konnten noch mehr sein. Und sie behielt recht. Wieder ein feiner Strich in der Tapete, sie drückte dagegen, und die nächste Tür sprang auf. Dahinter befand sich ein kleines Bad mit

Waschbecken und Dusche, wie aus einem Wohnmobil. Die dritte Tür, die sie fand, ließ sich ebenso wie die anderen öffnen. Dahinter kam noch eine Tür zum Vorschein. Schweres rotes Holz mit Metall beschlagen. Weder eine Klinke noch ein Schloss, zumindest nicht auf ihrer Seite. Als sie ein paarmal vergeblich dagegentrat und hämmerte, kehrte plötzlich die Angst zurück.

Shit, Shit, Shit! Wie sollte sie nur hier herauskommen?

Sie musste sich auf andere Gedanken bringen, durfte die Panik nicht zulassen. Nachdem sie zweimal tief durchgeatmet hatte, ging sie zu dem Automaten zurück, tippte die richtigen Ziffern ein, hörte, wie die Mechanik sich in Bewegung setzte, und sah das Gewünschte in den Ausgabekorb fallen. Hannah wiederholte es viermal, dann hatte sie, was sie brauchte, um sich frisch machen zu können.

Sie ging damit zu dem kleinen Bad, starrte in den Spiegel. Wie gern hätte sie sich unter die Dusche gestellt. Doch das war keine Option, denn sie war sich nicht sicher, allein zu sein. *Er* wartete womöglich darauf, dass sie sich auszog. Ihr wurde übel bei diesem Gedanken. Womöglich hatte er sie sogar im Dunkeln beobachtet, als sie sich auf den Boden erleichtert hatte. Angewidert knallte Hannah die Tür wieder zu. Verzichtete sogar aufs Zähneputzen, obwohl sie einen schlechten Geschmack im Mund hatte.

Er war da, sie spürte seine Anwesenheit und seine Blicke. Wenn sie nur wüsste, wo sich die Kameras befanden, sie würde sie irgendwie unbrauchbar machen.

Jetzt brauchte sie doch etwas Richtiges zu trinken, und sie inspizierte das Getränkeangebot genauer. Eine Reihe weißer Dosen, in denen Cola mit Jack Daniels gemischt war, lachte sie an.

Da sie keine Uhr besaß, fehlte ihr jedes Gefühl dafür, wie viel Zeit verging, während sie an dem großen Tisch saß und drei Dosen leerte, zuerst zwei Jack Daniels mit Cola, danach ein Red Bull. Der Alkohol lullte sie ein wenig ein, dämpfte den Schrecken der Situation.

Um es sich bequemer zu machen, legte Hannah ihre Füße auf den Tisch und überschlug die Beine. Sie spürte etwas an ihrem rechten Bein, in der Seitentasche ihrer Cargohose. Als sie ihre Hand hineinsteckte, ertastete sie einen Gegenstand und zog einen kleinen Schraubendreher heraus. Sie konnte sich nicht erinnern, so etwas schon einmal gesehen zu haben. Wie kam das Ding in ihre Tasche? Und weshalb?

Erneut spürte sie ihre Blase. Sie steckte den Schraubendreher wieder in ihre Beintasche, stand auf und ging zur Toilette. Unter dem kleinen Waschbecken stand ein Eimer. Dahinter hing ein Durchlauferhitzer für Warmwasser an der Wand.

Plötzlich hatte Hannah eine Erkenntnis. Wo eine Tür war, könnte jemand hereinkommen! Deshalb war die rote Tür mit den Messingbeschlägen, die sie zuletzt gefunden hatte, mit Sicherheit für *ihn*. Wahrscheinlich wartete er nur darauf, dass sie sich wieder hinlegte und schlief, um zu ihr zu kommen … Der Gedanke war beängstigend, aber er weckte auch neue Hoffnung. Auf diesen Besuch müsste sie vorbereitet sein. Sie brauchte eine Waffe, etwas, um sich zu wehren.

Hannah sah sich im Raum um. Die Flaschen auf dem Tisch waren aus Plastik. Es würde wehtun, sie auf den Kopf zu bekommen, aber mehr nicht. In dem Automaten gab es Getränkedosen, mit denen sie werfen könnte, aber das würde ihn auch nicht aufhalten. Sie tastete nach dem kleinen Schraubendreher in ihrer Tasche, damit könnte sie ihm ein Auge ausstechen, wenn sie denn träfe. Nein, beschloss sie, dafür müsste sie viel zu nah an ihn heran.

In diesem Moment fiel ihr etwas ein, und sie blickte unter das Waschbecken in dem kleinen Bad. Der Regler des Durchlauferhitzers stand nur auf halber Leistung. Sie drehte ihn ganz nach rechts, auf Maximum.

Sie öffnete den Hahn, hielt die Hände darunter. Schon nach wenigen Sekunden musste sie ihre Finger zurückziehen, weil das Wasser zu heiß wurde. Der Spiegel vor ihr beschlug, und sie drehte das Wasser wieder ab.

Das war eine Möglichkeit. Sobald sie sein Kommen hören würde, müsste sie in die Toilette huschen und den Eimer füllen. Das bedeutete, sie durfte nicht einschlafen.

Hannah musste wachsam sein.

Sie musste Geduld haben.

Das Überraschungsmoment würde auf ihrer Seite liegen.

KAPITEL 9

Wenn Anton sich richtig erinnerte, war er noch nie in seinem Leben auf einer Polizeiwache gewesen. Er mied jeden Konflikt mit dem Gesetz, hielt sich stets an Geschwindigkeitsbegrenzungen, und er war ein entschiedener Gegner von illegalen Drogen. Umso mehr fühlte er sich in letzter Zeit zu legalen Rauschmitteln hingezogen. Er rauchte wenig und trank viel. Die Menge allein war nicht so ausschlaggebend wie die Regelmäßigkeit. Als er zum Studieren nach Hannover gekommen war, hatte es langsam angefangen. Vorher hatte er nur das Leben in einem Dorf bei Münster gekannt, auf Schützenfesten und Geburtstagen war es richtig zur Sache gegangen, und er hatte auch schon den einen oder anderen Filmriss gehabt. Aber nach solchen Besäufnissen blieb er immer ein paar Tage stocknüchtern. Seit vielen Monaten war das nicht mehr so. Er trank jeden Tag, mal mehr, mal weniger. Seine Freunde und Kommilitonen hatten das längst bemerkt, allen voran Hannah. Dass sie ein Grund dafür war, weshalb er so viel Alkohol konsumierte, konnte sie natürlich nicht wissen. Anton hatte von ihrer ersten Begegnung an ein Auge auf sie geworfen gehabt, sich dies aber gleich wieder aus dem Kopf geschlagen. Hannah interessierte sich zu dieser Zeit für einen anderen, für einen älteren Kommilitonen. Und Anton hatte eine Freundin in Westerkappeln, mit der er seit über einem Jahr zusammen war. Die Beziehung zerbrach irgendwann wegen der Entfernung und notorischer Unlust. Und auch Hannah war wieder Single geworden. Anton hatte mehrere Annäherungsversuche gewagt, aber sie ließ keinen Zweifel daran, dass sie nicht an ihm interessiert war. Trotzdem, so redete Anton sich ein, manchmal reichte Geduld, um doch zum Ziel zu kommen. Je länger es dauerte, und je öfter sie seine eindeutigen Signale ignorierte, desto mehr trank er. Irgendwann konnte er sich nicht mehr daran erinnern, wann er das letzte Mal richtig nüchtern ins Bett gegangen war.

Das letzte Bier lag zehn Stunden zurück, wie er sich nun klarmachte. Zum Glück, er wollte nicht mit einer Alkoholfahne zur Polizei marschieren. Das Herz schlug ihm trotzdem bis zum Hals, als er den Eingangsbereich der Dienststelle betrat. Alkohol und übertriebener Respekt vor Uniformen waren nicht der einzige Grund für seine Nervosität.

Anton sah den Empfang und mehrere Stühle für Wartende. Hinter einer Panzerglasscheibe stand eine Polizistin in Uniform, die ein Mikro vor sich hatte. Da musste er sich wohl anmelden, dachte er und ging auf die Polizistin zu.

»Guten Tag. Ich möchte eine Person vermisst melden.«

»Kommen Sie rein.« Die Polizistin deutete zu einer Tür neben der Scheibe, der Summer ertönte.

Er zog am Türknauf, die schwere Metalltür ging auf, und er trat ein. Der Raum, in dem mehrere Schreibtische standen, war durch einen Tresen unterteilt. Die Polizistin wandte sich ihm zu. »Dann erzählen Sie mal.«

Antons Hände waren feucht und zitterten. Er hatte

Angst, etwas falsch zu machen. Denn es war wichtig, dass sie ihm glaubten und ihn ernst nahmen.

»Nun, äh, wie soll ich anfangen?«, stotterte er.

»Am besten sagen Sie mir erst einmal Ihren Namen«, half ihm die Polizistin, wobei sie ihn von oben bis unten musterte. Das irritierte ihn und verunsicherte ihn noch mehr.

»Anton Kamp.«

»Und der Name der vermissten Person?«

»Hannah Preuss. Wir studieren zusammen.«

»Und seit wann wird sie vermisst?«

»Eigentlich erst seit heute.« Er steckte seine zitternden Hände in die Hosentaschen. »Also, wir sollten ein Referat halten an der Uni, Institut für Psychologie, und sie ist nicht gekommen. Wir haben hart daran gearbeitet, zusammen, und das passt nicht zu ihr.«

»Sie haben sicher versucht, Hannah anzurufen?«, fragte die Polizistin und notierte sich etwas auf einem Blatt Papier. Anton konnte sehen, dass sie unter Hannahs Namen »Uni Hannover – Psychologie« geschrieben hatte.

»Ja, ihr Handy ist ausgeschaltet«, fuhr er fort. »Und ich war bei ihr zu Hause, stand vor der Tür, sie macht nicht auf.«

»Haben Sie es bei Hannahs Eltern versucht?«

Anton schüttelte den Kopf. »Nein, deren Nummer habe ich nicht. Aber ich habe bei der Feuerwehr angerufen und gefragt, ob sie vielleicht in ein Krankenhaus eingeliefert wurde. Nichts.«

»Gut. Geben Sie mir bitte Ihren Personalausweis, und warten Sie einen Moment.«

Die Polizistin wirkte bestimmt, aber freundlich. Er zog

den Personalausweis aus dem Portemonnaie und händigte ihn ihr aus. Die Polizistin ging damit zu einem der Schreibtische und rief jemanden an.

Es dauerte eine halbe Stunde, bis endlich die Tür aufging. Anton befand sich in einem kahlen Raum, in dem Neonlicht für gleichmäßige Helligkeit sorgte. Draußen war es dunkel geworden, obwohl der Tag noch ein paar Stunden vor sich hatte. Böiger Wind drückte sich gegen das kleine Fenster und ließ den Rahmen knacken. Drei Stühle, einen Tisch, auf dem ein Telefon stand – mehr gab es nicht in diesem Raum mit den grauen Wänden.

Sie kamen zu dritt herein. Die Polizistin in Uniform, die Anton bereits kannte und der er auf dem Weg in die vierte Etage noch einiges erzählt hatte. Ihre Kollegen trugen zivile Kleidung. Der Mann sah aus wie ein Hooligan, kurz geschorene Haare, ein T-Shirt, unter dem sich die Muskeln abzeichneten. Anton schätzte ihn auf Ende dreißig. Seine blonde Kollegin mit schulterlangem Haar war älter, womöglich schon über fünfzig. Sie trug Jeans und einen knallroten Pullover.

Anton wusste nicht, warum, aber die ernsten Mienen der drei ließen ihn vermuten, dass sie ihm irgendetwas zur Last legten. Schon bemerkte er, wie seine Hände wieder feucht wurden, und rieb sie schnell an seinen Hosenbeinen trocken.

Die Beamten in Zivil nahmen gegenüber von ihm am Tisch Platz, während die Polizistin in Uniform hinter ihren Kollegen stehen blieb. Sie stellten sich mit Namen vor, aber die hatte Anton Sekunden später schon wieder vergessen, so nervös war er.

»Sie vermissen also Ihre Freundin?«, eröffnete die ältere Frau das Gespräch.

Anton nickte.

»Freundin oder Kommilitonin?«, hakte sie nach.

»Beides. Wir studieren zusammen, sind auch befreundet, aber kein Paar.«

»Haben Sie einen Schlüssel für Hannahs Wohnung, damit wir nach ihr sehen könnten?«, fuhr sie fort.

»Nein, leider nicht.«

Der Hooligan saß mit verschränkten Armen da und starrte Anton unverhohlen an. Seine Kollegin schlug einen Aktendeckel auf, in dem nur ein Blatt war. »Sie haben Polizeimeisterin Gerhardt erzählt, dass Sie an einem wichtigen Referat gearbeitet hätten. Wie lange?«

»Fast drei Wochen.«

»Und in dieser Zeit haben Sie Hannah jeden Tag gesehen?«

»Ja.«

»Worum ging es in dem Referat?«, fragte der Hooligan.

»Ähm, kognitive Dissonanz. Hinter diesem Begriff verbirgt sich …«

Der Hooligan schnitt ihm das Wort ab. »Wir wissen, was das ist.«

Die Beamtin sah wieder in die Akte. »Für welchen Professor haben Sie das Referat gemacht?«

»Mandt, Allgemeine Psychologie.« Anton fragte sich insgeheim, was das Referat mit Hannahs Verschwinden zu tun haben sollte, traute sich aber nicht, etwas zu sagen.

»Kennen Sie auch einen Professor Zargert?«, fragte der Hooligan.

Anton nickte. »Ja, wieso?«

»Hat Hannah auch bei ihm studiert?«

»Wir hatten mal ein Seminar bei ihm, ja. Ist aber schon etwas her. Wieso?« Anton wurde immer mulmiger zumute. Was sollte das?

Die Polizisten schwiegen, was Anton noch nervöser machte. Sein rechter Fuß wippte auf und ab, und er konnte es einfach nicht abstellen.

»Äh, gibt es ein Problem mit der Uni?«, fragte Anton.

Die Polizisten sahen sich an, dann antwortete die ältere Frau. »Sie haben meiner Kollegin gesagt, dass Hannah gestern arbeiten war, in einer Mexican Bar an der Lister Meile.«

Er nickte.

»Wir haben deshalb mit dem Besitzer telefoniert. Er hat uns bestätigt, dass Hannah das Lokal ordnungsgemäß abgeschlossen hat.«

Anton nickte. »Vielleicht ist ihr etwas auf dem Weg nach Hause passiert?«

»Der Chef des Ladens hat noch etwas erzählt«, brummte der Hooligan und starrte Anton an. »Hannah hat einen Freund, einen Kommilitonen, der einmal in der Bar Ärger gemacht hat. Wissen Sie etwas darüber?«

Anton schluckte. Es lag Monate zurück. »Ich war betrunken an dem Abend. Ich habe mich bei Hannah entschuldigt.«

»Wofür genau?«, hakte die ältere Frau nach.

»Wie ich mich benommen habe an dem Abend. Das war nicht ich.«

»Der Inhaber der Bar wollte Sie vor die Tür setzen, und als Sie sich geweigert haben, hat er Ihnen eine verpasst und Ihnen gesagt, dass Sie nie wiederkommen sollen, richtig?«

Anton nickte. Er hatte nicht damit gerechnet, dass die Polizisten diese Geschichte so schnell ausgraben würden.

»Wo haben Sie das Referat ausgearbeitet?«, fragte die Frau weiter. »Bei Hannah, bei sich, wo?«

»In der Bibliothek und in der Mensa.«

»Waren Sie seit dem Vorfall in der Bar noch einmal in Hannahs Wohnung?«

»Nein«, antwortete er und merkte, dass nun auch seine Stimme zitterte.

Jetzt übernahm der Hooligan. »Der Barbesitzer sagte, dass Sie wohl verliebt seien, aber Hannah nicht in Sie. Sie hat zu ihrem Chef gesagt, dass sie auf Abstand gehen wollte. Auch wenn sie Ihnen vielleicht verziehen hat, von Freundschaft konnte wohl nicht mehr die Rede sein.«

Anton schluckte. Konnte das stimmen? War er ihr gegenüber zu weit gegangen und hatte es nicht gemerkt?

Er stammelte. »Wenn ich ihr etwas getan hätte, wieso sollte ich dann hier sein?« Etwas Besseres fiel ihm in dieser Sekunde nicht ein. Er fragte sich, warum die Polizisten so hartnäckig waren. Wussten sie etwas, und wenn ja, woher?

Die Polizistin beugte sich nach vorn über die Tischplatte. »Kognitive Dissonanz entsteht, wenn ein Mensch unvereinbare Kognitionen hat, richtig?«

Anton nickte. »Ja, aber was soll das? Wollen Sie jetzt überprüfen, ob wir das Referat gemeinsam geschrieben haben?«

Sie schüttelte den Kopf und ließ ihn nicht mehr aus den Augen. »Zwischen der Haltung einer Person und dem Verhalten der Person kann es zu Unstimmigkeiten kommen. Dissonanzen. Das Gehirn ist dann damit beschäftigt, beides wieder miteinander in Einklang zu bringen. Richtig?«

Anton nickte stumm.

»Das führt dazu, dass unser Gehirn Informationen, Erkenntnisse und Eindrücke filtert, um sich besser zu fühlen. Ich weiß deshalb so gut darüber Bescheid, weil wir Polizisten häufig mit diesem Problem zu kämpfen haben. Wenn mein Kollege und ich davon überzeugt sind, einen Täter vor uns sitzen zu haben, achten wir mehr auf belastende als auf entlastende Aussagen. Das ist nur menschlich. Man nennt das auch voreingenommen zu sein.«

Jetzt schaltete sich der Hooligan ein. »Kognitive Dissonanz kann so weit gehen, dass wir Menschen uns selbst belügen. Die Unwahrheit sagen, obwohl wir die Wahrheit genau kennen.«

Anton war irritiert von den exakten Ausführungen. Die Polizisten schienen psychologisch gut geschult zu sein. Er fragte sich nur, weshalb sie dieses Wissen jetzt und ausgerechnet bei ihm anwandten.

Der Hooligan grinste. »Also. Liefern Sie uns ein paar Argumente, weshalb wir nicht voreingenommen sein sollten, damit wir Ihrer Schilderung einfach besser glauben können.«

Anton erstarrte. Die Polizisten verdächtigten ihn! Sie waren ihm auf der Spur. Er wusste nur nicht, wie nah sie ihm schon waren. Gehetzt sah er zur Tür – und wusste mit einem Mal, dass er diesen Raum so bald nicht verlassen würde.

KAPITEL 10

Alle Augenpaare waren auf Phil gerichtet.

Nicht nur Phil war klar, wer die Spielführung in diesem Raum übernommen hatte – nämlich er selbst. Leon und die anderen hielten sich zurück und taten mittlerweile, was er sagte.

Während die anderen Phil beobachteten, starrte der auf die Tafel vor sich.

»Ich hab's, ich hab's gleich. Gebt mir noch einen kleinen Moment. Die Lösung steht bestimmt hier an der Tafel. Verborgen hinter mathematischen Formeln.«

Rick räusperte sich. »Mag sein. Aber es schadet ja nicht, in der Zwischenzeit trotzdem nach weiteren Hinweisen oder versteckten Mechanismen oder der Tür zu suchen.«

Ohne Phils Antwort abzuwarten, setzte Rick das angekündigte Vorhaben in die Tat um. Soll er, dachte Phil, während er zusah, wie Rick einen Schritt über das Kabel machte, das immer noch an dem Kerzenhalter hing und sich über den Boden schlängelte. Plötzlich zuckte Rick zusammen, taumelte und stützte sich am Schreibtisch ab.

»Ahhhhh«, schrie er und prallte vom Schreibtisch zurück, als hätte er sich verbrannt.

Alle starrten Rick an, sie hatten seine kleine Showeinlage gesehen, verstanden aber nicht, was mit ihm los war. Er verharrte in der Position, an Ort und Stelle.

»Was ist mit dir?«, fragte Sophie und klang eher genervt als besorgt.

»Der Strom ist eingeschaltet. Passt auf«, warnte Rick. »Jedes Kabel, jedes Metallteil, auch das am Schreibtisch, steht unter Strom.«

Phil hatte keine Zweifel und blieb wie angewurzelt stehen. Auch die anderen rührten sich nicht. Rick war mit dem Arm an das herabhängende Kabel gekommen.

»Das hat sich wie mindestens 220 Volt angefühlt«, sagte Rick.

»Das kann nicht sein«, sagte Phil. »Wäre viel zu viel. Beruhigt euch wieder.«

»Dann fass das Kabel doch selbst mal an«, forderte Rick ihn gereizt auf.

Plötzlich spürte Phil einen stechenden Schmerz an seinem Handgelenk, der ihm buchstäblich durch Mark und Bein ging. Der Fitnesstracker hatte einen Stromschlag ausgesandt. Das Ding war ein Elektroschocker.

»Habt ihr das auch gespürt?«, fragte er laut in die Runde.

»Ja«, schrie Sophie panisch. Das Mädchen war den Tränen nahe. »In was für eine Scheiße sind wir hier geraten!«

»Ganz ruhig, Leute«, sagte Leon, der sich den Arm rieb.

Phil fand es erstaunlich, wie gelassen Leon auch in angespannten Situationen blieb. In schwierigen Momenten wie diesem kommt die Disziplin eines Soldaten zum Vorschein, dachte er.

»Hört zu«, fuhr Leon fort. »Wir arbeiten jetzt gegen die Uhr. Das wird nicht der letzte Stromschlag gewesen sein.«

Kaum hatte er es ausgesprochen, geschah es wieder. Alle zuckten zusammen. Der zweite Stromschlag war weniger intensiv gewesen als der erste, zumindest empfand Phil es so.

Leon sah zu ihm. »Nun, Herr Ingenieur. Hast du eine Lösung: Ja oder nein?«

»Nein«, antwortete Phil. »Oder doch: Wir können die Lampe ausschalten, dann hören die Stromschläge bestimmt auf, wir stehen aber im Dunkeln.«

»Wie sollen wir dann eine Tür finden?«, wimmerte Sophie.

»Halt den Mund«, sagte Leon ruhig, aber so bestimmt, dass sie augenblicklich verstummte.

Phil sah zu Boden. Der bestand aus Holzbohlen, und da sie Schuhe trugen, bestand keine Gefahr. Die Kerzenhalter, die Leisten an den Schreibtischen und die Beschläge an den Schubladen dagegen waren aus Messing und standen unter Strom. »Eigentlich müssen wir alle nur darauf achtgeben, was wir anfassen«, schlussfolgerte er. »Handschuhe wären gut.« Sein Blick schweifte umher. In dem Gewirr aus nicht isolierten Kabeln sah er einen kleinen Stecker mit vergoldeten Elektroden. Als hätte jemand aus Versehen das Ladekabel seines Handys liegen lassen. Das Kabel lag halb verdeckt unter den nicht isolierten Kupferdrähten, die mit Sicherheit unter Strom standen.

»Macht bitte jemand das Licht aus«, sagte Phil.

Michael kam der Aufforderung nach, ohne nachzufragen, und betätigte die Klammer, die als Schalter fungierte. Kaum waren die Kontakte voneinander getrennt, erlosch die grelle Glühlampe.

Sie standen wieder in völliger Dunkelheit.

»Was hast du vor?«, hörte Phil Leons Stimme.

»Vertrau mir einfach.«

Phil hatte sich eingeprägt, wo der Stecker lag. Er tastete sich vorsichtig mit den Fingern vor. Ja, die Kupferdrähte standen nicht mehr unter Strom, und er konnte sie gefahrlos auseinanderziehen. Doch wo war der Stecker? Er tastete weiter.

»Ich wüsste schon gern, was du gerade machst, Phil«, ertönte Sophies Stimme durch den dunklen Raum.

»Halt einfach den Mund«, blaffte Phil zurück und benutzte die gleichen Worte, die Leon zuvor für Sophie gefunden hatte. Er musste sich konzentrieren.

Da! Er spürte Plastik zwischen seinen Fingerkuppen, ein isoliertes Kabel. Er streifte mit den Fingern an der Isolierung entlang, bis er den Stecker gefunden hatte. Er hielt ihn fest, zog daran, bis er seine Finger wieder aus dem Kabelsalat befreit hatte.

»Du kannst den Strom wieder einschalten«, rief Phil in die Dunkelheit.

Es wurde Licht – und im selben Moment jagte wieder ein Stromschlag durch Phils Arm und bei jedem anderen der sechs Anwesenden.

»Ahh, Scheiße«, schrie Melissa.

»Was hast du gefunden, Phil?«, fragte Rick, der sich den Arm rieb.

Nun sahen alle zu Phil, der einen kleinen weißen Stecker an einem isolierten Kabel zwischen Daumen und Zeigefinger hielt. Jeder, der ein Smartphone besaß, kannte dieses kleine Gebilde. Ein Ladekabel. Man sah nicht, wo es hinführte, es verschwand irgendwo in dem Gewirr aus Kupferleitungen.

»Dieses Kabel und der Stecker gehören definitiv nicht ins 19. Jahrhundert«, sagte Phil.

»Und womit willst du den Stecker verbinden?«, fragte Sepan und grinste schief. »Ich habe mein Handy leider nicht dabei. Du?«

Michael hatte eine Idee. »Gibt es hier sonst noch etwas, das nicht ins 19. Jahrhundert gehört? Außer uns?«

Phil lachte plötzlich so laut, dass die anderen ihn irritiert ansahen. »Genial. Einfach genial.«

Keiner verstand, was Phil auf einmal hatte. Er grinste von einem Ohr zum anderen und hätte damit Sepan Konkurrenz machen können. »Der Professor ist echt ein Genie.«

»Er ist kein Genie, sondern ein Sadist«, hielt Sophie dagegen. »Sag endlich, was los ist, bevor uns der nächste Stromschlag erwischt.«

»Es gibt hier in diesem Raum etwas, das nicht ins 19. Jahrhundert gehört und das wir mitgebracht haben.« Er deutete auf die Virtual-Reality-Brillen, die auf den Schreibtischen herumlagen. »Wie, glaubt ihr, werden die wohl betrieben? Mit Strom. Gebt mir eine Brille, und halt das mal, Michael.«

Michael hielt den Stecker fest. Leon reichte Phil eine Brille. Das Gehäuse war komplett aus Kunststoff, aber Phil musste nicht lange suchen, bis er die Buchse gefunden hatte.

Wieder durchzuckte ein Stromstoß die Körper der Teilnehmer. Phil zögerte nicht länger, nahm den Stecker und bugsierte ihn in die Buchse der VR-Brille.

Nichts passierte.

Dann hörten sie einen Knall hinter sich, alle fuhren herum. Eine der Tafeln war von der Wand auf die Schreibtischplatte gekracht und fiel scheppernd auf den Boden. An der Stelle, wo die Tafel gehangen hatte, befand sich ein großes Loch in der Wand. Dahinter war ein Gewölbe. Sie befanden sich ganz offensichtlich in einer Burg oder auf einem Schloss. Das Gewölbe war schwach beleuchtet, man konnte weiter hinten eine Wendeltreppe erkennen, die sich nach oben schlängelte.

Phil hatte seine erste Aufgabe des heutigen Tages mit Bravour gelöst. »Los, Leute, nichts wie raus hier.«

Das ließen sich die anderen nicht zweimal sagen. Sie stiegen auf den Schreibtisch unter der Öffnung, darauf bedacht, nicht die Messingleiste an den Kanten zu berühren. Dann stieg einer nach dem anderen durch das große Loch in der Wand.

Sie hatten den ersten Raum gemeistert. Phil sei Dank!

Vor ihnen war eine Wendeltreppe aus Stahl, die nach oben führte. Es war nicht sehr hell, man konnte die Stufen schwach vor sich erkennen. Das Licht kam von kleinen Lämpchen, die in den Steinwänden eingelassen waren. Die Teilnehmer befanden sich definitiv in einem alten Gemäuer. Phil, der vorausging, zählte die Stufen. Bei sechsunddreißig hatte er es geschafft, und eine massive rote Holztür, die mit Metall beschlagen war, versperrte ihm den Weg. Es gab kein Schloss an der Tür, nur eine kunstvoll geschmiedete Klinke. Hinter Phil sammelten sich die anderen. Er zögerte einen Moment, dann berührte er vorsichtig das Metall, um zu prüfen, ob die Klinke unter Strom stand.

»Kein Strom«, sagte Phil.

Dennoch war ihm bewusst, dass sie immer noch den Fitnesstracker am Arm trugen, der sich plötzlich als Elektroschocker entpuppen konnte. Phil las in den Gesichtern seiner Mitstreiter, dass die Ernüchterung, zu welchen Methoden der Professor bereit war, schwerer wog als die Schmerzen, die der Elektroschocker zufügte. Alle Teilnehmer hatten eine Verschwiegenheitserklärung unterschrieben und der Freiheitsberaubung zugestimmt. Keiner von ihnen würde danach über Zargerts fragwürdiges Vorgehen sprechen dürfen.

Phil sah die anderen einen Augenblick an, bevor er entschlossen die Klinke in die Hand nahm und sie herunterdrückte. Die Tür ging mit einem lauten Quietschen nach außen auf. Gleißend helles Licht blendete Phil, der als Erster durch die Tür trat – und es einen Moment später bitter bereute.

Ein Schwall heißer Flüssigkeit klatschte ihm ins Gesicht, und ein Schmerz – tausendmal schlimmer als jeder Elektroschock – breitete sich auf seiner Haut aus.

KAPITEL 11

Hannah hätte mit allem gerechnet, nur nicht mit einer Gruppe von sieben Personen.

Vor ihr stand ein junger Mann, der sich schreiend den nassen Pullover vom Leib riss.

»Verdammte Scheiße, tut das weh!«

Er warf den Pullover weg und rieb sich die Augen im knallroten Gesicht trocken. Der Schmerz schien nachzulassen. Die anderen, vier Männer und zwei Frauen, starrten Hannah an.

Sie ließ den Eimer fallen. »Vorsicht, die Tür!«

Die Warnung kam zu spät. Krachend fiel die schwere Holztür ins Schloss.

»Na toll!«, sagte Hannah. »Wir sind eingesperrt, es gibt keinen anderen Ausgang.«

»Ach, echt? Das ist doch der Sinn der Übung«, entgegnete eine ungefähr Zwanzigjährige genervt und musterte Hannah von oben bis unten. »Wer bist du?«

Hannah verstand nicht, was mit »Sinn der Übung« gemeint war. »Ich heiße Hannah. Und wer seid ihr?«

Die anderen blickten einander an, unschlüssig darüber, ob man überhaupt auf diese Frage antworten sollte.

»War die Frage so schwer?«, setzte Hannah nach. »Wer seid ihr?«

Sie nannten ihre Namen. Der, dem sie den Eimer mit Wasser ins Gesicht geschüttet hatte, hieß Phil.

»Gehörst du zum Experiment?«, fragte er.

»Was für ein Experiment?« Hannah glaubte allmählich, den Verstand zu verlieren, so absurd war die Situation. Eben noch musste sie davon ausgehen, von einem Triebtäter verschleppt worden zu sein, und nun faselte jemand etwas von einem Experiment. Stand sie womöglich unter Drogen und halluzinierte?

»Wir nehmen an einem Experiment teil«, erklärte der im Trainingsanzug – Sepan. »Professor Zargert, Universität Hannover. Und du?«

Hannah stöhnte und rieb sich die pochenden Schläfen. Das hier ist ein Albtraum, in dem nichts zusammenpasst, dachte sie. Sepan hatte ihre Uni erwähnt, und Professor Zargert war ihr auch bekannt. Aber das ergab alles keinen Sinn, denn sie traute dem Professor zwar einiges zu, aber eine Entführung? Nein, so etwas würde selbst dieses narzisstische Arschloch nicht wagen.

»Ich wurde entführt. Letzte Nacht. Dann bin ich hier wach geworden, und ich habe absolut keine Ahnung, wo wir sind. Geschweige denn, ob es Tag oder Nacht ist.«

»Tag«, sagte Michael, der aussah wie ein Lehrer. »Wir sind heute Morgen hier angekommen. Aber was meinst du mit *entführt worden*?«

Das Gothic Girl – Melissa – gab ein raues Lachen von sich und schüttelte den Kopf. »Entführt – ja, klar. Die Nummer hier wird immer besser.«

»Wer hat dich denn entführt?«, hakte die ungefähr Zwanzigjährige namens Sophie nach.

Sie glauben mir nicht, schoss es Hannah durch den

Kopf. Aber: Konnte sie, Hannah, denn ihnen glauben? Was für ein Experiment sollte das sein?

Sie trat gegen den leeren Eimer. Er kullerte durch den Raum.

»Ich erinnere mich nicht«, seufzte sie. »Ich erinnere mich an gar nichts mehr. Mir wurden gestern Nacht K.-o- Tropfen verabreicht. Das Letzte, was ich noch weiß, ist, dass die Bar, in der ich arbeite, voll war, ich viel zu tun hatte. Alles, was danach kam, ist wie ein schwarzes Loch in meinem Hirn. Das ist meine Geschichte, glaubt sie oder nicht. Und jetzt ihr: Was für ein Experiment soll das sein?«

Michael antwortete als Erster. »Ein Psychologieprofessor von der Uni Hannover hat ein Escape-Room-Experiment gestartet, in das –«

Hannah schnitt ihm das Wort ab. »Ich studiere Psychologie. Professor Zargert ist bekannt für so eine Scheiße.«

»Was für eine Scheiße meinst du?«, wollte Rick wissen, ein muskelbepackter Typ Ende zwanzig.

»Psychologische Experimente, die ethisch mehr als fragwürdig sind.«

Die sieben tauschten Blicke. Offenbar hatten sie bereits einiges durchgemacht, dachte Hannah, doch bevor sie nachfragen konnte, blaffte Phil sie an.

»Was sollte das mit dem heißen Wasser?« Er hatte den nassen Pullover über einen Stuhl gehängt, das T-Shirt darunter angelassen.

»Ich dachte, dass mein Entführer durch die Tür käme. Ich wollte mich verteidigen. Tut mir leid.«

Phil nahm die Entschuldigung mit einem Kopfnicken an.

Hannah war schon vorher aufgefallen, dass der Typ

namens Leon sie die ganze Zeit mit einem wissenden Lächeln anstarrte.

»Was ist mit dir?«, sprach sie ihn direkt an. »Habe ich irgendetwas im Gesicht, das da nicht hingehört?«

Leon verzog einen Mundwinkel. »Ich glaube, dass du zu diesem Experiment gehörst. Dass du ein Agent Provocateur bist, eine Art Spitzel.«

»Ja.« Rick nickte zustimmend. »Das dachte ich auch schon. Also, was sollen wir in diesem Raum machen?«

Hannah schnaubte. Die Situation wurde immer absurder. »Wieso fragst du mich das? Ich habe keine Ahnung.«

»Das glauben wir dir aber nicht«, sagte Melissa und zog die schwarz bemalten Augenbrauen hoch.

Hannah überlegte. Würde sie es glauben? Wenn sie an einem idiotischen Experiment teilnähme, und plötzlich stünde da eine Frau, die behauptet, entführt worden zu sein? Nein, sicher nicht. Die Frage lautete also, wie viel Energie sie investieren sollte, um die anderen von ihrer Geschichte zu überzeugen? Im Moment keine, beschloss sie.

»Scheißegal, was ihr glaubt.« Hannah war zu Tode erschöpft. »Ich habe jedenfalls nichts mit diesem Experiment zu tun. Und ich wäre mit weitem Abstand die letzte Studentin, auf die Professor Zargert zurückgreifen würde.«

»Wieso?«, fragte Leon.

»Weil Zargert ein selbstverliebtes Arschloch ist. Ein Narzisst, ein Egomane. Er lässt keinerlei Kritik zu. Ich hatte ein Seminar bei ihm, und er hat mich durchfallen lassen. Weil ich nicht verliebt an seinen Lippen geklebt habe.«

»Hattest du eine Affäre mit ihm?« Leon kam auf sie zu. Wollte sie wohl mit seiner Nähe aus der Fassung bringen.

Hannah schüttelte den Kopf. »Allein der Gedanke daran verursacht mir Übelkeit.«

Leon sah ihr tief in die Augen. Hannah hielt seinem Blick stand, und sie hatte den Eindruck, dass er anfing, ihr zu glauben.

Leon wandte sich abrupt ab, setzte sich an den Tisch und trank aus einer Flasche Wasser. Rick und Phil machten es ihm nach, und Sepan ging zu dem Automaten.

»Was habt ihr da am Handgelenk?«, fragte Hannah.

Leon hob den Arm. »Uns wurde gesagt, es sei ein Fitnesstracker zur Überprüfung der Vitalfunktionen. Aber wie sich herausgestellt hat, kann man damit Stromstöße verpassen.«

Hannah stutzte. »Stromstöße?«

»Ja«, bestätigte Sophie. »Die verdammt noch mal wehtun.«

»Haben wir vielleicht irgendein Werkzeug hier, mit dem man die Dinger öffnen kann?«, fragte Phil.

Hannah griff in ihre rechte Beintasche und holte den kleinen Schraubendreher hervor. »Versucht es damit«, sagte sie und legte das Werkzeug auf den Tisch.

Phil grabschte sofort danach und begutachtete das Teil. Dann fand er das Gegenstück zu dem Schraubendreher, und der Verschluss des Armbands ließ sich öffnen. Er reichte das Werkzeug weiter, nahm den Elektroschocker vom Handgelenk und warf ihn weit weg durch den Raum.

»Danke«, sagte er zu Hannah.

»Gerne. Damit sind wir beide quitt, okay?«

Phil nickte und grinste.

Leon erhob sich vom Stuhl, nachdem er sich von dem Fitnessarmband befreit hatte. »Damit hast du dich schon mal nützlich gemacht, Hannah. Sagst du uns jetzt auch, wie es weitergeht?«

Hannah verdrehte die Augen. »Wie oft denn noch? Ich bin kein Agent Provocateur, wie du das nennst. Aber – ich habe euch tatsächlich etwas mitzuteilen. Vielleicht solltet ihr mir besser zuhören.«

Die anderen sammelten sich um den Tisch herum. Hannah hielt es für den richtigen Zeitpunkt, die sieben über Professor Zargert aufzuklären.

»Kennt ihr das Milgram-Experiment?«

»Ich habe mal davon gehört«, sagte Michael, der sich das Handgelenk rieb. »Da ging es auch um Elektroschocks?«

Hannah nickte. »Das Milgram-Experiment, benannt nach dem Psychologen Stanley Milgram, hat 1961 in den USA stattgefunden.«

Hannah spürte, dass sie die ungeteilte Aufmerksamkeit aller hatte. Vor allem Leon zeigte sich sehr interessiert. Wenn es ihr gelänge, sein Vertrauen zu gewinnen, glaubte sie, würden die anderen folgen und ihr ihre Geschichte glauben. Sie referierte. Fünfzehn Jahre nach dem Ende der Schreckensherrschaft der Nazis war es für viele Historiker immer noch unerklärlich gewesen, was in den Konzentrations- und Vernichtungslagern geschehen war. Die Frage nach den wahren Tätern stand immer noch im Raum. Lag es an der Autorität der Machthaber oder dem blinden Gehorsam willfähriger Helfer? Oder koalierte beides in einer perfiden Weise miteinander? Um dieser Frage nachzugehen, erdachte Stanley Milgram ein Experiment.

Die Probanden wurden in zwei gleich große Gruppen eingeteilt: *Lehrer* und *Schüler*. Das Los entschied darüber, wer welche Rolle einnahm. Zumindest hatte es den Anschein. In Wahrheit war die Auslosung ein Fake. Der *Lehrer* war immer ein nichts ahnender Proband, der *Schüler* gehörte zum Team der Psychologen und war stets ein Schauspieler. Er wurde mit Elektroden versehen und sollte Fragen beantworten. Bei jeder falschen Antwort sollte der Lehrer dem Schüler einen Stromstoß verpassen. Mit jeder falschen Antwort wurde die Stromstärke erhöht. Die Schauspieler, in der Rolle der Schüler, täuschten Schmerzen vor, fingen an zu schreien, bettelten, dass das Experiment abgebrochen werden solle. Die Probanden, in der Rolle des Lehrers, kamen allesamt sehr schnell an den Punkt, dass sie nicht mehr weitermachen wollten. Es lag jedem von ihnen fern, anderen Menschen wehzutun. Und genau an dieser Stelle kamen die Wissenschaftler ins Spiel. Sie trugen weiße Kittel, große Brillen, drückten sich sehr gewählt aus und wurden äußerst missmutig, als die Probanden in der Rolle des Lehrers nicht mehr weitermachen wollten. Das Experiment dürfe nicht gefährdet werden, unter keinen Umständen. Und wenn ein Proband nicht mehr mitmachen würde, wäre alles für die Katz gewesen. Dem Lehrer wurde eindringlich mitgeteilt, dass er von jeglicher Verantwortung freigesprochen wäre. Nur aufhören, das Experiment abbrechen, durfte er nicht, das lag in seiner Verantwortung. Unter dem Druck einer scheinbar wissenschaftlichen Autorität gingen alle Lehrer bis zu einer tödlichen Stromstärke. Keiner folgte seinem Gewissen und brach das Experiment ab.

»Warum erzählst du uns das alles?« Rick sah sie fragend an, die muskulösen Arme vor der Brust gekreuzt.

»Weil Professor Zargert ein großer Fan dieses Experiments ist. Er liebt es, Menschen zu manipulieren und in herabwürdigende Positionen zu manövrieren. Es werden irgendwo Kameras versteckt sein, und er sitzt vor den Monitoren und lacht euch aus, wenn ihr bei jedem Stromstoß wie Laborratten zusammenzuckt. Er ist ein Misanthrop.«

»Was soll das sein, ein *Misan-irgendwas*?«, fragte Sepan und blickte genauso ratlos drein wie Sophie.

»Ein Menschenfeind«, kam Michael ihr mit der Antwort zuvor.

»Ich hatte ein Seminar bei Professor Zargert, das Thema war dieses Milgram-Experiment. Etliche Probanden bekamen damals in den Sechzigerjahren massive psychische Probleme, weil sie Schuldgefühle hatten. Und das Experiment hatte kaum Aussagekraft, die Verbrechen der Nazis ließen sich so schon mal gar nicht erklären. Trotzdem: Zargert ist von solchen Experimenten begeistert, ich finde sie ethisch nicht zu verantworten. Deshalb hat er mich aus dem Seminar geschmissen.«

Leon erhob sich von seinem Stuhl. »Und wer soll dich entführt haben?«

»Danke, dass du danach fragst«, sagte Hannah. Sie setzte alle Hoffnungen darauf, dass Leon den Ernst der Lage erkannte. »Die Tatsache, dass ich hier bin, bedeutet, dass es kein Experiment gibt.« Hannah ließ ihre Worte einen Moment lang wirken, bevor sie weiterredete. »Professor Zargert ist einiges zuzutrauen, das mit den Stromstößen zum Beispiel. Das geht noch. Aber eine Entführung? Nein. So weit würde er nie gehen.«

Phil erhob sich von seinem Stuhl. Er lachte, dann sah er in die Runde zu seinen Mitstreitern. »Merkt ihr nicht, was hier abgeht?«

Keiner schien genau zu wissen, was er meinte. Am wenigsten Hannah.

»Sie ist der plumpe Versuch, uns davon abzubringen weiterzumachen. Wer jetzt aussteigt, ist einfach nur schwach. Die Stromstöße haben uns doch nicht umgebracht und haben auch nicht wirklich wehgetan, oder?«

Hannah spürte, dass Phil das Ruder wieder herumriss. Einen kurzen Moment hatte sie das Gefühl gehabt, die Gruppe würde ihr glauben, aber dem war nicht mehr so.

Phil fuhr fort. »Darf ich daran erinnern, dass wir ein fettes Honorar kriegen, sollten wir alle bis zum Ende dabeibleiben? Ich bitte euch, lasst euch nicht ins Bockshorn jagen von ihr. Sie gehört dazu. Sie ist ein Test, ein Lockvogel oder Spitzel oder so etwas.«

Jetzt wurde Hannah sauer. »Nein, es ist die Wahrheit. Es wäre für uns alle das Beste, wenn ihr mir glauben würdet.«

»Eine letzte Frage noch«, meldete sich Leon erneut zu Wort.

Hannah nickte, sah ihn erwartungsvoll an.

»Wo ist denn noch mal die Toilette?«

Die anderen lachten los. Sie lachten über Hannah. Über ihren kläglichen Versuch, das Experiment zu sabotieren und sie von dem Vorhaben abzubringen. Niemand glaubte ihr auch nur ein Wort.

Hannah war als Einziger bewusst, dass sie sich in einer bedrohlichen Lage befanden. Denn entweder war das Experiment außer Kontrolle geraten, oder es gab gar kein Experiment.

KAPITEL 12

Der zerstörte Reisebus stand in einer Halle, die von der Landespolizeibehörde bei Bedarf angemietet wurde. Oberkommissar Klaus Liebert hatte ein Klemmbrett mit einem sehr kurz gefassten Tatortprotokoll dabei. Angefordert hatte die Untersuchung Bernd Kappler, Erster Hauptkommissar, dem Liebert direkt Bericht erstatten würde. Sonst stand nicht viel in dem Protokoll, außer dass es um Mord und Entführung ging. Ermittler am Tatort gaben der Spurensicherung wenig Informationen über die Vorgänge, die zu der Tat geführt haben könnten. Liebert sollte unvoreingenommen an den Fall herangehen, eigene Schlüsse ziehen, die er dann wiederum in einem eigenen Protokoll festhalten würde. Auf diese Weise sollte verhindert werden, dass eine Grundhypothese zu Beginn eines Falls die Denkweise aller Beteiligten einschränkte. Eine falsche Grundhaltung konnte sich wie ein Virus verbreiten und massive Auswirkung auf das Ermittlungsergebnis haben.

Für Liebert ging es darum, Fingerabdrücke, DNA und sonstige Spuren zu sichern. Normalerweise ein Routinejob, der allerdings bei der Größe des Fahrzeugs Zeit in Anspruch nehmen würde. Liebert hatte im Computer nachgeschaut, wie der Fall eingestuft wurde. In ganz Niedersachsen dürfte es keinen Polizisten mehr geben, der nicht davon gehört hatte. Sieben entführte Personen, ein Mord. Wahrscheinlich würden heute Abend die Medien darüber berichten.

Dies bedeutete, er stand unter Druck. Im Moment war er noch allein, ein Kollege hatte sich krankgemeldet. Aber Liebert bekäme bestimmt bald Unterstützung.

Solange er sich mit niemandem austauschen musste, hörte er bei der Arbeit gerne Musik. Das steigerte sogar die Konzentration. Aus seinen AirPods drang Musik von David Bowie, Lieberts Lieblingskünstler, der leider viel zu früh verstorben war.

Der Erstkontakt mit einem Tatort war ein wichtiger Moment. Liebert ließ sich Zeit dafür. Er betrat den Bus, blieb neben dem Fahrersitz stehen. Dort gab es sehr viel Blut, dem Opfer war hier die Kehle durchgeschnitten worden. Liebert sah sich weiter um. Die Bustür war bei dem Unfall abgerissen worden, etliche Scheiben zersplittert. Der Innenraum war gut durchlüftet gewesen, aber der Bus stand nun schon seit über einer Stunde in der Halle.

Liebert schloss kurz die Augen. Nein, er irrte sich nicht. Er lag in der Luft, der süßliche Geruch von Verwesung. Nicht sehr stark, aber deutlich genug, zumindest für sein geschultes Riechorgan.

Liebert sah aufs Klemmbrett. Von Verwesungsgeruch stand nichts auf dem Papier, wahrscheinlich war es am Tatort niemandem aufgefallen. Die Stirn in tiefe Falten gelegt, dachte Liebert nach. Der Unfall hatte sich vor einigen Stunden ereignet. Selbst wenn der Bus kurz vorher ein Tier überfahren hätte, dessen Körperteile nun irgendwo verteilt wären, eine Verwesung setzte niemals so schnell ein. Auch das Blut oder Körperteile des Mordopfers würden nicht so schnell diesen Geruch erzeugen.

Liebert schaltete die Musik ab, obwohl »Heroes« sein Lieblingssong war. Er schloss die Augen, um sich nur von seinem Geruchssinn leiten zu lassen. Langsam, einen Fuß vor den anderen setzend, schritt er durch den Mittelgang, an den Sitzreihen vorbei.

Es war kein Irrtum, der süßliche Gestank wurde intensiver. Liebert ging langsam weiter, nach zwei Schritten ließ die Intensität nach. Er blieb stehen und öffnete die Augen. Er war in Sitzreihe vierzehn. Er drehte sich um und ging ebenso langsam zurück, wie er gekommen war, diesmal mit geöffneten Augen. Dreizehn, zwölf, elf, zehn. Er stutzte und machte wieder einen Schritt rückwärts. Eindeutig, zwischen Sitzreihe zehn und elf war der Geruch am stärksten.

Nun begann die Suche nach der Ursache. Liebert tastete zuerst die Sitzflächen ab – nichts. Er sah in die Taschen an den Sitzen – auch die waren leer. Wäre ja auch zu leicht gewesen. Da entdeckte er es. Vor dem Sitz am Gang in Fahrtrichtung rechts war wie bei allen Sitzen ein Klapptisch angebracht, und oberhalb dieses Klapptisches hing ein Faden. Liebert sah ihn sich genauer an. An der Rückseite der Kopfstütze war die Naht des Lederbezugs aufgetrennt worden. Es war die Kopfstütze vom Sitz aus der Reihe zehn.

Liebert trug Handschuhe, er griff mit zwei Fingern in den Spalt. Ja, da war etwas, er fühlte es deutlich. Er nahm die anderen Finger hinzu, um nach dem Gegenstand zu greifen, der sich dort unter dem Lederbezug befand. Endlich bekam er ihn zu fassen und zog seine Finger vorsichtig wieder heraus. Dabei wurde der Verwesungsgeruch so intensiv, dass Liebert kurz die Luft wegblieb.

Als er sah, was er in der Hand hielt, holte er mit der

anderen Hand eine Beweismitteltüte aus der Tasche und legte seinen Fund samt Tüte auf die Sitzfläche vor sich.

Der Gestank war beinahe unerträglich. Liebert wandte sich ab, ging ein paar Schritte weg, um Luft zu holen. Erst dann kam er zurück zu Reihe elf. Auf dem Sitz am Gang, auf Lieberts Beweismitteltüte, lag ein abgetrennter Finger. Zumindest das, was die Maden und Würmer übrig gelassen hatten. Unter einem Rest gräulicher Haut schimmerten die Gelenkknochen weiß hervor.

Liebert nahm eine weitere Beweismitteltüte aus seiner Tasche und fasste den Finger vorsichtig an, damit er nicht auseinanderfiel.

Nachdem Liebert die Beweismitteltüte geschlossen hatte, war der unerträgliche Geruch gebannt. Er ging mit dem Beutel nach draußen. Jetzt hatte er die Ruhe, es sich genau anzusehen. Ihm fiel auf, dass der Fingernagel in der Mitte gespalten war, sauber in zwei Hälften zerteilt. Das konnten unmöglich die Würmer gemacht haben. Liebert war kein Mediziner, aber das Gewebe unter dem Nagel sah verändert aus.

Hier stimmte etwas nicht, sagte ihm sein Bauch, und der ließ ihn wie seine Nase selten im Stich.

Liebert sah auf das Klemmbrett, nahm sein Handy und wählte die Nummer von Hauptkommissar Bernd Kappler.

KAPITEL 13

Kappler beendete das Telefonat und steckte sein Handy ein. Die Nachricht über den Fund beunruhigte ihn. Es war nicht das Körperteil an sich, so etwas hatte er im Laufe der Jahre schon oft erlebt, aber die Aufeinanderfolge der Ereignisse ergab ein Gesamtbild, das er nicht durchschaute.

Eva sah ihn mit fragendem Blick an. Er raunte ihr ein »Später« zu. Sie befanden sich in Hörweite des Professors, und er sollte nur das Nötigste über den Stand der Ermittlungen erfahren.

Kappler und Dahlhaus hatten sich einen schnellen Überblick verschafft und die Akten der sieben Teilnehmer durchgeblättert. Kopien waren an die Kollegen im Präsidium gegangen, die sich bereits mit Durchsuchungsbeschlüssen auf den Weg zu jedem einzelnen Teilnehmer machten. Die Handys waren abgeschaltet. Ein Expertenteam würde die Verbindungsdaten aller Telefone mithilfe der Provider analysieren, sofern das noch nicht geschehen war. Weder Eva noch Kappler glaubten, dass diese Routinemaßnahmen sie sonderlich weiterbringen würden. Der Schlüssel zur Lösung des Falls war in ihren Augen Professor Andreas Zargert. Er und sein Experiment.

Sie hatten den Bürocontainer verlassen und gingen gemeinsam mit Zargert durch die Räumlichkeiten, in denen jetzt eigentlich die Teilnehmer verweilen sollten. Der Dekan hatte sich längst verabschiedet. Er und Zargert konnten sich nicht ausstehen, das hätte ein Blinder gemerkt, Kappler sowieso.

Zargert erklärte, dass jeder Escape Room so konzipiert worden sei, dass bestimmte Charaktereigenschaften, Wesensmerkmale oder Geisteszustände eine mehr oder minder große Rolle gespielt hätten. Das Experiment sollte aufdecken, in welchen Situationen sich bestimmte menschliche Fähigkeiten durchsetzten oder unterdrückt wurden.

»Das Ergebnis hätte auch von Interesse für die Hirnforschung sein können. Es geht nicht zuletzt um die exekutiven Frontalhirnfunktionen, die verantwortlich sind für Kompetenzen wie Handlungsplanung, Impulskontrolle, Frustrationstoleranz, Selbstreflexion, Empathie.«

Kappler hatte genug von dem Vortrag und hörte gar nicht mehr zu. Stattdessen sah er sich den dritten Raum, in den sie kamen, genau an. Der war wie eine römische Therme gestaltet. Eine Saunalandschaft im antiken Stil, die sich mehr und mehr erwärmt hätte und die Probanden unweigerlich vor die Wahl gestellt hätte, sich der Kleidung zu entledigen oder nicht.

»Und da eine der beiden Frauen sich niemals vor den anderen ausgezogen hätte, weil sie sich für ihren Körper schämt, wäre es äußerst spannend gewesen zu sehen, wie sie hier reagiert hätte«, erklärte Professor Zargert mit süffisantem Lächeln.

Kappler hatte Mühe, ein unbeteiligtes Gesicht zu machen. Zargert redete über Menschen wie über Versuchskaninchen. Genau das waren sie in seinen Augen wohl auch. Experimente dieser Art sollten verboten werden, dachte Kappler. Manchmal musste man Menschen auch vor sich selbst schützen, damit sie nicht freiwillig an so etwas teilnehmen konnten.

Instinktiv vergrößerte er den Abstand zu Zargert und ging in die Mitte des Raumes, wo mehrere Skulpturen standen. Eine Statue hatte einen Kopf mit zwei Gesichtern.

»Hätten die Skulpturen eine Bedeutung für das Spiel gehabt?«, fragte Kappler.

»Es ist kein Spiel«, sagte Zargert und kam näher.

Der Ton des Professors verriet, dass er sich wieder einmal angegriffen fühlte. Gut so. Kappler wusste mittlerweile, wie er ihn provozieren konnte.

»In diesem Raum«, fuhr Zargert fort, »wäre Intellekt gefordert gewesen. Die Statue hier zeigt Janus, den römischen Gott der Türen und Tore, der Ein- und Ausgänge. Er wird mit zwei Gesichtern dargestellt, was in der Mythologie für Ambivalenz und Zwiespältigkeit steht.«

Kappler nickte. Die Ausstattung der Räume interessierte ihn nicht besonders, aber er wollte mehr über den Mann erfahren, der sie sich ausgedacht hatte.

»Lassen Sie mich zusammenfassen«, sagte Kappler und blieb betont sachlich. »Wir müssen davon ausgehen, dass ein oder mehrere Täter Ihre Probanden entführt haben, um dieses Experiment zu sabotieren. Der Mord an dem Busfahrer hebt diesen Fall auf ein neues Niveau. Und –« Er zögerte.

»Und was?« Zargert sah ihn mit hochgezogenen Brauen an.

»Wir haben etwas in dem Bus gefunden.«

Eva, die ebenso überrumpelt zu sein schien wie der Professor, gelang es augenblicklich, ihre Überraschung zu verbergen.

»Können Sie sich denken, was?«, fuhr Kappler fort, während er dicht an Zargert herantrat und ihn fixierte.

Der Professor schüttelte den Kopf, verlor nichts von seiner Selbstsicherheit. »Natürlich nicht. Was haben Sie denn gefunden? Nun reden Sie schon!«

Kappler ließ sich ein paar Sekunden Zeit, ehe er antwortete. »Den Finger einer Frau. In einem weit fortgeschrittenen Verwesungsstadium.«

Zargerts Gesicht verlor deutlich an Farbe.

»Fällt Ihnen dazu irgendetwas ein?«, hakte Kappler nach, als der Professor nichts sagte. »Zum Beispiel, von wem dieses Körperteil stammen könnte?«

Jetzt kehrte das Leben in Zargert zurück. Seine Stimme überschlug sich beinahe, als er antwortete. »Woher zum Teufel soll ich das wissen?«

»Sie wissen mehr, als Sie uns bisher gesagt haben.«

Der Professor schüttelte langsam den Kopf. »Ich habe absolut keine Ahnung, wovon Sie reden!«

Kappler spürte, wie sein Handy in der Tasche kurz brummte, und nahm es heraus. Ein Kollege hatte ihm eine Mail geschickt, ein auf die Schnelle verfasstes Dossier über den Professor.

Kappler überflog es, saugte die wichtigsten Informationen auf, bevor er die Befragung fortsetzte. »Warum hat Ihre Frau Selbstmord begangen, Herr Professor?«

Die Frage traf Zargert so unerwartet wie eine Ohrfeige. Einen Moment lang war er sprachlos, bevor er mit ungewohnt leiser Stimme antwortete. »Das ist sieben Jahre her.«

»Beantwortet nicht meine Frage.«

»Sie hat zu viele Tabletten genommen. Auf einmal.« Zargerts Stimme war nur noch ein Flüstern.

»Warum?«

»Sie litt seit vielen Jahren an Depressionen. Damals war die Krankheit noch nicht so gut erforscht. Ihr fehlten Transmittersubstanzen im Gehirn. Sie fiel in ein dunkles Loch, von Mal zu Mal immer tiefer und tiefer.« Er schluckte. »Irgendwann hatte die Dunkelheit sie gänzlich eingehüllt, von da an konnte ihr niemand mehr helfen. Auch ich nicht.«

»Haben Sie versucht, sie zu therapieren?«, hakte Eva nach.

»Versucht, ja. Ich habe sie angefleht, dass sie zu einem Spezialisten gehen soll, ich kenne schließlich genug Fachleute in der Branche. Carla hat sich geweigert.« Er schaute Kappler und Eva eindringlich an. »Man kann einem Menschen nicht helfen, wenn er sich weigert. Kennen Sie das nicht auch – aus Ihrem Beruf?«

Kappler nickte. Die Frage ließ eine lang zurückliegende Erinnerung in ihm wach werden. Vor einigen Jahren hatte es so einen Fall gegeben, ein Verdächtiger, der mit Drogen dealte. Er war gewalttätig geworden gegenüber seiner Frau, und er hatte mehr und mehr Spaß daran gefunden. Ein Sadist. Kappler bekam das mit und wollte der Ehefrau helfen. Sie hätte noch nicht mal eine Aussage gegen ihren Mann machen müssen, denn es ging Kappler nicht darum, ihn wegen seiner Drogengeschäfte dranzukriegen. Er wollte nur die Frau, die einem brutalen Schläger schutzlos ausgeliefert war, aus dieser Hölle befreien. Aber sie wollte nicht. Irgendwann bekam der Dealer Wind von Kapplers Bemühungen und fühlte sich bedroht, glaubte, dass seine Frau vielleicht doch gegen ihn aussagen könnte. Von einem Tag auf den anderen war sie spurlos verschwunden. Man hatte sie oder ihre Leiche nie gefunden. Es war nie zu einer Anklage gekommen. Kappler hatte die Situation unterschätzt. Auch wenn er im juristischen Sinne nichts falsch gemacht hatte, begleitete ihn eine moralische Schuld bis heute. Er hätte die Gefahr sehen müssen. Manchen Menschen konnte man nicht helfen, egal, wie sehr man sich um sie bemühte. In dem Punkt musste er dem Professor leider recht geben.

»Wie haben Ihre Kinder auf den Tod reagiert?«, fragte Eva.

Beim Gedanken an seine Kinder schien der Professor seine Fassung zurückzugewinnen. »Meine Söhne waren schon erwachsen. Lovis, der Ältere, befand sich zu der Zeit in Australien, wo er heute noch lebt. Er arbeitet als Arzt, hat eine eigene Familie. Aurel war an einem College in England. Beide haben es gut verkraftet. Wieso fragen Sie?«

»Haben Sie ein gutes Verhältnis zu Ihren Söhnen?«

»Ich würde sagen, ja. Mal besser, mal schlechter. Sie leben beide sehr weit weg. Lovis wie gesagt in Australien, Aurel in New York. Er arbeitet als Investmentbanker. Wir skypen regelmäßig, aber persönlich getroffen haben wir uns auch schon länger nicht mehr.«

Kappler hatte das Gefühl, auf der Stelle zu treten, dass ihn die Fragen nach Zargerts Familie an diesem Punkt nicht weiterhalfen, also wechselte er das Thema. »Mal angenommen, jemand möchte dieses Experiment sabotieren, wer käme da infrage? Fällt Ihnen da jemand ein?«

Zargert kratzte sich am Kinn. »Mir fielen ein paar potenzielle Saboteure ein, aber keinem von ihnen würde ich einen Mord zutrauen. Außer …« Er hielt inne, und Kappler konnte nicht sagen, ob es eine Kunstpause war oder ob der Professor wirklich Zeit brauchte, um den ungeheuerlichen Verdacht auszusprechen. »Es gibt da einen ehemaligen Studenten«, fuhr er nach ein paar Sekunden fort, »dem würde ich alles zutrauen, aber er sitzt in einer geschlossenen Anstalt. Er ist an einer Psychose erkrankt, hört Stimmen in seinem Kopf, das volle Programm. Er gibt mir die Schuld an seiner Krankheit, deshalb hasst er mich.«

»Hat er auch einen Namen?«

Zargert nickte. »Alexander Lorentz. Er ist in der Psychiatrischen Klinik in Hameln untergebracht.«

»Und wieso gibt er Ihnen die Schuld?«, fragte Eva.

Zargert schaute zum Kopf der Janusstatue. »Dieser Student hatte zwei Gesichter, ich habe das zu spät erkannt. Ich war sein Mentor, er hat mein Vertrauen missbraucht.«

»Inwiefern?«, wollte Kappler wissen.

»Alexander Lorentz hat betrogen, nicht nur mich, die ganze Wissenschaft. Seine Masterarbeit war ein Plagiat, und deshalb habe ich ihn rausgeschmissen. Exmatrikuliert. Sein Vater ist juristisch gegen mich vorgegangen, ohne Erfolg.«

»Wie lange ist das her?«, fragte Eva.

»Das Gericht hat vor einem Jahr entschieden – für mich.«

Ein Blick zu Eva, und Kappler wusste, dass sie dasselbe dachte wie er.

Endlich eine Spur, mit der sich etwas anfangen ließ.

KAPITEL 14

Hannah saß am Tisch, den Kopf in die Hände gestützt, und überlegte fieberhaft, was sie tun könnte, um die anderen davon zu überzeugen, dass dies kein Experiment war, zumindest kein wissenschaftliches. Professor Zargert hätte sie niemals betäubt und entführt, also zog hier jemand anders die Fäden, irgendein kranker Irrer, das stand für Hannah unumstößlich fest.

Sie hob den Kopf, um die Gruppe zu beobachten. Die sieben hatten eine Zeit lang versucht, einen Ausgang zu finden, irgendwann aber aufgegeben und beschlossen, eine Pause einzulegen. Jetzt unterhielten sich Leon und Rick angeregt in der einen Ecke des Raums, Hannah schnappte Worte auf, die mit Kampfsport zu tun hatten. Melissa und Sophie, in der anderen Ecke des Raums, verstanden sich offensichtlich ebenfalls blendend, obwohl die einzige Gemeinsamkeit, die die beiden zu haben schienen, ihr Geschlecht war, so unterschiedlich wirkten die zwei.

Michael, der Lehrertyp, gesellte sich zu den beiden Frauen.

Sepan mit dem permanenten Grinsen im Gesicht kam mit zwei Getränkedosen Red Bull zu Hannah herüber und nahm auf dem Stuhl neben ihr Platz. Er hielt ihr eine Dose hin.

Hannah nahm sie. »Danke!«

Es zischte zweimal, dann tranken sie.

»Was meinst du, wie lange wir hier noch rumhängen?«, fragte er.

Hannah stieß hörbar die Luft aus. »Keine Ahnung.«

Sepans Grinsen wurde noch breiter, als er sich verschwörerisch zu ihr vorbeugte und die Stimme senkte. »Hast du Bock zu ficken?«

Hannah hätte sich fast an ihrem Red Bull verschluckt. »Was? Spinnst du jetzt total?«

Sepan blieb völlig unbeeindruckt. »Natürlich nicht hier vor den anderen. Wir könnten zusammen ins Bad gehen.«

Hannah wusste noch immer nicht so genau, ob er sie nur verarschen wollte, und starrte ihn stumm an.

Sepan grinste. »Hey, was ist denn dabei? Du kannst auch Nein sagen, dann frag ich Sophie.«

Hannah zeigte ihm den Mittelfinger.

Sepans Grinsen wurde noch breiter. »War das jetzt ein –«

Er brachte die Frage nicht zu Ende, weil ein lautes, hohes Zischen einsetzte. Dichter weißer Nebel schoss aus kleinen Öffnungen knapp unterhalb der Decke, wie in einer Disco, und es ertönte laute Musik. Alle sprangen auf, sahen sich irritiert um, während ein berühmtes Gitarrenriff von AC/DC – »*Thunderstruck*« – so laut dröhnte, dass sie sich die Ohren zuhalten mussten. Die Boxen befanden sich hinter den Wänden, die unter der Wucht der Bässe bebten. Innerhalb von Sekunden war der Raum so vollgenebelt, dass man die eigene Hand nicht mehr vor Augen sehen konnte. Gleichzeitig setzte Stroboskoplicht ein. Das machte es beinahe unmöglich, sich zu orientieren. Hannah hörte

Sophie kreischen, auch die Männer schrien gegen den Lärm an. Hannah streckte den Arm aus und bekam Sepans Arm neben sich zu fassen.

»Lass uns zusammenbleiben«, schrie sie in den Nebel neben sich.

»Ja«, schrie Sepan zurück.

Ein weiteres Geräusch gesellte sich zu der Musik, es klang wie die Turbine eines Flugzeugs.

Der Gesang von Brian Johnson setzte ein – *»THUNDER«* –, im selben Moment pulsierte ein rotes Licht aus dem dichten weißen Nebel. Es sah aus, als ob das Licht einen zum Tor der Hölle führen sollte.

»THUN-DER!«

Hannah und Sepan bewegten sich in die Richtung des Lichtes. Sie bemerkte, wie er gegen den Tisch stieß und schmerzvoll zusammenzuckte. Je näher sie dem pulsierenden Licht kamen, desto mehr lichtete sich der Nebel, die Sicht wurde klarer. Hannah spürte einen deutlichen Luftzug, der Nebel wurde anscheinend durch einen Windkanal nach draußen gesogen. Hannah beschlich die Angst, sie könnten geradewegs auf eine riesige Turbine zugehen, die sie in kleine Stücke häckseln würde. Das Geräusch wurde immer lauter.

»THUN-DER!«

Der weiße Nebel war so weit gelichtet, dass Hannah die Umrisse der anderen wahrnahm. In der Wand hatte sich ein Durchgang aufgetan. Sie standen vor einem schmalen Korridor, der einem Windkanal glich, und folgten ihm. Der Korridor bog nach rechts ab, der weiße Nebel schoss dagegen geradeaus durch den Kanal weiter, wo sich die Turbine befinden musste. In dem Seitenkorridor war die Sicht klar.

»THUN-DER!« Die Lautstärke der Musik hatte rapide nachgelassen, wurde überlagert von dem Geräusch der Turbine.

»Sind alle da?«, schrie Rick gegen den Lärm an.

»Ich glaube, ja«, brüllte Leon zurück. »Durchzählen, eins.«

Es folgten sieben weitere Stimmen, sie waren vollzählig. Am Ende des schmalen weißen Korridors befand sich ein rechteckiges Schott aus Metall, wie man es von Schiffen kannte, um es bei Wassereinbruch zu schließen. Die massive Tür aus Stahl wurde automatisch geöffnet, darüber hing an der Wand eine Digitaluhr, die von zehn an rückwärts zählte. Hannah und den anderen war klar, was das bedeutete: Wenn die null erreicht wäre, würde eine Hydraulik das Schott wieder schließen.

Die Uhr zeigte noch drei Sekunden, als Hannah, dicht gefolgt von Sepan, als Vorletzte durch das Schott stieg. Unmittelbar danach ging die schwere Metalltür hinter ihnen zu und ließ den Lärm auf der anderen Seite zurück.

Es wurde ganz still. Sie waren gefangen in einem engen, kahlen Raum aus Metall. Eine Schleuse. Auf der gegenüberliegenden Seite befand sich eine Brandschutztür. Es dauerte nicht lange, und die schwere Metalltür öffnete sich automatisch. Ein seltsames grünblaues Licht fiel herein.

Einen Moment lang verharrten alle, keiner wollte als Erster durch die Tür gehen. Vor allem Phil nicht, der damit schlechte Erfahrungen gemacht hatte.

»Ich gehe nicht wieder als Erster.«

»Oh Mann.« Hannah verlor die Geduld. Sie würde auf keinen Fall in dieser Schleuse bleiben, der einzige Ausgang lag vor ihr. Also drängelte sie sich an den anderen vorbei und schritt durch die Tür.

»Los, Leute, ihr nach«, rief Leon hinter Hannah.

Der Raum, den sie betrat, wurde von mehreren Leuchtkörpern erhellt. Sie erkannte, dass das Licht aus Glaskästen drang, die ungefähr einen Meter breit, einen halben Meter hoch und ebenso tief waren. Das Licht schimmerte in einem Kasten blau, in den anderen grün oder orange. Die Wände zwischen den Glaskästen waren mit Pflanzen, Efeu und Lianen überwuchert, wie in einem Dschungel.

Hannah begriff. Sie befanden sich in einer Art Terrarium. Ob es hier auch die entsprechenden Tiere gab? Bevor sie sich weiter umsehen konnte, schwirrte plötzlich etwas Dunkles, Brummendes um ihren Kopf herum.

Sophie, die dicht hinter Hannah stehen geblieben war, kreischte und duckte sich. »Ihhhh.«

Das Brummen hörte auf. Der Käfer war irgendwo im Pflanzendickicht an den Wänden verschwunden. Sophies Blick schweifte ängstlich umher. »Habt ihr gesehen, wo das Vieh hin ist?«

Sie bekam keine Antwort. Alle schienen in Gedanken versunken, was sie von diesem neuen Raum halten sollten. Wenigstens herrscht hier Ruhe, dachte Hannah. Sie schätzte das Ausmaß des Raums ab. Er war nicht quadratisch, sondern glich eher einem breiten Korridor. Abgewinkelt. Vorsichtig schritt sie auf einen der Glaskästen zu, um ihn genauer zu betrachten. Das Glas sah dick und stabil aus, zusammengehalten wurde es durch zentimeterdicke Metallstreben.

Wie in einem Zoo befand sich an dem Kasten eine kleine Schrifttafel. *Androctonus crassicauda* hieß der Bewohner des Terrariums, vor dem Hannah nun stand. Sie sah ihn nicht, er war wohl unter einem Holzscheit. Hannah klopfte gegen das Glas, und tatsächlich lockte sie ihn damit aus seinem Versteck – einen schwarzen Skorpion, etwa so lang wie ihre Handfläche, den todbringenden Stachel in die Höhe gestreckt.

»Keine Sorge«, sagte Hannah zu ihm. »Ich lasse dich in Frieden.«

Sie ging weiter. Im nächsten Glaskasten befand sich eine *Atrax robustus*, die Sydney-Trichternetzspinne. Acht lange, behaarte Beine nannte sie ihr Eigen, ihr Körper war rostrot und etwa dreieinhalb Zentimeter lang. Auf dem Schild prangte auch ein Totenkopf auf orangem Hintergrund, das internationale Gefahrenzeichen für »giftig«.

Ebenso beim Nachbarn im nächsten Glaskasten, einer grünen Mamba: *Dendroaspis viridis*. Ihr leuchtend grüner Körper schlängelte sich um einen Ast, und nur ihre aufblitzende Zunge verriet, dass das Tier lebte.

Hannah zählte insgesamt acht Kästen, so viele wie Menschen im Raum. Abgesehen von der Metalltür, durch die sie hereingekommen waren, gab es keine andere Möglichkeit, den Raum zu verlassen. Oder doch? Hannah schaute nach, ob sich irgendetwas hinter dem Efeu und den Schlingpflanzen befand. Eine massive Wand aus Stein, altes Gemäuer. Ganz offensichtlich befanden sie sich in einer Burg, in die die Räume hineingebaut worden waren.

Was für ein Aufwand, dachte Hannah und schüttelte ungläubig den Kopf. Wer tut so etwas?

»Wir sind umgeben von allem, was die Evolution an giftigen Tieren hervorgebracht hat«, sagte Michael nun, ganz im Lehrermodus. In seiner Stimme schwang eine gewisse Bewunderung mit.

»Ich hasse Insekten und Spinnen«, wimmerte Sophie. »Ich hasse sie so sehr.«

»Wir haben auch Schlangen und Skorpione«, erwiderte Phil. »Das sind keine Insekten.«

»Sehr witzig«, kam Melissa ihrer neuen Freundin zu Hilfe. »Anstatt einen auf Klugscheißer zu machen, sag uns lieber, wie wir hier wieder herauskommen.«

»Jetzt ist jemand anders dran«, erwiderte Phil und verschränkte demonstrativ die Arme. »Ich habe euch schon aus dem 19. Jahrhundert befreit.«

Rick räusperte sich. »Hat der Professor nicht gesagt, dass jeder von uns für eine besondere Eigenschaft steht und das Experiment zeigen soll, welche Charaktermerkmale und Wesenszüge sich in welcher Situation durchsetzen – oder eben nicht?«

Hannah wurde hellhörig. »Hat euch der Professor das genau so erklärt?«

»Ja, auf dem Weg hierher – in einem Video«, antwortete Rick.

»Und wie lauteten diese Eigenschaften?«

Michael antwortete wie aus der Pistole geschossen. »Intuition, Intellekt, Empathie, Egoismus, Aggressivität, Gelassenheit und Logik.« Offenbar konnte er hervorragend auswendig lernen.

»Vielleicht geht es hier um Gelassenheit«, witzelte Sepan und zeigte sein Markenzeichen, das breite Grinsen.

»Hör auf damit«, schrie Sophie und war den Tränen nahe.

Sepan mimte den Verständnisvollen und nahm Sophie

in den Arm, scheinbar um sie zu trösten. Hannah wusste genau, was er im Sinn hatte.

»Du musst keine Angst haben«, sagte Sepan. »Die Tiere sind alle hinter dickem Glas.«

»Und der Käfer?«, fragte Sophie leise.

»Na ja. Außer dem Käfer.«

Rick fing an zu lachen, Leon fiel ein. Die Jungs schienen Spaß zu haben, wenn die hübsche Sophie sich fürchtete.

»Aber ich passe auf, dass er dir nicht zu nahe kommt«, sagte Sepan, drückte Sophie noch ein bisschen fester an sich und warf den anderen Männern einen vielsagenden Blick zu.

Bevor Hannah dem Machogehabe ein Ende bereiten konnte, ertönte ein lautes Knacken. Sie fuhr herum. An dem Glaskasten der Sydney-Trichternetzspinne zog sich ein dicker Sprung über die Scheibe. Der Riss war etwa dreißig Zentimeter lang. Ein erneutes Knacken, und er wurde länger und breiter. Doch die Scheibe hielt.

»Ich glaube, das war's in puncto Gelassenheit«, sagte Hannah.

Es wurde auf einmal totenstill, so leise, dass sie den Käfer summen hörten. Sophie stieß ein kurzes Wimmern aus und schüttelte sich.

Da knackte es erneut. Diesmal kam es von dem Glaskasten, in dem sich der Skorpion befand.

»Oh Schei…« Sepan brachte den Satz nicht zu Ende, denn in diesem Moment knackte es so laut, als ob irgendwo eine Eisscholle abbräche.

KAPITEL 15

Es war ein Leichtes gewesen, den Studenten Alexander Lorentz ausfindig zu machen und erste Informationen über ihn zusammenzutragen. Die psychiatrische Klinik, in der er Patient war, lag eine Dreiviertelstunde von Hannover entfernt. Bevor sie sich dorthin auf den Weg machten, wollte Kappler unbedingt zur Rechtsmedizin, um sich den Finger anzuschauen.

Als sie durch die Katakomben der Rechtsmedizin schritten, wurden sie von kaltem Neonlicht eingehüllt, das die weiß gefliesten Wände reflektierte.

In diesem Licht haben nicht nur die Toten eine ungesunde Gesichtsfarbe, schoss es Kappler durch den Kopf, während sie an Türen aus Milchglas und mit schwarzer Aufschrift vorbeigingen.

Vor der Tür, auf der »Sektionsraum 4« stand, machten die Kommissare halt. Hier wurden sie erwartet. Kappler hielt Eva die Schwingtür auf, und sie traten ein.

Rechtsmediziner Dr. Wahnscheid starrte durch ein Vergrößerungsglas auf das Fundstück, das vor ihm auf einem der blank polierten Edelstahltische lag. Die Luft im Raum war von Formalin geschwängert.

Immerhin besser als Verwesungsgeruch, dachte Kappler.

Er und Dahlhaus gesellten sich zu dem Doktor, der es nicht für nötig hielt, von seiner Lupe aufzuschauen, um die beiden zu begrüßen.

»Der gute Herr Kappler. Wir haben uns schon einige Zeit nicht mehr gesehen.«

»Ich habe die Abteilung gewechselt, mit weniger Leichen.«

Der Arzt schaute kurz zu Kappler, dann zu Eva. »Und Sie, mit wem habe ich die Ehre?«

»Eva Dahlhaus.« Händeschütteln erübrigte sich in diesen heiligen Hallen.

»Ladies first«, sagte Wahnscheid und nickte Eva aufmunternd zu. »Schauen Sie hindurch. Falls Sie sich übrigens fragen, was für einen Finger Sie vor sich sehen: Es handelt sich um den Zeigefinger einer Frau.«

Eva sah durch das Vergrößerungsglas. Darunter lag der halb verweste Zeigefinger. Der Brennpunkt der Linse war auf den gespaltenen Nagel gerichtet.

»Ich sehe zwei römische Zahlen, die offenbar mit einem hauchdünnen Stift auf je eine Hälfte des gespaltenen Nagels geschrieben wurden. Eine römische Neun und eine römische Eins«, sagte Eva. Sie machte Kappler Platz, damit auch er hindurchsehen konnte.

Tatsächlich, da waren die beiden Ziffern: IX und I.

Der Rechtsmediziner grinste. »Wenn es eine Acht und eine Eins wäre, würde ich sagen, der Zeigefinger gehörte zu einer Rockerbraut.«

»Weil die *8–1* für Hells Angels steht?«, fragte Kappler.

»Ja, davon haben wir in Hannover einige.«

»Ich weiß«, sagte Kappler. »Aber diese Sache fällt bestimmt nicht in den Bereich der Rockerkriminalität.«

»Haben Sie schon irgendeine Idee, was die Ziffern bedeuten könnten?«

»Ähm«, machte Eva, um die Aufmerksamkeit der beiden Männer zu bekommen. Sie zeigte auf eine Digitaluhr an der Wand. Neben der Uhrzeit wurden auch das Datum und die Raumtemperatur angezeigt. »Wir haben heute den achten Januar.«

Kappler spürte plötzlich ein verheißungsvolles Kribbeln im Bauch. »Und das heißt, morgen ist der neunte Januar, der 9.1., Neun und Eins.«

Der Rechtsmediziner nickte zustimmend. »Klingt nach einer guten Erklärung. Der Täter will Ihnen wohl etwas mitteilen, vielleicht wann wir das nächste Teil der Leiche finden?«

»Aber wieso römische Zahlen?«, fragte Kappler.

Eva und der Arzt zuckten ratlos mit den Schultern.

»Gibt es irgendeine Möglichkeit, die Herkunft dieses Zeigefingers festzustellen?«

Dr. Wahnscheid sah zu ihm. »Wenn die DNA der Person gespeichert ist, ja, kein Problem. Was ich – glaube ich – noch nicht erwähnt hatte, ist, dass der Zeigefinger tiefgefroren war. Ich schätze über einen etwas längeren Zeitraum, darauf deuten einige Gewebemerkmale hin. Eine Art Gefrierbrand.«

Eva verzog angewidert das Gesicht. »Das bedeutet, der Täter hat diesen Zeigefinger schon vor langer Zeit abgetrennt und in seine Gefriertruhe getan?«

»Um ihn irgendwann zu benutzen«, fügte Kappler hinzu. »Wie wurde der Zeigefinger abgetrennt?«

»Nicht fachmännisch. Ich würde sagen, ein scharfes Messer, eine Gartenschere oder etwas in der Art.«

»Wir suchen also nach einer Person, die schon längere Zeit ohne einen Zeigefinger herumläuft?«, hakte Eva nach.

»Nein. Der Finger wurde post mortem entfernt.«

»Und wie lange befinden die Zeichen sich auf dem Fingernagel?«

Der Rechtsmediziner schürzte die Lippen. »Noch nicht lange, in jedem Fall wurden sie erst nach dem Auftauen des Zeigefingers aufgetragen. Dann hat man ihn einige Zeit in der Sonne liegen lassen, bis die Maden und Würmer ihr Werk verrichtet haben.«

Kappler hatte genug gehört. »Bitte schicken Sie Ihren Bericht an die Ermittlungsgruppe. Wir müssen dringend weiter.«

»Vielen Dank«, fügte Eva hinzu.

Dr. Wahnscheid grinste. »Kein Problem. Bis zum nächsten Mal! Dann auch gern wieder mit mehr als einem Finger.«

Da war Kappler schon durch die Tür hindurch.

KAPITEL 16

Wieder ertönte ein Knacken. Ein neuer Riss zeigte sich, diesmal auf der gläsernen Behausung der Grünen Mamba.

Ob sie es auch gehört hatte? Hannah hatte irgendwo gelesen, dass die Cobra ihrem Schlangenbeschwörer nicht wegen des Flötenspiels folgte, sondern weil sie die Bewegung der Flöte nachahmte. Schlangen waren nahezu taub, reagierten aber auf Vibrationen. Nun konnte Hannah beobachten, wie die Mamba sich langsam von dem Ast, auf dem sie saß, herunterschlängelte.

Die Suche nach dem Ausgang aus diesem Raum war in vollem Gange. Bisher ohne Erfolg. Phil hatte herausgefunden, wieso das Glas zersprang. Die Metallstreben, die die Scheiben zusammenhielten, wurden von einer Hydraulik bewegt, und das erzeugte eine Spannung, die das Glas platzen ließ. Irgendwann würde die erste Scheibe zerbersten, so viel stand fest. Und dann würden sie sich den Raum mit den gefährlichsten Tieren dieses Planeten teilen.

Sophie stand nur noch da, möglichst weit weg von allen Pflanzen und Tieren, und zitterte am ganzen Körper. Auf ihre Hilfe würden sie verzichten müssen, denn sie war definitiv nicht die Person mit der Eigenschaft, die ihnen zur Flucht aus diesem Escape Room verhelfen könnte, das war nicht nur Hannah klar.

Der Rest der Gruppe war dabei, die Wände hinter der Bepflanzung zu kontrollieren, den Boden abzusuchen und an den Glaskästen zu rütteln, die am Boden festgeschraubt waren und sich keinen Millimeter bewegen ließen.

Hannah untersuchte die Wände, die von dicht bewachsenem Efeu und Gestrüpp vollständig verdeckt waren. Nur mit Mühe fand ihre Hand einen Weg durch die Bepflanzung, zur Steinwand dahinter. Nach einer Weile ertastete Hannah etwas Festes. Sie bekam es zu fassen, zog daran und hatte Mühe, es durch die ineinander verschlungenen Pflanzen herauszubekommen. Als das Gestrüpp ihre Hand freigab, sah sie, was sie gefunden hatte: eine Gartenschere.

Mit gezielten schnellen Schnitten zerkleinerte sie den Efeu und die Schlingpflanzen. Aber dahinter war nur Mauerwerk, sonst nichts.

»Wenn die Schlange ausbrechen sollte, weiß ich, wie wir sie einfangen«, sagte Leon ein paar Meter von Hannah entfernt, während er einen großen bemoosten Stein untersuchte.

»Wie denn? Mit einer Flöte?« Michael, der in gebückter Stellung den Boden begutachtete, wischte sich den Schweiß von der Stirn.

»Ich habe Erfahrungen mit frei lebenden Schlangen und weiß, wie man sich im Dschungel vor ihnen schützt.« Leon sagte das, als ob es das Selbstverständlichste auf der Welt wäre.

»Wo warst du denn im Einsatz? Kongo?«

»Französisch-Guayana.«

»Warst du etwa bei der Fremdenlegion?« In Michaels Frage schwang Bewunderung mit.

Leon antwortete mit einem stummen Nicken und sah

sich weiter nach etwas um, das sie noch nicht untersucht hatten.

Hannah hatte das Gefühl, dass Leon nicht mehr als nötig über seine Vergangenheit reden wollte. Verbarg er etwas? Sie schüttelte den Gedanken ab, denn wichtig war jetzt allein, dass sie unbeschadet aus diesem Escape Room entkamen.

»Und wie bändigt man eine Giftschlange, Leon?«, fragte Hannah laut, nachdem sie vor den Glaskasten getreten war, in dem die Grüne Mamba ihr Zuhause hatte.

»Das zeige ich euch, wenn es so weit ist.«

»Okay, dann komm mal her, und zwar schleunigst.«

Leon folgte der Aufforderung augenblicklich, auch die anderen kamen näher. Hannah zeigte ihnen ihre Entdeckung. Die Grüne Mamba hatte lange Zeit auf dem Ast gelegen, jetzt, da sie in ihrem Terrain einen kleinen Spaziergang machte, gab sie den Blick frei auf ein Schloss, das sich auf der Rückseite des Glaskastens befand.

»Ein Schloss hätten wir schon mal«, sagte Hannah. »Jetzt brauchen wir noch den passenden Schlüssel dazu.«

»Hey, Leute, hier ist auch eins«, sagte Phil und zeigte in den Glaskasten, in dem ein gelb-schwarzer Frosch wohnte, der auf den ersten Blick einem Salamander ähnelte.

»Ein Gelbgebänderter Baumsteiger«, bemerkte Leon.

»Falsch«, erwiderte Phil und sah auf das Schild unter dem Glaskasten. »Ein *Dendrobates leucomelas*.«

»Könnt ihr Typen euer blödes Geschwätz nicht für eine Minute einstellen«, blaffte Melissa die beiden an.

»Du bist mir ein Klugscheißer«, sagte Leon in Phils Richtung und riss Hannah in das Hier und Jetzt zurück.

»Nur, was du und jeder von euch wissen sollte: eine einzige Berührung mit diesem Frosch, und ihr seid tot.«

Hannah zweifelte nicht eine Sekunde an Leons Aussage. Ihren entsetzten Mienen nach zu urteilen, ging es den anderen genauso.

»Wir haben also zwei Schlösser, aber keinen Schlüssel«, sagte Hannah, nachdem sie ein paarmal tief ein- und ausgeatmet hatte.

»Drei«, warf Sepan ein und zeigte auf den Glaskasten mit dem Skorpion. Die Scheibe zeigte die meisten Risse und sah so aus, als würde sie jeden Moment in tausend Stücke zerbersten. Das Schloss lag versteckt hinter einem Blatt, und nur wenn man wusste, wonach man suchen musste, sah man einen winzigen Teil davon hervorblitzen.

Für Hannah setzte sich das Bild allmählich zusammen. »Ich wette, wir werden in jedem Kasten ein Schloss entdecken. Also, wenn wir einen Schlüssel finden, müssen wir einen Glaskasten nach dem anderen zertrümmern, bis wir das Schloss haben, in das der Schlüssel passt.«

»Wo könnte man hier einen Schlüssel verstecken?«, fragte Rick. »Wir haben doch schon alles untersucht.«

Leon zeigte zu den Wänden. »Noch nicht. Einen kleinen Gegenstand wie einen Schlüssel könnte man im Gestrüpp verbergen. Die Gartenschere, die Hannah gefunden hat, war ein Hinweis darauf. Also, sucht weiter.«

Sie folgten der Aufforderung, verteilten sich im Raum, um die Bepflanzung genau unter die Lupe zu nehmen. Hannah benutzte die Schere und schnitt, was das Zeug hielt. Es ähnelte der sprichwörtlichen Suche nach der Nadel im Heuhaufen.

Als Hannah eine Pause einlegte, um sich den Schweiß

abzuwischen, fiel ihr Blick auf Phil, der zwei Meter entfernt stand und sich für eine bestimmte Pflanze interessierte, die aus dem Efeu herausragte. Sie hatte trichterförmige Blätter, erinnerte ein wenig an eine Artischocke. Hannah kannte solche Pflanzen aus dem Gartenmarkt, sie hießen Sukkulenten. Phil streckte den Arm aus und bekam die Pflanze zu fassen. Er will wohl nachsehen, ob sich zwischen deren Blättern ein Schlüssel befindet, dachte Hannah.

»Vorsicht!«, schrie Leon in diesem Augenblick. »Bleib von dieser Pflanze weg!«

Hannah war wie erstarrt. »Was ist denn? Leon, sag schon!«

»Bleibt, wo ihr seid.« Jetzt war es Phil, der wie am Spieß schrie und sich hektisch die Hand am rechten Hosenbein abwischte.

Hannah verstand gar nichts mehr. »Was hast du?«, fragte sie und ahnte Böses.

Auch Leons Miene verriet nichts Gutes. Vorsichtig näherte sich der Soldat Phil, der große Augen machte und sichtlich verstört war.

»Ich – ich habe einen Schlüssel gefunden, aber …« Phil reckte den Arm vor. Er hielt tatsächlich einen Schlüssel zwischen den Fingern, sah jedoch alles andere als glücklich aus.

»Aber was? Spuck's aus.« Leons Ton war ruhig und bestimmt.

»Da war noch etwas anderes in der Pflanze. So ein Frosch, von dem du erzählt hast.«

Während die anderen auf Abstand zu Leon und Phil gingen, kam Hannah näher, allerdings nicht, ohne vorher genau zu prüfen, wo sie hintrat. Bei Phil angekommen, verstaute sie rasch die Gartenschere in der Seitentasche ihrer Cargohose, um beide Hände frei zu haben.

Leon nahm zuerst den Schlüssel an sich, schaute sich dann die Handinnenflächen von Phil an, die von der Suche in dem Gestrüpp zahlreiche kleine Verletzungen aufwiesen.

»Was ist mit dem Frosch passiert?«, fragte Hannah.

»Der – der ist sofort weggehüpft. Auf den Boden irgendwo.«

Sophie kreischte. »Oh Gott, wo ist er hin? Wenn er –«

»Beruhige dich«, schrie Leon sie an, was überhaupt nicht seine Art war und Sophie sofort zum Verstummen brachte. Zu den anderen gewandt, fuhr er fort: »Nun mal aufgepasst. Das Gift ist gefährlich, ja, aber es muss in die Blutbahn eindringen. Also keine Panik.«

Hannah sah auf Phils Handinnenflächen, die zerschunden waren. Dann ging ihr Blick zu Leon, der anscheinend denselben Gedanken hatte wie sie: Das Gift hätte durch eine der Wunden eindringen können.

»Phil, wie sah der Frosch genau aus? Wie der im Glaskasten?«, fragte der Soldat.

Phil schüttelte den Kopf. »Nein. Zitronengelb. Ist das besser?«

»Zitronengelb? Ein Blattsteiger. Auch einer von der gefährlichen Sorte. Du hast dir die Hände sofort abgewischt, richtig?«

Phil nickte.

»Dann dürfte noch mal alles gut gegangen sein.« Leon klopfte Phil aufmunternd auf die Schulter, sah aber nicht ganz überzeugt aus.

»Leute, beruhigt euch«, sagte Rick und zeigte seine strahlend weißen Zähne. »Denkt doch mal nach. Der Professor würde uns niemals so einer Gefahr aussetzen. Die Tiere sind alle entschärft worden, wetten? Wir sollen Angst bekommen, mehr nicht.«

Seine Worte zeigten Wirkung, die anderen schienen aufzuatmen, selbst Sophie lächelte erleichtert. Nur Hannah spürte keine Erleichterung, denn sie ahnte, dass in diesem kranken Spiel alles möglich war. Doch die Gruppe glaubte ihr einfach nicht.

Sie sah zu Leon. »Wieso hast du eben Vorsicht gerufen?«

Leon zeigte zu der Pflanze mit den trichterförmigen Blättern. »Eine Sukkulente. Ich habe mich im Dschungel immer davon ferngehalten, weil Giftfrösche gerne ihre Eier dort ablegen.« Er sah zu Phil. »Aber hey, das muss nichts heißen. So gefährlich sind die auch nicht, und es stimmt, was Rick sagt. Hier stirbt niemand.«

Hannah betrachtete Phil. Lag es an dem Licht, oder war sein Gesicht kalkweiß? Auf seiner Stirn hatten sich dicke Schweißperlen gebildet. Rührten die von der Aufregung her? Oder vom Schreck?

Während Leon mit dem Schlüssel zu den anderen ging, um zu beraten, in welches der acht Schlösser er passen könnte, blieb Hannah bei Phil.

»Geht es dir gut?«

Phil schüttelte den Kopf. »Nein. Aber es ist wahrscheinlich nur der Schreck. Einen Moment dachte ich wirklich, dass … dass ich mich vergiftet haben könnte.«

Melissa kam zu den beiden herüber.

»Alles okay mit dir, Phil?«, fragte sie und blickte mitfühlender, als Hannah es dem Gothic Girl zugetraut hätte.

Er nickte. »Ich glaube, ich setze mich mal lieber hin.«

Melissa half ihm dabei und sah dann zu Hannah. Sie schien dasselbe zu denken wie Hannah, während sie nervös an der Kordel ihrer Kapuze spielte: Phil brauchte einen Arzt. Und zwar dringend.

In dem Moment zerbarst die erste Glasscheibe. Tausende kleine Splitter fielen auf den Boden. Es war die Behausung des Skorpions, die nun offen stand.

Leon stapfte, ohne mit der Wimper zu zucken, auf das zerstörte Terrarium zu. Das Schloss befand sich auf der Rückwand des Kastens. Er riss sich sein T-Shirt vom Körper. Die Narben auf seinem Rücken und seiner Brust traten in dem grünlichen Licht deutlich hervor. Sie sahen aus wie Einschusslöcher, fand Hannah. Seine Geschichte schien zu stimmen, er war ein Soldat und im Krieg gewesen. Nachdem er sich das T-Shirt um den Arm gewickelt hatte, steckte er den Schlüssel ins Schloss und versuchte, ihn herumzudrehen. Es ging nicht. Der Schlüssel bewegte sich keinen Millimeter. Leon zog die Hand wieder heraus. Der Skorpion blieb im Kasten, er fühlte sich anscheinend wohl dort.

Leon sah zu den anderen. »Hier passt er nicht.«

Hannah wandte sich wieder Phil zu. Seine Augen starrten geradeaus, und er schien seine Umwelt kaum noch wahrzunehmen. Dann begann er am ganzen Körper zu zittern und zu krampfen. Vorsichtig legte sie den zuckenden Phil hin.

»Schhh, ganz ruhig«, sagte Hannah und streichelte seine Hand. »Gleich kommen wir hier raus.«

»Beeilung. Der nächste Kasten«, sagte Michael, als er Phils Zustand bemerkte. »Du sagtest, dass du die Schlange überlisten könntest.«

»Ja, aber …« Leon dachte kurz nach. »Der Schlüssel war in einer Sukkulente versteckt, der Giftfrosch haust in einer Sukkulente.« Er zeigte auf das Terrarium mit dem gelb-schwarzen Giftfrosch, der einem Salamander ähnelte. »Ich wette, dass wir in diesem Glaskasten das richtige Schloss finden.«

Leon wartete nicht erst auf die Zustimmung der anderen, sondern schritt direkt zu dem Terrarium mit dem Frosch. Der saß regungslos auf einem großen Blatt. Die Scheibe des Glaskastens wies schon mehrere große Risse auf, war aber noch weit davon entfernt zu zerspringen. Hannah beobachtete voll Bewunderung, wie Leon, ohne zu zögern, das Knie hob und seinen Fuß mit einem kräftigen Tritt gegen die Scheibe beförderte. Unter der Wucht des Aufpralls zerbrach das Glas sofort. Bevor der Frosch von seinem Blatt hüpfen konnte, warf Leon blitzschnell sein T-Shirt über ihn. Dann streckte er seinen nackten Arm aus, der Schlüssel passte – und er ließ sich umdrehen.

Es war ein deutliches *Klack* zu hören. Leon zog die Hand heraus. Der Rest des Glaskastens war nicht mehr mit der Wand verankert und ließ sich wegschieben. Dahinter war ein kreisrundes Loch, eine Röhre, groß genug, dass man durch sie den Raum verlassen konnte.

»Wer will als Erstes?«, fragte Leon.

»Immer der, der fragt«, antwortete Sophie, die nach Leons deutlicher Ansage kaum noch einen Pieps von sich gegeben hatte. »Danach komm ich.«

Leon zögerte nicht lange, stieg in die Röhre und robbte vorwärts. »Sie ist groß genug, um darin zu kriechen«, rief er den anderen zu.

Wenn man noch dazu in der Lage war, dachte Hannah.

Phil war es nicht. Sein ganzes Gesicht war schweißbedeckt, die Gliedmaßen zuckten immer noch wild, und Schaum trat aus seinem Mund. Hannah versuchte, beruhigend auf ihn einzureden, während sie registrierte, wie Sepan sich aufrappelte und Sophie in die Röhre folgte.

»Ganz ruhig, Phil, wir sind bei dir.« Sie sprach lauter. »Wir sind bei dir!«

Michael und Rick sahen einander unentschlossen an.

»Wir können ihn nicht einfach hierlassen«, sagte Michael.

»Natürlich nicht.« Hannah klang giftiger als beabsichtigt. Auch ihre Nerven lagen allmählich blank. »Wir müssen ihm helfen.«

In dem Moment hörte Phils Körper auf zu zittern. Seine Pupillen verdrehten sich, sodass nur noch das Weiß der Augäpfel zu sehen war, dann schlossen sich seine Lider, und sein Kopf sackte zur Seite. Hannah hielt ihre Finger unter seine Nase und fühlte dann seinen Puls.

»Verdammt! Er atmet nicht mehr. Wir müssen ihn reanimieren.«

»Nein«, sagte Rick und packte Hannah am Arm. »Ich weiß nicht, was für eine Scheiße hier läuft, aber … wir können ihm nicht helfen. Lasst uns abhauen.«

Eine weitere Scheibe zerbrach, es war die vom Glaskasten der Grünen Mamba.

Rick brauchte kein weiteres Argument mehr, um sich zu entscheiden. Er wandte sich ab, hastete zum Einstieg der Röhre und verschwand darin.

»Mädels«, sagte Michael. »Hier hüpft noch ein Frosch rum, und Skorpion und Schlange haben auch Tag der offenen Tür. Phil ist …« Er zögerte eine Sekunde. »Ich weiß nicht, was mit ihm ist, aber ich weiß: Wir können ihm nicht helfen. Und jetzt kommt mit.«

Als weder Melissa noch Hannah Anstalten machten, seiner Aufforderung zu folgen, zuckte Michael mit den Schultern und stieg Rick in die Röhre hinterher.

Nun waren nur noch Melissa und Hannah übrig. Sie sahen sich an, brauchten keine Worte, um einander zu verstehen.

Wie angewurzelt saßen sie neben dem leblosen Phil, den beide gerade mal ein paar Stunden gekannt hatten.

Da ertönte ein Summen. Wie von Insekten. Es wurde lauter. In dem grünbläulichen Licht konnte Hannah nicht erkennen, um was für Viecher es sich handelte. Sie waren groß und schwarz und bewegten sich wie Wespen bei der Erkundung des Raumes. Das Summen schwoll im gleichen Maße an, wie der Schwarm größer wurde und sich ausbreitete.

Melissa sprang auf die Füße, lief los und stieg in die Röhre. Hannah blieb keine andere Wahl, als ihr zu folgen, auch wenn sich ihr Bauch verkrampfte bei dem Gedanken, was sie tat – tun musste.

Bevor sie in die Röhre krabbelte, unter dem immer lauter werdenden Brummen der Insekten, warf sie einen letzten Blick zurück.

Phil sah aus, als würde er schlafen.

KAPITEL 17

Hannah kroch zum Ende der Röhre. Sie vernahm ein lautes Scheppern und ein Geräusch, als ob Holz zerbräche. Michael und Rick packten sie an den Armen und halfen ihr auf die Beine. Dann verschlossen sie die Röhre mit einer Tür aus Gusseisen, die von einem alten Ofen stammte.

Hannah traute ihren Augen nicht. Sie befanden sich in einem Raum mit Tageslicht, an der Frontseite waren mehrere hohe Fenster mit Bleiverglasung, durch die die Abendsonne hereinschien. Draußen dämmerte es bereits. Zum ersten Mal, seit sie in diesen Albtraum geraten war, hatte Hannah wieder so etwas wie ein Zeitgefühl.

Sepan stand vor einem der Fenster, vor seinen Füßen lagen die Überreste eines zerbrochenen Holzstuhls. Offensichtlich hatte er versucht, damit das Fenster einzuschlagen. Ohne Erfolg.

Hannah ging zu ihm, um nach draußen zu schauen. Die Fenster waren schmal und bodentief, mit Doppelflügeln, die sich nicht öffnen ließen. Zwischen den Fenstern standen Stühle und kleine Möbelstücke.

Als Hannah aus einem der Fenster sah, bemerkte sie, dass es draußen ungefähr zwanzig Meter in die Tiefe ging. Und sie sah eine Art Burggraben, der das Gebäude, in dem sie sich befanden, einfasste. Der Verdacht bestätigte sich:

Sie waren in einem Schloss, das auf einem Hügel stand und von Wald umgeben war. Dahinter befand sich flaches Land, das nun von der Abendsonne erhellt wurde.

»Das ist Panzerglas«, sagte Sepan mit Blick auf das Fenster. »Keine Chance.«

»Abbruch«, schrie Rick hinter ihnen und ging mit wedelnden Armen durch den Raum auf der Suche nach einer Kamera. »Abbruch. Es ist vorbei! Ich steige aus! Scheiß auf die Kohle, das kann ja alles nicht wahr sein.«

Die anderen machten es ihm nach, außer Hannah – und Leon. Die beiden sahen sich an und schienen das Gleiche zu denken: Niemand würde ihrem Appell folgen.

Hannahs schlimmste Befürchtung war wahr geworden: Das Experiment von Professor Zargert gab es nicht. Hier ging es um nicht weniger als ums Überleben.

Ihr Blick schweifte durch den imposanten Raum. Es wirkte fast so, als wären sie im Schloss Versailles. Die Möbel waren antik, sahen wertvoll aus, vor allem der Stuhl, den Sepan am Fenster zertrümmert hatte. In der einen Ecke des Raums stand ein weißer Kachelofen. Wahrscheinlich aus Meissener Porzellan, dachte Hannah. An der Decke hing ein Kronleuchter mit acht Armen, vergoldetes Metall und in sich elektrifiziert, sodass auch der Kronleuchter selbst beleuchtet wurde und dadurch zur Geltung kam. Kerzen gab es keine in diesem Raum. Auf dem Boden war Tafelparkett verlegt, darauf ein großer gewebter Teppich in Pastelltönen und mit Blumendekor. Auf dem Teppich, ungefähr in der Mitte, stand ein runder Tisch mit zwei Holzstühlen. Ihr Holz war cremeweiß, an manchen Stellen mit Blattgold verziert, und der Bezug aus feinster gelber Seide. Es gab noch weitere Stühle, die an den Wänden zwischen den Fenstern standen, mit blauen und gelben Bezügen. Ohne Blattgoldverzierung.

Erschöpft ließ Hannah sich auf einem dieser Stühle zwischen den Fenstern nieder, während die Aufregung um sie herum abebbte. Die anderen schienen endlich zu begreifen, dass die Lage ernst war.

Sepan stand vor ihr, sein Dauergrinsen war verschwunden. »Glaubst du, dass Phil wirklich tot ist?«

Hannah nickte. Sie spürte, wie ihr die Tränen kamen. Sie weinte nicht um Phil, den hatte sie schließlich kaum gekannt, sondern aus Erschöpfung und Angst vor dem eigenen Schicksal. Wer immer sich diese Räume ausgedacht hatte – er verfolgte einen Plan, spielte ein Spiel, bei dem Hannah nicht mitspielen wollte. Deshalb musste sie ihre Gefühle unterdrücken, sie wollte Phils Mörder den Erfolg nicht gönnen, dass er ihr Angst machte. Und das tat er. Hannah hatte eine Scheißangst. Aber da war noch mehr. Eine leise Wut, die immer lauter wurde, je länger Hannah daran dachte, was ihr seit der letzten Nacht alles passiert war, was ihr jemand zugemutet hatte – und noch zumuten würde. Angst und Wut vermengten sich zu einem drängenden Gefühl, das Hannah Kraft gab: Hass. Und der Wunsch nach Gerechtigkeit. Sie wollte durchhalten, ihrem Peiniger irgendwann gegenüberstehen und ihn bestrafen für all das hier …

In diesem Moment fühlte sie die Gartenschere in der Seitentasche ihrer Cargohose. Natürlich, dachte sie. Einen Versuch ist es wert.

Sie erhob sich von ihrem Stuhl, nahm die Schere in die Faust und schlug mit der Klinge hart gegen die Scheibe. Es gab ein Geräusch, mehr nicht. An der Stelle, wo die Spitze der Schere eingeschlagen war, bildete sich eine kleine

Delle, aber noch nicht mal das Glas drum herum war zersprungen. Hannah versuchte es wieder und wieder, mit aller Kraft, die sie hatte. Vergeblich.

Sie ließ die Gartenschere wieder in ihrer Hosentasche verschwinden und drehte sich zu den anderen um. »Gibt es noch irgendeinen unter euch, der glaubt, dass dies ein Experiment ist und ich freiwillig hier bin?« Sie war selbst überrascht, wie kalt ihre Stimme klang.

Als sie in die Runde blickte, schüttelte einer nach dem anderen den Kopf.

»Gut. Ich sage euch das jetzt noch einmal, ein letztes Mal: Professor Zargert ist ein Schwein, ein Menschenfeind, ein Zyniker. Aber das hier ist er nicht, er ist kein Mörder. Keiner, der uns alle umbringen will. Warum nicht? Weil er niemandem davon erzählen dürfte. Zargert ist ein Selbstdarsteller. Hinter dem hier steckt jemand anders.«

»Wer?«, schrie Sophie. »Wer tut so etwas?«

Nun wurde auch Hannah laut. »Ich weiß nicht, wer! Aber schaut euch um. Seht euch diesen Raum an. Wer betreibt so einen Aufwand und geht ein so hohes Risiko ein, erwischt zu werden?«

»Das kann nur jemand sein, der völlig irre ist«, sagte Rick. »Ein Psychopath.«

Hannah nickte. »Richtig.«

Sepan räusperte sich. »Du studierst doch Psychologie. Sag uns, was wir tun sollen.«

Hannah erkannte, dass die Gruppe nun bereit war, auf sie zu hören. Ihr Blick ging zu Leon, der nickte, dann zu Michael, der ebenfalls nickte.

»War irgendjemand von euch mit Phil befreundet?«, fragte sie.

»Nein«, antwortete Melissa. »Wir alle kannten uns vorher nicht.«

Hannah überlegte. Im Studium hatte sie gelernt, dass es wichtig war, möglichst viel über Personen zu wissen, um sie und ihre Handlungen besser einschätzen zu können.

Sie blickte in die Runde. »Bevor wir weitermachen, sollten wir uns erst einmal kennenlernen. Erzählt mir, wer ihr seid.«

Sophie machte den Anfang. Ihr Traum war es, als Influencerin berühmt zu werden. Nachdem es mit der Schule nicht sonderlich geklappt hatte und ihr Freund sich als das größte Arschloch der Welt entpuppt hatte, wollte sie im Mittelpunkt der Aufmerksamkeit stehen. Um beinahe jeden Preis. Aber sie hatte nicht viel zu bieten außer ihrem hübschen Lächeln und einer guten Figur. Die Follower ließen auf sich warten. Sophie arbeitete für gewöhnlich in einem Supermarkt an der Kasse oder räumte Regale ein. Durch das Experiment erhoffte sie sich, Berühmtheit zu erlangen. Immerhin hatte der Professor versprochen, ein Buch über sie alle zu schreiben, und seine Werke waren Bestseller. Natürlich, das Honorar war auch ein Anreiz gewesen, aber nicht der einzige Grund. Jetzt bereute sie es, hier zu sein, und brach am Ende ihres kurzen Vortrags in Tränen aus.

Leons Geschichte war die spannendste von allen. Er drückte sich sehr knapp aus, als wäre er zum Rapport geladen. Nach der Schule war er herumgetingelt, hatte so ziemlich jeden Hallodri-Job vom Türsteher bis zum Surflehrer gemacht. Irgendwann kam er zur Besinnung und dachte, er müsste seinem Leben mal eine gewisse Struktur geben. Er ging nach Frankreich, trat der Fremdenlegion bei und erfüllte dort seinen Vertrag, fünf Jahre lang. Dann kehrte er in die alte Heimat zurück. Gerade als er überlegt hatte, was er als Nächstes tun könnte, war er auf die Anzeige des Professors gestoßen. Das hatte ihn gereizt. Hannah glaubte ihm seine Geschichte. Die Narben auf Leons Rücken, die nun kein T-Shirt mehr bedeckte, sprachen Bände.

Rick ratterte seine Vita emotionslos herunter. Für ihn gab es im Leben immer nur eins: Sport. Egal was, er probierte alles aus, an Land, zu Wasser und in der Luft. Vor allem der Kampfsport hatte es ihm angetan, er spielte sogar mit dem Gedanken, in die Profiliga des Kickboxens einzusteigen. Zum Glück hatte sein Vater genug Geld, ihm diesen Lebensstil zu ermöglichen. Rick hatte mehrere Ausbildungen angefangen und keine beendet. Sein Lebensinhalt war es, sich mit anderen zu messen und als Gewinner hervorzugehen. Eine Niederlage war keine Option für ihn, niemals.

Melissa nahm an dem Experiment wegen des Geldes teil. Genau das hatte sie auch im Bewerbungsgespräch gesagt, weshalb sie sich wunderte, dass man sie trotzdem ausgewählt hatte. Sie war unglücklich mit ihrem Leben, machte keinen Hehl daraus. Ihr letzter Freund, ein spielsüchtiger Loser, hatte sie finanziell ausgenutzt, aber sie hatte ihn nicht fallen lassen können, weil sie froh gewesen war, überhaupt jemanden zu haben. Bis er sie sitzen ließ, wegen einer anderen.

Melissa unterbrach ihre Geschichte, schaute zu Sepan. »Ja, Arschloch. Nicht alle Frauen sehen gut aus, aber ich habe mir das nicht ausgesucht.«

»Deinen Klamottenstil schon«, erwiderte der unbeeindruckt, was Melissa mit einem Stinkefinger quittierte.

Als Sepan an der Reihe war, musste er nicht mehr so viel erzählen. Von seiner Karriere als Fußballtorwart wussten die anderen bereits, nur Hannah nicht. Er fasste noch mal kurz zusammen und sprach dann darüber, was er sich von der Zukunft erhoffte. Genau wie Sophie wollte Sepan im Mittelpunkt stehen, wieder ins Gespräch kommen. Er träumte davon, Fußballreporter zu werden oder Berater. Vielleicht würde er auch einen Trainerschein machen. Bisher hatte es aber keine Jobangebote in dieser Richtung gegeben.

Am Ende der Vorstellungsrunde blieb neben Hannah noch Michael übrig, der ewige Student und Musiker, wie sie erfuhren. Michael steckte viel Energie in ein Ziel, das er sich gesetzt hatte, so lange, bis dieses Ziel an Bedeutung verlor. Seine Zukunft, so hatte er gehofft, läge in seinem musikalischen Talent. Er konnte Bass spielen und singen, genau wie Sting. Dessen Musikstil hatte ihn inspiriert, und es war ihm gelungen, einen Hit auf YouTube zu landen, der immerhin ein paar Hunderttausend Mal angeklickt worden war. Plattenlabels hatten ihm daraufhin Angebote gemacht, ein Vertrag war zustande gekommen – der Anfang vom Ende. Bei dem Versuch, ein Album aufzunehmen, war Michael wieder einmal an seinem übersteigerten Ego gescheitert, hatte sich mit seinen Kollegen und dem Produzenten zerstritten. So blieben ihm am Ende nur ein paar Euro übrig und die zwanzig Semester Geisteswissenschaften, Philosophie und Geschichte im Hauptfach.

»Warum hast du dich hier beworben?«, fragte Hannah.

»Aus keinem bestimmten Grund. Mir war langweilig, und die Kohle war auch nicht zu verachten. Aber nun zu dir, Hannah, wer bist du?«

Nun waren alle Augenpaare auf sie gerichtet.

Sie holte tief Luft, bevor sie begann. »Ich bin eine typische Studentin. Gutes Abi, danach habe ich mir ein bisschen Zeit gelassen, um herauszufinden, was ich will. Schließlich entschied ich mich fürs Studium der Psychologie in Hannover. Ich arbeite als Kellnerin in einer Mexican Bar. Mein Leben verlief in geordneten Bahnen. Ich habe keinen Freund, aber im Moment auch kein Bedürfnis danach. Alles lief gut, bis gestern Abend. Filmriss. Und dann bin ich hier aufgewacht.«

»Wie war dein Verhältnis zum Professor?«, fragte Michael.

»Ich bin mit ihm übel aneinandergeraten, wie ich bereits sagte. Während eines Seminars über psychische Einflussnahme und Manipulation. Er hat mich durchfallen lassen. Da bin ich auf die Barrikaden gegangen, habe Beschwerde beim Dekan der Fakultät eingelegt. Mehr gibt es nicht zu wissen. Und da wir uns nun besser kennen …« Hannah ließ den Blick durch den Raum schweifen. »… würde ich vorschlagen, wir arbeiten alle zusammen, um aus diesem verdammten Albtraum zu entkommen.«

Die anderen nickten. Die Gruppe schien tatsächlich näher zusammengerückt zu sein durch die Vorstellungsrunde – und wohl auch durch Phils Tod.

Zeit, diesen Raum mit seinen Rätseln anzugehen, dachte Hannah und blickte sich erneut um. Sie schätzte den Raum auf mindestens hundert Quadratmeter. Erst jetzt fiel ihr auf, dass es keine Regale gab, sondern nur Schränke, Kommoden und einen edlen Schreibsekretär. Sie standen an den Wänden, anscheinend in gleichem Abstand zueinander. Die Wände hatten einen Holzsockel, der ungefähr einen Meter hoch war, darüber leuchtete himmelblaue Seidentapete. Der Holzsockel war cremefarben wie das Holz der Stühle. An den Wänden hingen Bilder – Ansichten von Venedig –, immer zwei Gemälde nebeneinander. Der Tisch in der Mitte des Raums mit den zwei Stühlen war für zwei Personen gedeckt.

»In welchem Jahrhundert sind wir eigentlich?«, fragte sie.

»Achtzehntes«, antwortete Michael sofort. »Louis-seize, vorrevolutionärer Klassizismus. Eine Stilepoche benannt nach dem französischen König Ludwig dem Sechzehnten. Die meisten Möbel stammen aus dieser Zeit und dürften sehr wertvoll sein.« Er sah zu Sepan. »Also mach bitte nicht noch mehr kaputt.«

Sepan grinste und zeigte ihm den Mittelfinger. »Wenn es etwas bringen würde, würde ich die ganze Einrichtung zertrümmern. Dein scheiß Lui-Sääß geht mir am Arsch vorbei.«

»Was sind die Regeln in diesem Spiel?«, fragte Hannah in die Runde.

»Das ist kein Spiel«, sagte Rick ernst. »Hier geht es um Leben und Tod, wie wir jetzt wissen.«

»Genau deshalb müssen wir die Regeln begreifen«, warf Sepan ein. »Das ist wie beim Abseits. Wenn du die Regel nicht kennst und ein Fußballspiel siehst, dann denkst du: ›Hä, was machen die jetzt, das war doch ein Tor?‹ Aber wenn du die Regel kennst, ergibt alles Sinn. Nur dann.«

»Also, welche Regeln kennen wir?«, wiederholte Hannah.

»Teilnehmer können sterben«, sagte Sophie mit zittriger Stimme.

»Und wir müssen als Team funktionieren«, erklärte Sepan. »Wie eine Mannschaft.«

Michael ergriff das Wort. »Die Rätsel sind in sich kohärent, haben eine innere Logik und sind stets mit dem Raum verknüpft, in dem man sich befindet.«

»Was bedeutet kohä-dingsda«, fragte Rick.

Beinahe hätte Hannah laut aufgestöhnt. Rick schien wirklich nicht sonderlich gebildet zu sein.

»In sich geschlossen«, antwortete sie und schaute zu Michael. »Wie meinst du das?«

Er deutete zum Kronleuchter. »Hier sind Glühbirnen, obwohl die Einrichtung dem 18. Jahrhundert nachempfunden ist. Dieser Raum hat ein anderes Thema als der erste. Im ersten ging es um die Entdeckung des elektrischen Lichts, zuerst brannten nur Kerzen, wir mussten den Schalter finden, um den Strom fließen zu lassen. In dem Moment, als wir Licht hatten, bekamen wir auch Stromschläge.«

»Und dann?« Hannah war nicht dabei gewesen und wollte jedes Detail wissen.

»Der Ausbruch gelang uns durch ein Ladekabel, das wir mit einer der Virtual-Reality-Brillen verbunden haben«, sagte Melissa.

»Nicht wir«, korrigierte Michael. »Phil war es. Er entdeckte, dass dieses Kabel nicht ins 19. Jahrhundert gehörte, und er hatte die Idee mit der Brille.«

»Phil ist jetzt tot«, sagte Sophie.

Sie hatte diese Tatsache völlig unbedarft geäußert, aber alle schienen für einen Moment dasselbe zu denken.

Hannah sprach es aus. »Glaubt jemand, dass da ein Zusammenhang besteht? Weil Phil im ersten Raum die Lösung gefunden hat, musste er sterben?«

»Nein«, sagte Leon und schüttelte den Kopf. »Er hatte schlicht Pech. Es hätte jeden von uns treffen können. Giftige Tiere sind nicht berechenbar, da steckt kein Plan dahinter.«

Hannah dachte über die möglichen Konsequenzen nach, behielt ihre Erkenntnisse aber für sich. Denn wenn es so wäre, dass der unter ihnen, der das Schlussrätsel in dem einen Raum löste, im nächsten Raum sterben musste, würde sich jeder zurückhalten und auf den anderen hoffen.

»Gut«, fuhr sie fort, »gehen wir davon aus, dass das keine Regel ist. Welche Regeln haben wir noch?«

Michael begann laut nachzudenken. »Jeder Raum erfordert ein bestimmtes Wissen. Der Professor hat die Räume entweder nach den Teilnehmern gestaltet oder die Teilnehmer nach den Räumen ausgesucht.«

Hannah hätte ihn am liebsten gepackt und ordentlich geschüttelt. »Der Professor hat diese Räume *nicht* gestaltet!«

Er warf ihr einen entschuldigenden Blick zu. »Du hast recht, sorry. Aber derjenige, der die Räume konstruiert hat, wusste, wer kommt. Da bin ich mir sicher.«

Hannah nickte. Ihr tat es leid, dass sie derart dünnhäutig reagierte. So kannte sie sich gar nicht.

Michael fuhr fort. »Im ersten Raum brauchten wir einen Ingenieur, im Dschungel war Leon der Experte …«

»Und hier bist du es«, unterbrach Hannah ihn. »Du hast Geschichte und Philosophie studiert. Ludwig der Sechzehnte. Wer war das?«

»Der letzte König Frankreichs vor der Französischen Revolution. Er starb auf der Guillotine, genau wie seine Frau Marie-Antoinette.«

»Wofür steht die Französische Revolution?«, hakte Rick nach.

»Gleichheit, Freiheit, Brüderlichkeit. Die Aufklärung hat um das Jahr 1700 herum begonnen, Kirche und Adel verloren an Macht, rationales Denken breitete sich aus, was schließlich dazu führte, dass das gemeine Volk revoltierte und sich gegen die Herrscher auflehnte. Ludwig der Sechzehnte lebte sehr feudal, hatte mehrere Schlösser.« Michael hielt plötzlich inne.

»Was ist?«, fragte Hannah.

»Natürlich!« Er schlug sich an die Stirn. »Die Möbel von damals, die ihr hier seht, hatten Geheimfächer und solche Räume wie dieser hier Geheimtüren. Das war in allen Schlössern so.«

Michael lächelte triumphierend in die Runde, ehe er fortfuhr. »Es ist davon auszugehen, dass sich irgendwo in der Wand eine Geheimtür befindet.«

KAPITEL 18

Bernd Kappler und Eva Dahlhaus traten aus dem Fahrstuhl in der zweiten Etage. Die Eduardos-Klinik war auf psychische Erkrankungen spezialisiert, vor allem auf Depressionen, Burn-out und Suchterkrankungen. Aber es gab auch die schweren Fälle, zu denen der Student Alexander Lorentz gehörte. Auf dem Weg hierhin hatte Kappler mit dessen Vater telefoniert und sich die Genehmigung eingeholt, mit dem Patienten sprechen zu dürfen. Alexander Lorentz stand unter gerichtlich bestellter Obhut, er durfte wegen seiner Erkrankung nichts mehr selbst entscheiden. Sein Vater war der Vorsorgebevollmächtigte.

Die Station, auf der Alexander Lorentz lebte, befand sich hinter einer massiven Glastür, die immer verschlossen war.

Eva betätigte die Klingel, und sie warteten. Es dauerte nicht lange, bis jemand kam. Der Pfleger, der ihnen öffnete, trug zivile Kleidung. Kappler kannte dieses Konzept von anderen Einrichtungen. Durch alltägliche Kleidung bei Patienten und Mitarbeitern sollte der Anschein eines Krankenhauses minimiert werden.

Der Pfleger begleitete die Kommissare zum Zimmer von Alexander Lorentz, ohne nach dem Grund ihres Besuchs zu fragen.

Sie erreichten die Tür. Bevor der Pfleger anklopfte, wandte er sich den Kommissaren zu. »Möchten Sie auch einen Arzt sprechen?«

»Vielleicht. Wir würden uns dann melden«, antwortete Eva.

»Gut. Ich habe Ihren Besuch bereits angekündigt«, sagte der Pfleger und ging.

Eva klopfte an die Tür, öffnete, und sie traten ein.

Das Zimmer war geräumig und glich eher dem eines Viersternehotels. Alexander Lorentz saß auf einer Couch, die Füße hochgelegt. Er sah fern und reagierte nicht auf die Besucher, tat, als ob sie gar nicht da wären.

Kappler und Eva gingen auf ihn zu.

»Guten Tag, mein Name ist Eva Dahlhaus, das ist mein Kollege Bernd Kappler. Wir sind vom LKA Hannover und würden Sie gerne zu Professor Zargert befragen.«

Der Name ließ Alexander Lorentz kurz zusammenzucken, doch das war seine einzige Reaktion.

Er nimmt unsere Anwesenheit also doch wahr, dachte Kappler. Laut fragte er: »Dürfen wir uns setzen?«

Immer noch nichts. Kappler und Eva zogen jeder einen Stuhl heran, setzten sich so, dass sie auch auf den Fernseher sehen konnten. Es lief ein Fußballspiel aus der Dritten Bundesliga. Ein Stürmer rannte von der Mittellinie los, gab den Ball weit nach vorne in den Raum, wo es einem Mitspieler gelang, die Abwehr der gegnerischen Mannschaft zu überrennen. Er schoss etwa von der Strafraumgrenze, kurz darauf erzitterte das Netz, der Ball war im Tor. Als wäre es das gewesen, worauf Alexander Lorentz gewartet hätte, erhob er sich plötzlich von der Couch und schritt zu einem kleinen Kühlschrank.

»Möchten Sie etwas trinken?« Er hatte eine klare, klangvolle Stimme. Etwas zu tief für seinen Körperbau, fand Kappler. Alexander Lorentz war schmal, höchstens einen Meter siebzig, und seine Haare kurz geschnitten.

»Gern, ja. Für mich ein Wasser«, sagte Kappler.

»Für mich auch«, fügte Eva hinzu.

Er brachte eine große Flasche Wasser mit und zwei Gläser. Sein eigenes Glas stand auf dem Beistelltisch. Kappler schenkte sich und seiner Kollegin ein. Weder er noch Eva hatten viel Erfahrung mit psychisch Kranken, abgesehen von Patienten, die wegen Drogenkonsums in einer Klinik wie dieser waren.

»Mein Vater hat mir gesagt, dass Sie kommen würden.« Alexander Lorentz redete zwar deutlich, aber je länger die Sätze wurden, desto mehr klang seine Stimme, als würde die Zunge bleischwer in seinem Mund liegen. »Der Professor hat ein Problem, habe ich gehört?«

»So kann man das nennen«, antwortete Kappler. Er fasste kurz zusammen, um was es ging, ohne Details preiszugeben, die der Patient nicht wissen musste, um ihre Fragen beantworten zu können. »Zunächst einmal, Sie sind nicht verpflichtet, mit uns zu reden. Vor allem nicht, wenn Sie sich selbst durch Ihre Aussage …«

Alexander Lorentz schnitt Kappler das Wort ab. »Sparen wir uns das. Ich könnte einen Massenmord à la Charles Manson zugeben, und mir würde nichts passieren. Ich habe eine schizophrene Psychose, bin daher schuldunfähig. Also – fragen Sie, was Sie wissen möchten.«

Kappler und Eva tauschten einen Blick. Nach einer kurzen Pause stellte Eva die erste Frage. »Wem geben Sie die Schuld daran, dass Sie hier sind?«

»Professor Zargert«, antwortete Alexander Lorentz, ohne zu zögern.

»Können Sie uns erklären, wie es zu alldem hier kam?«

»Natürlich. Es begann damit, dass ...«

Im Laufe des folgenden Gesprächs gewann Kappler den Eindruck, dass ihre Anwesenheit wie eine Therapiestunde auf Alexander Lorentz wirkte. Das Redetempo des jungen Mannes wurde immer schneller, sodass seine bleischwere Zunge manchmal nicht mitkam. Dann verstand man ihn kaum, und Kappler bremste ihn durch eine Frage aus. Das Bild, das sich aus den Schilderungen ergab, hätte ein Gemälde von Hieronymus Bosch sein können. Düster, verworren, abgrundtief grausam.

Alexander Lorentz war ein Musterstudent gewesen mit einem Abiturschnitt von 1,0. Professor Zargert hatte ihn als hochbegabt eingeschätzt und wurde sein Mentor. Eine akademische Laufbahn schien für ihn vorprogrammiert zu sein. Den Bachelor machte er mit links. Dann aber, auf dem Weg zum Master, von einem Tag auf den anderen, ohne erkennbaren Grund, änderte der Professor seine Haltung gegenüber dem Musterstudenten. Zargert ignorierte ihn zuerst, dann nutzte er jede Lappalie aus, jeden kleinen Fehler, um ihn öffentlich bloßzustellen, manchmal sogar lächerlich zu machen. »Oh, der Überflieger hat auf Autopilot geschaltet«, »Intelligenz allein reicht im Leben nicht immer« – solche Sprüche waren erst der Anfang. Zargert setzte Worte wie »immer«, »nie« und »endlich« gezielt ein: »Immer machst du das falsch«, »Du wirst das nie lernen« oder »Wann begreifst du das endlich?«. Eine solche Ausdrucksweise, ohne Schimpfworte oder Beleidigungen, erschien den meisten banal. Doch gezielt eingesetzt, konnte man so jeden Menschen psychisch in die Knie zwingen. Glaubte man Alexander Lorentz' Schilderungen, schien Professor Zargert ein Meister auf diesem Gebiet zu sein.

Dem jungen Studenten wurde nach und nach der Boden unter den Füßen weggezogen. Sein Verstand konnte nicht begreifen, was los war. Jedem Gespräch unter vier Augen wich der Professor aus. Zwei endlos lang wirkende Monate, bis Zargert von einem Tag auf den anderen den Kurs radikal wechselte. Plötzlich war Alexander wieder obenauf. Er vermutete hinter der ganzen Sache eine Art Test, wie ein Experiment, aber Zargert dementierte. Er redete seinem Studenten ein, dass er tatsächlich stark nachgelassen habe und er schwer enttäuscht von ihm sei. Es dauerte nicht lange, bis der nächste Stimmungsumschwung einsetzte, diesmal nicht abrupt, sondern schleichend. Der Professor änderte seine Wortwahl, anstatt »nie« und »immer« wählte er nun gefühlsbetonte Sätze, die seine große Enttäuschung zum Ausdruck brachten: »Ich hätte wirklich mehr von dir erwartet«, »Dein Erfolg lag mir einmal sehr am Herzen«.

»Zu dieser Zeit fing es an«, fuhr Alexander Lorentz fort. »Ich stand unter extremem Stress, und dann hörte ich erstmals Stimmen in meinem Kopf. Ich versuchte, sie wegzureden, durch Selbstgespräche. Ich versuchte, diese Stimmen im Ohr mit meiner eigenen zu überlagern. Und dann kam es ganz dicke.«

Der Professor bot Alexander an, bei einem wissenschaftlichen Projekt mitzuarbeiten, als sein persönlicher Assistent. Es würde Teil von Alexanders Masterarbeit werden und sollte die Grundlage für eine spätere Promotion sein. Das dachte der Student zumindest. Und er nahm sich vor, den Professor auf keinen Fall zu enttäuschen.

Der Professor spürte den Ehrgeiz seines Schützlings, setzte ihn massiv unter Druck, rief ihn sogar nachts an und ließ ihn nicht mehr zur Ruhe kommen. Alexander Lorentz wollte nicht versagen, nicht enttäuschen. Er verlor jeden kritischen Blick auf seine Arbeit, und so geschah es, dass er aus anderen Publikationen abschrieb, ohne die Quellen zu benennen. Ein schwerer Verstoß gegen wissenschaftliche Prinzipien. Seine Arbeit war zu mehr als der Hälfte ein Plagiat.

»Wussten Sie das, oder haben Sie es nicht gemerkt?«, fragte Eva.

»Ehrlich, ich weiß es nicht mehr. Zu dem Zeitpunkt waren die Stimmen in meinem Kopf unüberhörbar.«

»Mehrere Stimmen?«, fragte Kappler.

Alexander Lorentz nickte.

»Und was haben die Ihnen gesagt?«

»Sie haben mich quasi angefeuert, mir eingeredet, dass ich mehr schaffen müsste. Die Stimmen waren im Einklang mit dem, was der Professor sagte. Sie haben mich motiviert.«

»Haben Sie Drogen genommen?«, wollte Eva wissen.

»Ja, Aufputschmittel. Sonst hätte ich den Stress nicht ausgehalten. Amphetamine vor allem. Manchmal auch Koks.«

Kappler wusste, dass harte Drogen in so einer Stresssituation Psychosen auslösen konnten. Gebannt wartete er auf das Ende der Geschichte.

»Dann kam der Absturz, der Tag der Wahrheit.«

Professor Zargert hatte ihn ins Büro bestellt. Die Stimmung war mies. Zargert konfrontierte Alexander mit dessen Vergehen. Das ganze Projekt war damit gestorben, und

Zargert teilte ihm mit, dass der Musterstudent keinen Tag länger an dieser Universität studieren werde. Alexander wurde noch am selben Tag exmatrikuliert. Seine berufliche Karriere in diesem Bereich war damit beendet.

Er zog an seinem Ärmel und zeigte den Beamten seinen linken Unterarm, wo zwei dicke Narben zu sehen waren. Er hatte versucht, sich umzubringen. Die Schlaftabletten, die er vor dem Aufschneiden der Pulsadern zu sich genommen hatte, führten zu einem rapiden Blutdruckabfall, was am Ende der Grund war, weshalb er nicht verblutete.

Kappler fühlte Mitleid mit dem jungen Mann. »Und dann?«, fragte er.

Es dauerte einen Moment, bevor Alexander Lorentz weiterredete. »Mein Vater hat sich der Sache angenommen, gegen die Universität geklagt. Aber die Beweislage war eindeutig, ich hatte abgeschrieben, daran bestand keinerlei Zweifel. Wie es dazu kam, unter welchem Druck ich stand, dafür hat sich das Gericht nicht interessiert.«

»Der Professor ging also als Sieger hervor.«

Alexander Lorentz nickte. »Das brachte ihm erneut Publicity ein. Er nutzte meinen Fehler, um der ganzen Welt zu zeigen, dass an seinem Institut ein Betrüger sofort auffliegt.«

»Und die Stimmen in Ihrem Kopf?«

Er zögerte einen Moment. »Die waren weg. Nur eine Stimme blieb. Die eines Freundes. Eines Freundes, den es natürlich gar nicht gibt.«

»Erklären Sie uns das bitte«, sagte Eva.

Alexander betätigte einen Klingelknopf, sah dann zu den Beamten. »Mein Psychiater Dr. Meyerhoff sollte dazukommen. Er kann das alles viel besser erklären. Mein Vater hat ihn über Ihren Besuch informiert, und er darf mit Ihnen reden.«

Kappler schenkte allen noch ein Glas Wasser ein, während sie auf den Arzt warteten. Ein paar Minuten später klopfte es an der Tür, sie schwang auf, und ein Mann in den Fünfzigern trat ein. Er trug zivile Kleidung, genau wie alle anderen auf der Station, schwarze Jeans und einen Pullover in Hellblau. Seine dichten Haare glänzten dunkelbraun. Bestimmt gefärbt, vermutete Kappler.

Er stellte sich als Dr. Hartmut Meyerhoff vor und wies darauf hin, dass Wolfgang Lorentz ihn von der ärztlichen Schweigepflicht entbunden habe. Sie konnten offen reden. Dr. Meyerhoff nahm neben seinem Patienten Platz.

»Bitte, Dr. Meyerhoff«, sagte Alexander Lorentz, »erzählen Sie den Beamten von Janus.«

»Janus?«, fragte Kappler und runzelte die Stirn. Die letzten fünfzig Jahre hatte er den Namen dieses römischen Gottes so gut wie nie gehört, am heutigen Tag dagegen zum zweiten Mal.

»Janus gibt es nicht, also nur in der Fantasie von Alexander«, erklärte der Arzt. »In seinem Kopf aber ist Janus so real wie Sie und ich.«

»Und was ist Janus so für einer?«, fragte Kappler und versuchte sich seine Irritation nicht anmerken zu lassen.

»Er ist auch ein Opfer des Professors«, antwortete Alexander mit einem verschmitzten Grinsen auf den Lippen. »Und wir schmieden Rachepläne.«

Der Arzt schien zu wissen, was den Ermittlern bei dieser Aussage durch den Kopf gehen musste, und schritt sofort ein. »Keine Sorge, es handelt sich nur um Fantasien. Abgesehen davon, dass Janus nicht physisch existiert, ist

Alexander nicht zu einer Gewalttat fähig. Genau aus diesem Grund hat er Janus erfunden. Eine Psychose ruft Wahnvorstellungen hervor, aber die Person an sich, ihr Charakter, ändert sich nicht zwangsläufig. Zumindest nicht komplett. Mein Patient bildet da keine Ausnahme, er ist kein aggressiver Mensch.«

Kappler sah zu Alexander Lorentz, und wieder fühlte er Mitleid für den jungen Mann, der nie ein normales Leben führen würde. »Ich will Ihnen nicht zu nahe treten und Ihnen auch nichts Böses, aber«, Kappler sah zu dem Psychiater, »können Sie sich da absolut sicher sein, dass aus Alexander nicht der leibhaftige Janus wird?«

Meyerhoff seufzte. »Sehen Sie, das haben wir Hollywood zu verdanken. Die ganzen Psychopathen, die dort gezeigt werden, sind so. Heute Dr. Jekyll, morgen Mr Hyde. Die Realität sieht anders aus.« Er blickte den beiden Ermittlern abwechselnd in die Augen. »Ich werfe dreißig Jahre Berufserfahrung in die Waagschale und sage Ihnen: Ja, ich bin mir sicher. Alexander ist kein gewalttätiger Mensch. Er ist nicht dazu fähig, jemandem wehzutun, Psychose hin oder her. Deshalb hat er Janus erfunden, aber noch einmal: Janus existiert nicht in der Realität.«

»Sie haben uns noch nicht gesagt, welche Persönlichkeit Janus besitzt. Wie ist er so?«, fragte Eva.

Alexander beschrieb Janus im Detail, erzählte von seinen Macken, von einem leichten Sprachfehler und dass er es mit deutscher Grammatik nicht so genau nahm. Janus war zudem sehr sportlich und hatte viel Kraft. Vor einigen Jahren hatte er bei einer Studie mitgemacht, einer Art Experiment, wie Zargert sie mochte. Danach war es bei Janus zu einer Psychose gekommen, ähnlich wie bei Alexander.

Kappler fand die detailreichen Ausführungen über diese imaginäre Person faszinierend und befremdlich zugleich. Die Psyche des Menschen geht manchmal seltsame Wege, dachte er.

»Warum Janus?«, fragte Eva in diesem Moment. »Er steht in der Mythologie für Zwiespältigkeit.«

Alexander Lorentz nickte zustimmend. »Ja. Ich weiß nicht, warum. Er hat sich mir so vorgestellt.«

»Ist er jetzt auch bei unserem Gespräch dabei?«, fragte Kappler.

Alexander Lorentz schüttelte den Kopf. »Nein, er hat sich heute noch nicht gemeldet. Was auch an den Medikamenten liegen kann.«

»Hatten Sie in letzter Zeit Besuch von jemandem, den Sie nicht kannten?« Kappler verfolgte einen Gedanken. Was, wenn eine real existierende Person die Fantasien des Psychotikers in der Realität umsetzte?

Der Patient schüttelte wieder den Kopf. Dr. Meyerhoff antwortete für ihn. »Ich werde mir noch einmal die Besucherliste ansehen, aber es wäre mir aufgefallen, wenn ihn jemand besucht hätte, der nicht zu seiner Familie gehört. Hier kommt keiner rein oder raus, ohne dass wir das mitkriegen.«

Kappler verstand. Er hatte das Gefühl, sie hätten genug gehört. Ein kurzer Blick zu Eva genügte, und er wusste, dass sie genauso empfand. Eine letzte Sache interessierte ihn aber noch, und er sah zu Dr. Meyerhoff.

»Was halten Sie von Professor Zargert, Herr Doktor?«

Bevor der Psychiater antwortete, sprach er seinen Patienten an. »Würdest du uns bitte kurz allein lassen?«

»Sicher.« Er lächelte, stand auf und verließ den Raum.

Meyerhoff strich sich durchs dunkle Haar. Seine Miene wurde sehr ernst, als er zu sprechen begann. »Zargert hat in meinen Augen eine bedrohlich tief sitzende narzisstische Persönlichkeitsstörung und einen destruktiven Charakter. Er hat Alexander zerstört, sein Leben in unvorstellbarer Weise beeinflusst. Und er hat es so geschickt gemacht, dass man seiner noch nicht mal juristisch habhaft werden konnte. Ich habe mit Zargert einmal in meinem Leben gesprochen. Er zeigte keine Reue, kein bisschen, und wiederholte nur voller Überzeugung, dass er nichts falsch gemacht habe.«

»Sie sehen das offenbar anders«, stellte Kappler fest. »Was genau war Zargerts Motiv?«

»Ich habe zwei Theorien. Entweder hat Zargert mit dem Jungen experimentiert, um zu sehen, wie weit er bei einem Hochbegabten gehen kann.«

»Und die zweite Möglichkeit?«

»Zargert hat das Genie in Alexander erkannt. Zargert kann aber keinen Besseren neben sich dulden, noch nicht einmal als dessen Mentor. Er wollte Alexander zerstören, um auf dem Thron zu bleiben.«

Kapplers Gedanken ratterten, während von draußen der Lärm eines Flugzeugs hereindrang, obwohl der Flughafen Langenhagen dreißig Kilometer entfernt lag. Dann kam ihm eine Idee.

»Wenn wir Ihnen Akten zukommen lassen würden, die Akten der Teilnehmer eines Experiments, das Professor Zargert veranstalten wollte, würden Sie sich diese ansehen?«

Meyerhoff schien interessiert zu sein. Er überlegte kurz, ehe er antwortete: »Gern, aber das wird Zargert nicht gefallen.«

Bevor Kappler etwas Ähnliches antworten konnte, sagte Eva wie aus der Pistole geschossen: »Sie können sich gar nicht vorstellen, wie egal uns das ist.«

Das lockte dem Arzt ein Lächeln aufs Gesicht.

Sie standen auf, reichten sich die Hände zum Abschied und verließen das Zimmer.

Auf dem Gang wartete Alexander Lorentz. Kappler verabschiedete sich auch von ihm. »Alles Gute für Sie! Und grüßen Sie Janus, wenn er sich wieder meldet.«

»Danke, das mach ich. Spätestens morgen wird er auftauchen.«

»Wieso?«, fragte Eva.

»Da ist sein Feiertag.«

»*Wie bitte*?«, platzte es aus Kappler heraus. Vor Überraschung hatte er ungewohnt laut gesprochen.

Der junge Mann zuckte zusammen.

Meyerhoff war ebenfalls irritiert und beobachtete besorgt seinen Schützling. »Was ist los?«

»Entschuldigung«, sagte Kappler. »Können Sie uns das mit dem Feiertag bitte erklären?«

Alexander Lorentz nickte, noch sichtlich mitgenommen von Kapplers lauter Bemerkung. »Im Festkalender der Römer gibt es vier Feiertage, die ›Agonalia‹ heißen. Das Agonium im Januar ist zu Ehren des Gottes Janus, nach dem auch der Monat Januar benannt ist.«

»Und dieses Agonium ist morgen?«, wollte Eva wissen.

»Ja, am neunten Januar.«

Der neunte Januar.

Kapplers Herz schlug schneller.

Wie die römischen Zahlen auf dem gespaltenen Fingernagel.

KAPITEL 19

Es wurde allmählich dunkel. Die ersten Sterne leuchteten am Abendhimmel. Felix und Marvin hatten ihre Fahrräder im Wald stehen lassen und pirschten sich nun an den Bauzaun heran. Tagsüber hatten die Temperaturen deutlich über null Grad gelegen, nun aber näherten sie sich dem Gefrierpunkt, und die Atemluft kondensierte.

Rot-weiße Absperrbänder unterstrichen die Tatsache, dass das Areal rund um das Schloss eine von Steinschlag bedrohte Zone war. An den Zäunen hingen gelbe Schilder, auf denen unübersehbar vor »Lebensgefahr« gewarnt wurde. Das Gemäuer war im Laufe der Jahrhunderte brüchig geworden, weshalb das Schloss Marienburg in weiten Teilen nicht mehr begehbar war. Zwar kamen an jedem Wochenende Besucher und Spaziergänger, aber sie durften lediglich den Innenhof betreten. Die restlichen achtzig Prozent des Schlosses gehörten den Bauarbeitern, wenn sie denn mal da waren. Erst vor Kurzem hatten die Eigentümer das Schloss für einen symbolischen Euro an das Land Niedersachsen verkauft. Die Renovierung für die Instandsetzung würde um die zwanzig Millionen Euro kosten, und weil wie überall Geld fehlte, gingen die Bauarbeiten nur äußerst zäh voran. Im Moment herrschte Stillstand.

Das wussten Felix und Marvin, und es war der Grund,

warum sie jetzt hier waren. Die Idee war ihnen bei einem Jonny bester Qualität gekommen. Sie würden in die Burg einbrechen. Allein der Gedanke fühlte sich cool an, im Hause des Prinzen eine Housi – eine Party – zu geben.

Beim nächsten Besuch, wenn sie wussten, wo es einen Zugang gab, würden sie nicht mehr allein kommen. Felix stand auf seine Klassenkameradin Maja, die ihm noch nicht wirklich viel Beachtung geschenkt hatte. Eine Einladung aufs Schloss würde sie bestimmt beeindrucken.

In einer Kleinstadt wie Nordstemmen, wo die beiden wohnten, war nicht viel los. Supermärkte, Imbissbuden, ein paar Restaurants und eine Zuckerfabrik. Es gab jede Menge kleine Seen, aber man konnte noch nicht mal in ihnen schwimmen gehen, weil das gesamte Ufer an irgendwelche Privatleute verpachtet war. »Betreten verboten« war das wohl meistgedruckte Schild in Nordstemmen. Die Gegend hatte wirklich nicht viel zu bieten, was Jugendliche vom Hocker riss. Da musste man den Kick schon suchen. Vielleicht würden sie ihn hier finden.

Die beiden Jugendlichen hatten den Bauzaun noch nicht ganz erreicht, da sah Felix es als Erster. Hinter vier schmalen, nebeneinanderliegenden Fenstern brannte Licht.

Marvin sah auch hinauf. »Was ist das denn? Scheiße! Vielleicht sollten wir besser abhauen, bevor uns einer sieht.«

Marvin gehörte nicht zu den mutigen Jungs. Bei einer sich anbahnenden Prügelei war er einer der Ersten, die den Schwanz einzogen.

»Mach dir nicht gleich in die Hose, Digga.« Felix hielt ihn am Arm fest. »Das Licht da oben beweist, dass diese ganzen Schilder mit Steinschlag und Lebensgefahr Fake sind. Um Leute wie uns abzuhalten.«

»Aber ich habe keine Lust, da drinnen erwischt zu werden. Vor allem nicht mit Gras, das so krass riecht.«

»Jetzt sei nicht so eine Pussy und komm.«

Felix schritt voran, Marvin zögerte einen Moment, bevor er seinem Freund folgte. Sie erreichten den Bauzaun, der sich ohne Probleme zur Seite schieben ließ, sodass eine Lücke entstand, durch die sie hindurchschlüpfen konnten. Der Burggraben war nicht mit Wasser gefüllt. Vor ein paar Jahren noch gehörten Wachhunde zum Inventar des Schlosses. Jetzt nicht mehr. Trotzdem wurden sie aufgehalten, von einer steilen Mauer, die sich vor ihnen erhob und die sie niemals ohne Hilfsmittel überwinden könnten.

Marvin nörgelte. »Wie willst du da raufkommen?«

Er wollte abhauen, das spürte Felix.

»Gar nicht. Wir suchen nach einem anderen Weg. Jetzt sei nicht so ein Mädchen.«

»Bin ich nicht. Gibt es denn einen anderen Weg?«

»Chuck Norris findet immer einen Weg.«

»Der bist du aber nicht.«

»Nee, stimmt, ich bin hübscher.«

Felix drehte sich zu seinem Freund um, sah ihm in die Augen. »Du kannst ja nach Hause zu deiner Mama rennen. Ich ziehe das hier durch. Aber wenn ich einen Eingang finde, bist du sicher nicht bei der Party dabei.«

Marvin hob die Hände. »Schon okay, ich komme ja mit.«

Felix folgte dem Burggraben, behielt stets das Fenster über ihnen im Auge. Dahinter tat sich nichts. Er vermutete, dass einer der Bauarbeiter vergessen hatte, das Licht auszuschalten.

Melissa stand vor einem der schmalen Fenster und betrachtete die stabile Bleiverglasung. Sepans Versuch, das Fenster mit einem Stuhl einzuschlagen, war ebenso gescheitert wie Hannahs Aktion mit der Gartenschere. Das bunte Glas wies kaum mehr als einen Kratzer auf. Draußen wurde es immer dunkler, die Bäume des Waldes zeichneten sich ab wie schwarze Striche vor dem tiefblauen Abendhimmel. Die untergehende Sonne erzeugte einen dunkelroten Strich am Horizont.

»Kann einer von euch morsen?«, fragte Melissa.

Die anderen waren immer noch auf der Suche nach einem Geheimfach in den Möbeln oder einer versteckten Tür hinter den Tapeten aus Seide.

»Morsen?«, fragte Rick. »Womit denn?«

»Weiß nicht, vielleicht gibt es einen Lichtschalter. Kannst du?«

»S-O-S würde ich noch hinkriegen«, sagte Hannah. »Dreimal lang, dreimal kurz, dreimal lang.«

»Umgekehrt«, sagte Michael. »Drei kurz, drei lang, drei kurz. Oder?«

Rick schüttelte den Kopf. »Keine Ahnung. Finde den Lichtschalter und hoff, dass irgendein Idiot da unten nichts Besseres vorhat, als hier hochzuschauen und unsere Nachricht zu lesen.«

Melissa wollte sich gerade wieder vom Fenster abwenden, da weckte etwas ihre Aufmerksamkeit. Unten am Burggraben, der in fast völliger Dunkelheit lag, schien sich etwas bewegt zu haben. Am Fuß der Mauer. Waren es Tiere? Sie drückte ihre Nase an der Scheibe platt, um besser sehen zu können. Nein, da waren zwei Gestalten – Personen.

»Hey, da ist jemand«, rief sie den anderen zu, die sofort herbeigestürmt kamen.

»Wo? Ich sehe niemanden«, sagte Sepan.

»Da unten.« Sie zeigte auf die Stelle, wo die zwei schwarzen Gestalten noch immer zu sehen waren.

Rick schlug zweimal mit der flachen Hand gegen das Fenster und schrie: »Hey. Halllooooo!« Er schlug noch einmal gegen die Scheibe.

Sein Rufen würde mit Sicherheit nicht nach draußen dringen, aber seine Schläge gegen das Fenster zeigten Wirkung. Die Gestalten in der Dunkelheit des Waldes waren stehen geblieben. Sepan machte es Rick nach, schlug ebenfalls mit aller Kraft gegen die Scheibe. Die anderen stiegen in das Getrommel ein und schrien sich die Seele aus dem Leib.

»Hiiiiiilfe!«

Marvin und Felix hörten das leise Wummern. Es standen Menschen hinter den beleuchteten Fenstern, die dagegenhämmerten und wild gestikulierten.

»Fuck, die haben uns gesehen«, sagte Marvin.

Felix blieb cool. »Scheint so.«

»Ich hau ab, bevor die Bullen kommen. Das war eine beschissene Idee.« Marvin rannte los, in die Richtung zurück, aus der sie gekommen waren.

»Hey, warte. Das sieht eher aus, als ob die was von uns wollen«, rief Felix ihm hinterher.

Marvin hatte keine Lust, noch eine Minute länger zu bleiben, und setzte seinen Weg fort, ohne zu antworten.

Felix lief ihm nach und packte seinen Arm, als er ihn erreichte. »Was, wenn die Hilfe brauchen.«

Marvin blieb notgedrungen stehen und drehte sich zu seinem Freund um. »Digga, du nervst. Was, wenn die da oben eine Party feiern und keinen Bock auf Dullies wie uns haben?« Marvin ging weiter. »Du kannst ja hierbleiben, ich sage deiner Mom Bescheid, dass sie dich bei der Polizei abholen kann.«

Marvin ließ sich nicht mehr umstimmen, und allein wollte Felix diese Tour anscheinend auch nicht fortsetzen.

Sie fanden die Lücke im Bauzaun, quetschten sich hindurch, stellten den Urzustand wieder her. Es sah alles aus wie vorher.

Auf dem Weg durch den Wald zu ihren Fahrrädern schworen sie sich, niemandem von ihrem missglückten Ausflug zu erzählen. Marvin erinnerte sich, dass ein Freund von ihm mal unerlaubt ein Bahngelände betreten hatte und deswegen hundert Euro Strafe zahlen musste. Wenn Marvins Eltern einen Hunni wegen so einem Unsinn hinblättern müssten, würden sie ihm sein Fahrrad wegnehmen und verkaufen, für das er immerhin ein Jahr geackert hatte.

Sie gingen langsam, an manchen Stellen war der Waldboden glatt. Sich jetzt noch auf die Fresse legen und die neue Wellensteyn versauen, das wäre es, schoss es Marvin durch den Kopf. Auf keinen Fall.

Die beiden kamen zu der Stelle, wo sie ihre Fahrräder an einen Baum gebunden hatten. Neben der jungen Birke lag nur noch das Kettenschloss auf dem Waldboden. Es war mit einem Seitenschneider durchtrennt worden.

Marvin stockte der Atem. War ihnen jemand gefolgt? War das hier ein blöder Scherz ihrer Kumpel?

»Ey, das gibt es doch nicht. Hast du irgendwem von dieser Aktion erzählt?«, fuhr Felix ihn von der Seite an.

Marvin schüttelte den Kopf. »Nein. Ich schwöre.«

»Wer soll denn … in den Wald gehen, um zwei Fahrräder zu klauen?« Felix' Stimme klang leicht hysterisch. Allmählich verlor auch er seine Coolness.

Marvin kroch die Angst nun eiskalt über den Rücken. Hektisch sah er sich um. Hier stimmte etwas nicht. »Fahrräder werden am Bahnhof gezogen, aber nicht hier im Wald.«

»Lass uns abhauen«, sagte Felix, und seine Miene verriet, dass er Angst hatte.

Die beiden folgten dem schmalen Waldweg, der steil nach unten führte. Sie mussten sich an Ästen und Zweigen festhalten, an Laufen war auf dem glitschigen Untergrund nicht zu denken. Einen Fuß vor den anderen setzend, passten sie auf, dass keiner von ihnen sich hinlegte.

Da vernahm Marvin ein Knacken neben sich, fuhr herum und starrte in den Wald. Felix, ein paar Schritte hinter ihm, sah ihn ängstlich an. »Was ist?«

Marvins Blick schweifte durch den Wald. Dort waren nur dunkle Schatten zu sehen: Äste, Bäume, Blätter.

Felix holte sein Handy aus der Tasche und schaltete die Taschenlampe ein.

»Digga, mach das Licht aus.«

»Was hast du denn?« Felix schaltete die Lampe wieder aus. »Sollen wir die Bullen rufen?«

Marvin zögerte. »Und was willst du denen sagen?«

»Na ja, unsere Fahrräder wurden geklaut.«

»Moment.« Marvin musste nachdenken. Er war zwar nicht so cool wie Felix, dafür aber heller im Kopf. Was hatte sie in Panik versetzt – die Dunkelheit, der Wald, die geklauten Fahrräder? Ja, vor allem Letzteres, denn es bedeutete, dass noch jemand außer ihnen hier war. Marvin erstarrte, als ihm ein Licht aufging. Die Leute hinter dem Fenster hatten sich nicht ohne Grund bemerkbar gemacht – das war ein Hilferuf gewesen!

»Ja, ruf die Bullen«, sagte Marvin und schluckte.

Im selben Moment knackte es wieder neben ihm im Geäst, und eine dunkle Gestalt stürzte sich auf ihn.

Der Waldboden war feucht und kalt, und mit dem Bewusstsein traten auch die Schmerzen ein. Felix' Nacken tat höllisch weh. Irgendwas hatte ihn dort getroffen. Er betastete die schmerzende Stelle und hielt danach seine Finger dicht vors Gesicht. Es war kein Blut zu sehen.

Neben ihm röchelte etwas. Was war das? Felix lag auf dem Bauch. Mit Mühe drehte er den schmerzenden Kopf zur Seite und blickte in das Gesicht von Marvin, der ihn mit weit aufgerissenen Augen anstarrte. Es schien, als würden seine Augäpfel gleich aus dem Schädel springen. Marvin, der wie er bäuchlings auf dem Waldboden lag, hatte eine Schlinge um den Hals, wie Felix bemerkte. Hinter seinem Freund stand eine dunkle Gestalt, die mit aller Kraft die Schlinge zusammenzog.

Marvin hatte den Mund weit geöffnet, und er schien etwas sagen zu wollen, brachte aber nur ein kehliges Röcheln heraus. Dann begann sein Körper zu zucken, die Hände schlugen wild um sich – bis alles erschlaffte und jedes Leben aus seinem Körper gewichen war.

Felix hatte zugesehen, wie sein Freund starb, aber sein Gehirn war noch nicht in der Lage, das zu realisieren. Es musste ein Traum sein, es musste. Los, wach auf, jetzt sofort!

Die dunkle Gestalt trat nun neben Felix. Es war kein Traum – verdammte Scheiße! Die Schmerzen waren mit einem Mal wie weggeblasen. Felix drehte sich auf den Rücken, hielt die Hände schützend vor sich und winkelte die Beine an, bereit, zuzutreten.

Die schwarze Gestalt stand allerdings nur da und rührte keinen Muskel.

Felix verharrte ebenfalls in dieser Position. Er würde es diesem Arschloch nicht leicht machen.

»Was wolltet ihr beiden hier?« Die schwarze Gestalt hatte eine Stimme. Die ganz normale Stimme eines Mannes.

Felix dachte kurz nach. Entschied sich dann für die Wahrheit. »In die Burg einbrechen.«

»Das ist verboten. Habt ihr die Schilder nicht gelesen?«

»Doch, aber ...«

»Aber was?!« Der Mann war ungeduldig.

»Weil es verboten ist, wollten wir ... das machen. Einbrechen, einen Jonny rauchen.«

»Du hast also Gras dabei?«

Felix zeigte auf Marvin. »Er hat es.«

Der Mann schien zu überlegen, wie er weitermachen sollte. Felix versuchte sich an den Judounterricht zu erinnern, an dem er als Sechsjähriger ein paarmal teilgenommen hatte. Ein fester Stand war essenziell für einen erfolgreichen Angriff, das wusste er, ob vom Judo-Unterricht oder vom Gaming, konnte er nicht sagen. Ihm blieb nur eine Chance: Er musste blitzschnell auf die Beine kommen, einen sicheren Stand finden und dem Mann mit aller Kraft in die Eier oder gegen die Kniescheibe treten, und dann nichts wie weg.

»Glaubst du, du schaffst es, deinen toten Freund zu tragen?«, sagte in diesem Moment die dunkle Gestalt.

Felix wusste nicht, ob er sich verhört hatte. »Was? Äh, also ich denke schon.«

»Gut, gut. Und willst du sehen, wie Menschen sterben? Menschen, die du nicht kennst?«

»Ich – ich, also, ich weiß nicht …«, stammelte Felix, bis ihm klar wurde, dass er sich dadurch womöglich Zeit verschaffen könnte – oder sogar eine Gelegenheit zur Flucht. »Okay«, sagte er und nickte heftig.

»Dann steh auf!«, befahl der Mann. »Und lass uns deinen Freund mitnehmen. Du nimmst die Beine.«

Felix tat wie befohlen. Während sie Marvins leblosen Körper durch den Wald schleppten, hatte er nur einen Gedanken, den er wie ein Mantra ständig wiederholte.

Ich werde heute nicht sterben. Ich werde heute nicht sterben. Ich werde heute nicht sterben …

KAPITEL 20

Draußen war es stockdunkel. Hannah stand am Fenster. Sie hoffte so sehr darauf, einen Lichtkegel von Autoscheinwerfern zu sehen oder Blaulichter, die sich dem Schloss näherten. Wenn, dann müsste dies allmählich geschehen, denn die beiden Personen waren vor einer gefühlten Stunde in der Dunkelheit des Waldes verschwunden.

Hannah wandte sich vom Fenster ab und schaute zu Michael. Er saß tief in Gedanken versunken auf einem Stuhl vor dem Schreibsekretär, dem wohl wuchtigsten Möbelstück im Raum. Unterhalb der lederbezogenen Schreibfläche befanden sich zwei große Schubladen. Im Innenteil des Sekretärs waren noch mal ein halbes Dutzend kleine Schubfächer. Michael hatte sie alle kontrolliert, mehrfach auf- und wieder zugemacht. Kein Geheimfach, kein Hinweis – einfach nichts, wie er vor ein paar Minuten enttäuscht verkündet hatte. Jetzt starrte er das Möbelstück wie einen Gegner im Ring an.

Hannah wandte den Blick von Michael ab und betrachtete den Raum. Wer immer hinter dieser Sache steckte, er – oder sie – war detailverliebt. Hannah hatte schon einige prunkvolle Schlösser besichtigt – in Potsdam, Wien, Versailles. Hier sah es fast genauso aus. Ihr Blick fiel auf den kleinen runden Tisch in der Mitte des Raums, der für zwei Personen eingedeckt war. Sie wusste selbst nicht, was es war, aber irgendetwas weckte ihr Interesse, und sie ging zum Tisch hinüber, um ihn sich genauer anzusehen. Zwei Teller und zwei Kaffeetassen aus feinstem Porzellan, eine Karaffe aus Kristallglas und Messer und Gabeln aus Silber bedeckten die Tischplatte.

Als Hannah sich auf einen der Stühle setzen wollte, entdeckte sie es: Der Teller an dem einen Platz war größer als der andere. Sie sah genauer hin und bemerkte, dass es sich mit dem Besteck ähnlich verhielt. Wieso war das bisher noch keinem aufgefallen? Neben dem kleinen Teller lag eine Kuchengabel, neben dem großen Teller eine richtige Gabel. Kleines Messer, großes Messer, lediglich die Tassen waren identisch.

Hannah sah zu Michael, der immer noch auf dem Stuhl saß und den Sekretär anstarrte, als wollte er ihn beschwören, sein Geheimnis preiszugeben.

»Kannst du bitte mal kommen, Michael? Und alle anderen auch? Ich habe etwas gefunden.«

Michael schaute verdutzt, kam Hannahs Aufforderung aber sofort nach. Auch die anderen beendeten ihre Suche nach einer Geheimtür und versammelten sich um den Tisch.

Hannah zeigte auf das Besteck. »Der eine Platz ist für ein Frühstück gedeckt, der andere, würde ich sagen, zum Nachmittagskaffee. Oder?«

»Wieso Frühstück und nicht Mittagessen?«, fragte Sepan.

»Sonst gäbe es auch Weingläser und mehrere Teller und weiteres Besteck«, erklärte Michael.

Hannah griff nach der Gabel neben dem kleinen Teller. »Die hier ist definitiv für Kuchen.«

Kaum hatte sie das Wort »Kuchen« ausgesprochen, da erstarrte Michael. Hannah sah ihn fragend an. »Was ist?!«

»Brot und Kuchen.« Michaels Gedanken schienen sich zu überschlagen.

»Mach es nicht so spannend«, sagte Sophie und klang wieder einmal, als ob sie kurz vor einem Nervenzusammenbruch stünde.

»Sachte, sachte.« Michael holte tief Luft und legte los. »Das hat etwas mit Marie-Antoinette, der Frau König Ludwigs, zu tun. Sie lebten beide sehr verschwenderisch. Als Marie-Antoinette hörte, dass ihr Volk hungerte und kein Brot mehr hatte, hat sie angeblich gesagt: ›Dann sollen sie doch Kuchen essen.‹«

Alle Augen richteten sich auf den gedeckten Tisch. Das erste Rätsel dieses Raums war womöglich geknackt.

»Dieser Satz, den Marie-Antoinette gesagt haben soll, ist historisch nicht belegt«, fuhr Michael fort. »Viele Historiker der Gegenwart gehen davon aus, dass sie so etwas nie gesagt hat, aber dieser Satz spiegelt die Dekadenz des Adels zur damaligen Zeit wider. Eine Dekadenz, die zur Revolution führte und König wie Königin den Kopf kostete. Auf der Guillotine.«

»Und was bringt uns das jetzt?«, fragte Leon.

Hannah ignorierte seine Frage und überlegte laut. »Brot und Kuchen werden in einem Ofen gebacken.« Sie sah zum Ausgang der Röhre, durch die alle in diesen Raum gekommen waren. Die Röhre war mit einer gusseisernen Tür verschlossen worden, wie bei einem uralten Ofen. Und plötzlich war Hannah sich sicher, dass die Tür von Bedeutung war.

Hannah ging zu der Tür. »Wir müssen nachschauen, was dahinter ist.«

»O nein!«, schrie Sophie. »Das wissen wir doch: Insekten!«

»Das war vor gut anderthalb Stunden«, sagte Hannah.

Sophie schritt ebenfalls zur Tür und stellte sich mit verschränkten Armen davor. »Du lässt diese verdammte Tür zu.«

»Nein.« Hannah war fest entschlossen. »Ich werde nachschauen. Ich wette, dass sich mittlerweile etwas anderes dahinter befindet.«

Leon fackelte nicht lange, ging auf Sophie zu, packte das protestierende Mädchen und trug sie einfach von der Tür weg.

Hannah fasste den Hebel, mit dem die Tür verschlossen war. »Der Griff ist warm.«

»Wie von einem Ofen«, sagte Michael. »Mach auf.«

Hannah drehte den Hebel um neunzig Grad und hielt die Luft an. Was würde sie erwarten?

Die Tür ging mit einem metallischen Quietschen auf. Kein Brummen folgte, kein einziges Insekt flog herein. Dort, wo sich vor Kurzem noch die Röhre befunden hatte, durch die sie gekrochen waren, war nun das Innere eines gusseisernen Ofens zu sehen.

Hannah atmete den Duft von frisch gebackenem Brot ein, ein Laib lag direkt vor ihr auf einem Blech. Sie berührte das Brot vorsichtig mit einem Finger, dann mit der ganzen Hand. »Ganz frisch, es ist noch warm.«

Hannah nahm das Brot in zwei Hände und spürte sofort, dass es viel schwerer war als gewöhnlich. Sie brachte es zum Tisch, wo sie es ablegte. »Da ist etwas drin.«

»Vielleicht eine Feile«, witzelte Sepan. »Mit der wir die Bleiverglasung durchsägen können wie im Knast.«

Nicht lustig, dachte Hannah, und auch die anderen ignorierten den blöden Kommentar.

Rick nahm das Messer vom Tisch. »Ich zerschneide es, einverstanden?«

»Sei vorsichtig«, sagte Michael. »Nicht dass etwas dabei kaputtgeht.«

Rick begann am linken Ende des Laibs, das Messer zerteilte das Brot mühelos. »Da ist etwas«, sagte er nach ein paar weiteren Schnitten.

Er legte das Messer weg, stach seine Finger vorsichtig in den Laib und rupfte das angeschnittene Brot auseinander. Ein Gegenstand kam zum Vorschein, er griff hinein und holte ein Metallteil hervor. Es war ein Zylinder aus Messing, etwa zwanzig Zentimeter lang mit dem Durchmesser einer 0,5-Liter-Dose. Rick wog das Teil in seiner Hand, es schien schwer zu sein. Um den Zylinder herum waren Räder eines Zahlenschlosses, acht Räder mit jeweils zehn Ziffern.

»Ich habe so etwas schon mal gesehen«, sagte Hannah.

»Ja, in einem Film«, erwiderte Michael sofort. »*The Da Vinci Code.* Das ist ein Kryptex.«

»Den Film kenne ich auch«, meldete Melissa sich zu Wort. »Im Mittelalter hat man darin geheime Botschaften aufbewahrt, richtig? Wenn man das Teil gewaltsam öffnet, wird der Inhalt zerstört.«

Michael lächelte. »So ein Teil gab es im Mittelalter nicht. Das ist nur eine Erfindung des Romanautors, aber in dem Film haben sie so getan, als ob Leonardo da Vinci es erfunden hätte.«

Rick fiel ihm ins Wort. »Ist ja egal, wer immer sich das ausgedacht hat. Wir haben ein Zahlenschloss mit acht Reihen und jeweils zehn Ziffern.«

»In dem Film waren es Buchstaben, also weitaus mehr Kombinationsmöglichkeiten«, sagte Hannah.

»Aber immer noch zehn hoch acht, also hundert Millionen Kombinationen«, sagte Michael. »Wollen wir anfangen, alle auszuprobieren?«

»Lasst uns den Kuchen suchen«, schlug Leon vor. »Das Brot haben wir, fehlt noch der Kuchen.«

Michael nickte. »In dem Brot haben wir das Zylinderschloss gefunden, in dem Kuchen finden wir womöglich die Kombination, das Schloss zu knacken.«

»Ich habe auch schon eine Ahnung, wo sich unser zweites Backwerk verstecken könnte«, sagte Leon und schritt zu der einzig sichtbaren Heizquelle im Raum, dem weißen Kachelofen an der Wand. Er begutachtete ihn, rüttelte ein wenig daran herum. »Jepp, der ist nicht mit der Wand verbunden, wir können ihn wegschieben. Rick, ich brauche deine Muskeln.«

Rick war sofort zur Stelle. Der Ofen war schwer, die beiden mussten sich mächtig anstrengen, schafften es aber, ihn ein Stück von der Wand zu entfernen. Dahinter kam ein Loch zum Vorschein, in dem das Ofenrohr gesteckt hatte.

Leon und Rick mussten wegen der Kraftanstrengung erst einmal durchatmen. Sepan und Hannah sahen sich inzwischen das Loch an. Es befand sich in etwa einem Meter Höhe und hatte genug Ausmaß, dass man mit dem Kopf hindurchpasste, zumindest bis zu den Schultern.

Nein, durch dieses Loch werden wir den Raum ganz sicher nicht verlassen, dachte Hannah.

Sepan blickte Hannah an, grinste und zuckte mit den Schultern, als wollte er sagen: Was soll's! Dann steckte er vorsichtig den Kopf in die Öffnung.

»Und? Was ist da?«, fragte Leon, dessen nackter Oberkörper feucht glänzte.

Sepan zog den Kopf wieder heraus. »Eine große Torte: Schwarzwälder Kirsch.«

Hannah verdrehte die Augen. An seinen Sprüchen musste er dringend arbeiten.

Leon stieß Sepan zur Seite. »Lass mich nachsehen. Da muss etwas sein.« Ohne zu zögern, steckte er den Kopf in das Loch.

Sepan zuckte mit den Achseln. »Bitte schön, der Herr. Da ist ein Hohlraum, mehr nicht. Irgendwo brennt eine kleine Funzel. Das war's.«

Leon stand mit gebücktem nacktem Oberkörper vor dem Loch, in dem sein Kopf und Hals steckten, als ein klackerndes Geräusch zu hören war.

Als ob Holzklötze aufeinanderschlagen, dachte Hannah und beobachtete entsetzt, wie Leon versuchte, seinen Kopf aus dem Loch zu ziehen – vergeblich. Er schien festzustecken. Da schnellten seine Arme hoch, und er drückte die Hände fest gegen die Wand, um sich abzustoßen. Auch das blieb ohne Erfolg.

»Verdammt!«, schrie Sepan. Er tätschelte dem Soldaten den vernarbten Rücken. »Hey, wird alles gut, Kumpel. Wir holen dich da schon raus.«

Leons Stimme drang gedämpft durch die Wand, er rief irgendetwas, was Hannah nicht verstand.

Da ertönte ein weiteres Geräusch.

Es klang metallisch, wurde lauter, dann endete es abrupt. Im selben Moment erschlaffte Leons Körper, und er sackte auf die Knie.

An der Stelle, wo der Ofen gestanden hatte, gab es

keinen Holzsockel, nur Tapete, deren Stoff sich jetzt rot färbte – blutrot.

Hannah hatte einen stummen Schrei ausgestoßen und sah in das fassungslose Gesicht von Sepan. Sophie schrie wie am Spieß, während der Rest der Gruppe geschockt von einem zum anderen blickte.

Aus Leons Körper war jeder Farbton entwichen, sein nackter Oberkörper war so weiß wie bei einem Toten. Hannah brauchte nicht hinter die Wand zu sehen, um sicher zu wissen, dass sich oberhalb seines Halses kein Kopf mehr befand.

Sie und die anderen waren Zeugen seiner Hinrichtung geworden. Enthauptet. Durch eine Guillotine hinter der Wand.

Die Französische Revolution hatte sie erreicht. Mit über zweihundert Jahren Verspätung.

KAPITEL 21

Sarstedt war eine Kleinstadt am Rande von Hannover. Der berühmteste Bürger dieses Ortes dürfte der Gitarrist Rudolf Schenker gewesen sein, der hier in den Sechzigern die Rockgruppe Scorpions gegründet hatte. Kappler und Eva fuhren mit dem Dienstwagen durch eine Neubausiedlung. Obwohl die Gebäude sich ziemlich ähnelten, stach das Haus von Professor Zargert hervor. Die Straße war zugeparkt, die meisten Fahrzeuge hatten ein Logo aufgedruckt. Zwei Lokalsender und eine überregionale Rundfunkanstalt schienen Wind davon bekommen zu haben, dass sich hinter dem schnöden Busunfall am Morgen womöglich eine Sensation verbergen könnte. Gerüchte sickerten nun mal durch, vor allem wenn man eine gewisse Berühmtheit erlangt hatte wie der Professor und eine ausreichende Anzahl illoyaler Angestellter für einen arbeitete.

Kappler fuhr direkt vors Haus, wo er einen anderen Wagen zuparkte. Die Beamten stiegen aus und beeilten sich, zur Eingangstür zu kommen. Kappler hasste es, wenn Scheinwerfer und Kameraobjektive auf ihn gerichtet waren, weshalb er die Fragen der Reporter, die nun auf ihn einprasselten, geflissentlich ignorierte. Ein paar Informationen schnappte er allerdings auf. Die Journalisten wussten bereits von dem Experiment – und dass irgendetwas schiefgelaufen war.

Als Zargert ihnen die Tür öffnete und sie durch das Erdgeschoss führte, kam Kappler nicht umhin, die Einrichtung zu bewundern. Der Wohn- und Essbereich sowie die angrenzende Küche nahmen die gesamte untere Etage ein. Eine große Glasfront, beinahe wie ein Wintergarten, erstreckte sich über zwei Etagen, und eine Wendeltreppe führte nach oben auf die Balustrade. An den weißen Wänden hingen große, gerahmte Bilder wie in einer Galerie. Moderne Kunst, abstrakte Malerei. Hier hatte sich ein Innenarchitekt verwirklicht, dachte Kappler.

Professor Zargert begleitete die Kommissare ins Wohnzimmer und nahm auf einem Barcelona-Sessel des Designers Mies van der Rohe Platz, ein Designklassiker-Möbelstück, dessen Nachbildungen sehr teuer waren. Die Kommissare begnügten sich mit der Zweisitzercouch von Le Corbusier. Zwischen ihnen befand sich ein Glastisch, über dem ein silberner Lampenschirm schwebte. Der Fuß der Lampe stand drei Meter entfernt und war über einen Metallbogen mit dem Schirm verbunden. Das Licht blendet aber, dachte Kappler, der seine Möbel meistens bei Ikea kaufte. Dennoch konnte er ungefähr abschätzen, welchen Wert dieses Haus mitsamt seiner Einrichtung besaß. Anscheinend verkauften sich die Bücher des Professors wirklich wie geschnitten Brot.

Es tat gut zu sitzen. Ein ereignisreicher Arbeitstag lag hinter ihnen, aber an Feierabend war nicht zu denken. Eva hatte ihrem Verlobten mitgeteilt, dass er auf unbestimmte Zeit allein klarkommen musste. Kappler ging es ähnlich, seine Tochter Maike würde sich für die nächsten Tage einen anderen Babysitter suchen müssen. Wie lange dieser Zustand anhielt, konnte er ihr nicht sagen. Dieser Fall war durch und durch einzigartig in seiner beruflichen Karriere und mit nichts zu vergleichen.

Eine junge Hausangestellte brachte zwei Karaffen und Gläser. Limonade sowie Wasser mit Minze und Limetten.

»Können Sie diese Lampe ausmachen?« Kappler zeigte auf den Schirm direkt über ihm. Die junge Frau kam der Aufforderung nach und verschwand wieder. Eva sah zu den Bildern an den Wänden, Kappler folgte ihrem Blick. Es waren eindeutig Originale. Zargert bewies einen skurrilen Geschmack. Ein Gemälde, rote Farbspritzer auf weißem Hintergrund, erinnerte Kappler an so manchen Tatort.

»Welchen Eindruck vermitteln Ihnen diese Bilder?«, fragte der Professor, als wollte er sein Gegenüber analysieren.

»Gar keinen«, antwortete Kappler knapp.

Der Professor lächelte süffisant. Seine Arroganz strömte ihm aus jeder Pore. »Also gut. Wie kann ich Ihnen behilflich sein?«

Eva und Kappler hatten sich eine Strategie zurechtgelegt, wie sie dem Professor Informationen entlocken wollten. Da der Mann psychologisch geschult war, durften sie ihn nicht unterschätzen. Das Ziel: ihn aus der Fassung zu bringen.

»Wir haben mit Alexander Lorentz gesprochen«, eröffnete Eva das Gespräch. Sie warteten gespannt auf seine Reaktion.

Zargert gab sich keine Blöße, sah die beiden nur fragend an. »Und?«

»Warum haben Sie das gemacht?«, fragte Kappler.

»Was?«

»Ihn manipuliert. Ihn so weit getrieben, dass er die

Grenzen zwischen Betrug und Wissenschaft nicht mehr sehen konnte.«

Zargert lachte. »Hat er Ihnen das erzählt? Er hat betrogen, das ist bewiesen. Alexander geriert sich jetzt als Opfer, in Wahrheit hat er mich hintergangen, verstehen Sie? Er mich!«

»Sie sagen, es gab da keine Vorgeschichte?«, fragte Eva.

Zargert ließ seinen gekünstelten Lachanfall ausklingen. »Es gibt immer eine Vorgeschichte. Alexander war ein Überflieger, ich selbst habe mich in ihm wiedergesehen. Deshalb war ich so maßlos enttäuscht, als er mich hinterging und dadurch das gesamte Institut, den gesamten Fachbereich, vielleicht sogar die ganze Universität in Verruf gebracht hat.«

Kappler ließ die Worte auf sich wirken. Womöglich lag der Psychiater Dr. Meyerhoff mit seiner Vermutung richtig: Zargert konnte kein Genie neben sich ertragen, weil er sich selbst für eins hielt, aber keinen Genius besaß.

Kappler war an dem Punkt angekommen, wo er hinwollte. Nun würden sie das Gespräch nicht so unverbindlich fortsetzen.

»Wie viele Studenten wie Alexander Lorentz gibt es noch an Ihrem Institut?«

Zargert verstand die Frage nicht, zumindest schien es so. »Wie meinen Sie das?«

»Machen wir es kurz.« Kappler wechselte in einen aggressiveren Tonfall. »Der nächste Alexander Lorentz versucht vielleicht nicht, sich selbst zu töten – sondern Sie.«

Zargert wirkte überrascht, sah zu Eva, als würde er in ihr eine Verbündete sehen. Sie verzog keine Miene.

Kappler erhöhte den Druck. »Wir wollen wissen, wie

viele Menschen für Sie bereits als Versuchskaninchen herhalten mussten.«

Zargert starrte ihn an. »Ich glaube – ich glaube, Sie sind da völlig auf einem Irrweg. Keine Ahnung, was man Ihnen erzählt hat, aber: Alle meine Experimente wurden publiziert. Sowohl in wissenschaftlichen Magazinen wie auch in meinen Büchern. Ich ernte viel Lob dafür. Ich verheimliche doch nichts.«

Den letzten Satz strich Kappler aus seinem persönlichen Protokoll. Der Professor verstand es, die Menschen glauben zu lassen, dass er die Wahrheit sagte. Kappler hatte schon viele Lügner erlebt, in zahlreichen Verhören. Zargert gehörte eindeutig zu den Besseren seiner Art, aber auch ihn würde er knacken können. Mit genug Zeit, genug Geduld. Beides war im Moment leider Mangelware. Sie mussten die Teilnehmer finden. Lebend. Und dafür war es wichtig zu wissen, was alles hinter der schillernden Fassade des Instituts stattgefunden hatte.

Da klingelte Kapplers Handy, er sah aufs Display. Der Anruf kam von irgendeinem Kollegen. Es wurde nur die Nummer der Zentrale angezeigt, die Durchwahl war wie immer unterdrückt.

Verdammt schlechtes Timing, dachte Kappler, stand von der Couch auf und ging ein paar Schritte weg, um das Gespräch anzunehmen.

»Kappler?«

Eine Frauenstimme, die er nicht kannte, war am anderen Ende der Leitung. »Kriminaloberkommissarin Gudrun Jansen, guten Abend. Ich rufe wegen der sieben vermissten Personen an. Die Kollegen der Ermittlungsgruppe sagten, ich solle mich direkt mit Ihnen in Verbindung setzen.«

»Haben Sie etwas für mich?« Kappler war misstrauisch, im Zeitalter von Voice-over-IP ließen sich Telefonnummern vortäuschen. Es könnte auch eine Journalistin sein.

Eva zupfte ihn am Ärmel, sie wollte mithören, also hielt Kappler das Handy so, dass beide die Stimme von Oberkommissarin Gudrun Jansen verstehen konnten.

»Es hat sich ein junger Mann bei uns auf der Dienststelle gemeldet, der eine Kommilitonin vermisst. Sie studiert Psychologie in Hannover, und es besteht womöglich eine Verbindung zu Professor Andreas Zargert.«

»Seit wann wird sie vermisst?«, fragte Kappler.

»Seit heute.«

»Wo ist der junge Mann?«

»Hier bei uns in Mitte. Wir haben uns etwas länger mit ihm unterhalten, er will gehen, aber wir konnten ihn überreden, noch zu bleiben.«

»Behalten Sie ihn dort. Wir kommen sofort. Wenn er gehen will, Festnahme.« Kappler wollte gerade auflegen. »Moment noch. Wie heißt die Person, die vermisst wird?«

»Hannah Preuss, dreiundzwanzig Jahre alt, Psychologiestudentin im fünften Semester.«

»Danke, dass Sie angerufen haben, Frau Kollegin, wie war noch gleich Ihr Name?«

»Gudrun Jansen. Polizeiinspektion Mitte.«

»Bis gleich.«

Kappler beendete das Telefonat. Er und Eva gingen zu Professor Zargert zurück, der sie erwartungsvoll ansah. »Haben Sie eine neue Spur?«

Kappler erwiderte den Blick. »Sagt Ihnen der Name Hannah Preuss etwas?«

Zargert überlegte. »Ja.« Der Professor nickte. »An die

erinnere ich mich. Sie war in einem Seminar bei mir. Warum?«

»Fällt Ihnen irgendetwas zu Hannah Preuss ein? Wenn ja, dann sagen Sie es jetzt. Sofort.«

Zargert schluckte. »Ich habe sie aus dem Seminar verbannt. Sie war renitent, hat mein Programm sabotiert.«

»Worum ging es?«

»Das Milgram-Experiment. Das, worüber wir gesprochen haben.«

»Das mit den Stromstößen?«, fragte Kappler.

Professor Zargert lächelte. »Das freut mich aber, dass Sie meinen Ausführungen dann doch so aufmerksam zuhören.«

Kappler ließ sich nicht aus der Fassung bringen. »Weil es mein Job ist. Nur deshalb.«

Das Lächeln auf dem Gesicht des Professors erstarb.

KAPITEL 22

Keiner hatte sich getraut, Leons Körper anzufassen, geschweige denn, den Rumpf aus dem Loch herauszuziehen. Über Letzteres war Hannah insgeheim froh, denn der Anblick eines enthaupteten Menschen wäre etwas, das sie jetzt nicht auch noch verkraften würde.

Seit Leons Tod hatte keiner ein Wort gesagt, befand sich jeder noch in einer Art Schockstarre, selbst Sophie, die kalkweiß auf einem Stuhl saß und ins Leere starrte. Auch Hannah fühlte sich wie betäubt – und sie hatte Angst. Ihr Herz schlug wild, um es zu beruhigen, versuchte sie es mit tiefen Atemzügen. Während sie also gegen die Beklemmung atmete, setzte allmählich eine Erkenntnis ein. War ihre Angst und ihr Entsetzen nicht genau das, worauf das kranke Schwein, das mit ihnen spielte, hinauswollte? Woran er sich aufgeilte? Mit Sicherheit war es so, und mit Sicherheit beobachtete er sie die ganze Zeit per Kamera und zeichnete sie auf.

Als Hannah sich dessen bewusst wurde, spürte sie sie wieder, die leise Wut auf ihren Peiniger – und die gab ihr Kraft.

Um sein Spiel zu gewinnen, müssen wir seine Regeln kennen, dachte sie.

Hannah zwang sich, den toten Leon anzusehen. Der

Anblick erinnerte sie an Zeichnungen aus einem Geschichtsbuch in der Schule. Die Verurteilten auf dem Schafott hatten nackte Oberkörper gehabt, manche auch Hemden mit sehr weitem Kragen. Der Erfinder des Raumes hatte einiges planen können, aber nicht diesen Anblick. Oder doch?

Was ist Zufall, und was hast du geplant?, fragte Hannah ihren Peiniger im Stillen.

Sepan hatte seinen Kopf als Erster in das Loch gesteckt, und es war nichts passiert. Das bedeutete, Leon starb, weil er sterben sollte. Nur warum er und nicht Sepan? Im Terrarium war Leon die treibende Kraft gewesen, im ersten Escape Room hatte Phil die Gruppe durch sein Fachwissen gerettet. Nun waren beide tot.

Hannah zweifelte nicht mehr daran, eine Regel dieses kranken Spiels erkannt zu haben: Derjenige, der sich im aktuellen Raum am engagiertesten zeigte, musste im nächsten Raum sterben. Aus Sicht ihres Peinigers machte es das Spiel bestimmt interessanter, vor allem, wenn die Gruppe diese Regel durchschaut hatte und niemand mehr der Retter in der Not sein wollte.

Das war sicherlich ein Ziel dieses Irren: die Gruppe weiter auszudünnen, indem er die Besten zuerst sterben ließ – wie im Krieg. Ein anderes Ziel war es, sein Spiel so interessant wie möglich zu gestalten.

Also gut, wenn er einen Krieg möchte, soll er ihn haben, dachte Hannah, ich werde jedenfalls nicht ängstlich und schicksalsergeben hier sitzen und auf den Tod warten. Sie ging zu Michael hinüber, der vor einem geöffneten Schrank mit mehreren Büchern stand.

»Michael, wir müssen unbedingt weitersuchen. Sofort.«

Er zog ein Buch heraus. »Ich weiß. Wir brauchen den Code, um das Zahlenschloss zu öffnen.« Michael wandte sich den anderen zu. »Leute, es wird Zeit. Wir brauchen den Code. Sonst erwartet uns womöglich das gleiche Schicksal wie Leon. Sucht nach dem Kuchen. Er könnte der Schlüssel sein.«

»Könnte.« Melissas schwarzes Augen-Make-up war verschmiert. »Wenn ich eine Ofenklappe finde, werde ich meinen Kopf nicht reinstecken.«

»Michael hat recht«, sagte Hannah. »Wir haben nur eine Chance, hier alle lebend rauszukommen. Indem wir das Spiel dieses Irren durchkreuzen und uns nicht wie willenlose Marionetten verhalten.«

Der Appell zeigte Wirkung, die anderen standen auf und verteilten sich im Raum. Nur Sophie blieb auf ihrem Stuhl sitzen und sah Hannah flehentlich an. Die verstand: Sophie hatte Todesangst. Angst davor, als Nächste zu sterben, weshalb sie keinen Finger rühren würde, um zu helfen.

Hannah wendete sich Michael zu, der ein Buch nach dem anderen aus dem Schrank nahm und wieder zurückstellte. Sie hielt seine Hand fest. »Hör mal kurz auf damit.«

»Okay.« Er sah sie fragend an.

Hannah musste sich eingestehen, dass der Körperkontakt sich gut anfühlte. Sie fand Michael auf eine seltsame Art anziehend. Gerade weil er mit seiner Weste und kariertem Hemd aussah wie ein vierzigjähriger Lehrer und ständig sein Wissen preisgab. Sie konnte sich auch nicht erklären, woher diese Schwäche für ältere gebildete Männer kam, es interessierte sie aber auch nicht, sie akzeptierte es einfach.

»Ich habe nachgedacht«, begann sie und ließ seine Hand los. »Der Hinweis mit dem Brot und dem Kuchen hat uns das Zahlenschloss gebracht. Aber die Suche nach dem Kuchen endete mit Leons Tod.«

»Und?«

»Vielleicht ist der Kuchen eine falsche Spur, und Leons Tod weist uns darauf hin. Phil hat doch zu euch gesagt, dass achtzig Prozent der Hinweise in einem Escape Room unwichtig sind, oder?«

»Ja, das sagte er. Nur, was wäre eine richtige Spur?«

»Vielleicht das große Ganze. Du hast erzählt, dass Marie-Antoinette diesen Ausspruch über Brot und Kuchen nie gesagt hat.«

»Zumindest ist es nicht historisch belegt.«

»Okay. Marie-Antoinette hat das also nie gesagt.« Hannahs Blick ging zu Leons leblosem Körper. War er womöglich der Hinweis? War er gestorben, um ihnen den Code für das Zahlenschloss mitzuteilen?

»Warum wurde sie geköpft?«, fragte sie.

»Weil sie Königin war, die Frau von Ludwig dem Sechzehnten. Die Jakobiner waren damals sehr gründlich.«

»Und wann war das?«

»Im achtzehnten Jahrhundert.«

»Wann genau?«

Michael sah sie an. »Du willst das genaue Datum?« Als Hannah nickte, schloss er die Augen. »Gib mir einen Moment. Es war im Jahre 1793 auf dem Place de la Concorde.«

Hannah nahm den Messingzylinder, der auf dem gedeckten Tisch lag, drehte an den letzten vier Rädern des Zahlenschlosses, bis die Ziffern das Jahr 1793 ergaben.

Michael öffnete die Augen wieder und dachte laut.

»Ludwig der Sechzehnte wurde im Januar hingerichtet. Seine Frau erst später.«

»Wie viel später?«

»Ich glaube, es war im November. Auf jeden Fall noch im selben Jahr.« Michael schüttelte plötzlich den Kopf. »Nein. Eher Oktober, vielleicht sogar noch früher.«

Hannah stellte die Ziffern auf Oktober, den zehnten Monat ein, sah Michael in die Augen. »Wenn du recht hast, sind es jetzt nur noch einunddreißig Möglichkeiten.«

Hannah stellte das erste Rädchen auf null und probierte die neun Ziffern durch, dann stellte sie das erste Rädchen auf eins, probierte weiter, und als sie das zweite Rädchen in die Position sechs brachte, gab es ein mechanisches Klicken.

Der sechzehnte Oktober 1793.

Michael und Hannah sahen sich an. Der Zylinder ließ sich ohne Probleme auseinanderziehen, bis der innere Kolben ganz herausrutschte. In diesem befand sich ein zusammengerolltes Pergament. Michael nahm das Papier vorsichtig an sich.

»Leute, wir haben's«, rief Michael und grinste.

Die anderen kamen näher, sogar Sophie stand auf und traute sich einen Blick zu riskieren.

»Wie habt ihr das denn hingekriegt?«, fragte Rick, und die Erleichterung stand ihm ins Gesicht geschrieben.

Hannah deutete zu Leon. »Haben wir in gewisser Weise ihm zu verdanken. Der Code war der Todestag von Marie-Antoinette.«

»Was steht auf dem Zettel?« Sepan trat vor Ungeduld von einem Bein aufs andere.

Michael rollte das Pergamentpapier vorsichtig aus. Darauf war eine Zeichnung zu sehen, ein Möbelstück. Es handelte sich um das Abbild des Schreibsekretärs, den Michael bereits genauestens untersucht hatte.

»Fuck«, sagte er laut. »Ich habe mir dieses Teil so was von genau angeschaut, jeden Millimeter.«

Hannah ging zu dem Sekretär. Sepan, Michael, Rick und Melissa folgten zögerlich, Sophie blieb am gedeckten Tisch in der Mitte des Raumes stehen.

Der Sekretär hatte ein Mahagonifurnier. Die Oberfläche war makellos, ohne einen Kratzer. Es gab Schubfächer oberhalb der lederbezogenen Schreibfläche.

»Die Schubfächer sind nur mit Luft gefüllt«, sagte Michael. »Ich habe jedes einzelne kontrolliert.«

Hannah überlegte. Was könnte Michael übersehen haben? Die Zeichnung, die sie gefunden hatten, bildete eindeutig dieses Möbelstück ab.

Hannah öffnete drei Schubladen, die sich direkt unterhalb der Oberkante befanden.

In den Schubladen war wirklich nichts. Als Hannah die rechte Schublade wieder schließen wollte, kam ihr etwas komisch vor. Sie öffnete die Schublade ganz links und sah hinein. Tatsächlich, die linke Schublade sah anders aus. Das Mahagonifurnier war identisch, rechts und links, aber wenn man die rechte Schublade öffnete, sah man, dass das Schubfach kleiner war als das der linken Schublade.

»Michael, schau, das Schubfach ist zu klein.«

Als Michael sich dicht neben Hannah stellte und ihrem Blick folgte, sah auch er es. »Verdammt, du hast recht.«

»Und das bedeutet etwas Gutes, oder?«, fragte Sepan und grinste.

Michael nickte. »Das bedeutet, dass zwischen dem

Schubfach und der rechten Außenwand etwas ist, das Platz benötigt. Womöglich ein Mechanismus.«

»Und wie kommen wir da ran?«

Michael machte sich stumm ans Werk. Er sah sich das Holz unterhalb der Oberkante an, auf der rechten Seite des Sekretärs. Dort gab es Einkerbungen mit feuervergoldeter Bronze, die als Verzierungen dienten. Michaels Finger strichen darüber, er tastete sie ab, drückte dagegen. Plötzlich sprang eine Klappe auf. Die Verzierung war so meisterhaft gearbeitet, dass man die Klappe erst sah, wenn sie geöffnet war.

Hannah trat neben ihn. Hinter der Öffnung war ein Geheimfach, ein Hohlraum. Es ließ sich nicht erkennen, ob etwas darin lag.

»Es muss jemand hineinfassen und tasten«, stellte sie fest.

Niemand meldete sich. Sie hatten alle miterlebt, was passieren konnte, wenn man ein Körperteil in einen Hohlraum steckte.

Michael schob Hannah zur Seite. »Du machst das auf keinen Fall, ich übernehme, schließlich ist das hier mein Raum.« Er lächelte ihr zu.

Oha, schoss es Hannah durch den Kopf, beruht die Anziehungskraft vielleicht auf Gegenseitigkeit? Sie lächelte dankbar zurück und war beeindruckt von seinem Mut, ob sie wollte oder nicht.

Trotzdem schlug ihr Herz schneller, als er seine rechte Hand in den Spalt steckte.

»Da ist etwas«, sagte er. »Ein kleiner … ein Hebel. Soll ich ihn betätigen?«

»Ja, verdammt«, schrie Sepan. »Ich will hier raus.«

Hannah blickte sich zu ihm um und bemerkte, wie Sophie die Distanz zum Rest der Gruppe vergrößerte.

Michael sah Hannah fragend an. Als sie nickte, holte er tief Luft und schloss die Augen. »Ich mach es. Jetzt.«

Plötzlich ertönten von irgendwoher Schreie und Militärmusik. Klänge der Französischen Revolution, so schien es, als würde draußen der Mob heranstürmen. Dann ertönte das dumpfe Donnern einer Kanone.

Sekunden später gab es einen furchtbaren Knall, als wäre eine Kanonenkugel eingeschlagen. Alle zuckten zusammen, zogen die Köpfe ein. Die Wucht einer Explosion schleuderte die Bücher aus dem Schrank, eins traf Sophie am Kopf, weil sie als Einzige in der Mitte des Raums stand. Staubwolken und Pulverdampf breiteten sich aus, es roch nach verbranntem Schwefel.

Der Rauch verzog sich langsam. Auf dem Boden lagen Schutt, Tapetenreste, Regalbretter und Bücher. Die Klänge der Revolution hielten an.

Sophie kam wieder auf die Beine. Sie war dreckig und hatte eine Schramme am Kopf. Ansonsten hatte auch sie die Explosion gut überstanden.

Der Schrank war in mehrere Teile zersprungen, in der Wand dahinter klaffte ein Loch, groß genug, dass man hindurchklettern konnte. Michael hatte mit dem Hebel eine Sprengladung ausgelöst.

»Wer geht als Erster?«, fragte Sepan typisch grinsend und deutete Melissa gegenüber eine Verbeugung an.

»Du kleiner Schisser«, antwortete die. Ohne mit der Wimper zu zucken, schritt Melissa zum Loch und stieg hinein. Die anderen folgten ihr in einem gewissen Abstand. Man wusste ja nie.

Hannah war die Letzte. Wie zuvor Phil schenkte sie auch Leon einen Blick zum Abschied – und gab ihm ein Versprechen.

»Ich werde die Person finden, die dir das angetan hat.«

Und in Gedanken fügte sie hinzu: Wenn ich nicht sterbe.

KAPITEL 23

Kappler und Eva standen vor ihrem Dienstwagen, als der Streifenwagen auftauchte. Sehr gut, dachte Kappler, denn der Schlüsseldienst war auch schon eingetroffen und wartete einsatzbereit unweit des Mehrfamilienhauses.

Kappler hatte vorgeschlagen, gar nicht erst zu den Kollegen nach Mitte zu fahren, sondern sich mit Hannah Preuss' Kommilitonen direkt vor dem Haus zu treffen, in dem sich ihre Wohnung befand.

Anton Kamp kam in Begleitung von zwei Ermittlern, einem großen Typ mit Glatze und einer Frau in den Vierzigern. Nach einer kurzen Begrüßung bedankte Kappler sich bei den Kommissaren und versprach, sie auf dem Laufenden zu halten. Die beiden nickten und schienen nicht unerfreut darüber zu sein, endlich Feierabend machen zu können.

Anton sah den beiden hinterher und wirkte irgendwie erleichtert, wie Kappler bemerkte.

Auch Eva schien es aufgefallen zu sein. »Geht es Ihnen gut?«, fragte sie.

»Ja, inzwischen wieder.«

Anton gab ihnen einen kurzen Abriss der letzten Stunden. Den Kommissaren sei es gelungen, ihn so zu verunsichern, dass er zeitweise seinen Verstand verloren habe. So hatte es sich zumindest angefühlt, betonte er und schnappte bei dieser Erinnerung hörbar nach Luft. Kappler beruhigte ihn und erklärte ihm, worin die Verhörtaktik der Kollegen bestanden hatte. Erst einmal so viele Informationen wie möglich aus Anton herauszubekommen für den Fall, dass er etwas mit der Entführung zu tun gehabt hätte, denn die Verbindung *Hannah Preuss – Uni Hannover – vermisste Probanden* hatten die Kollegen von Anfang an gezogen. Schließlich waren sie nach Stunden zu dem Ergebnis gekommen, dass er ebenso unschuldig wie ahnungslos war. Von da an kippte die Stimmung ins andere Extrem, es wurde Pizza bestellt, Anton bekam sogar ein Bier gereicht, was er bitter nötig hatte. Wenn es nicht um Hannahs Wohl gegangen wäre, hätte er längst das Weite gesucht.

»Aber jetzt sehe ich mich geradezu in der Pflicht zu helfen«, beendete Anton seinen Bericht.

Kappler erschien der junge Mann glaubwürdig. Die Kollegen im Präsidium hatten ihm womöglich etwas zu hart zugesetzt, aber das war angesichts der besonderen Situation unvermeidbar gewesen.

»Na, dann helfen Sie mal«, forderte Kappler Anton Kamp auf und bedeutete ihm, das Wohnhaus zu betreten. Sie folgten ihm zusammen mit dem Mann vom Schlüsseldienst in die zweite Etage. Die Wohnungstür der vermissten Studentin war im Handumdrehen geöffnet, und der Mann vom Schlüsseldienst verabschiedete sich.

Kappler nickte Anton zu und ließ ihn vorangehen. Er streifte durch die wenigen Zimmer der Wohnung, die Kommissare im Schlepptau, die ihn nicht aus den Augen ließen und – in Evas Fall – nicht weg von der Linse ihrer Handykamera. Sie filmte jede Bewegung des jungen Mannes. Wenn er etwas sehen würde, das nicht so war wie sonst, könnte dieser Hinweis mehr wert sein als Fingerabdrücke und DNA-Spuren zusammen.

Anton drehte sich schließlich zu den Kommissaren um und seufzte. »Es sieht aus wie immer. Zugegeben, ein bisschen ordentlicher, aber Hannah ist so, das weiß ich. Sie bekam manchmal einen Rappel, und dann hat sie den ganzen Tag geputzt.«

Eva beendete die Videoaufzeichnung. »Wo sind Hannahs Unterlagen fürs Studium?«

Er zeigte zu einem Regal, wo einige Aktenordner aneinandergereiht waren. Auf den Aktenrücken standen Abkürzungen. Anton ging hin und zog gezielt einen Aktenordner hervor. »Das Referat müsste hier drin sein.« Er legte den Ordner auf den Esstisch im Wohnzimmer, klappte ihn auf und fand, was er suchte. Er reichte Eva den Ausdruck des Referats.

»Kognitive Dissonanz – Bedeutung und Anwendung«, las sie laut. Unter dem Titel standen zwei Namen: Hannah Preuss & Anton Kamp.

»Sie haben das zusammen erarbeitet?«

Er nickte. »Um ehrlich zu sein, Hannah hat es fast allein geschrieben und trotzdem meinen Namen draufgesetzt. Das war sehr nett.«

Kappler stand vor dem Regal und las, was auf den Aktenrücken stand. »Was bedeutet *PZ*?« Er nahm ihn heraus, sah hinein und hatte seine Antwort. Die Abkürzung stand für »Professor Zargert«.

Er legte den geöffneten Ordner auf den Tisch. Darin waren jede Menge Seiten: Fotokopien, Klausurberichte, selbst verfasste Texte, Briefe an den Professor und seine Antwortschreiben.

Kappler sah zu Anton. »Können Sie damit etwas anfangen?«

Er nickte. »Ja. Hannah lag mit ihm im Clinch, weil er sie hat durchfallen lassen.«

Kappler las weiter und erstarrte. Auf einem Papier stand ein Name, den er kannte: Alexander Lorentz. Er winkte Eva herbei, die schnaubte, als sie den Namen las.

Sie schaute zu Anton. »Sagt Ihnen der Name Alexander Lorentz etwas?«

Anton nickte. »Das war der Typ, der rausgeschmissen wurde und jetzt in einer Anstalt ist.«

Eva nickte. »Fällt Ihnen ein Grund ein, warum sein Name in dem Aktenordner PZ steht?«

»Hannah war mal mit ihm zusammen. Zu Beginn des Studiums, aber nur kurz, ein paar Monate, wenn's hochkommt.«

»Wer hat sich von wem getrennt?«, wollte Kappler wissen.

Anton zuckte mit den Schultern. »Sie von ihm. Glaube ich zumindest.«

»Die Akten nehmen wir mit«, sagte Kappler. »Lassen wir jetzt die Kollegen der Spurensicherung ihre Arbeit tun.«

Sie waren bereits auf dem Weg zur Tür, als Anton noch einmal stehen blieb und sich umdrehte.

Er ging zurück ins Wohnzimmer und bückte sich.

»Stopp«, rief Eva. Sie schaltete die Kamera wieder ein. »Was haben Sie vor?«

Anton zeigte zu dem Glastisch im Wohnzimmer. Unter der Glasplatte war eine Ablagefläche für Zeitschriften, und dort lag ein Hut. »Der gehört da nicht hin.«

Eva, die wie Kappler Handschuhe trug, zog den Hut

unter der Glasplatte hervor. Es war ein Stetson-Cowboyhut. Kein Karnevalsartikel, sondern feinste Qualitätsarbeit, Kappler kannte den Unterschied. Er war als junger Mann einmal ein halbes Jahr in Texas zum Studieren gewesen und hatte jede Menge dieser Hüte gesehen.

»Sie haben also keine Ahnung, wie der Cowboyhut hierhergekommen sein könnte?«, fragte Kappler nach. »Könnte ihn ein Freund vergessen haben?«

»Freunde, die solche Hüte tragen, hat Hannah nicht.« Anton schüttelte den Kopf. »Nein, ich denke an etwas anderes. Ihre Kollegen haben mir das Video von Hannahs Bar gezeigt. Der Chef hat da eine Webcam installiert, um die Kasse zu kontrollieren. Jedenfalls war da ein Typ an der Bar, der wie ein Cowboy aussah. Der Hut könnte von ihm sein.«

Kappler blickte zu Eva. Ihr Gesichtsausdruck sprach Bände – sie mussten schleunigst ins Präsidium, um sich das Video anzuschauen.

KAPITEL 24

Hinter dem Loch in der Wand befand sich eine Wendeltreppe aus Stein, die steil nach oben führte. Die Stufen waren unnatürlich hoch, Hannah musste sich konzentrieren, damit sie nicht stolperte. Sie zählte die Stufen, bei sechzig hatte sie das Ende der Treppe erreicht, und ein schmaler Korridor führte zu einer roten Holztür mit Metallbeschlägen. Genau wie die Tür des Raums, in dem sie aufgewacht war.

Als sie an Michael vorbeiging, der ihr die Tür aufhielt, überlegte sie kurz, ob es sinnvoll wäre, irgendetwas zwischen die Tür zu klemmen, damit diese nicht zufiel. Aber eigentlich war es egal, denn hinter ihnen gab es keinen Weg nach draußen, das hatten sie überprüft. Michael schien das Gleiche zu denken, kaum war Hannah in dem neuen Raum, ließ er schulterzuckend die Tür los. Sie krachte ins Schloss – und tatsächlich auch hier war keine Klinke auf dieser Seite der Tür.

Der fensterlose Raum, in dem sie sich nun befanden, erinnerte an den Wartebereich eines Gates am Flughafen, wo sich die Passagiere sammelten, bevor sie in die Maschine stiegen. Die Wände waren grau gestrichen, und Neonröhren sorgten für gleichmäßiges Licht. Der Raum besaß eine zweite Tür neben der, durch die sie hineingekommen waren.

Über dieser Tür leuchtete rot ein Schild mit der Aufschrift »Gate 91«. Davor stand ein Tresen mit einem Drehkreuz. Der Schalter war unbesetzt. An der Wand hing das Logo einer Fluggesellschaft namens »Janus Air«. Als Symbol war der Kopf einer antiken Statue abgebildet – mit zwei Gesichtern, die in entgegengesetzte Richtungen blickten.

Sepan und Hannah begutachteten den Schalter. Neben dem Drehkreuz gab es eine Konsole, an der sich ein Fingerabdruckscanner befand.

»Hey, Leute, echt wie im Flughafen«, rief Sepan und grinste sein Dauergrinsen.

Hannah beobachtete, wie er seinen Daumen auf den Scanner legte, woraufhin ein grünes Licht aufleuchtete und er durch das Drehkreuz gehen konnte. Im selben Moment wurde aus einem Schlitz in der Konsole etwas ausgeworfen. Sepan zog es heraus und wedelte damit in der Luft herum.

»Schaut euch das an.« Er klang beinahe stolz. »Eine Bordkarte, und darauf steht ›Intuition‹.«

Rick zögerte nicht lange, drückte ebenfalls seinen Daumen auf den Scanner. Das grüne Licht erschien, und wieder wurde beim Durchqueren des Drehkreuzes eine Bordkarte ausgeworfen. Rick nahm sie. »Gelassenheit«, verkündete er knapp und nickte den anderen zu.

Die folgten seiner Aufforderung.

Auf Sophies Bordkarte stand: »Egoismus«.

Melissa erhielt: »Empathie«.

Michael, wie zu erwarten: »Intellekt«.

Als Letzte legte Hannah ihren Daumen auf den Scanner, schritt durch das Drehkreuz und zog die Bordkarte heraus. Alle schauten gebannt zu ihr.

Auf ihrer Bordkarte stand: »Erinnerung«.

Niemand verstand, was damit gemeint war, am wenigsten Hannah selbst. Die fragenden Blicke der anderen beantwortete sie mit einem Schulterzucken. »Keine Ahnung, an was ich mich erinnern soll.«

»Ist doch klar, an was«, sagte Melissa. »Du hast gesagt, dir hat jemand K.-o.-Tropfen untergejubelt. Seitdem hast du eine Gedächtnislücke. Behauptest du zumindest.«

Bevor Hannah Melissa eine passende Antwort geben konnte, meldete sich Michael zu Wort. »Womöglich hast du den Schlüssel zur Lösung unserer Probleme in deinem Kopf.«

Ausgerechnet Michael, dachte sie. Ihn mochte Hannah am meisten von allen, und jetzt setzte auch er sie unter Druck.

Sie seufzte. Sie hatte für so etwas weder Kraft noch Nerven übrig. »Sobald ich mich erinnern kann, sage ich euch Bescheid, einverstanden? Bis dahin müsst ihr mir einfach vertrauen, oder ihr lasst es eben.«

Die Diskussion über Hannahs Bordkarte war damit beendet.

Rick hielt seine hoch. »Vielleicht sollen uns die Bordkarten daran erinnern, warum jeder Einzelne von uns hier ist. Wir sollten sie auf jeden Fall behalten.«

Kaum hatte er es ausgesprochen, wechselte das Schild mit der Aufschrift »Gate 91« die Farbe, von Rot nach Grün, und die Tür darunter öffnete sich.

KAPITEL 25

Es war saukalt in dem steinernen, fensterlosen Verlies. Wasser tropfte von der Decke, und Felix' Jacke war bereits durchnässt. Um sich warm zu halten, ging er auf und ab, machte Dehnübungen und rieb sich die Hände. Die ganze Zeit über hielt er Ausschau nach Ratten, die hier mit Sicherheit ein Zuhause gefunden hatten. In der Mitte des Raums stand ein massiver Holzstuhl, so einen hatte Felix auch schon bei einem Schulausflug ins Museum gesehen. Das war das einzig coole Ausstellungsstück gewesen. Im Mittelalter diente er als Folterinstrument, an den Armlehnen und den Stuhlbeinen waren Metallreife angebracht, um ein Opfer zu fixieren. Direkt über dem Stuhl befand sich ein großes, dunkles Loch in der Decke, und Felix fragte sich, was wohl durch dieses Loch fallen könnte. Verrichteten vielleicht die Leute, die er hinter dem Fenster gesehen hatte, darüber ihr stinkendes Geschäft? Der Holzstuhl wies allerdings keine Spuren solcher Art auf.

Felix spürte noch immer die Einstichstellen am Bein. Sein Fluchtversuch war auf ganzer Linie gescheitert. Er hatte zusammen mit der dunklen Gestalt Marvins Leiche in Richtung Schloss getragen. An einer stockdunklen Abzweigung hatte Felix geglaubt, eine Chance zu haben, und war einfach losgesprintet. Nach wenigen Metern schon sollte er es bitter bereuen. Die kleinen Nadeln einer Elektroschockpistole trafen ihn am rechten Bein, bohrten sich durch seine Jeans und in seine Haut. Der Stromstoß, der folgte, riss ihn buchstäblich von den Füßen. Unter unerträglichen Schmerzen knallte Felix auf den Waldboden, wo er wie gelähmt liegen blieb und sich seinem Schicksal ergab.

»Na, na, na.« Die schwarz gekleidete Gestalt trat neben ihn. »Wo das herkam, gibt es noch mehr. War es das mit solchen Aktionen?«

Felix stöhnte ein Ja und rieb sich den schmerzenden Oberschenkel.

»Goody, goody. Dann ab mit dir.« Der Mann entfernte die Nadeln der Elektroschockpistole und half Felix auf die Beine.

Das Gehen fiel Felix schwer, sein rechtes Bein verweigerte den Dienst, und er sah den Mann hilflos an.

»Dein Ernst?«, fragte der und seufzte. »Na gut, dann hak dich mal ein.« Er hielt ihm seinen Arm hin, den Felix dankbar ergriff, um sich daran festzuhalten.

Danach waren sie schweigend zur Burg gehumpelt, die sie durch eine kleine Tür betreten hatten. Felix hatte in der Dunkelheit schnell die Orientierung verloren. Irgendwann waren sie eine Steintreppe hinuntergestiegen, an deren Ende sich ein Verlies befand. Hier war Felix seitdem eingesperrt. Zusammen mit der Leiche seines Freundes – die schwarze Gestalt war noch einmal zurück in den Wald gegangen, um den toten Marvin zu holen. Als Felix nun zu dem leblosen Körper in der Ecke des Verlieses starrte, schoss ihm eine Frage durch den Kopf: Wer von ihnen beiden hatte mehr Glück? Marvin, der es bereits hinter sich hatte, oder er selbst, dessen Schicksal im Ungewissen lag?

Ein Geräusch ließ ihn zusammenzucken. Die Tür ging mit einem Knarzen auf. Kurz darauf trat der schwarz gekleidete Mann ein, sein Gesicht war unter einer schwarzen Stoffmaske verborgen. Unter dem Arm trug er einen viereckigen Karton, den er neben der Tür abstellte.

»Setz dich!«, befahl er Felix und deutete auf den Holzstuhl.

Sicher nicht, dachte Felix. Laut sagte er: »Nein danke. Ich würde mich lieber bewegen, es ist kalt.«

Der Mann griff in seine Jackentasche. Diesmal hielt er keinen Elektroschocker in der Hand, sondern eine Pistole. »Wir sind hier nicht bei *Wünsch Dir was*!«

Felix schluckte. Scheiße, dachte er und nahm zögerlich auf dem hölzernen Thron Platz. Er zitterte, und schuld daran war nicht die Kälte.

»Leg deine Beine in die Metallreife und mach sie zu.«

Felix tat wie befohlen. Ihm blieb keine andere Wahl, denn der schwarze Mann wedelte aufmunternd mit der Waffe herum und unterstrich damit, was passieren würde, wenn Felix sich weigerte.

»Jetzt deinen rechten Arm.« Der Mann kam näher, wartete, bis Felix nur noch seinen linken Arm frei hatte. Er legte ihn in den Metallreif und verschloss ihn. Felix saß auf dem Stuhl, Beine und Arme gefesselt. Direkt unter dem finsteren Loch.

Der Mann steckte die Pistole wieder ein, ging zur Tür zurück, um den Karton zu holen. Langsam schritt er damit auf Felix zu.

»Ich habe dir ja versprochen, dass du was ganz Abgefahrenes zu sehen bekommst.«

Der Mann stellte den Karton auf Felix' Beine.

»Bist du bereit?«

Felix schluckte. Irgendwas war in dem Karton, das verriet das Gewicht. Was sollte er sagen? Der Mann würde eh mit ihm machen, was er wollte.

»Okay.« Felix versuchte, cool zu wirken. »Zeig her!«

Der Mann öffnete den Karton, griff mit beiden Händen hinein, das Gewicht auf Felix' Beinen ließ nach, und dann, mit einem Ruck, zog der Mann es heraus.

Felix schrie. Er drehte den Kopf zur Seite, um nicht hinsehen zu müssen.

»Schau ihn dir an«, sagte der maskierte Mann in einem Ton, der keinen Widerspruch zuließ. »Sieh hin!«

Felix drehte den Kopf wieder nach vorne und gab sich Mühe, dem Anblick standzuhalten. Die toten Augen eines Mannes starrten ihn an. Der Unterkiefer des Toten hing herunter. Felix konnte alles im Mund genau sehen, das Zäpfchen, die Mandeln, die blutverschmierten Zähne. Der Kopf war kurz unterhalb des Kinns abgetrennt worden, das Blut mittlerweile geronnen.

»Weg damit«, wimmerte Felix und spürte, wie ihm schlecht wurde.

»Wieso denn? Er tut dir nichts – nicht mehr!« Der Mann hielt den Kopf noch ein wenig näher an Felix' Gesicht.

Felix schloss die Augen, atmete tief ein und wieder aus. Die aufsteigende Übelkeit ging langsam wieder dahin zurück, wo sie hergekommen war. Jetzt hatte er Gewissheit. Der abgetrennte Kopf war der endgültige Beweis, dass sein Leben an einem seidenen Faden hing und er es mit einem Voll-Irren zu tun hatte. Intuitiv fasste er einen Plan: Wenn er das Spiel des schwarzen Mannes mitspielte, wenn der in ihm einen Freund sähe, wenigstens einen Komplizen, bekäme er vielleicht irgendwann eine weitere Chance, die er nutzen könnte. Auch wenn sein erster Fluchtversuch gescheitert war, er durfte die Hoffnung auf einen weiteren nicht aufgeben.

Der Mann trat mit dem Kopf zwischen seinen Händen einen Schritt zurück. »Das war einer von ihnen.«

»Von wem denn?« Felix' Stimme zitterte. Entspann dich, versuchte er sich selbst zu beruhigen. Komm runter.

»Einer von denen, die du am Fenster gesehen hast. Jetzt sind es nur noch sechs. Sie kämpfen um ihr Leben, genau wie du. Du bist ein Teil von ihnen geworden. Sie sind deine Mitspieler. Wie in *Call of Duty*, du gewinnst nur mit deinem Team. Wenn einer von ihnen es schaffen sollte, hier lebend rauszukommen, wirst auch du gerettet. Was sagst du dazu?«

Felix schluckte. »Klingt gut. *Safe!*«

Die dunkle Gestalt hatte offenbar mit einer anderen Reaktion gerechnet. *»Safe?«*

Er nickte. »Das sagt man so. *Safe*. Bedeutet: Machen wir so.« Er versuchte zu lächeln. Es gelang ihm nur gequält.

»Aha«, sagte der Mann. »Habe ich wieder etwas gelernt.«

In Felix' Brust tobte ein Orkan. Jetzt bloß ruhig bleiben, alles ganz takko, ermahnte er sich selbst. »Sag mir nur eins, bitte. Was habe ich mit alldem hier zu tun?«

Der Mann zuckte mit den Schultern. »Gar nichts. Eigentlich. Du wärst wohl besser zu Hause geblieben. Aber du bist gekommen, mit deinem Freund, hierher. Das Leben macht manchmal verrückte Dinge mit uns.«

»Gib mir eine Chance.« Felix versuchte, so flehentlich wie möglich zu klingen. »Was soll ich tun? Du hast eben etwas von *Call of Duty* gesagt, da hat auch jeder Spieler eine Chance. Oder?«

Der Mann schien unter seiner Maske zu lächeln. Wenn er seinen Kopf drehte, konnte Felix erkennen, dass auf der Hinterseite ein Totenkopfgesicht auf dem Stoff aufgemalt war. Er legte den abgetrennten Kopf in den Karton zurück, stellte ihn auf den Boden.

»Du kannst deine Mitspieler warnen. Willst du das machen?«

Felix nickte hektisch. Endlich, ein bisschen Hoffnung.

Der Mann zeigte zu dem Loch in der Decke direkt über dem Stuhl.

»Ich lass dich jetzt allein, und du wirst ganz still sein und lauschen. Wenn du Geräusche hörst, die aus dem Loch da oben kommen, rufst du, so laut du kannst.«

»Rufen? Um Hilfe rufen?«

Der Maskierte wurde laut. »Nein, du Idiot. Sie können dir nicht helfen, aber du ihnen. Du musst sie warnen. Du rufst ihnen zu, dass sie die Erde nicht betreten sollen.«

Felix kapierte nichts. Durfte er noch mal nachfragen, ohne den Mann zu verärgern? Er versuchte es. »Okay … Die Erde nicht betreten, hab ich das richtig verstanden?«

Der Mann nickte, und es schien, dass er wieder lächelte. »Nicht die Erde betreten. *Don't touch the earth.* Wenn einer deiner Mitspieler die Erde betritt, bist auch du tot. Wenn sie deine Warnung verstehen, überlebst du. Vielleicht.«

Mit diesen Worten wandte der Mann sich ab, nahm den Karton und schritt Richtung Tür. Das Totenkopfgesicht auf der Rückseite der Maske grinste Felix an, dann war der Mann durch die knarzende Tür verschwunden.

»Nicht die Erde betreten, nicht die Erde betreten«, murmelte Felix. Das Herz schlug ihm bis zum Hals. Okay, konzentrier dich. Streng dich an.

Während er die Worte unaufhörlich wiederholte, wurde seine Stimme immer kräftiger und lauter. Bis er es herausschrie.

»Nicht die Erde betreten!«

KAPITEL 26

Vor ihnen lag ein schmaler Gang, eine quadratische Röhre mit abgerundeten Ecken, etwa so breit, dass man zu zweit nebeneinanderher gehen konnte. Die Konstruktion erinnerte an eine Fluggastbrücke, die Passagiere zu einem Flugzeug hinführte. Der leicht abschüssige Boden, die Wände und die Decke waren aus grauen Kunststoffelementen gefertigt, und schwache Leuchten in der Decke sorgten für gleichmäßige Helligkeit.

Hinter ihnen hatte sich die Tür wieder automatisch geschlossen. Hannah schritt voran, gespannt, wohin der Korridor sie führen würde. Nach etwa zehn Metern teilte er sich. Über dem Gang, der nach links führte, stand eine römische Neun – »IX« –, über dem Gang nach rechts eine römische Eins – »I«.

Sepan, der nun neben Hannah stand, seufzte. »Was sollen uns diese Zahlen sagen?«

»Keine Ahnung«, antwortete Hannah, die überrascht war, dass Sepan die römischen Zahlen als solche erkannt hatte. Hat also doch nicht nur Sport und Frauen im Kopf, dachte sie. Sie überschlug die Optionen und drehte sich zu den anderen herum. »Die Frage lautet: Bleiben wir zusammen, oder teilen wir uns auf?«

Michael nahm seine Bordkarte aus der Tasche, betrachtete das Logo der *Janus Air*. »Die Fluggesellschaft heißt *Janus Air* – Janus! Janus ist der römische Gott der Tore und Türen. Wird oft als Kopf mit zwei Gesichtern dargestellt. Der neunte Januar ist sein Feiertag im römischen Kalender.«

Was er alles weiß!, schoss es Hannah durch den Kopf, und sie hoffte, dass ihr ihre Bewunderung nicht allzu deutlich ins Gesicht geschrieben stand.

»Woher weißt du so was schon wieder?« Sophie klang genervt. Hannah vermutete, dass die Influencerin ein Problem mit Leuten hatte, die gebildeter waren als sie. Also mit fünfundneunzig Prozent der Menschheit.

Michael ließ Sophies Frage unbeantwortet.

Sepan schaute zu den römischen Ziffern hinauf. »Was machen wir: Nehmen wir Korridor eins oder die Neun?«

»Ich habe keine Ahnung«, sagte Michael und steckte die Bordkarte wieder ein.

Hannah wendete sich Sepan zu. »Sag du es uns doch.«

Sepan grinste und blickte verständnislos drein. »Wieso ich?«

»Was sagt deine Intuition? In welche Ecke würdest du springen?«

»Das ist doch etwas völlig anderes«, erwiderte er. »Wenn ein Spieler auf den Elfmeterpunkt zuläuft, sendet er kleine, verräterische Signale aus. Hier gibt es so etwas nicht.«

»Wir sollten uns aufteilen«, schlug Melissa vor.

»Nein«, sagte Rick. »Ich glaube, dass wir zusammenbleiben sollten.«

Sepan machte einen Schritt nach vorn. »Also gut, ihr fragt nach meiner Intuition? Ich nehme den rechten Korridor.«

Er ging voraus in den Gang, der nach rechts abknickte. Hannah und die anderen folgten ihm. Nach ein paar Metern blieb er stehen und drehte sich um. »Hey, ich dachte, ihr wolltet euch aufteilen.«

»Halt die Klappe und geh weiter«, blaffte Melissa ihn von weiter hinten an. »Wir vertrauen ausnahmsweise mal auf dein Urteil.«

Sepan grinste und war sichtlich geschmeichelt, als er langsam weiterging. Die Röhre knickte zweimal ab. Nach ungefähr einer Minute wurde der Korridor breiter und dunkler, bis er schließlich nur noch von Schwarzlicht erhellt wurde. Hannah bemerkte, wie die Zähne der anderen plötzlich gelb leuchteten und jeder Pickel zum Vorschein kam, trotz Make-up. Sophie schien sich dessen ebenfalls bewusst zu werden und versuchte mit einer Hand ihr Kinn zu verdecken. Hannah vermutete, dass ihr perfektes Aussehen extrem wichtig war.

Vor ihnen auf dem schwarzen Boden war ein Spielfeld aus Quadraten aufgemalt, das in Neonfarben leuchtete. Hannah sah die Anordnung der Quadrate, es erinnerte sie an ihre Kindheit, an das Hüpfspiel *Himmel und Hölle*.

Hannah hatte es früher oft gespielt, im Kindergarten und später auf dem Schulhof. Aber der Anblick des Spielfeldes weckte auch eine traurige Erinnerung in ihr. Eine Freundin in der Grundschule hatte von einem Tag auf den anderen nicht mehr mit ihr spielen wollen, die Mitschülerinnen waren derselben Meinung gewesen und hatten Hannah ausgegrenzt. Natürlich erzählte sie zu Hause nichts davon, bis es so schlimm wurde, dass Hannah gar nicht mehr zur Schule gehen wollte. Die Erwachsenen hatten das Problem unter sich gelöst, zumindest scheinbar, doch der tiefe Riss im Vertrauen zu ihrer Freundin hatte sich nicht mehr kitten lassen, und Hannah war danach auf eine andere Schule gegangen.

Kinder konnten grausam sein, dachte Hannah – und erkannte im selben Moment, dass dies eine sehr konkrete Erinnerung war, eine, die weit zurücklag. Verdammt! Warum nur konnte sie sich nicht auch an das erinnern, was wichtig und vielleicht sogar lebensrettend war? An den Abend, an dem sie entführt wurde? Sie musste irgendwie ihr Gedächtnis in Fahrt bringen. Nur wie?

Hannah sah wieder auf das Spielfeld. Anstatt Zahlen waren Buchstaben und seltsame Symbole in die Felder gezeichnet. Diese bedeckten den gesamten Boden zwischen den Wänden – es gab keinen anderen Weg als den über *Himmel und Hölle*. Jedes einzelne Feld war schätzungsweise einen Quadratmeter groß. Bei zwölf Feldern mussten sie also eine Strecke von etwa zwölf Metern überwinden.

Ein mulmiges Gefühl beschlich Hannah, und sie drehte sich zu Michael um. »Ist Janus nur der Gott der Türen – oder auch der Falltüren? Ich habe die Stufen der Wendeltreppe gezählt, das waren sechzig, und sie waren höher als normal. Wir sind bestimmt zwanzig Meter hochgestiegen.«

»Und wir kamen nicht vom Erdgeschoss«, sagte Michael und nickte. »Der Louis-seize-Raum war auch ungefähr zwanzig Meter über der Erde.«

Hannah zeigte auf das vor ihnen liegende Spielfeld. »Jede Wette, dass eines der Spielfelder eine Falltür ist.«

Niemand widersprach ihr.

»Wie lange seid ihr mit dem Bus gefahren, nachdem ihr in Hannover gestartet seid?«, fragte Hannah, einer plötzlichen Eingebung folgend.

»Eine halbe Stunde, würde ich schätzen«, antwortete Melissa.

»Das kommt hin«, sagte Rick mit einem Kopfnicken.

»Okay, das passt.« Hannah war sich jetzt sicher, den richtigen Gedanken zu verfolgen. »Als Kind war ich mit meinen Eltern auf einem Schloss, das lag eine halbe Stunde von Hannover entfernt.«

»Marienburg«, sagte Michael sofort. »Früher gehörte es Prinz Ernst August von Hannover.«

Hannah nickte. »Das Schloss ist riesig. Und es ist sehr hoch, in Teilen sicherlich über vierzig Meter. Wie hier.«

Sie sah zu dem Muster aus Quadraten auf dem Boden und war sich sicher, dass mindestens ein Feld eine Falltür war.

»Aber das Schloss, ist das denn unbewohnt?«, fragte Sophie.

»Es ist baufällig, habe ich gehört«, sagte Michael. »Und niemand hat das Geld, um die Restaurierung zu Ende zu bringen.«

Hannah nickte. »Ein idealer Ort, um so etwas wie hier zu errichten. Die Handwerker fallen nicht auf, und das Schloss darf nicht betreten werden.«

Hannah zweifelte nicht daran, dass sie sich im Schloss Marienburg befanden. Aber was nützte ihnen diese Erkenntnis? Im Moment gar nichts, dachte sie und sah auf das Spielfeld. »Wie waren noch mal die Regeln bei *Himmel und Hölle*?«

Melissa nickte. »Daran habe ich auch schon gedacht. Gut, dass ich es früher oft gespielt habe. Man muss vom Anfang zum Ende hüpfen und wieder zurück und dabei ein Feld auslassen, auf dem der Stein liegt, den man vorher geworfen hat. Auf den Doppelfeldern muss man die Beine grätschen.«

»Vergiss es!« Sepan schüttelte hektisch den Kopf. »Ich werde bestimmt nicht auf eines der Felder hüpfen, wenn da eine Falltür sein könnte.«

»Du musst ja nicht hüpfen, du Trottel«, sagte Rick. »Es reicht, wenn wir irgendwie auf der anderen Seite ankommen. Und sei es auf allen vieren.«

»Seid mal still.« Melissa hob die Hand. »Hört ihr das nicht?«

Hannah vernahm es auch. Es klang wie ein Rufen. Schrie da jemand um Hilfe?

Dann verstummten die Rufe wieder.

»Was war das denn jetzt?«, fragte Sophie und hörte sich an, als stünde sie kurz davor, in Tränen auszubrechen.

Niemand antwortete ihr. Nach ein paar Sekunden wandte Melissa sich achselzuckend an Sepan. »Vielleicht kommen die Rufe wieder. Wir sollten hier weitermachen. Sepan, Sportskanone, du hast uns hergeführt, dann geh du auch als Erster.«

»Hey, ich habe niemanden gebeten, mir zu folgen. Ihr hättet auch in den anderen Gang gehen können.«

»Stimmt«, sagte Sophie und wirkte so entschlossen, wie Hannah sie noch nie erlebt hatte. »Ich nehme den anderen Korridor. Vielleicht haben wir da kein Hindernis.«

»Moment!« Hannah hielt sie am Arm fest. »Wir sollten zusammenbleiben.«

»Warum?« Sie riss ihren Arm los. »Wo steht das geschrieben? Lass mich nachsehen, was uns im anderen Korridor erwartet. Dann komme ich zurück, und wir entscheiden, welcher der bessere Weg ist.«

Zum ersten Mal, seitdem sie eingesperrt waren, hatte Sophie eine eigene Idee gehabt. Dies schien ihr selbst bewusst zu werden, denn sie blickte triumphierend in die Runde. »Hannah, du und Michael seid hier nicht die Bestimmer. Auch wenn ihr beiden das vielleicht glaubt.«

»Du solltest trotzdem nicht allein gehen«, fand Hannah.

Sie gab sich einen Ruck und ging voran, Sophie folgte ihr. Die beiden ließen das Schwarzlicht hinter sich, kehrten in den hellen Korridor zurück.

Mit jedem Meter wuchs in Hannah ein mulmiges Gefühl. Ob es richtig war, sich von den anderen zu trennen? Andererseits mussten sie versuchen, die Regeln dieses kranken Spiels zu durchkreuzen, wenn sie eine Chance haben wollten. Und vielleicht hatte der Erfinder dieses Escape Rooms nicht damit gerechnet, dass einer von ihnen zurückgehen würde. Bisher war das in keinem der Räume möglich gewesen.

Die Röhre knickte zum zweiten Mal ab.

Hannah blieb stehen. Vor ihr erstreckte sich der leere Korridor.

»Was ist?«, fragte Sophie, die hinter Hannah stehen geblieben war.

»Wir hätten längst an der Abzweigung sein müssen.« Hannah war sich absolut sicher, dass dies nicht mehr der Gang war, in dem sie hergekommen waren. Er hatte sich verändert.

»Nein, das ist noch ein Stück.« Sophie schob sich an Hannah vorbei, ging weiter. Hannah folgte ihr zögerlich. Der Korridor knickte noch einmal ab, doch selbst nach dem erneuten Richtungswechsel kamen sie nicht zu der Abzweigung.

»Hier stimmt etwas nicht«, sagte Hannah und blieb stehen.

»Ach was. Jetzt komm schon.« Sophie ging weiter.

Die verängstigte Sophie war Hannah eindeutig lieber gewesen. Sie wollte ihr gerade sagen, dass sie umkehren würde, als plötzlich der Boden unter Sophies Füßen nachgab und das Mädchen in einem Loch verschwand.

»Aaaaaah ...«, hörte Hannah sie rufen, bevor ihre Stimme plötzlich erstarb.

Scheiße, dachte Hannah und trat vorsichtig näher. Eine Platte im Boden war heruntergeklappt, darunter war eine Art Rutsche, die von zwei kleinen Scheinwerfern links und rechts angestrahlt wurde. Als Hannah sich dicht über das Loch beugte, hörte sie ein leises Röcheln.

»Sophie?«, rief sie und streckte den Kopf langsam in Richtung Loch, um zu sehen, wo die Rutsche endete. »Alles in Ordnung?«

Der Anblick, der sich Hannah bot, war grauenhaft. Sophie starrte sie mit weit aufgerissenen Augen an. Am Ende der Rutsche ragten mehrere messerscharfe Metallspieße hervor, die ihren Oberkörper durchbohrt hatten. Dem Mädchen quoll Blut aus dem Mund, und ein Metallspeer trat vorn aus ihrem Hals heraus. Am schlimmsten aber waren Sophies röchelnder Atem und der flehende Blick, mit dem sie Hannah ansah. Sophie versuchte zu sprechen, hob eine Hand.

»Ganz ruhig, Süße.« Hannahs Stimme zitterte. »Ich hol dich da raus. Alles wird gut.«

In diesem Moment gab Sophie einen gurgelnden Laut von sich. Ein großer Schwall Blut floss aus ihrem Mund, sie zuckte ein paarmal, dann fiel ihr Kopf zurück, und ihr Blick starrte an Hannah vorbei ins Leere.

Hannah presste sich die Hand auf den Mund und unterdrückte ein Schluchzen. Kein Zweifel, Sophie war tot. Entsetzt zog sie den Kopf aus dem Loch und machte zwei Schritte rückwärts, bis sie mit dem Rücken an die Wand stieß. Ihre Knie gaben nach, und sie ließ sich an der Wand entlang auf den Boden gleiten. Das darf doch nicht wahr sein, dachte sie verzweifelt, und nun ließ sie die Tränen zu. Hätte nicht eigentlich sie, Hannah, sterben müssen? Schließlich war sie vorausgegangen, erst im Moment ihres Zögerns hatte Sophie sich an ihr vorbeigedrängelt und sie überholt. Was, wenn Hannah nicht gezögert hätte und einfach weitergegangen wäre? Hing ihr Überleben von solch absurden Zufällen ab?

Langsam ließen die Tränen nach, die restlichen wischte sie sich mit dem Ärmel ihrer Fleecejacke ab. Es hatte doch alles keinen Sinn! Was nützte es ihr oder irgendwem, wenn sie hier weiter auf dem Boden saß? Hannah atmete, wie immer, wenn Angst sie überfiel, mehrere Male tief ein und aus. Das half gegen den Druck auf der Brust. Komm schon, sprach sie sich selbst Mut zu, noch ist das Spiel nicht zu Ende, noch gibt es Hoffnung. Sie stützte sich mit den Händen vom Boden ab und kam wieder auf die Beine. Sie musste zurück zu den anderen.

Hannah betrachtete den Korridor vor sich. Sie war sich absolut sicher, keine Abzweigung verpasst zu haben. Sie und Sophie hatten denselben Weg genommen, den sie gekommen waren, aber der Weg hatte sich verändert. Das bedeutete, sie befand sich in einer Art Labyrinth. Sie konnte nur hoffen, dass der Gang sie wieder zurück zu den anderen führte, sonst wäre sie von jetzt an allein. Wie zu Beginn.

»Ich werde dich schon kriegen, du Scheißrätsel«, sagte sie laut, bevor sie langsam, einen Fuß vor den anderen setzend, den Rückweg antrat.

KAPITEL 27

Der große Sitzungssaal des Präsidiums lag im Dunkeln, die Bühne wurde von einem Beamer erhellt. Es war eine große Besprechung anberaumt worden. Der Leiter der Ermittlungsgruppe, Kriminalrat Günther Schmidt, hatte an einem Tisch auf der Bühne Platz genommen. Eigentlich kümmerte er sich fast ausschließlich um administrative Dinge, hielt Pressekonferenzen ab und sorgte dafür, dass seine Kollegen ungehindert arbeiten konnten. Der Chef vom Dienst, Erster Hauptkommissar Bernd Kappler, war »sein bester Mann«, wie der Kriminalrat oft und gern betonte. Schmidts bester Mann stand neben der Leinwand, auf der die wichtigsten Fakten in einer PowerPoint-Präsentation aufgelistet waren.

Im Auditorium saßen fünfzehn Zuhörer. Kollegen, die schon den ganzen Tag Informationen gesammelt, Wohnungen durchsucht und Handydaten überprüft hatten. Keiner von ihnen schien eine ruhige Minute gehabt zu haben, eine schnelle Lösung des Falls war nicht in Sicht.

Kappler stand vorn auf der Bühne und referierte. Es gab zwei Ermittlungsansätze: den, in dem die Teilnehmer durchleuchtet wurden, und den, bei dem das Experiment und Professor Andreas Zargert im Zentrum der Mindmap standen. Eine visualisierte Darstellung der Fakten gehörte schon zu Kapplers Methoden, als PowerPoint nur etwas für echte Freaks war. Damals hatte man noch Stellwände, Karteikarten, Stecknadeln und bunte Kordeln. Heute brauchte man nur einen Laptop und eine Kollegin wie Eva Dahlhaus, die das Programm beherrschte. Kappler hielt die Fernbedienung in der Hand und klickte weiter zum nächsten Chart.

Die Überprüfung der sieben Probanden hatte zu einer interessanten Erkenntnis geführt. Eigentlich hätten sie sich planmäßig um zehn Uhr morgens am Institut für Psychologie an der Universität einfinden sollen und wären von dort aus zu der Lagerhalle in Lauenau gefahren. LKA-Experten hatten die Verbindungsdaten der sieben Handys ausgelesen. Zwölf bis vierzehn Stunden vor dem geplanten Termin hatte jeder von ihnen einen Anruf und eine SMS erhalten. In dieser Nachricht wurde ihnen anscheinend mitgeteilt, dass der Abfahrtstermin um zwei Stunden vorverlegt worden war. Der Abfahrtsort sollte nicht mehr die Universität sein, sondern der Busbahnhof in der Innenstadt. Das Areal war videoüberwacht, die Aufnahmen der Bundespolizei zeigten die Teilnehmer beim Einsteigen, und auch der ermordete Busfahrer war deutlich zu erkennen. Man konnte sehen, dass alle vor dem Einsteigen dem Busfahrer ihre Telefone aushändigten. Von da an verlor sich ihre Spur, abgesehen vom Mordopfer. Das Busunternehmen war nicht dasselbe, das Professor Zargert beauftragt hatte. Der Fahrer wurde das letzte Mal lebend von einem Zeugen gesehen, als der Bus am Straßenrand der B3 in Richtung Hannover geparkt hatte, etwa zehn Fahrminuten von dem späteren Unglücksort entfernt. Es war nach momentanem Stand der Ermittlungen davon auszugehen, dass der Fahrer auf seinen späteren Mörder gewartet hatte, der danach den Bus absichtlich in den Wald steuerte und spurlos verschwand.

Die Anrufe auf den Handys der Probanden kamen über eine Voiceover-IP-Leitung, wozu ein Internettelefon und ein Router benötigt wurden. Mittels Voice-over-IP ließ sich jede erdenkliche Nummer vortäuschen, die Anrufe hätten von überall auf der Welt herkommen können, die Teilnehmer müssen gedacht haben, dass sie mit der Universität telefonierten. Hinter der IP-Adresse des Anschlusses verbarg sich eine gefälschte Identität, der Router war abgeschaltet und ließ sich nicht lokalisieren. Sollte das Telefon je wieder ans Netz gehen, würde der Internetprovider dies feststellen und umgehend die Polizei verständigen. Kappler rechnete nicht damit, so viel Glück zu haben. Darum konzentrierte er sich auf den zweiten Ermittlungsstrang: Professor Andreas Zargert und das Experiment.

Es gab »den Fingerzeig«, wie Kappler ihn nannte. Die DNA des verwesten weiblichen Zeigefingers war leider nicht im Computer gespeichert. Kappler hatte sich eine DNA-Probe des Professors geben lassen, um sie zu vergleichen. Das vorläufige Ergebnis des Schnelltests war negativ. Es bestand kein Verwandtschaftsgrad.

Von wem stammte der Finger, und wieso hatte der Täter ihn im Bus platziert? Hatte vielleicht die Sitzreihe zehn, wo er gefunden wurde, eine Bedeutung?

Kappler sah ein Handzeichen aus dem Publikum und erteilte dem Kollegen das Wort.

»In der christlichen Zahlensymbolik steht die Zahl Zehn wegen der Zehn Gebote für Vollendung.«

»Danke«, sagte Kappler. »Aber Janus war ein römischer Gott, kein christlicher. Ich vermute, dass zehn die Quersumme von neun und eins ist, womit wir wieder bei den Zahlen auf dem Zeigefinger sind.«

Kappler glaubte nicht an Zufälle. Es war keiner, dass er den Namen Janus heute, an nur einem Tag, gleich dreimal gehört hatte. Die römischen Zahlen Neun und Eins auf dem Zeigefinger stellten einen Hinweis auf Janus und dessen Bedeutung dar, da war er sich sicher.

»Der Sinn eines Escape Rooms besteht für die Spieler darin, Rätsel zu lösen, um den Ausgang zu finden. Jede Tür hat zwei Seiten, sie kann Eingang oder Ausgang sein. Janus ist in der Mythologie nicht nur der Gott der Tore und Türen, der Ein- und Ausgänge. Die Zwiespältigkeit, die er also verkörpert, wird in Darstellungen oft durch zwei Gesichter verdeutlicht.«

Kappler betätigte erneut die Fernbedienung. Auf der Leinwand erschien das Gesicht des Studenten Alexander Lorentz, daneben ein paar Daten: Geburtsdatum, Aufenthaltsort, Krankheitsbild.

»Das ist Alexander Lorentz, ehemaliger Student von Professor Zargert. Lorentz behauptet, von Zargert systematisch in den Wahnsinn getrieben worden zu sein. Ich weiß, das klingt weit hergeholt, aber ich glaube dem Jungen. Er hat eine Psychose entwickelt und hört Stimmen. Früher waren es mehrere, heute nur noch eine. Und die Stimme in seinem Kopf hat sich selbst den Namen Janus gegeben.«

Ein Raunen ging durch den Saal. Die Kollegen schienen nun endgültig überzeugt zu sein.

»Morgen, am neunten Januar, ist ein Feiertag zu Ehren von Janus.«

»Was glauben Sie, wird da geschehen?«, ertönte eine Stimme aus dem Auditorium.

»Ich bin kein Fan von Spekulationen, aber in diesem Fall schätze ich, dass wir morgen die entführten Teilnehmer des Experiments finden werden. Ob tot oder lebendig, liegt an uns.«

Es trat Stille ein. Kriminalrat Schmidt erhob sich von seinem Platz. »Bist du dir da sicher, Bernd, oder ist das nur eine Vermutung?«

»Eine Vermutung, aber eine, bei der ich mir sicher bin. Nenn es einen begründeten Verdacht.«

Kappler und Schmidt kannten sich schon sehr lange. Die Vergangenheit hatte gezeigt, dass Kapplers Bauchgefühl in den meisten Fällen in die richtige Richtung wies. Schmidt nickte und setzte sich wieder.

Kappler ahnte, was im Kopf seines Chefs vorging. Schmidt war in Gedanken bereits bei der Pressekonferenz, in der er die Nachricht vom Tod der sieben Teilnehmer verkünden müsste.

Kappler war weitaus optimistischer gestimmt. »Dieser Fall könnte ein Desaster werden – oder aber eine Sternstunde für die Polizeiarbeit.« Der Kommissar wusste, wie wichtig eine positive Grundhaltung bei der Lösung eines Falls war. Er musste die Kollegen motivieren. Für Kritik war es nicht der richtige Zeitpunkt, alle gingen auf dem Zahnfleisch und gaben ihr Bestes.

»Unsere Chancen sind immer noch gut. Wir haben, abgesehen von dem Busfahrer, bis jetzt noch keinen weiteren Toten gefunden. Und es gibt eine weitere Spur.«

Kappler betätigte erneut die Fernbedienung. Auf der Leinwand erschien das Gesicht von Hannah Preuss.

»Das ist Hannah Preuss, Psychologiestudentin und seit heute Morgen ebenfalls verschwunden. Ein Kommilitone hat sie als vermisst gemeldet. Dieser wurde intensiv befragt, ich glaube nicht, dass er etwas mit ihrem Verschwinden zu tun hat. Bei einer Durchsuchung von Hannahs Wohnung haben wir einen Cowboyhut gefunden. Und dieser Cowboyhut gehört zu dieser Person.«

Kappler startete per Fernbedienung ein Video. Das Bild einer Webcam erschien auf der Leinwand, die Kamera war auf den Thekenbereich und die Tür einer Mexican Bar gerichtet. Hannah stand hinter dem Tresen, machte sauber, schüttete ein mit Wasser gefülltes Weizenglas über die Schankanlage. Vor der Theke, ganz am Rande des Bildausschnittes, saß ein Gast, der das Gesicht von der Kamera abgewandt hielt und einen Cowboyhut trug. Hannah verschwand aus dem Bild, tauchte vor der Eingangstür wieder auf, um zwei Gäste herauszulassen. In dem Moment bewegte sich der Gast an der Theke, und man sah, dass er sich über die Theke beugte. Was genau er da tat, konnte man nicht erkennen. Dann verschwand der Mann aus dem Bild, tauchte an der Tür wieder auf, bezahlte und verließ die Lokalität. Hannah kehrte hinter den Tresen zurück, nahm eine Flasche mit weißem Rum aus dem Regal. Kurz darauf sah man, wie sie aus einem Colaglas trank.

Kappler stoppte das Video in dem Moment, als Hannah das Glas an den Mund nahm.

»Wir vermuten, dass der Cowboy ihr K.-o.-Tropfen ins Glas getan hat. Hannah blieb noch etwa eine halbe Stunde in der Bar. Nach Hause braucht sie fünfzehn Minuten zu Fuß. Ihre Nachbarin meinte, gehört zu haben, wie sie dort ankam.«

»Kann man K.-o.-Tropfen so exakt bestimmen, dass sie erst nach einer Stunde anfangen zu wirken?«, fragte einer der Kollegen.

Kappler erteilte Eva das Wort, die in Reihe eins saß. Sie erhob sich von ihrem Platz und drehte sich zu den Kollegen um.

»Ich habe mit zwei Anästhesisten gesprochen. Ja, man kann solche Medikamente genau dosieren, aber dazu muss man das Opfer sehr gut kennen. Körpergewicht und andere Faktoren spielen für ein so genaues Timing eine wichtige Rolle.«

Sie setzte sich wieder.

Kappler machte weiter. »Hannah Preuss war kein Zufallsopfer. Sie schaffte es noch bis in ihre Wohnung, wo der Mann sie überwältigt oder vielleicht schon auf sie gewartet hat. Er ließ absichtlich seinen Cowboyhut zurück. Wir gehen davon aus, dass er ihn nicht vergessen hat.«

»Wieso?«, ertönte wieder eine Stimme aus dem Saal.

Kappler betonte jedes Wort, als er antwortete. »Er spielt mit uns. *Janus* spielt mit uns. Wir sollen seiner Spur folgen.«

»Bernd«, ertönte es von links. Schmidt meldete sich erneut zu Wort, sprach ins Mikro, das auf dem Tisch lag, damit ihn alle besser hören konnten.

»Ist es möglich, dass dieser Janus nicht nur im Kopf dieses Studenten Alexander Lorentz existiert?«

»Dr. Meyerhoff, der behandelnde Arzt, hält es für ausgeschlossen, dass Alexander Lorentz der Täter sein könnte. Der Junge selbst hat ein Alibi. Aber …« Kappler wandte sich jetzt allen Kollegen zu. »… es ist nicht völlig auszuschließen, dass Lorentz einen Komplizen hat, der als real existierender Janus die Hassfantasien des Studenten in die Tat umsetzt.«

Kriminalrat Schmidt nahm wieder das Mikro vor den Mund. »Aber wieso werden die Studentin und die Teilnehmer eines Experiments entführt? Was bringt es, einen Busfahrer zu ermorden? Wieso würde der Täter das Übel nicht an der Wurzel packen und den Professor töten?«

Kappler nickte. »Genau das ist die Frage aller Fragen: Was genau geht im Kopf eines Psychopathen vor? Und dass wir es hier mit einem solchen zu tun haben, glaubt Dr. Elias, ein Experte auf dem Gebiet der Kriminalpsychologie, der uns beratend bei den Ermittlungen hilft.«

Kappler machte eine rhetorische Pause. »Wir haben bisher lediglich eine Vermutung. Eine Theorie. Wir glauben, dass der Tod des Professors keine ausreichende Befriedigung für den Täter darstellt. Psychopathen weisen ein extrem antisoziales, egoistisches Verhalten auf. Es geht immer um die Befriedigung der eigenen Bedürfnisse, um nichts anderes. Und ein Bedürfnis von Psychopathen besteht häufig darin, andere Menschen zu manipulieren. Um ein Machtgefühl zu nähren, dass man die Kontrolle hat und andere nach seiner Pfeife tanzen lassen kann, wenn man das will.«

Kappler betätigte erneut die Fernbedienung, und auf der Leinwand erschien das Foto einer antiken Janus-Statue mit zwei Gesichtern. »Unser Janus inszeniert ein Spiel, und sein Motiv hat etwas mit den zwei Gesichtern zu tun. Der Doppelköpfige blickt in die Vergangenheit und Zukunft zugleich, während er selbst in der Gegenwart verweilt.«

Es blieb still, als Kappler eine Pause machte, um einen Schluck Wasser zu trinken. Die Anwesenden ließen Kapplers Rechercheergebnisse auf sich wirken.

»Wir müssen diesen Fall aus unterschiedlichen Blickwinkeln betrachten«, fuhr Kappler fort. »Janus ist der Gott der Tore und Türen. Eine Tür kann sowohl nach innen wie nach außen aufgehen.«

»Was genau meinst du damit?«, fragte ein Kollege, und er sprach wohl stellvertretend für viele.

»Die Opfer sind wahrscheinlich gefangen. Vielleicht versuchen sie, aus ihrem Gefängnis zu entkommen. Dann ginge die Tür nach außen auf. Oder aber sie warten auf uns, warten darauf, dass wir sie befreien und die Tür nach innen aufgeht.«

Kappler setzte zu seinem Schlussgedanken an. »Glauben Sie mir, liebe Kollegen, wer immer sich hinter Janus verbirgt, er spielt mit uns. Ein Spiel nach seinen Regeln. Es ist an der Zeit, dass wir diesem Spiel und damit dem Spuk ein Ende bereiten.«

KAPITEL 28

Zuerst hörte sie Melissas Stimme, dann auch die von Sepan und Rick. Sie diskutierten, nein, es klang eher, als ob sie stritten. Um Hannah herum wurde es wieder dunkler, und das Schwarzlicht hüllte sie ganz ein.

Das Labyrinth hatte sich als weniger irreführend erwiesen, als sie befürchtet hatte, dafür war es wohl auch einfach zu klein. Ihre größte Angst hatte darin bestanden, dass sich eine der Bodenplatten öffnete und sie das gleiche Schicksal ereilen würde wie Sophie. So hatte sie sich hauptsächlich an der Wand entlang vorwärtsbewegt und jeden Schritt vorher geprüft. Irgendwann, es mochten vielleicht zehn Minuten vergangen sein, seit sie Sophies Leiche zurückgelassen hatte, hatte sie etwas gehört und war diesem Geräusch gefolgt. Wie sich nun herausstellte, waren es die streitenden Stimmen der anderen.

»Hannah.« Melissa hatte sie als Erste entdeckt. »Mein Gott, was ist passiert? Wo ist Sophie?«

Auch der Rest der Gruppe blickte sie jetzt fragend an. In Michaels Gesicht las sie Sorge.

»Sie ist tot«, antwortete Hannah knapp.

»Was ist passiert?« Michael trat zu Hannah, nahm sie fest in den Arm.

Sie wollte eigentlich nicht schon wieder heulen, aber

offenbar hatte sie das Erlebte noch nicht verkraftet, denn die Tränen schossen ihr erneut in die Augen. Michael strich ihr über den Rücken. Es tat verdammt gut, die Nähe eines anderen Menschen zu spüren, seine Wärme, seinen Herzschlag. Das gab ihr wieder Kraft. Schade, dass sie Michael nicht im normalen Leben kennengelernt hatte. Tief in ihrem Innern spürte sie, dass er der Mann war, mit dem sie sich eine Zukunft hätte vorstellen können.

»Tut mir leid, wenn ich gefühllos erscheine, aber …« Melissa legte Hannah eine Hand auf den Arm. »Wir sollten hier wirklich keine Wurzeln schlagen.«

Hannah löste sich von Michael. »Ja, du hast recht. Ich bin wieder bereit.«

»Sag uns kurz, was passiert ist«, bat Rick.

Hannah berichtete mit bebender Stimme.

Als sie fertig war, schüttelte Sepan angewidert den Kopf. »Metallspeere unter einer Falltür? Was für ein krankes Schwein!«

Hannah nickte. »Jedenfalls gibt es keinen Weg zurück. Der Korridor hinter uns hat sich verändert, kein Gate mehr. Es gibt nur diesen einen Weg.« Sie zeigte auf das Spielfeld vor ihnen mit den kryptischen Symbolen und Zahlen.

»Dann schau dir das mal an«, sagte Michael und zeigte ihr seine Bordkarte. Im Schwarzlicht war auf der Rückseite mehr zu sehen als nur das Logo der Janus Air. »Für alle, die den Chemie-Unterricht geschwänzt haben – das hier ist ein Periodensystem der Elemente, und das hier sind vier Symbole der Alchemie.«

Sie sah ihn fragend an. »Und? Was bedeutet das?«

Er lächelte ihr zu, und ihr wurde ein wenig wärmer ums Herz.

»Darüber haben wir diskutiert, bis du kamst.«

Melissa hob die Hand. »Still! Hört ihr das?«

Da war es wieder, das Rufen. Aus weiter Ferne. Unverständlich. Aber definitiv eine menschliche Stimme. Hannah sah die anderen fragend an. »Habt ihr inzwischen irgendetwas verstanden?«

»Nein«, sagte Rick. »Das Rufen kommt und geht.«

Michael zeigte zum Ende des Spielfeldes. »Hannah, wir haben schon ein paar Dinge herausgefunden. Das Symbol auf dem letzten Feld bedeutet *Erde*. Eines der Elemente der Alchemie. Das erste Symbol bedeutet *Luft*, ebenso ein Element aus mittelalterlichen Zeiten.«

Hannah schaute vor sich auf den Boden. Das Symbol für *Luft* war ein Dreieck mit der Spitze nach oben und einem Querstrich, der das Dreieck zerteilte. Die *Erde* zeigte ein Dreieck mit der Spitze nach unten und einem Querstrich. Es gab noch zwei weitere Dreiecke auf den Quadraten dazwischen, ohne Querstriche, sie symbolisierten *Feuer* und *Wasser*, wie Michael erklärte. *Feuer* war das vorletzte Feld, bevor man die *Erde* erreichte.

»Auf den anderen Quadraten stehen chemische Bezeichnungen der Elemente, wie sie in der modernen Wissenschaft benutzt werden. Was die Buchstaben bedeuten, kann man anhand des Periodensystems auf der Rückseite der Bordkarte ablesen.« Michael sah sie an. »Alles verstanden?«

»Ich denke schon.«

»Gut.« Michael streichelte beiläufig ihren Arm. »Wir haben uns bereits mit den Buchstaben auf den Feldern beschäftigt. Aus ihnen lässt sich beinahe das römische Wort *Ianus* bilden.«

»Beinahe?«

Rick hielt ihr die Bordkarte hin. »Es gibt kein Element mit dem Buchstaben *A*. Es gibt *Ar, Al* oder *Au*, aber kein einzelnes *A*.«

»Das Problem haben wir leider noch nicht gelöst«, sagte Melissa. »Wir glauben, dass wir nur die Buchstaben betreten dürfen, die in dem Wort *Ianus* vorkommen. Und ohne den Buchstaben A schaffen wir es nicht, sonst müsste jeder von uns am Ende des Spielfeldes zwei Quadrate überspringen.«

Hannah sah zum Ende des Spielfeldes und verstand, was Melissa meinte. Die Buchstaben waren so angeordnet, dass man einen Sprung über zwei Meter aus dem Stand schaffen müsste, was nicht möglich war, zumindest nicht für einen normal trainierten Menschen.

Hannah sah auf den Boden, dann zu Melissa. »Du kennst *Himmel und Hölle* doch auch. Normalerweise fängt das Spiel mit dem Feld *Erde* an und man geht zum *Himmel*. Hier ist es genau umgekehrt.«

»Stimmt«, sagte Melissa.

»Das Spiel steht also auf dem Kopf?«, vergewisserte sich Rick.

Hannah nickte. »Und wenn wir das Spiel rückwärts spielen, vielleicht müssen wir den Namen *Ianus* dann auch rückwärts lesen.«

»S-U-N-A-I«, sagte Michael.

Alle starrten vor sich auf den Boden. Es gab immer noch kein einzelnes *A*, aber die Kombination *Na* für das Element Natrium.

Hannah dachte laut. »Zuerst auf den Buchstaben *S*, dann *U*, dann *Na*, dann auf *I* und dann auf die *Erde*.«

»Oder auf das Symbol für *Feuer*«, sagte Melissa. »*Feuer* steht bestimmt für *Hölle,* und wenn in dem Spiel alles umgedreht ist, müssen wir vielleicht auf die *Hölle*.«

Sepan deutete auf das Spielfeld. »Leute, wer meldet sich freiwillig und rettet uns den Arsch?«

»Ich«, sagte Michael. »Ich gehe. Aber einer von euch kommt mit.« Er sah zu Sepan und Rick.

Die beiden stutzten.

»Aha?«, brachte Sepan heraus.

»Jeder von euch ist kräftig genug, mich festzuhalten, wenn ich in ein Loch fallen sollte.«

Rick nickte. »Das ist schlau.« Er sah zu Sepan. »Ich habe mehr Kraft als du und gehe hinter Michael, aber du folgst mir, bist mein Back-up, klar?«

Sepan war einverstanden.

Hannah beobachtete mit einem mulmigen Gefühl im Bauch, wie Michael keine Zeit verstreichen ließ und sich sofort auf das Feld *Luft* begab. Rick stand hinter ihm, und Sepan hielt sich ebenfalls bereit.

Michael sah vor sich auf den Boden, im ersten Quadrat waren die Buchstaben *Be* für *Beryllium*. *Be* kam nicht in *sunai* vor.

»Ich möchte es ausprobieren.«

»Was ausprobieren?«, fragte Rick.

Michael griff mit der Hand hinter sich, und Rick hielt ihn fest. Er setzte einen Fuß auf das erste Feld *Be,* belastete den Fuß, da klappte der Boden unter ihm weg. Eine Luke hatte sich geöffnet, und Rick zerrte Michael zurück.

Alle sahen erschrocken in das Loch. Hannah konnte nicht erkennen, wie tief es war. Damit war der Beweis erbracht, dachte sie. Dieses Spiel bestand aus Falltüren. Aber hatten sie die Regeln tatsächlich durchschaut? Einen Meter, einen großen Schritt weit entfernt war das nächste Feld mit dem Buchstaben *S* für Schwefel. Und dazwischen war der Abgrund, über den Michael springen müsste.

»Wenn das Feld auch eine Falltür ist, kann ich dich nicht festhalten«, sagte Rick und krempelte sich die Hemdsärmel hoch. »So lang ist mein Arm nicht.«

Michael sah ihn an, nickte. »Ich riskiere es. Ich glaube, wir haben die Hinweise richtig interpretiert.«

Er zögerte noch einen kurzen Moment, bevor er zum Sprung ansetzte.

Hannah traute sich nicht, hinzusehen, und kniff die Augen zusammen. Als sie sie wieder aufmachte, sah sie, dass Michael sicher auf dem zweiten Feld stand. Der Boden unter seinen Füßen hatte sich nicht geöffnet. Hannah atmete auf.

Sepan, hinter Rick, fing an zu applaudieren und ermutigte die anderen mitzumachen.

»Hey, es ist noch nicht geschafft«, sagte Rick. »Warte, bevor du weitergehst. Ich komme jetzt zu dir.«

»Und wenn das Feld keine zwei Personen trägt?« Michael streckte ihm warnend seine Handfläche entgegen. »Bleib lieber, wo du bist.«

Rick zögerte. »Bist du sicher? Aber ich komme nach, sobald du auf dem nächsten Feld stehst.«

Michael nickte und machte einen Schritt auf das nächste Feld mit dem Buchstaben *U* für Uran. Auch dieses Quadrat hielt dem Gewicht von Michael stand.

»Jetzt kannst du kommen«, sagte er zu Rick.

Rick ließ sich das nicht zweimal sagen und bewegte seinen trainierten Körper leichtfüßig auf das S, ein Feld hinter Michael. Sepan hielt sich bereit, um nachzurücken. Sie bildeten fast so etwas wie eine Seilschaft, nur ohne Seil.

Vor Michael lag nun ein Doppelfeld, das er überspringen musste, also wieder ein Sprung zu dem Quadrat mit dem Buchstaben *Na* für Natrium.

»Warte«, sagte Rick und drehte sich zu Sepan um. »Auf drei gehen wir alle einen Schritt weiter. Wenn Natrium nicht funktioniert, halte ich Michael und du mich.«

Sepan nickte. »Wer zählt an?«

Rick zeigte auf sich selbst. »Bereit? Also, eins – zwei – drei.«

Sie bewegten sich alle gleichzeitig nach vorn, und unter keinem von ihnen tat sich eine Falltür auf, wie Hannah erleichtert beobachtete. Das Herz schlug ihr bis zum Hals, ihre Nerven waren zum Zerreißen gespannt. Wenn ich das hier überlebe, werde ich etliche Therapiesitzungen brauchen, schoss es ihr durch den Kopf.

Michael hatte jetzt wieder ein Doppelfeld vor sich, auf dem rechten Quadrat war das *I*, der letzte Buchstabe von *sunai*.

Die Männer wiederholten das Spiel. Auf drei ging jeder von ihnen einen großen Schritt weiter. Rick war direkt hinter Michael, Sepan stand auf dem *U*.

Michael war jetzt nur noch einen Schritt von der Erde entfernt, als Hannah etwas hörte.

»Wartet«, rief sie ihnen zu.

Die Männer drehten sich um.

Aus dem dunklen Loch drang schwaches Rufen an Hannahs Ohr. Das Rufen, das sie schon zuvor vernommen hatten. Jetzt, da die Klappe offen stand, konnte man es ein wenig besser verstehen.

»Was hörst du?«, fragte Michael.

Melissa und Hannah gingen vor dem schwarzen Loch in die Hocke und lauschten. »Erde?«, fragte Hannah.

Melissa nickte. »Ja, es klingt, als ob er *Erde* riefe.«

»Alles klar.« Michael zögerte nicht und machte einen großen Schritt auf das letzte Feld, *Erde*. Kaum hatten seine Füße den Boden berührt, gab der nach, und Michael fiel.

Hannah schrie.

Rick reagierte blitzschnell, er warf sich auf den Bauch und bekam Michael, der sich mit einer Hand am Rand festgeklammert hatte, an der Kleidung zu fassen. Rick lag auf dem Feld Feuer, das sein Gewicht hielt.

Hannah schaute sich hektisch um. Sie hatten sich vertan, es wäre das Feld *Feuer* gewesen, nicht die *Erde*. Michael hielt sich mit beiden Armen an Rick fest, der mit in den Abgrund zu rutschen drohte.

»Ich bin da«, schrie Sepan, der das Feld I betrat, Ricks Beine packte.

»Lass mich bloß nicht los, Sepan«, schrie Rick, während er zu Michael sah, der in dem Loch baumelte. »Ich hab dich. Ich hab dich.«

»Und ich hab dich«, rief Sepan hinter ihm.

Hannah und Melissa waren zur Untätigkeit verdammt, sie mussten zusehen, wie Sepan und Rick um Michaels Leben kämpften.

»Ich kann nicht mehr«, schrie Michael.

»Doch, du kannst«, schrie Rick zurück. »Ich halte dich, ich ziehe dich jetzt hoch.«

Plötzlich ertönte ein Schrei, zuerst laut, dann immer leiser werdend, gefolgt von etwas, das wie ein krachender Aufprall klang.

Dann war alles still.

Hannah versuchte zu begreifen. »Was, was ist passiert? Rick? Sepan?«

Rick lag auf dem Bauch. Langsam raffte er sich auf, kam auf die Knie – und hielt die zerrissene Weste von Michael in Händen.

Wieder ging die Tür des Verlieses mit einem Knarzen auf. Der Mann trug immer noch die Maske, auch wenn er sie jetzt eigentlich nicht mehr brauchte. Es dürfte keinen mehr geben, dessen Augen noch etwas sehen konnten.

Er hatte die Schreie gehört, das Bersten des Holzes und den ohrenbetäubenden Aufprall. Als sein Blick ihm das bestätigte, was er bereits vermutet hatte, zog er die Maske vom Kopf. Vor ihm lagen die Überreste zweier menschlicher Körper und eines massiv gezimmerten Holzstuhls.

Wasser tropfte von der Decke und vermischte sich mit der immer größer werdenden Blutlache am Boden. Der Körper des Jungen war durch die Wucht des Aufpralls so tief in den Sitz gedrückt worden, dass das Holz unter der Last zersplittert war. Er dürfte nicht mehr viel gespürt haben. In solchen Fällen brach das Genick wie ein Streichholz. Ein Stück Holz hatte sich von unten in seinen Bauch gebohrt und ragte wie ein zerklüfteter Speer aus seiner Brust heraus. Unglaublich, dachte der Mann, welche Kräfte hier gewütet hatten. Fünfzig Meter freier Fall beschleunigten einen menschlichen Körper auf über hundert Kilometer pro Stunde, was bei einer umgekehrten, sehr abrupten negativen Beschleunigung eine Gewichtskraft von mehreren Tonnen generierte.

Michaels Köper, der auf den armen Jungen gefallen

war, lag neben dem kaputten Folterstuhl. Ein Bein unterhalb der Hüfte war abgerissen, das andere wies zahllose offene Brüche auf, die weißen Knochen schimmerten aus den klaffenden Wunden hervor.

Michael lebte noch, er spuckte Blut, und sein Atem ging rasselnd.

Das ist eine Überraschung, dachte der Mann. Wie hoch war die Wahrscheinlichkeit, dass man einen Sturz aus über vierzig Metern überlebte? Gleich null, beantwortete er sich selbst die Frage.

Michael starrte den Mann ohne Maske ungläubig an. Aus der Wunde, wo einmal sein linkes Bein war, strömte unaufhaltsam das Blut. Er würde nicht mehr lange leben, so viel stand fest.

»Ja, mein Lieber«, sagte der Mann mit einem Grinsen. »Mich noch mal wiederzusehen, damit hast du nicht gerechnet.«

»Ph-Ph-Phil!«, brachte Michael noch heraus, bevor er eine Ladung Blut ausspuckte.

Viel davon kann er nicht mehr in den Adern haben, dachte Phil. Aber er konnte sich täuschen. Ein Liter Blut sah nach viel mehr aus als ein Liter verschüttete Milch.

Phil genoss den Augenblick. Eigentlich hatte er Michael mehr zugetraut, mindestens so viel wie Hannah, die für ihn die absolute Favoritin des Spiels war. Die Prinzessin, wenn nicht sogar Königin. Aber auch sie war trotz ihrer Intelligenz und ihrem Wissen in Psychologie auf den Trick mit dem Frosch hereingefallen.

»Hast du den Frosch in meiner Hand gesehen?« Er grinste. »Ja – oder nein?«

Michael antwortete nicht, sein Herz hatte aufgehört zu

schlagen. Das Blut pulsierte nicht mehr, er war leer gelaufen wie ein abgestochenes Schwein.

Es hatte schon eine gewisse Ironie, dachte Phil. Die Menschen sahen, was sie sehen wollten, glaubten, was sie glauben wollten. Nicht mal der dschungelerprobte Leon schien das Spiel durchschaut zu haben. Vielleicht hätte er noch den Kopf auf seinen Schultern, wenn er rechtzeitig Verdacht geschöpft hätte. Den Zustand eines Scheintoten zu erzeugen, gehörte zum Kenntnisstand eines fähigen Anästhesisten. Es war nicht anders als mit K.-o.-Tropfen, die sich heutzutage extrem genau dosieren ließen, sodass man die Uhr nach ihnen stellen konnte.

Die beiden Jungs, die nur aus Spaß in das Schloss einbrechen wollten, hatten die ganze Show ein wenig bereichert. Sie bedeuteten gar nichts. Jetzt ging das Spiel weiter.

Phil war gespannt, ob Hannah sich irgendwann an das entscheidende Element erinnern würde. Für diesen Augenblick musste er sich bereithalten. Dieser Moment würde spielentscheidend sein, wie ein Elfmeter in der letzten Minute einer Weltmeisterschaft.

KAPITEL 29

Hannah und Melissa folgten den beiden Männern auf demselben Weg, der Buchstabenfolge *S-U-Na-I*. Nacheinander traten sie auf das sichere Feld *Feuer* und machten einen Sprung über den Abgrund, in den Michael gefallen war.

Sie hatten dieses Hindernis zwar überwunden, aber sie waren noch nicht aus diesem Raum heraus. Der dunkle Korridor, von Schwarzlicht beleuchtet, knickte erneut nach rechts ab, und vor ihnen lag wieder ein Gang. Etwa in der Mitte des Korridors befand sich ein weißer Strich auf dem Boden, der grell leuchtete. Dahinter waren verschiedenfarbige Laserstrahlen in Grün, Rot und Blau sichtbar. Es lag etwas Nebel in der Luft. Ganz am Ende des Ganges stand ein roter Buzzer, ein großer Druckknopf.

Sepan spürte sofort, dass dies sein Raum war. Er fühlte sich an eine Spielshow erinnert, wie *Ninja Warriors*. Er mochte solche Parcours und fühlte sich imstande, den Buzzer zu erreichen. Das war er den anderen schuldig, den Lebenden ebenso wie den Toten.

»Wartet hier.« Er schaute zu Rick. »Jetzt bin ich dran.«

Rick, der Muskeln besaß, von denen Sepan nur träumen konnte, wirkte ausgepowert. Noch vor ein paar Minuten hatte er seinem Frust darüber Luft gemacht, dass er Michael nicht hatte retten können. »Ich hatte ihn! Ich hatte sein Leben in der Hand!« Rick wurde nicht müde zu betonen, welche Auswirkungen Michaels Tod auf ihn selbst hatte. »Wie soll ich damit leben können?« Wenn man Sepan fragte, fand er das eine ziemlich egoistische Interpretation von dem, was passiert war, immerhin war Michael jetzt tot und nicht Rick, aber ihn fragte ja keiner. Mittlerweile hielt Rick die Klappe. Gott sei Dank, fand Sepan.

Die Mädels waren seit Michaels Abgang eher stumm unterwegs. Vor allem Hannah hatte sein Tod sichtlich mitgenommen. Wahrscheinlich hatte sie Michaels Schlaubergerkommentare geil gefunden, dachte Sepan und zuckte mit den Schultern. Er hatte auch einiges zu bieten, und das wollte er ihnen jetzt zeigen, beiden Mädels und dem muskulösen Rick.

»Leute, das wird ein Kinderspiel«, versprach er den anderen grinsend und glaubte es für einen Augenblick selbst. Er trat allein bis zu dem weißen Strich vor, der den Korridor teilte. Dahinter waren die Laserstrahlen. Es bedurfte keiner Spielregeln, um zu wissen, dass sie wahrscheinlich die Funktion einer Lichtschranke hatten und man sie besser nicht unterbrach.

Sepan tastete mit dem Fuß den weißen Strich ab. Befand sich darunter etwas, das nachgab? Nein, es schien nicht so. Als er einen leichten Luftzug im Gesicht spürte, der eigentlich nicht mehr als ein Hauch war, schmiss er sich der Länge nach auf den Boden. Er hatte nicht den Bruchteil einer Sekunde gezögert.

Die schwarze Metallkugel, mit Nägeln bespickt, sauste über ihn hinweg. Sepan hatte den Morgenstern in der Dunkelheit nicht kommen sehen, aber seine Intuition hatte ihm das Leben gerettet.

»Vorsicht!«, schrie Melissa hinter ihm.

Die Metallkugel pendelte zurück, mit weniger Schwung, aber immer noch tödlicher Wirkung, würde man sich ihr in den Weg stellen. Nach zwei weiteren Pendelbewegungen, die Sepan auf dem Boden liegend abwartete, hatte die Kugel kaum noch Geschwindigkeit. Er sprang auf und konnte sie festhalten, ohne sich zu verletzen. Er schaute hinauf zur Decke. Der Drehpunkt, an dem die Kette des Morgensterns aufgehängt war, befand sich direkt über der weißen Linie.

»Bist du in Ordnung?«, rief Hannah.

»Alles okay«, antwortete er. »Bleibt, wo ihr seid. Ich werde den Buzzer betätigen, und dann werden wir sehen, was passiert.«

»Können wir dich irgendwie unterstützen?«, fragte Rick.

»Ja.« Sepan überlegte. »Sprecht ein Gebet für mich.« Sein Grinsen konnte keiner der anderen sehen.

Er schaute zum Ende des Korridors. Der Buzzer war etwa zehn bis fünfzehn Meter entfernt. Nein – er stutzte: Es waren genau elf Meter! Er kannte diese Distanz nur zu gut. Der Buzzer war die Linie, und diesmal stand er, der Torwart, am Elfmeterpunkt.

Das hier war sein Raum, sonnenklar! Sepan atmete durch und rekapitulierte. Ein Fußballspieler nahm Anlauf, bevor er mit voller Kraft durchzog. Die Laserstrahlen verhinderten, dass er losrennen konnte, sie waren das Hindernis und erforderten Geschicklichkeit. Bei einem Elfmeter zählten Entschlossenheit und die Kunst der Täuschung. Ein Spieler musste wissen, wohin der Schuss gehen sollte, bevor er losrannte, aber er durfte es dem Torwart nicht zeigen. Die Laserstrahlen waren unbestechlich. Man konnte sie weder täuschen noch überlisten, sondern nur überwinden.

Game on!, dachte Sepan. War ihm das nicht auch schon durch den Kopf gegangen, als der ganze Scheiß hier angefangen hatte, zu Beginn des Experiments? Egal, er würde das Spiel nun für sich entscheiden und seinem Ruf als Elfmeterkiller alle Ehre machen. Langsam schritt er los. Der erste Laserstrahl zerteilte waagerecht auf Kniehöhe die Luft. Sepan stieg darüber. Der nächste Strahl fiel von rechts oben herab auf die gegenüberliegende Wand, ließ aber genug Platz, um unter ihm hindurchzukrabbeln. Anders sah es beim nächsten Strahl aus, der wieder waagerecht verlief, diesmal aber auf Hüfthöhe. Und direkt dahinter war schon der nächste Strahl dicht über dem Boden. Unter dem Strahl in Hüfthöhe durchzukriechen, war nicht möglich, da man sonst den nächsten Laser unterbrach. Sepan überlegte kurz. Ihm kam eine andere Idee, etwas gewagt, aber durchaus möglich. Er musste es riskieren. Er nahm so viel Anlauf, wie der Raum es zuließ, und übersprang den Strahl in Hüfthöhe wie ein Hürdenläufer. Sein Fuß setzte etwas zu weit dahinter auf und unterbrach die Lichtschranke des nächsten. Doch Sepan, und das fand er eine Spitzenidee, lief einfach weiter. Wieder spürte er einen Luftzug, da war er aber schon vorbei, registrierte nur kurz, wie hinter ihm ein schweres Metallgitter von rechts aus der Wand schoss. Bevor er etwas wie »Schwein gehabt« auch nur denken konnte, erhob sich vor ihm aus dem Boden eine brennende Barriere. Instinktiv setzte er zum Sprung an, machte eine Flugrolle darüber, während er die Hitze unter seinem Körper spürte. Normalerweise hätte er sich nach so einem Sprung abgerollt, aber eine innere Stimme – seine Intuition? – hatte ihm geraten, genau das nicht zu tun. Er ließ sich der Länge nach auf den Bauch fallen. Seine Rippen schmerzten, womöglich hatte er sich sogar eine gebrochen. In dem Moment, als er auf dem Boden lag, schossen zwei kleine Morgensterne über ihn hinweg, sie kamen von rechts und krachten in die gegenüberliegende Wand, wo sie mit ihren Nägeln stecken blieben.

Jetzt hatte sein Hirn Zeit, die Gedanken zu formen – Schwein gehabt. Vorsichtig begab er sich in die Hocke und kam wieder auf die Beine. Der Buzzer war nur noch zwei Meter von ihm entfernt, und nur noch ein einziger Laserstrahl zerteilte den Raum. Allerdings bildete dieser eine Zickzacklinie von einer Wand zur nächsten. Wie ging so etwas?, fragte er sich. Kann Licht Zickzacklinien zurücklegen? Offenbar war es so, er hinterfragte es nicht weiter. Schließlich war er nicht die hellste Kerze auf der Torte, das war ihm so bewusst wie egal.

Sepan stand aber trotzdem vor einem Problem. Es war unmöglich, zu dem Buzzer zu gelangen, ohne den Lichtstrahl zu unterbrechen. Und er war kein Schlangenmensch, der sich irgendwie da durchbiegen könnte. Seine innere Stimme riet ihm, dass es dafür nur eine Lösung gebe: Er musste schneller sein, als der Mechanismus es wäre.

Sepan drehte sich um. Zwischen ihm und dem kläglichen Rest der Truppe – gerade einmal drei Personen! – befand sich die massive, geschlossene Gittertür. Würde sich die Gittertür öffnen, wenn er es bis zum Buzzer schaffte? Na klar, dachte er, so musste das Spiel gehen. Das war der Gewinn.

»Du bist der Größte, Sepan«, schrie Melissa ihm zu. »Ich liebe dich.«

Sepan grinste, trotz der angespannten Situation, bei der er beinahe buchstäblich Blut und Wasser schwitzte. »Alles, nur das nicht«, rief er zurück.

Sie lachte. Ein befreiendes Lachen, das Sepan noch mehr motivierte.

Also gut, Gothic Girl, hier kommt Daddy.

Er ging drei Schritte zurück, sprintete los und sprang kurz vor dem Laserstrahl ab. Er streckte seinen Körper, als wollte er einen unhaltbaren Ball doch noch fangen, zumindest mit seinen Fingerspitzen berühren, und – unglaublich, aber wahr – Sepans Hände klatschten auf den Buzzer, bevor sein Körper der Länge nach auf den Boden plumpste.

Ein lauter Signalton ertönte. Schlagartig wechselte das Schwarzlicht in bunte Farben, und von der Decke sprühte ein Funkenregen. Die Laser waren nicht mehr zu sehen.

Sepan konnte es kaum fassen, blickte nach oben. Eine weitere Gittertür mit scharfen Kanten und herausragenden Spitzen war im Begriff gewesen, auf ihn herabzustürzen. Tja, war ich wohl zu schnell für dich, dachte er und grinste. Er kam wieder auf die Beine und sah, wie die anderen auf ihn zuliefen.

Hannah erreichte die Gittertür, die sich problemlos zur Seite schieben ließ. Im selben Moment, als sie das tat, fiel etwas hinter Sepan krachend zu Boden. Er wirbelte herum: Ein Stück der Wand am Ende des Korridors war aus einer unsichtbaren Verankerung gebrochen – wieder eine Geheimtür.

Der Weg aus diesem Korridor war frei. Nicht nur helles Licht drang herein, sondern auch leise asiatische Musik.

»Du warst krass!« Sepan drehte sich um und sah, wie Melissa auf ihn zurannte und ihn stürmisch umarmte. Er hatte nichts dagegen, fühlte er sich doch endlich wieder wie ein Held.

Es war, als hätte er den entscheidenden Elfmeter im Endspiel einer Weltmeisterschaft gehalten.

KAPITEL 30

Kappler und Eva hatten sich in ihr gemeinsames Büro zurückgezogen. Sie brauchten Ruhe. Aber auch nicht zu viel, denn eine längere Pause konnten sie sich nicht leisten. Nicht in dieser Phase der Ermittlungen.

Es war mittlerweile kurz vor ein Uhr nachts am neunten Januar. Was würde sie am heutigen Tag erwarten, am Agonium zu Ehren des Gottes Janus? Trotz seines natürlichen Optimismus konnte Kappler sich nicht vorstellen, dass Janus' Plan auch nur eine gute Absicht beinhaltete, darum rechnete der Kommissar insgeheim mit dem Schlimmsten.

Eva brach das Schweigen. »Hast du so etwas oder auch nur etwas Ähnliches schon mal erlebt?«

Kappler schüttelte den Kopf. »Nein. Niemals. Bis heute hatte ich immer mit Verbrechern zu tun, deren Taten und Vorgehensweise irgendwie zu erklären waren, logisch oder psychologisch. Aber das, was wir hier haben, ergibt für mich keinen Sinn.«

»Wenn wir das Motiv des Täters durchschauen würden, wären wir einen Schritt näher an ihm dran, oder?«

Kappler nickte stumm.

Eva wirkte fitter als er, was womöglich ihrem Alter geschuldet war – oder ihrem Geschlecht. Frauen hatten mitunter mehr Durchhaltevermögen, dachte Kappler, er brauchte seinen Schlaf.

Eva fuhr fort. »Ich glaube, dass diese Hannah Preuss der Schlüssel ist.«

»Inwiefern?«

»Nenne es weibliche Intuition. Der Cowboyhut in ihrer Wohnung hätte nicht da liegen müssen. Ein eindeutiges Zeichen, dass der Entführer uns etwas mitteilen wollte.«

»Und was?«

»Das weiß ich nicht, aber vielleicht der Professor. Wir sollten Zargert ins Verhör nehmen. Hannah war immerhin seine Studentin. Fragen wir ihn. Ich glaube nicht, dass Zargert uns bisher die ganze Wahrheit gesagt hat.«

»Das glaube ich auch nicht. Aber er könnte sich stur stellen und schweigen. Uns fehlt die rechtliche Grundlage, ihn hierzubehalten. Am Ende zieht er sogar einen Anwalt hinzu.«

»Warum sollte er das tun?«

Kappler rieb sich die müden Augen. »Was weiß ich, vielleicht hat er ja eine Affäre mit seiner Studentin gehabt.«

»Könnten wir irgendwas erfinden, mit dem wir ihn unter Druck setzen?«

Kappler schüttelte den Kopf. »Es ist eine sehr vage Vermutung. Was, wenn wir falschliegen. Dann vertrödeln wir unsere Zeit.« Kappler überlegte einen Moment, dachte Evas Idee in seinem Kopf weiter. Es gab jemanden, der ihnen vielleicht Material über Zargert liefern könnte. Kappler griff zum Hörer, wählte die Handynummer von Dr. Meyerhoff, dem behandelnden Arzt von Alexander Lorentz. Nach dem dritten Freizeichen kam die Verbindung zustande.

Kappler schaltete auf Lautsprecher. »Hauptkommissar

Kappler, guten Morgen! Entschuldigen Sie die späte Störung, aber ich wollte einmal nachhören, ob Sie etwas mit den Akten der Versuchsteilnehmer anfangen konnten?«

Meyerhoff klang hellwach und überhaupt nicht so, als hätte er schon geschlafen. »Sie stören nicht, nein. Ich hätte mich auch in der nächsten Stunde bei Ihnen gemeldet. Ich habe mir die Akten durchgelesen, und dabei fiel mir etwas ein, das womöglich von Bedeutung für Sie sein könnte.«

»Danke, dass Sie sich so schnell Zeit genommen haben. Was haben Sie für uns?« Kapplers Müdigkeit war mit einem Mal verflogen.

Meyerhoff fuhr fort. »Zu dem Experiment komme ich gleich. Ich habe noch etwas anderes überprüft, weil Sie gefragt hatten, ob Alexander Lorentz im letzten Jahr Besuch bekommen hatte. Nein. Aber vor etwas über einem Jahr, da war ein Gutachter vom Gericht da. Wegen des Prozesses gegen Professor Zargert. Der Gutachter hat sich allein mit Alexander unterhalten, so sind die Regeln.«

»Haben Sie das Gutachten gelesen?«, fragte Kappler.

»Nein. Das ist mir irgendwie entgangen. Ich habe heute danach in unseren Akten gesucht, aber es nicht gefunden, und das ist seltsam. Es müsste aber in den Gerichtsakten sein, die können Sie einsehen.«

»Haben Sie diesen Gutachter persönlich kennengelernt?«

»Auch das nicht«, antwortete der Arzt. »Ich war zu der Zeit im Urlaub. Seinen Namen habe ich, den kann ich Ihnen schicken.«

»Auch von mir: Guten Morgen!«, sagte Eva ins Telefon. »Was sagen Sie zu dem Experiment und den Teilnehmern?«

»Ich muss ehrlicherweise zugeben, dass das Experiment gut durchdacht ist. Anders, als ich es erwartet hätte. Sie wissen, dass ich nicht viel von Professor Zargert und seiner Arbeit halte. Ich habe versucht, möglichst unvoreingenommen an die Sache heranzugehen.«

Kappler konnte seine Enttäuschung nur schwer verbergen. »Es gibt also nichts Besonderes, was Sie uns mitteilen könnten?«

»Ich schätze, nichts, was Sie wirklich weiterbringt. Da ist nur die eine Sache. In einem der Räume taucht eine Statue des Gottes Janus auf. Ein seltsamer Zufall, finden Sie nicht?«

»Doch. Allerdings.« Kappler war in Gedanken versunken. »Was halten Sie davon?«

»Es gibt womöglich eine Verbindung zwischen Alexanders Gedankenwelt und dem Experiment, aber wie die genau aussieht, vermag ich nicht zu sagen, tut mir leid.«

»Sie müssen sich nicht entschuldigen. Danke, dass Sie uns das mit dem verschwundenen Gerichtsgutachten mitgeteilt haben.«

»Ja, das sollten Sie vielleicht verfolgen. Was, wenn dieser Gutachter nicht echt war? Wenn er seinen Besuch absichtlich in den Zeitraum meines Urlaubs gelegt hat?«

Im selben Moment klingelte das Telefon auf Evas Schreibtisch. Sie sah aufs Display, dann zu Kappler. »Das Labor«, raunte sie und nahm den Hörer ans Ohr.

Kappler nickte. »Sie haben womöglich recht, Herr Doktor. Eine seltsame Häufung von Zufällen bedeutet meist, dass es sich nicht um Zufälle handelt.«

In diesem Moment bemerkte er die aufgeregt fuchtelnden Handzeichen seiner Kollegin und verstand, dass er sein Telefonat beenden sollte. Sofort.

»Vielen Dank fürs Erste, ich muss Schluss machen. Und mailen Sie mir alles über diesen Gutachter, was Sie haben.«

Kappler beendete das Telefonat. Eva schaltete ihren Apparat auf Lautsprecher und sagte: »Können Sie es bitte noch einmal wiederholen.«

Die Stimme des Labormitarbeiters ertönte durch den Lautsprecher. »Wir haben ein Haar in dem Cowboyhut gefunden und die DNA abgeglichen. Sie war nicht gespeichert, aber es gibt eine Verbindung zu der DNA des abgetrennten Fingers.«

»Was für eine Verbindung?«

»Derjenige, von dem das Haar stammt, ist der Sohn der Frau, der der Zeigefinger abgetrennt wurde.«

Kappler sprang von seinem Stuhl auf, beugte sich vor zum Telefon. »Sind Sie sich absolut sicher?«

»Hundert Prozent, Verwandtschaft ersten Grades.«

KAPITEL 31

Sie waren in einem Spielcasino, aber keins, wie man es in Deutschland vorfinden würde. Es glich eher einer Spielhölle am anderen Ende der Welt, in Macao oder Manila. Hannah war selbst nie in einem dieser Länder gewesen, kannte solche Spelunken höchstens aus James-Bond-Filmen und Ähnlichem. Genauso kam sie sich jetzt vor, wie in der Kulisse eines schlechten Films.

Die Luft war rauchgeschwängert, es roch nach Jasmin und anderen Aromen, die man mit asiatischer Lebensweise verband. Ein Stimmengewirr war zu hören, dazu die typischen Geräusche eines Casinos: das Klackern der Jetons, Roulettekugeln, die in den Kessel rollten. Das Casino war gut besucht – mit Schaufensterpuppen. Erst bei näherem Hinsehen erkannte Hannah, dass die Köpfe der Puppen zum Teil aus Wachs geformt waren. Die Frauen trugen Abendgarderobe, die Männer dagegen hatten einen Smoking oder auch legere Kleidung an, wie Jeans und Leinenhemden. Alle Tische waren besetzt, nur an einem Poker- und an einem Roulettetisch gab es jeweils noch zwei Plätze.

Der Erfinder des Raums hatte genau gewusst, wie viele Personen hier ankommen würden, erkannte Hannah. Auch Michaels Tod hatte er fest einkalkuliert, dieses miese Schwein! Sie schüttelte die traurige Erinnerung an Michael ab, während sie sich zwischen den Puppen hindurchbewegte. Nach ein paar Schritten erstarrte sie. Eine Puppe trug einen Pullover, der ihr bekannt vorkam. Als sie an die Puppe herantrat, sah sie, dass das wächserne Gesicht eine deutliche Ähnlichkeit mit Phil aufwies. Der Pullover stammte definitiv von ihm.

»Kommt mal her, schnell«, hörte sie Sepan in diesem Moment rufen.

Er stand am anderen Ende des Raums und fuchtelte aufgeregt mit den Händen herum. Rick und Melissa waren schon bei ihm. Hannah beeilte sich, zu ihnen zu kommen. Sie konnte nicht sehen, was der Grund für Sepans Aufgeregtheit war, erst als Rick einen Schritt zur Seite machte. Auf einem Stuhl saß eine Puppe – ohne Kopf. Die Puppe trug die gleiche Hose wie Leon und sein T-Shirt, das er im Terrarium gelassen hatte.

»Wie unheimlich ist das denn!«, sagte Melissa.

»Ich habe auch etwas entdeckt.« Hannah gruselte sich bei dem Anblick ebenfalls. »Kommt mit!« Sie zeigte ihnen die Puppe, die Phil ähnelte.

»Ach du Scheiße!«, sagte Rick. »Das ist Phil.«

Hannah nickte. »Wisst ihr, was ich noch erschreckender finde? So eine Figur zu basteln braucht Zeit. Es stand also fest, dass Phil und Leon sterben würden.«

»Und wie soll das gehen?«, fragte Sepan. »Der Frosch hätte doch jedem von uns in die Hand springen können.«

»Vielleicht gibt es Puppen von uns allen«, überlegte Rick.

Hannah nickte. »Stimmt. Dann spielt es keine Rolle, in welcher Reihenfolge wir sterben.«

»Hey, ich möchte so etwas nicht hören, okay?« Melissa

lächelte gequält. »Lasst uns weiter den Raum begutachten, um den Ausgang zu finden.«

Die anderen widersprachen nicht. Sie streiften getrennt voneinander durch das Casino. Hannah war trotz der Umstände, die sie hier festhielten, fasziniert. Im Gesicht jeder Puppe spiegelte sich ein Charakter wider. Hübsche, schlanke Frauen, die sich an Gewinnertypen anschmiegten. Der Loser, der in sein leeres Whiskeyglas starrte. Der Melancholische, der Lachende, der Glückspilz. Der bullige Rausschmeißer im schwarzen Anzug. Als Hannah jedoch plötzlich einer Puppe gegenüberstand, die Michael zum Verwechseln ähnlich sah, verschwand jegliche Faszination sofort. Die Puppe trug andere Kleidung, aber Michaels Gesichtszüge waren filigran in dem Wachs wiedergegeben, und er lächelte sie an. Tränen schossen Hannah in die Augen.

»Leute, kommt hierher«, rief Rick.

Sie riss sich von der Puppe los und ging zu der Stelle, wo Rick Sophies künstliches Abbild entdeckt hatte.

Sophie stand hinter einem Kassenschalter und verkaufte Jetons. Auch ihre Puppe war mit künstlerischer Detailtreue nachgebildet. Mit einem kleinen Schönheitsfehler: Aus ihrem Kopf ragte eine Metallstange.

»Widerlich!« Melissa schüttelte fassungslos den Kopf.

Direkt neben dem Kassenschalter befand sich eine Toilette, zumindest gab es ein Hinweisschild über einer Tür. Hannah überlegte nicht lange, eilte durch die Tür, um sich in einer der zwei Kabinen zu übergeben. Der Anblick von Sophie und Michael war offenbar doch zu viel für ihre Psyche gewesen. Die Übelkeit ließ so schnell nach, wie sie gekommen war.

»Alles okay?«, hörte sie Melissas Stimme.

»Ja, ja. Geht schon wieder. Ich komme gleich.«

Noch ein paarmal tief durchatmen, etwas kaltes Wasser ins Gesicht, das sie aus dem Waschbecken vor den Kabinen schöpfte, und Hannah fühlte sich so weit gefestigt, dass sie weitermachen konnte. Als sie aus der Toilette trat, standen die anderen noch vor dem Kassenhäuschen. Auf dem Tresen waren vier Tabletts, gefüllt mit jeweils gleich hohen Stapeln an Spielchips.

»Wir sollen also spielen.« Melissa sah zu den Tischen, an denen noch Plätze frei waren. »Roulette oder Poker. Von Poker habe ich keinen blassen Schimmer, ich setze mich an den Roulettetisch.«

»Moment, nicht so schnell«, sagte Hannah. »Ich möchte auch an den Roulettetisch und die anderen vielleicht auch.«

Auf Melissas Bordkarte hatte zwar »Empathie« gestanden, davon spürte man im Moment jedoch nicht so viel. Eigentlich nicht verwunderlich, fand Hannah, ging es in diesem Spiel doch ums nackte Überleben. Wie weit kam man da mit Empathie?

Bevor Hannah vorschlagen konnte, auszulosen, wer sich an welchen Tisch setzte, bemerkte sie etwas, das so gar nicht in ein asiatisches Casino passte. Eine Hand von Sophies Puppe lag auf einer in schwarzes Leder gebundenen Bibel, in der ein rotes Bändchen als Lesezeichen steckte.

Hannah griff an der Puppe vorbei und zog die Bibel aus dem Kassenhäuschen heraus. Sie klappte das Buch an der Stelle auf, wo das Bändchen herausschaute.

»Eine Bibel?« Rick grinste. »Stehen da vielleicht die Gewinnzahlen drin? Lukas 17, Vers 21 oder so?«

Hannah sah in das aufgeschlagene Buch. Sie war beim Neuen Testament gelandet. »Matthäus-Evangelium 25, 14 bis 30.«

»Und was steht da?«, wollte Melissa wissen.

Hannah überflog den Text. »Das Gleichnis von den anvertrauten Talenten.«

Sepan kratzte sich am Kopf. »Anvertraute was …?«

»Talente«, antwortete Hannah und zeigte zu den Tabletts mit den Spielchips. »Das war eine Währung zu Zeiten von Jesus. Wie heute der Euro, Dollars oder eben Jetons.«

Rick wurde ungeduldig. »Um was geht es bei dem Gleichnis?«

Hannah fasste zusammen, was sie in der Kürze der Zeit überflogen hatte und verstanden zu haben glaubte. »Ein Herr hatte drei Diener. Dem ersten gab er fünf Talente Silbergeld, dem anderen zwei, dem letzten nur eins. Jedem nach seinen Fähigkeiten. Sie sollten etwas aus dem Geld machen. Der mit den fünf Talenten gewann noch fünf weitere dazu. Der mit den zwei kam mit zwei weiteren zurück.«

»Lass mich raten«, unterbrach Melissa. »Der letzte hat seine Kohle verzockt.«

Sepan grinste. »Oder er hat das Geld mit Nutten durchgebracht.«

»Es sind nicht alle so schwanzgesteuert wie du«, sagte Melissa spitz.

»Nein.« Hannah unterbrach die sinnlose Diskussion. »Der letzte Diener gab den einen Talent Silbergeld zurück, weil er das Geld vergraben und nichts damit gemacht hatte. Sein Herr wurde daraufhin stinkwütend und ließ ihm das Geld wegnehmen, weil der Diener aus purer Angst, es zu verlieren, nicht investiert hatte. Aus diesem Gleichnis resultiert der Grundsatz: *Wer hat, dem wird gegeben werden. Wer nicht hat, dem wird genommen werden.*«

Die Bedeutung dieses Gleichnisses verstand wohl auch Sepan. Zumindest hatte Hannah den Eindruck.

Sie sollten spielen, mutig sein, die Jetons einsetzen. Wer jedoch zu viel Angst hatte, zu vorsichtig war, dem würde am Ende alles genommen werden.

Hannah klappte die Bibel zu und legte sie zurück auf den Tresen neben die Jetons. Kein Intellekt, keine Intuition, keine Kraftanstrengung würde genügen. Hier in diesem Raum schien pures Glück gefragt zu sein. Und was würde mit dem Pechvogel unter ihnen geschehen? Nichts Gutes jedenfalls.

Es gab zwei Spieltische für vier Personen. Hannah hatte keine Ahnung vom Pokern. »Ich würde mich gerne an den Roulettetisch setzen«, wiederholte sie ihre Aussage.

»Ich auch«, ertönte es drei weitere Male.

Sie waren sich selten so einig gewesen. Nur leider war dies jetzt nicht von Vorteil.

Melissa schnappte sich ein Tablett. »Ladies first. Ihr Jungs wollt mir doch nicht erzählen, dass ihr noch nie gepokert habt.«

Sie verschwand mit den Jetons, ging zum Roulettetisch und nahm zwischen den Schaufensterpuppen Platz.

Sepan und Rick blickten sich an.

»Okay«, sagte Rick. »Ich kenne wenigstens die Regeln beim Pokern.«

Er nahm sich ein Tablett und setzte sich freiwillig an den Pokertisch.

Nun waren nur noch Sepan und Hannah übrig.

»Hier geht es um mein Leben«, sagte Sepan. »Ich pfeif auf *Ladies first.*«

»Du hättest also zu denen gehört, die auf der Titanic vor den Frauen und Kindern ins Rettungsboot gestiegen wären?«

Er zuckte grinsend die Schultern. »Ja. Warum auch nicht? Lass uns auslosen, wer an welchen Tisch darf.« Er nahm einen Jeton. »Kopf oder Zahl?«

Hannahs Blick folgte Rick, der sich gerade neben eine Schaufensterpuppe setzte. An dem Pokertisch saßen nun drei Spieler, ein Platz war noch frei. Jede Puppe hatte einen Stapel Jetons vor sich liegen. Und nicht nur das. Erst jetzt bemerkte Hannah, dass die eine Puppe aussah wie ein Texaner. Er trug Jeans und eine gefütterte Jeansjacke. Neben ihm auf dem Tisch lag ein schwarzer Cowboyhut.

»Was ist jetzt: Kopf oder Zahl?« Sepan wurde ungeduldig.

Hannah fixierte den Cowboyhut. Er kam ihr bekannt vor. Sie konnte nur nicht zuordnen, wo sie ihn schon einmal gesehen hatte, aber die Erinnerung daran ließ sich nicht verleugnen. Im ersten Moment hatte es sich wie ein Déjà-vu angefühlt.

»Gut«, sagte sie. »Ich werde Poker spielen.« Der Cowboyhut hatte etwas zu bedeuten, und sie wollte herausfinden, was das war.

Sie schnappte sich das Tablett mit Jetons und nahm den Platz neben Rick ein.

Sepan setzte sich derweil pfeifend zu Melissa an den Roulettetisch.

Im selben Moment erstarben die Musik und alle Geräusche, und eine elektronische Stimme erklang. »Sehr geehrte

Damen und Herren. Das Casino schließt in sechzig Minuten. Bitte machen Sie Ihre Einsätze.«

Eine Uhr an der Wand sprang von *60:00* auf *59:59* und zählte weiter rückwärts. Der Countdown hatte begonnen.

Eine Stunde, dachte Hannah. Sie würde alles dafür tun, dass dies nicht die letzte Stunde ihres Lebens sein würde.

KAPITEL 32

Die Inszenierung glich dem Finale einer Wagner-Oper. Mehrere Streifenwagen mit Blaulicht hielten vor Zargerts Haus und weckten die Journalisten auf, die in ihren Fahrzeugen ausharrten. Der Professor hatte bereits im Bett gelegen und geschlafen, seine verstrubbelten Haare und die geröteten Augen sprachen Bände. Kappler teilte ihm nicht den Grund seines Besuchs mit. Als Zargert sich weigerte, mit ins Präsidium zu kommen, drohte Kappler mit einer Festnahme in Handschellen. Diese Androhung zeigte die erwünschte Wirkung, und der Professor gab sich geschlagen.

Kappler nutzte das Interesse der Journalisten gezielt aus, weil er wusste, dass der Entführer die Medien verfolgte. Was immer der Träger des Cowboyhutes im Schilde führen mochte, Zargert war der Schlüssel. Das wusste Kappler jetzt – seit genau einer Stunde.

Der Professor hatte am gestrigen Tag eingewilligt, eine DNA-Probe abzugeben, um eine Verbindung zwischen ihm und dem abgetrennten Zeigefinger auszuschließen. Ihm war zugesichert worden, dass die Daten nach Abschluss der Untersuchung wieder gelöscht würden. Aber bevor das geschah, hatte Kappler noch eine Sache ausprobiert und Zargerts DNA mit der aus dem Cowboyhut verglichen. Dies hatte einen Treffer ergeben, einen Volltreffer.

Während der halbstündigen Fahrt zum Präsidium forderte der Professor eine Erklärung. Kappler schwieg beharrlich. Er wollte Zargert nervös machen. Sie mussten die Wahrheit aus ihm herauskriegen, bevor er einen Anwalt einschaltete, der ihm am Ende jedes weitere Wort verbieten würde. Sie fuhren in die Tiefgarage des Präsidiums und von dort mit dem Fahrstuhl in den vierten Stock, wo sich die Mordkommission befand. Eva Dahlhaus hatte den Verhörraum hergerichtet. Schmucklos, trist. Ein Tisch und drei Stühle. Gläser, Tassen, Kaffeekanne und Wasser. Und eine Videokamera auf einem Stativ.

Zargert schien den Ernst der Lage zu begreifen, als er eintrat.

»Was ist hier los?« Sein Gesicht war rot angelaufen. »Was wollen Sie von mir?«

»Die Wahrheit«, sagte Kappler knapp und deutete auf einen Stuhl. »Nicht mehr als die Wahrheit. Setzen Sie sich!«

Zargert gehorchte widerwillig. Mit einem Grunzen sah er auf seine Armbanduhr. »Und das hätte nicht bis Sonnenaufgang Zeit gehabt?«

»Leider nein«, sagte Eva. »Ihr Sohn gibt im Moment das Tempo vor.«

»Mein Sohn?« Zargert sah wieder auf die Uhr und überlegte wohl, wie viel Uhr es in Australien war. »Was ist mit Lovis?«

»Er lebt in Australien und erfreut sich bester Gesundheit.«

Zargert blickte verwirrt von Kappler zu Eva. »Sie meinen also Aurel?«

Kappler nickte. »Wir sind uns sicher, dass er die Studentin Hannah Preuss entführt hat. Der abgetrennte Zeigefinger ist etwa sieben Jahre alt, wurde in dieser Zeit tiefgefroren gelagert und stammt von Ihrer Ehefrau, Aurels Mutter.«

»Was?!« Zargert schnappte nach Luft. Die Zornesröte in seinem Gesicht wich einer ungesunden Blässe.

»Das hat die Überprüfung der DNA ergeben«, fuhr Eva fort. »Zwischen Ihrer DNA und der des Fingers gab es keine Übereinstimmung. Sie waren ja auch nicht mit Ihrer Frau blutsverwandt. Aber wir haben eine Haarprobe in einem Cowboyhut gefunden, und diese DNA ergab einen Treffer bei dem Finger und bei Ihnen. Die Haarprobe stammt von einem Ihrer Söhne. Lovis scheidet aus, wir haben ihn in Australien erreicht, bleibt nur noch Aurel. Er ist hier – in Deutschland! Und die Fahndung nach ihm läuft bereits auf Hochtouren.«

Zargert stand ruckartig auf. Der Stuhl, auf dem er gesessen hatte, fiel scheppernd um. »Das ist unmöglich. Ich habe erst letzte Woche mit Aurel gesprochen, per Skype.«

Eva stand auf, ging gemächlich um den Tisch herum, hob den Stuhl in aller Seelenruhe auf und stellte ihn wieder auf die Beine. »Setzen Sie sich!«

Andreas Zargert nahm widerwillig Platz, seine Hände zitterten, das Gesicht war kalkweiß. »Ich habe mit ihm gesprochen, er war in New York.«

Kappler schüttelte den Kopf. »Dort lebt er schon seit fast einem Jahr nicht mehr. Wir haben mit der Einwanderungsbehörde telefoniert. Aurels Spur verliert sich seit einem Big Deal vor vierzehn Monaten. Ein Warentermingeschäft. Er hat schätzungsweise fünfzig Millionen Dollar damit gemacht. Daraufhin hat er seinen Job und sein Apartment in Manhattan gekündigt.«

Noch nie, seit Kappler mit Zargert zu tun hatte, wirkte er so glaubwürdig wie in diesem Moment. Der Professor starrte sie mit großen Augen an. Fassungslos. Kappler hatte keinerlei Zweifel: Zargert wusste nichts von Aurels Verschwinden.

Eva setzte das Verhör fort. »Nun stellt sich die Frage, warum er nach Deutschland zurückgekehrt ist und Sie nichts davon wissen sollten.«

»Ich habe keine Ahnung.«

Zargert wirkte, als stünde er unter Schock. Zeit, ihn aufzuwecken, dachte Kappler und schlug mit der flachen Hand auf den Tisch. Zargert zuckte zusammen. »Denken Sie nach, verdammt!« Kappler sprach jetzt laut. »Es geht um das Leben von acht Personen.«

»Acht?« Der Professor blinzelte ein paarmal, schien nicht zu begreifen.

Kappler wurde allmählich ungeduldig. »Hannah Preuss ist Nummer acht. Oder die Nummer eins. Sie spielt eine besondere Rolle, so viel ist sicher. Durch ihr Verschwinden haben wir den Cowboyhut gefunden, der uns jetzt zu Ihnen führt.«

»Was haben Sie mit Hannah Preuss zu tun?«, fragte Eva in ruhigem Ton.

»Sie war eine Studentin, das sagte ich Ihnen bereits. Ich habe sie durchfallen lassen in einem Seminar.«

»Weil Hannah Preuss Ihre Experimente aus ethischen Gründen ablehnte?«

»Das sagte sie, ja.«

»Das bedeutet, Hannah Preuss wäre auch gegen das Escape-Room-Experiment gewesen?«

Der Professor nickte.

»Sieben Teilnehmer, die sich freiwillig meldeten, und eine, die unfreiwillig dabei ist. Könnte das Aurels Plan sein?«

»Was weiß ich?« Er schüttelte den Kopf. Die Farbe kehrte in sein Gesicht zurück.

Zargert schien sich allmählich von dem Schock zu erholen und schaltete auf Selbstverteidigung.

»Sie müssen meinen Sohn fragen, nicht mich! Ich habe nur ein Experiment geplant, nach wissenschaftlichen Standards.« Er sah die beiden Kommissare eindringlich an, bevor er fortfuhr. »Aurel ist ja augenscheinlich der Psychopath, nicht ich.«

Treffer. Auf diese Aussage hatte Kappler insgeheim gewartet. Zargert distanzierte sich von seinem Sohn, damit er aus dem Schneider war. Jetzt musste er ihnen noch erklären, was in Aurels Kopf vorgehen könnte.

Eva hatte ein Foto vor sich liegen, drehte es um und schob es über den Tisch. Die Fotografie einer steinernen Skulptur aus den Vatikanischen Museen, die den Gott Janus mit zwei Gesichtern zeigte. »Sie dürften derjenige sein, der die Psyche Ihres Sohnes am ehesten analysieren kann. Warum hat Aurel sich den römischen Gott Janus als Vorbild genommen.«

»Hat er das, ja?« Zargert sah auf das Foto, dann zu Eva. »Nun, ich weiß es nicht.«

Kappler schüttelte den Kopf. »Ich glaube, Sie wissen es. Sie wissen, dass Janus für Zwiespältigkeit steht. Er hat zwei Gesichter. Und wissen Sie, was meiner Ansicht nach Aurel möchte?« Kappler wartete Zargerts Antwort nicht erst ab. »Aurel möchte, dass die ganze Welt das zweite Gesicht seines Vaters Professor Dr. Andreas Zargert zu sehen bekommt.«

Der Professor schwieg einen Moment, dann räusperte er sich. »Was unterstellen Sie mir?«

»Dass Sie Bescheid wissen, über Aurels kranke Psyche und warum er so geworden ist, wie er ist.« Kappler machte eine Pause. »Wir waren in Ihrem Escape Room, in der römischen Therme, dort stand auch eine Janus-Statue.«

Zargert nickte. »Ich habe meinem Sohn von dem Experiment erzählt. Die Idee der Janus-Statue stammt tatsächlich von ihm.«

»Ihr Sohn wusste also, was Sie planten?«

Zargert schluckte. »Ich habe ihm davon erzählt, ja. Schon in der frühen Planungsphase, vor gut anderthalb Jahren.«

Eva hakte nach. »Wusste er auch über die Teilnehmer Bescheid?«

Der Professor nickte. »Ja. Ich habe ihn sogar nach seiner Meinung gefragt. Aurel ist ein helles Köpfchen, einer der intelligentesten Menschen, die ich kenne, und ich gebe viel auf seine Meinung.«

Nun war Kappler wieder an der Reihe. »Haben Sie mit Ihrer Frau und den Kindern Experimente durchgeführt?« Er kannte die Antwort bereits.

Der Professor senkte stumm den Blick. Seine Hände, die vor ihm auf dem Tisch lagen, begannen heftig zu zittern.

Diese Reaktion war mehr als eine Antwort, mehr als ein Ja oder Nein.

»Aurel wollte ein Andenken von seiner Mutter behalten«, fuhr Kappler fort. »Sie wurde eingeäschert. Bevor der Sarg zum letzten Mal geschlossen wurde, ist es Aurel gelungen, den Zeigefinger abzutrennen. Was meinen Sie:

Wusste er schon damals, dass er diesen Finger eines Tages für sein Spiel brauchen würde?«

Zargert faltete die zitternden Hände und schwieg weiter.

Kappler irritierte sein Schweigen kein bisschen. »Dann reden wir mal über Dinge, die Sie wissen müssten, sofern Sie sich daran erinnern wollen. Ihr Sohn Lovis hat seinen Namen geändert, er nennt sich jetzt Lewis. Lovis, so sagte er uns am Telefon, sei gestorben. Er möchte nicht mal mehr an seine Kindheit erinnert werden.«

»Was haben Sie mit Ihren Kindern gemacht?«, fragte Eva laut.

Zargert schluckte und brach das Schweigen. »Ich habe die Erziehung meiner Söhne genau beobachtet. Dokumentiert. Mehr nicht.«

Kappler schüttelte den Kopf. »Lovis sah das anders. Er wollte nicht darüber reden, er hat seine Kindheit aus dem Gedächtnis gelöscht, wie er sagt. Für mich klingt das nach einem Hinweis auf Missbrauch von Schutzbefohlenen.«

Zargert schüttelte energisch den Kopf. »Nein. Das war es nicht.«

Eva ließ nicht locker. »Und wieso haben Sie über die Erziehung Ihrer Kinder nie ein Buch verfasst? Wäre doch bestimmt ein Bestseller geworden. Oder?«

Zargert schluckte erneut. Ja, du Schwein, dachte Kappler, du weißt ganz genau, warum nie ein solches Buch erschienen ist.

Es klopfte an der Tür des Verhörraums.

»Ja«, rief Eva.

Die Tür ging auf, und eine uniformierte Kollegin trat ein, hinter ihr stand ein junger Mann im Korridor. Zargert schien ihn sofort zu erkennen, obwohl die beiden sich lange nicht mehr gesehen hatten: Alexander Lorentz.

Kappler erhob sich von seinem Stuhl, wandte sich Alexander Lorentz zu. »Entschuldigen Sie, dass wir Sie zu so unchristlicher Zeit hergeholt haben, aber es ist wirklich sehr wichtig.«

Alexander Lorentz nickte. Seine Augen wirkten müde, er selbst aber aufgedreht. »Kein Problem. Ich helfe gerne.«

»Könnten Sie nebenan warten«, sagte Kappler. »Wir kommen gleich zu Ihnen.«

Alexander Lorentz nickte. Sein Blick wanderte zu Zargert, der starr zu Boden sah. Einen Moment schien er den Anblick des eingeschüchterten Professors zu genießen, dann wandte er sich um.

Erst als die Polizistin die Tür geschlossen hatte, schaute Zargert wieder auf. Er stammelte: »Was … macht er hier?«

Die Kommissare ließen sich mit der Antwort Zeit. Kappler tippte mit dem Finger auf das Foto der antiken Büste. »Alexander Lorentz hört Stimmen in seinem Kopf, von einem Freund, der nicht existiert, sich aber Janus nennt. Aurel hat Lorentz in der Klinik besucht, so getan, als würde er ein Gerichtsgutachten für den Prozess gegen Sie schreiben.«

Kappler hatte ebenfalls ein umgedrehtes Foto vor sich auf dem Tisch liegen. Er schob es über den Tisch, sodass es neben dem Bild von Janus lag. Dann drehte er das Foto um. Es war ein vergrößertes Passbild von der amerikanischen Einwanderungsbehörde, das Aurel zeigte.

»Janus hat es geschafft, aus dem Kopf eines jungen Mannes, der an einer Psychose leidet, zu entkommen. Janus fordert Rache. Genugtuung. Warum er nicht einfach

Ihnen die Kehle durchgeschnitten hat, ist im Moment das Geheimnis, das es zu lüften gilt.«

»Wenn wir Ihnen helfen sollen, müssen Sie uns helfen«, sagte Eva. »Erzählen Sie uns alles, was zwischen Ihnen und Ihrem Sohn vorgefallen ist.«

Wie in Zeitlupe nahm Zargert das Foto seines Sohns in die Hand. Für ein paar Sekunden starrte er es stumm an. Dann nickte er.

»Gut. Was wollen Sie wissen?«

KAPITEL 33

Hannah sah sich eindeutig auf der Verliererstraße. Die Menge ihrer Jetons hatte sich innerhalb weniger Runden halbiert. Mittlerweile empfand sie es als großen Fehler, sich überhaupt an den Pokertisch gesetzt zu haben.

Ein Blick hinüber zu Melissa verriet ihr, dass das Gothic Girl sich ganz gut beim Roulette schlug. Auch vor Sepan wurden die Stapel der Jetons immer höher. Und Rick? Er verstand etwas vom Pokern und spielte gut, im Gegensatz zu Hannah. Die Regeln waren ziemlich einfach, man konnte sie einem Idioten innerhalb weniger Minuten erklären. Aber die oberste Regel dieses Spiels lautete, dass es nicht auf die Einhaltung von Regeln ankam. Hannah erinnerte sich an einen Poker-Film mit dem legendären Schauspieler Steve McQueen. In dem Film fiel der Satz: »Manchmal muss man das Falsche tun, aber im richtigen Augenblick.« Dieser Satz hatte ihr gefallen.

Rick hatte ihr ein paar Pokerweisheiten mit auf den Weg gegeben. »Selbst wenn man ein gutes Blatt hat, ist dies kein Garant für einen Sieg. Es kommt auf die Kombination von Glück und dem Mut zur Entscheidung an. Du musst also ein Gefühl dafür bekommen, wann es sich lohnt mitzugehen und wann du besser die Karten sofort hinschmeißt.«

Hannah hatte genickt und sich an das Gleichnis aus der Bibel erinnert: Der Diener, der keinen Mut bewiesen und die Talente vergraben hatte, wurde vom Hof gejagt. Zu viel Mut konnte hier aber ebenfalls böse enden.

Sie saßen im Halbkreis um den Pokertisch. Vier Spieler und ein Dealer, wie der Croupier beim Pokern genannt wurde. Jeder hatte seine Jetons auf dem grünen Filz vor sich liegen. Der Dealer war ebenfalls eine Puppe, nur ein Rumpf mit Kopf. Rechts und links der Schulter ragten zwei moderne Roboterarme heraus. Im Gegensatz zum Menschen hatten die Arme mehrere Gelenke und an jedem Arm quasi zwei Hände. Eine zum Greifen, die andere hatte einen Saugnapf, um Karten zu legen. Die Roboterarme machten kaum Geräusche. Der Dealer setzte auch für die beiden leblosen Mitspieler. Am Ende jeder Runde schoben die Roboterarme die Jetons dem jeweiligen Gewinner zu. Wieder einmal ging es Hannah durch den Kopf, wie viel das hier alles gekostet haben musste. Vielleicht war das Geld die Spur, die die Behörden zu dem Irren führen würde, der den Mist hier veranstaltete. Und damit vielleicht auch zu ihnen …

Konzentrier dich, ermahnte sie sich selbst und blickte auf den Dealer. Texas Hold'em, wie diese Pokervariante hieß, wurde mit zwei verdeckten und fünf offenen Karten gespielt, die nach und nach vom Dealer aufgedeckt wurden. Zusammen mit den zwei verdeckten Karten, die jeder Spieler hatte, ergab sich daraus ein Blatt. Es zählten am Ende nur fünf Karten, die zwei eigenen und drei der fünf offen liegenden. Einem breiten Publikum war diese Variante durch den James-Bond-Film *Casino Royale* bekannt.

Um bei Texas Hold'em im Spiel zu bleiben, musste man

dreimal einen Einsatz liefern, bevor die Spieler selbst erst den Wert der eigenen Karten erkannten. Die Höhe des Einsatzes variierte durch die Mitspieler. In dem Moment, wenn einer erhöhte, mussten die anderen mitziehen oder aufgeben. Die hohe Kunst des Spiels lag darin, die Gegner abzuschätzen, ob sie nur blufften oder tatsächlich gute Karten auf der Hand hatten. Da Hannah noch nie eine gute Lügnerin war, fiel es ihr auch jetzt schwer. Im Gegensatz zu Rick, der nie durchblicken ließ, was er auf der Hand hielt. Sie waren jetzt kein Team mehr, sondern Konkurrenten. Auch wenn Rick ihr hin und wieder einen Tipp gab, konnte Hannah sich nie sicher sein, ob er ihr tatsächlich helfen wollte. Es war eine Duellsituation. Jeder spielte gegen jeden, und den Verlierer würde bestimmt kein Trostpreis erwarten.

Hannah verlor schon wieder eine Runde und sah zum Nebentisch, wo sich die Jetons bei Sepan und Melissa häuften. Sepan schien ein echter Glückspilz zu sein.

»Können wir den Platz tauschen?«, rief Hannah ihm zu.

»Später vielleicht«, kam als Antwort.

Melissa schüttelte den Kopf. »Tut mir leid, ehrlich. Beim Pokern wäre ich total aufgeschmissen.«

Sie konnte es Melissa nicht verdenken. Hannah hatte einen Fehler gemacht, sie hätte sich gegen Sepan durchsetzen sollen. Dafür war es jetzt zu spät. Ihre Stapel an Jetons war verschwindend gering.

Rick sah sie mitleidig an. »Vielleicht geht es ja nicht darum, wer am Ende die meisten Jetons hat.«

»Sondern?«

»Wer den größten Mut beweist. So oder so ähnlich stand es doch in der Bibel, oder? Der Feigling, der das Geld vergraben hat, verliert.«

Ein neues Spiel begann. Der Roboter verteilte zunächst je zwei Karten an die vier Spieler. Hannah sah wie immer unter ihre Karten. Um weiterzuspielen, müsste sie setzen, entschied sich, das nicht zu tun. Auch Rick stieg sofort aus, die leblosen Puppen setzten die Runde allein fort.

Rick flüsterte, obwohl es unwahrscheinlich war, dass die anderen ihn hören konnten. »Ist dir aufgefallen, in welcher Reihenfolge unsere Mitstreiter gestorben sind?«

Hannah wusste sofort, worauf er anspielte. »Werde konkreter.«

»Zuerst Phil, nachdem er uns aus dem Physiklabor befreit hat. Dann Leon, dann Michael.«

Sie nickte. »Sie haben alle dazu beigetragen, dass wir es bis hierher geschafft haben. Und was ist mit Sophie?«

»Stimmt, die nicht.« Rick überlegte kurz. »Sophie war eher ein Klotz am Bein. Aber sie hat einen Fehler gemacht. Sie ist zurückgegangen.«

»Ich auch.« Hannah war genervt. Sie wollte nicht wieder an Sophies aufgespießten Körper und ihre Rolle dabei erinnert werden. »Sprich endlich aus, was du denkst.«

Rick sah zu Sepan, der regelrecht im Spielfieber war, dann wieder zu Hannah und flüsterte: »Wenn ich mit meiner Vermutung richtigliege, wirst du diesen Raum lebend verlassen. Es erwischt immer denjenigen, der im Raum davor die Tür zum Öffnen gebracht hat.« Er sah auf ihre Jetons. »Warum hast du dich freiwillig an diesen Tisch gesetzt?«

Hannah blickte zu dem Texaner. Er und die andere Puppe, ein Asiate, waren immer noch im Spiel. Die zweite Setzrunde hatte begonnen.

»Ich fange an, mich zu erinnern.«

»An was?«

»Der Cowboyhut.«

Rick schaute kurz zu der Puppe, dann wieder zu Hannah. »Was ist mit dem Hut?«

»An dem Abend, als ich gearbeitet habe, in der Bar. Da war ein Gast, der so einen Hut aufhatte.«

»Okay. Und weiter?«

»Es ist genauso wenig ein Zufall, dass hier so ein Hut herumliegt, wie die Puppe ohne Kopf oder die, die wie unsere toten Mitspieler aussehen.«

Rick nickte zustimmend. »Und was glaubst du, was dieser Hut bedeutet?«

»Womöglich war der Cowboy mein Entführer. Er saß an dem Abend an der Theke, daran erinnere ich mich wieder. Er hätte mir etwas ins Glas tun können. Rein theoretisch.«

»Hast du mit ihm geredet?«

»Ich glaube nicht.«

»Du glaubst nicht?«

»Ich kann mich nur an eine kurze Szene erinnern. Nur, wie er reinkam, sich an die Theke gesetzt hat.«

Rick bohrte weiter nach. »Allein?«

»Ja.«

Die Spieler waren in der dritten und letzten Setzrunde angelangt. Der Dealer beendete die Runde, deckte die Karten auf. Der Texaner hatte ein Full House, der Asiate nur zwei Pärchen. Die Jetons aus dem Pott wanderten zum Gewinner.

Rick nahm den Cowboyhut vom Tisch, schaute ihn sich an. Er setzte ihn auf, lächelte Hannah zu.

Ein Blitz zuckte durch ihren Geist, und ein Bild stand

ihr vor Augen, das sich aber sofort wieder verflüchtigte. Eine Erinnerung.

Rick sah sie irritiert an und nahm den Hut wieder ab. »Ist was?«

»Setz ihn noch mal auf«, bat Hannah.

Er tat es. Sie sah ihn an.

»Grinse noch mal, so wie eben.«

Rick tat ihr den Gefallen. Zuerst grinste er, dann ein Lächeln.

Leider kehrte das erinnerte Bild nicht zurück. »Du kannst den Hut abnehmen.«

Rick legte ihn wieder neben die Puppe zurück auf den Filz.

»Wie voll war es in dem Laden, als der Cowboy an der Theke saß?«

Hannah schloss die Augen, versuchte es sich vorzustellen. »Die Küche hatte noch auf. Ich habe ihn gefragt, ob er etwas zu essen haben möchte.«

»Und er?«

Sie schüttelte den Kopf.

»Was hat er getrunken?«

Hannah sah ihn fragend an. »Was ist daran so wichtig?«

»Nun mach schon. Jedes Detail könnte wichtig sein. Oder hast du vergessen, was auf der Bordkarte stand?«

Er hatte recht, nun wurde ihr auch klar, warum Rick versuchte, ihr zu helfen. Es konnte nur zu seinem eigenen Vorteil sein, wenn sie sich erinnerte.

»Ein Bier aus der Flasche, glaube ich.« Hannahs Großhirn erreichte wieder einen Erinnerungsfetzen. »Moment! Ich sehe es vor mir. Er hat mir einen Zettel gegeben.«

»Einen Zettel? Was stand drauf? Seine Telefonnummer?«

Hannah grübelte. Es war zum Verzweifeln. »Nein. Vielleicht war es auch ein Geldschein. Er hat es mir an der Tür gegeben, glaube ich.«

»Wie viele Bier hatte er denn?«

»Ich glaube, nur eins.«

»Und das kostet?«

»Drei achtzig.«

»Hat er dir einen Zettel gegeben oder einen Fünfer?«

In diesem Moment hatte sie es ganz klar vor Augen. »Einen Zehner. Es war kein Zettel, sondern ein Zehneuroschein.«

»Zehn Euro für ein Bier? Dann waren es wohl eher zwei.«

»Nein«, sagte Hannah. »Es war nur ein Bier und zehn Euro. Deshalb erinnere ich mich daran.«

»Wieso *deshalb*?«

»Das ist so mit Erinnerungen.« Sie erklärte ihm, was sie durch ihr Studium wusste. »Das Gehirn entscheidet permanent, welche Informationen wichtig sind und welche nicht. Wenn man sich Dinge merken muss, ist es von Vorteil, wenn die Information mit einem Gefühl verknüpft ist. Deshalb erinnere ich mich an den Cowboy mit Hut, der mir zehn Euro für eine Flasche Bier gegeben hat.«

Rick lächelte wieder. »Siehst du, ich hatte recht. Wenn du dich richtig anstrengst, kannst du dich erinnern.«

Hannah nickte. »Du glaubst, dass in meiner Erinnerung die Lösung all unserer Probleme liegt?«

»Jepp. Der Kerl, der uns eingesperrt hat, spielt ein Spiel, und du scheinst der Joker zu sein. Aus irgendeinem Grund, den wir noch nicht kennen. Und ich will hier gewinnen, verstehst du? Ich will überleben.«

»Dann rette mich«, sagte Hannah. »Verschaffe mir einen Platz am Roulettetisch.«

Rick zuckte mit den Schultern. »Das kann ich leider nicht. Aber ich kann versuchen, dir zu helfen.«

Sie sah zu der Uhr an der Wand, die Hälfte der Spielzeit war vergangen. Hannah erhielt wieder zwei Karten und musste zwei Jetons setzen, noch bevor es richtig losging. Der erste Einsatz nannte sich Big Blind. Wenn es so weiterginge, würde Hannah spätestens bei der übernächsten Runde All-in gehen müssen – alles oder nichts. Wenn sie dann das Spiel verlieren würde, hätte sie gar nichts mehr.

Wer nichts hat, dem wird genommen werden, so hieß es doch in dem Bibel-Gleichnis, oder?

KAPITEL 34

Das Verhör mit Professor Zargert war ermüdend gewesen.

Kappler stand auf dem Dach des Präsidiums, um für ein paar Minuten frische, kalte Luft zu schnappen.

Das Puzzle nahm Gestalt an, fand er. Zumindest waren die handelnden Personen bekannt. Aurel Zargert, der Sohn des Professors, nach dem seit einigen Stunden bundesweit gefahndet wurde. Sein Motiv: Rache. Aurel alias Janus war ein Psychopath, der eigenen Denkmustern folgte. Für Kappler und den beratenden Kriminalpsychologen vom LKA, Dr. David Elias, stand fest, dass der Rachegedanke und das Bedürfnis nach seiner Befriedigung bereits vor vielen Jahren in Aurel entstanden waren. Spätestens, als er seiner toten Mutter den Finger mit einer Gartenschere abgetrennt hatte und aufbewahrte, um ihn irgendwann einzusetzen. Sieben Jahre, in denen die Hassfantasien reifen konnten.

Kappler hatte sich vor einiger Zeit mit Serienmördern beschäftigt und die Werke des amerikanischen Profilers John Douglas vom FBI gelesen. Jeder Mensch werde mitunter von bizarren Fantasien heimgesucht, hieß es da. Der Unterschied zwischen einem friedlichen Bürger und einem Kriminellen liege darin, dass der eine seine Fantasien für sich behielt, während der andere sie in die Tat umsetzte. Hassfantasien gegen andere Menschen waren grundsätzlich nicht verboten, sie real werden zu lassen, trennte die Guten von den Bösen. Die Grenze war manchmal sehr schmal und fließend. Extrem erfolgreichen Typen wie Managern, Politikern und Großunternehmern wurde mitunter nachgesagt, sie hätten auch psychopathische Züge. In jedem von uns schlummerte also ein kleines Monster, bei den wenigsten aber brach dieses aus seinem Käfig aus. Im Falle von Aurel war genau dies geschehen. Und das Monster hatte sich einen Namen gegeben: Janus.

Es war ebenfalls Stand der Wissenschaft, dass manche Täter, vor allem wenn eine psychische Störung vorlag, ein Andenken von ihren Opfern behielten. Dass Aurel den Finger seiner Mutter sieben Jahre lang tiefgekühlt aufbewahrt hatte, deutete in Dr. Elias' Meinung auf eine enorme Entschlossenheit und eine tief greifende psychische Störung hin. Die Kinder von Zargert hatten einiges durchmachen müssen, wie die Beamten durch das Verhör und ein Telefonat mit Lovis erfahren hatten. Die psychischen Grausamkeiten, die die Jungs erleben mussten, ähnelten denen des Studenten Alexander Lorentz. Mit dem Unterschied, dass Lorentz schon erwachsen gewesen war. Aurel und Lovis dagegen waren ihrer Kindheit beraubt worden. Zargert hatte sich geweigert, ins Detail zu gehen, genauer über die Vorgänge in der Kindheit seiner Jungs zu berichten. Es sei nichts Schlimmes mit seinen Söhnen passiert, hatte er immer wieder beteuert.

Lovis hatte sich schließlich doch noch einen Ruck gegeben und die Beamten per Skype darüber informiert, was vorgefallen war. Zunächst einmal war die Erziehung lieblos verlaufen, auch vonseiten der Mutter, die unter massivem Einfluss ihres Mannes gestanden hatte.

Zargert verhielt sich seinen Kindern gegenüber unberechenbar, auch die Kommunikation war gestört. Die Söhne wussten nie, was sie von ihrem Vater zu erwarten hatten. Er änderte ständig den Kurs. Mal behandelte er sie wie Erwachsene, zwang sie dazu, mehrere Tage durch Museen zu streifen, jedes Exponat genau anzusehen, was sterbenslangweilig war. Sie durften sich in dieser Zeit nicht wie Kinder verhalten. Dann verbrachten sie mehrere Nächte in Wäldern, sollten das Ungeziefer an sich heranlassen und durften sich nicht waschen. Zargert setzte seine Jungs Situationen aus, die ihnen panische Angst machten, die ihnen lebensgefährlich erschienen. Alles in allem war es eine furchtbare Kindheit, beschrieb Lovis – und zu allem Überfluss gab Zargert sich nach außen als liebender Ehemann und guter Vater. Sein Umfeld glaubte ihm das.

Lovis war kurz davor gewesen, den Glauben an die Menschheit zu verlieren. Aurel schien ihn verloren zu haben.

Nach dem Tod der Mutter – für ihre Depressionen sah Lovis ebenfalls den psychischen Missbrauch der Söhne durch den eigenen Ehemann ursächlich –, nach ihrem Tod jedenfalls hatte Aurel ihre Sachen durchsucht und war über Aufzeichnungen gestolpert, in denen die Erziehungsmethoden detailliert beschrieben waren. Auch die Absicht, die sich dahinter verbarg: ein Experiment, um die frühkindliche Entwicklung und das Erwachsenwerden unter besonderen Bedingungen zu dokumentieren. Im Namen der Wissenschaft, versteht sich. Aurel hielt von da an den Beweis in Händen, dass ihr Vater sie als Versuchskaninchen missbraucht hatte. Warum seine Mutter diese Aufzeichnungen versteckt hatte, konnte Lovis nicht sagen. Als er selbst davon erfuhr, hatte er den Missbrauch längst abgehakt. Aurel stellte seinen Vater zur Rede, es kam zum Eklat. Der Professor vernichtete daraufhin sämtliche Unterlagen, ließ nichts zurück und gestand damit indirekt seine Schuld ein. Gegenüber seinen Söhnen hatte er sich aber bis heute nicht entschuldigt. Es gab keinen Beweis mehr für den Kindesmissbrauch. Die Mutter war tot und hätte niemandem davon erzählen können. Lovis war ans andere Ende der Welt verschwunden. Aurel blieb allein mit seinen Gefühlen, seinen Ängsten und seiner Wut zurück. Er war schon immer der Sensiblere von beiden gewesen, berichtete sein älterer Bruder. Zargert hatte Einfluss auf ihn gehabt, er manipulierte Aurel weiterhin und gaukelte ihm sogar vor, ihn zu lieben. Dabei wusste Professor Zargert noch nicht einmal, was das Wort Liebe wirklich bedeutete, da war sich Kappler sicher. Aurel suchte zwar die räumliche Distanz, indem er nach New York ging, aber emotional blieb er mit seinem Vater verbunden und suchte den Kontakt. Bis heute, so schien es. Zumindest glaubte Lovis das. Die Brüder hatten seit Jahren nicht mehr miteinander gesprochen.

Durch das Gespräch mit Lovis waren Kappler und der Kriminalpsychologe zu der festen Überzeugung gelangt, dass Aurel sich in einer emotionalen Zwickmühle befand: Er liebte seinen Vater, weil er sein Vater war, und gleichzeitig hasste er ihn für all das, was er ihm angetan hatte. Im Umkehrschluss hieß das: Professor Zargert war nicht nur selbst ein Monster, er hatte auch ein neues erschaffen: seinen Sohn Aurel.

Kappler klopfte an die Tür zum Konferenzraum und öffnete sie. Eva saß zusammen mit Alexander Lorentz, seinem

Psychiater Dr. Meyerhoff und dem Kriminalpsychologen Dr. Elias an einem großen Tisch. Kappler winkte ihr, und sie trat zu ihm auf den Flur. Er schloss die Tür.

»Und?«, fragte er.

Eva seufzte. »Es ist unglaublich, was in dem Kopf dieses jungen Mannes vor sich geht. Dr. Elias glaubt, Aurel will das erreichen, was sein Bruder Lovis vor vielen Jahren geschafft hat. Er will sich emotional und für immer von seinem Vater lösen. Dazu müsse er ihn in einen Abgrund stoßen, behauptet zumindest der imaginäre Janus in Alexanders Kopf.«

»Und hat er euch auch eine Adresse genannt, wo sich dieser Abgrund befindet?«

Eva schüttelte den Kopf.

»Bringt uns das auch nur einen Schritt weiter?« Kappler wurde ungehalten. Der Schlafentzug machte ihm ebenso zu schaffen wie das Gefühl, kurz vor der Lösung des Rätsels zu stehen, die Lösung aber nicht greifen zu können.

Eva machte ein nachdenkliches Gesicht. »Sexualstraftäter haben häufig selbst sexuelle Gewalt in ihrer Kindheit erlebt.«

Kappler sah sie fragend an. »Es war bis jetzt nie von sexuellem Missbrauch die Rede.«

»Ja, ich möchte auf etwas anderes hinaus. Die Teilnehmer des Experiments sind Versuchskaninchen, genau wie Aurel früher eins war, stimmt's?«

Kappler nickte. »Und weiter?«

»Was, wenn Aurel die Teilnehmer nicht nur entführt hat, sondern sein eigenes Experiment durchzieht?«

In Kapplers Kopf rotierte es. »Er durchlebt die eigene Kindheit noch mal, nur diesmal in der Rolle des Vaters?«

»Entweder das, oder er tut den Probanden das an, was ihm widerfahren ist, um sich besser zu fühlen.«

Kappler dachte nach. Aurel war verschwunden, nachdem er fünfzig Millionen Dollar aus einem Warentermingeschäft eingestrichen hatte. War das Geld der Startschuss für seinen Racheplan gewesen? Ja, so musste es gewesen sein. Fünfzig Millionen Dollar hatten Aurels Leben verändert, hatten ihn finanziell in die Lage versetzt, seine Kopfgeburten in der Realität wahrhaftig werden zu lassen. Die Frage war, wie genau Aurels Fantasien aussahen …

Eva legte Kappler eine Hand auf den Arm und deutete zur Tür des Konferenzraumes. »Du solltest mit reinkommen und dir anhören, was Alexander Lorentz erzählt. Ich hatte nur kurz Zeit, mich darüber mit Dr. Elias auszutauschen, aber auch ohne die detaillierte Meinung unseres Fachmannes habe ich Zweifel, dass …« Sie stockte.

»Was?«

Eva beendete den Satz. »… habe ich Zweifel, dass wir einen der Probanden lebend finden werden.«

KAPITEL 35

»All in«, sagte Hannah und schob die wenigen Jetons, die sie noch hatte, in die Mitte des Tisches. Sie erhob sich von ihrem Stuhl. So machte man das beim Pokern, hatte Rick ihr erklärt, wenn man alles auf eine Karte setzte. Ihr blieb keine andere Wahl, es war ihre letzte Chance, um überhaupt noch im Spiel bleiben zu können.

Melissa und Sepan hatten ihr »All in« gehört, blickten zu ihr. Sepan erhob sich ebenfalls von seinem Platz, damit er sah, was am Pokertisch vor sich ging.

Die asiatische Puppe stieg aus, der Texaner blieb im Spiel, was bedeutete, dass Hannah auch von ihm einige Chips zu erwarten hätte. Sollte sie die Partie gewinnen. Rick blieb ebenfalls dabei. Sie trat gegen zwei Spieler an, doppeltes Risiko.

Hannah war die Erste, die ihr Blatt aufdecken musste. Sie hatte ein Full House, Könige als Drillinge und ein Bubenpärchen. Der Roboterarm drehte die Karten des Texaners um, er hatte nur einen Drilling. Rick schob seine Karten weg, ohne sie umzudrehen. Hannah hatte die Partie gewonnen. Die Roboterarme des Dealers schoben ihr die Jetons zu. Es waren immer noch deutlich weniger als die, die sich vor Rick stapelten.

Hannah sah zur Uhr, ihr blieben noch fünf Minuten

Zeit, um aufzuholen. Sepan stand immer noch und hatte sein Spiel unterbrochen. Hannah und er sahen sich in die Augen.

»Möchtest du tauschen?«, fragte er.

Hannah zögerte nicht lange. Sie beförderte ihre Jetons auf das Tablett

»Viel Glück noch«, sagte sie zu Rick.

Er lächelte. »Dir auch.«

Hannah nahm Sepans Platz ein, er setzte sich neben Rick an den Pokertisch. Sepan schien der Glückspilz des Tages zu sein. Er hatte die meisten Jetons und würde die letzten fünf Minuten nicht auf Risiko spielen. Sein Sieg war sicher, glaubte Hannah, sofern man sich in diesen Räumen über irgendetwas sicher sein konnte.

Sie verglich ihren Stapel mit dem von Melissa. Das Gothic Girl hatte deutlich mehr Jetons, und Hannah musste wohl oder übel auf Risiko spielen. Sie nahm zwei Stapel und setzte auf Rot, als die Kugel bereits rollte. Sie blieb auf 12 und damit auf Rot liegen. Hannah bekam die gleiche Anzahl Jetons, die sie eingesetzt hatte, als Gewinn ausbezahlt. Melissa änderte ihre Taktik. Sie setzte exakt dasselbe wie ihre Mitspielerin. Auf diese Weise konnte Hannah sie nicht mehr einholen. Beide gewannen oder verloren gleichermaßen, der Abstand zwischen ihnen blieb konstant.

Hannah sah zur Uhr. Noch zwei Minuten.

Da ertönte eine Stimme aus den Lautsprechern: »Das letzte Spiel. Machen Sie Ihre Einsätze.«

Hannah überlegte, ob sie riskieren sollte, alles auf die Null zu setzen. Würde Melissa mitgehen? Hannah schob ihr Tablett mit all den Jetons auf Rot. Melissa nahm in etwa die gleiche Anzahl Jetons, den Rest behielt sie. Egal, wie das Spiel ausginge, Hannah würde sie nicht schlagen können. Im Moment sah es danach aus, dass Melissa sogar den zweiten Platz hinter Sepan belegen würde.

Verdammt! Was könnte sie tun? Sollte sie es wagen? Sollte sie alles riskieren? Ihre Hand streckte sich nach dem Tablett aus, schob alles auf die Null, im selben Moment verkündete die elektronische Stimme: »Rien ne va plus.« Nichts ging mehr. Die Kugel rollte, sie rollte scheinbar ewig am Rand des Tellers entlang, bevor sie an Schwung verlor, in den Kessel hinabkullerte, über die Zahlen hüpfte, rot – schwarz – rot – schwarz – und schließlich in einem Feld liegen blieb. Es war wieder die 12 – Rot.

Melissa hatte gewonnen.

Hannah hatte alles verloren.

Die Roboterarme des Croupiers nahmen ihre Jetons, während Melissa einen deutlichen Stapel zugeschoben bekam.

Nun bekam es Hannah doch mit der Angst zu tun. Was würde mit ihr, der Verliererin, passieren? Nein, Glücksspiel war nicht ihr Ding, das war es noch nie gewesen. Sie erhob sich mit leeren Händen vom Platz und sah zu Sepan und Rick hinüber.

Die beiden machten ihr letztes Spiel.

»Tut mir leid für dich«, sagte Melissa. »Mir blieb keine andere Wahl, als es so zu machen.«

»Ich hätte vielleicht weiterpokern sollen.«

Sepan schien auch bei diesem Spiel in seinem Element zu sein. Er machte einen Einsatz, der Texaner ging mit, Rick ebenfalls und erhöhte sogar. Sepan und der Texaner legten nach, um zu sehen.

Die Karten des letzten Spiels wurden aufgedeckt.

Der Texaner hatte nur zwei Asse in Herz und Karo. Rick hatte zwei Pärchen, Sepan auch, aber Sepans Karten waren die höchsten: Ass- und Achterpärchen, jeweils in Kreuz und Pik, und er hatte noch die Karodame.

»Ich habe gewonnen«, jubelte Sepan und riss die Arme hoch.

Wieder ertönte die elektronische Stimme: »Bitte lösen Sie Ihren Gewinn ein. Das Casino schließt.«

Rick und Sepan stapelten ihre Jetons auf den Tabletts. Hannahs war leer. Sie trat als Erste an den Schalter, wo sich ein Zählautomat befand. Sie stellte nur das Tablett ab, aus einem Schlitz kam ein Beleg heraus, auf dem ihre Gewinnsumme stand: null.

Hannah stockte der Atem. Sie rechnete jeden Moment mit dem Schlimmsten, trat zur Seite, um Melissa vorbeizulassen. Auf Melissas Beleg stand die Gewinnsumme zehntausend.

Rick war der Nächste. Sein Gewinn fiel höher aus: siebzehntausend.

Dann war Sepan an der Reihe. Seine Jetons rasselten in die Zählmaschine, die laute Geräusche von sich gab und gar nicht mehr aufhören wollte zu zählen. Sepans Grinsen wurde immer breiter.

Alle warteten gespannt auf das Ergebnis. Der Bon kam aus dem Schlitz, Sepan zog ihn heraus – und sein Grinsen erstarb.

»Was soll das denn?«, rief er.

Er drehte den Beleg um, auf dem keine einzige Zahl stand, sondern nur drei Worte: »Dead Man's Hand«.

Rick begriff als Einziger. »Du hattest zwei Pärchen und eine Karodame?«

»Ja und?« Sepans Stimme zitterte.

»Wild Bill Hickok, ein legendärer Westernheld, hatte beim Pokern dieses Blatt auf der Hand.« Rick zögerte.

»Ja und?«

»Er hatte dieses Blatt auf der Hand, als er hinterrücks erschossen wurde«, brachte Rick den Satz zu Ende.

Keiner sagte etwas. Es wurde totenstill.

Sepan fuhr ruckartig herum, drehte sich im Kreis und sah sich wohl schon nach einem Meuchelmörder um.

»Was, was soll diese Scheiße?«, brach Sepan das Schweigen.

Keiner sagte etwas. Und nichts geschah.

Sepan sah zu Rick. »Du hast nur einen Witz gemacht, Kumpel, oder?«

Rick schüttelte den Kopf.

Sepan fuhr sich nervös durchs Haar, blickte sich gehetzt um.

Da ertönte ein Knall. Hannah duckte sich instinktiv und zog den Kopf ein. Als kein weiterer Knall folgte, erhob sie sich langsam.

Vor ihr auf dem Boden lag Sepan. Die Kugel war in seinen Rücken eingedrungen, ungefähr auf Höhe des Herzens.

Sie ging neben Sepan auf die Knie und drehte seinen Kopf. Die toten Augen waren weit geöffnet, starrten ins Leere. Sie konnte keinen Puls fühlen, weder am Hals noch am Handgelenk. Ein einziger Schuss hatte den Elfmeterkiller getötet.

Hannah erhob sich wieder. Woher war der Schuss gekommen? Sie musste nicht lange suchen, bis sie den Roboterarm an der Decke über dem Kassenhäuschen entdeckte. Der hatte einen silbrig schimmernden Revolver in der Hand, dessen Mündung nun auf sie gerichtet war.

»Los, schieß doch, Arschloch!«, schrie sie. »Ich hab die Schnauze voll von deinem Scheißspiel!«

Nichts geschah. Sie hatte eine gefühlte Ewigkeit in die Mündung gestarrt, als der Roboterarm sich bewegte und der Revolver in der Dunkelheit verschwand.

Hannahs Wut verpuffte, als ihr klar wurde: Derjenige, der mit ihnen spielte, wollte, dass sie weitermachte. Was sollte das? Hatte er sich etwas Besonderes für sie ausgedacht?

Erschöpft ging sie zu Melissa und Rick hinüber, die sich mehrere Schritte von Sepans Leiche entfernt hatten.

»Habe ich es dir nicht gesagt?«, meinte Rick.

»Was hast du gesagt?«, wollte Melissa wissen.

»Es stirbt immer der, der im letzten Raum die Tür geöffnet hat.«

Hannah nickte. »Und was, schlägst du vor, tun wir jetzt, um hier rauszukommen?«

Melissa lachte. Es klang hysterisch. Rick und Hannah sahen sich an. Zwischen zwei Lachern verkündete sie: »Also ich werde gar nichts mehr tun. Nichts mehr. Ich habe genug.«

Sie fing an, durch den Raum zu laufen und um sich zu schlagen, sodass mehrere Puppen umfielen. Am Roulettetisch angekommen, trat sie wie verrückt auf ihn ein, wollte ihn dann umkippen, aber er war am Boden verschraubt.

»Es reicht«, schrie sie. »Hier bin ich. Komm her, du Dreckschwein. Zeig dich, wo immer du bist!«

Mit so einem Gefühlsausbruch hatte Hannah bei Melissa nicht gerechnet. Auf Melissas Bordkarte stand das

Attribut Empathie. Und genau diese Anteilnahme machte sich nun bemerkbar. Egal, wie cool und tough sie manchmal wirkte, das Schicksal von Sepan schien ihr nähergegangen zu sein als Hannah und Rick.

Schließlich atmete Melissa tief durch. »So! Jetzt geht es mir besser. Wir sind am Arsch. Wir kommen hier nicht mehr lebend raus. Keiner von uns.«

Rick sah zu Hannah. »Ich glaube immer noch, dass du der Schlüssel bist. Du und deine Erinnerung können uns retten.«

Hannah nickte, sie glaubte es nun auch. Warum sonst war sie noch im Spiel und lag nicht mit einer Kugel im Schädel neben Sepan?

KAPITEL 36

Janus war kein geselliger Typ. Vielleicht hatten er und Alexander sich deshalb auf Anhieb so gut verstanden und schnell Freundschaft geschlossen.

Janus war der beste Freund, den man sich vorstellen konnte. Der perfekte Zuhörer. Er hasste genau wie Alexander das Geschwafel, wie es auf Partys stattfand, sinnloses Gelaber, das nirgendwo hinführte. Janus' Gedanken waren stets zielgerichtet. Und er gab seinem Freund sehr viel zurück. Feedback. Janus war einfühlsam, seine Augen leuchteten, wenn er redete. Er wusste sehr viel, ging aber spärlich mit seinen Erfahrungen um und vermittelte einem nie das Gefühl, schlauer oder etwas Besseres zu sein. Er gab nur Ratschläge, wenn man ihn ausdrücklich darum bat. Dann aber waren seine Worte wie Weissagungen, wie das Wort Gottes. Ein Gott war er ja auch.

Zu Beginn ihrer Freundschaft schien Janus in sich ruhend zu sein. Doch das war nicht der Fall. Es gab nicht viel, was ihn aus dem Gleichgewicht brachte, aber wenn es passierte, waren die Folgen extrem. Aggressionen, die tief im Verborgenen schlummerten, brachen dann wie ein Vulkan aus ihm heraus. Auf die Frage, woher diese Wut komme, fiel die Antwort kurz und knapp aus: Professor Zargert.

Janus war auch ein Opfer. Aber er hätte nie an Selbstmord gedacht wie Alexander. Wenn Janus ausrastete, konnte es vorkommen, dass er einen Schädel an einer Tischkante zertrümmerte oder seinem Gegner das Gesicht mit einer Glasscherbe zerfleischte. Beim ersten Mal, als Alexander so etwas miterleben musste, war er geschockt gewesen. Aber Janus hatte es ihm erklärt. Die Evolution des Menschen sei noch nicht abgeschlossen, argumentierte er, und Aggressionen dienten dem nackten Überleben. Alexander hatte sich selbst töten wollen anstatt den, der für sein Leid verantwortlich war. Janus wollte Alexander auf den richtigen Weg führen. Dies war der Zweck ihrer Freundschaft, das gemeinsame Karma, das sie verband.

Für Professor Zargert hätte Janus noch etwas anderes als eine Glasscherbe übrig gehabt. Alexander berichtete seinen Zuhörern – Kappler, Eva, Dr. Meyerhoff und Dr. Elias –, worauf es – laut Janus – bei der Befriedigung des Rachedurstes wirklich ankam. Niemals auf das Getränk oder das Glas, in dem es gereicht wurde. Janus war gegen die Todesstrafe, weil sie in seinen Augen nicht furchtbar genug erschien. Der Tod beendete alles, schlimmer war es, mit den Qualen der eigenen Existenz weiterleben zu müssen. Einen Menschen so weit zu bringen, dass er jeden Morgen beim Anblick seines Spiegelbildes das Glas mit der Faust zerschlagen möchte. Den eigenen Hass, den man verspürte, auf diese Person zu übertragen, sodass sie sich selbst noch um ein Vielfaches mehr hassen würde. Dies war in Janus' Vorstellung die einzige Form einer vollendeten Rache, die seinen Durst stillen würde.

Kappler hörte aufmerksam zu und vergaß zwischenzeitlich beinahe, dass Alexander Lorentz von einer Person redete, die nur im Kopf des jungen Mannes existierte. Aber genau diese imaginäre Person schien der Urheber aller Ereignisse zu sein.

Irgendwann unterbrach Kappler die Ausführungen des jungen Mannes. »Sagen Sie uns, was Janus vorhat. Was haben Sie beide für Rachepläne geschmiedet?«

»Das versuche ich Ihnen gerade zu erklären«, sagte Alexander Lorentz und blickte irritiert zu seinem Psychiater.

Dr. Meyerhoff versuchte zu helfen. »Alexander, als ich damals aus dem Urlaub zurückgekommen bin, wirktest du auf mich entspannter als vorher. Obwohl wir die Dosis der Medikamente nicht verändert hatten. Hast du eine Erklärung, wieso?«

Alexander schwieg und wich dem Blick des Psychiaters aus. Dr. Meyerhoff signalisierte den anderen, dass sie nichts sagen sollten. Alexander brauchte etwas Zeit für die Antwort.

»Lag es daran, dass dich ein Gerichtsgutachter besucht hat, dem du von Janus erzählt hast?«

Alexander nickte.

»Gut, das dachte ich mir«, sagte Dr. Meyerhoff und nickte dem Kriminalpsychologen Dr. Elias zu, der sich etwas abseits hielt und als stiller Zuhörer fungierte. »Was hat der Gutachter gesagt?«

»Er sagte, er wisse, was ich unter Professor Zargert durchgemacht hätte. Und dass er mir ein guter Freund sein wolle und mir helfen möchte. Ich habe ihm geantwortet, dass ich schon einen guten Freund hätte – Janus. Daraufhin wollte der Gutachter Janus näher kennenlernen. Er wollte alles über ihn wissen, hat mich nach ihm ausgefragt.« Alexander machte eine Pause. Es wurde totenstill im Zimmer. »Und dann ist Janus selbst dazugekommen. Oder er war die ganze Zeit schon da, ich weiß es nicht mehr, und er hat dem Gutachter viel über sich erzählt. Natürlich auch von seinem Plan.« Alexander trank einen Schluck Wasser.

»Was für ein Plan?«, fragte Eva.

»Janus sagte, dass er auf Rache aus ist. Eine Rache, wie Professor Zargert sie verdient hätte. Es sollten Menschen sterben, unter seiner Verantwortung, und Janus wollte dabei sein. Hautnah. Beobachten.«

»Und das alles haben Sie dem Gerichtsgutachter erzählt?«, hakte Eva nach.

»Nicht ich, Janus hat es ihm erklärt.«

Kappler beugte sich vor. Alexanders Ausführungen waren wirr geworden. »Er wollte dabei sein? Was heißt das?«

»Das weiß ich nicht.«

»Hat er Ihnen gar nichts verraten, wie er seinen Racheplan in die Tat umsetzen will?«

Alexander schüttelte den Kopf.

»Und Sie wissen auch nicht, wo er das machen will?«, fragte Eva.

Alexander schüttelte wieder den Kopf.

»Würden Sie es uns sagen, wenn Sie es wüssten?«, hakte Eva nach.

Alexander hob den Blick und sah sie an. Dann schüttelte er wieder den Kopf.

Sogar der Psychiater Dr. Meyerhoff schien sichtlich überrascht zu sein von der Reaktion seines Patienten.

Der imaginäre Janus hatte Alexander Lorentz also unter seiner Kontrolle. Das brachte Kappler auf eine Idee. »Sagt Ihnen der Name Hannah Preuss etwas?«

Alexander sah ihn an. »Hannah, ja, natürlich. Wir waren kurz zusammen.«

»Warum nur kurz?«, fragte Kappler vorsichtig nach.

Alexanders Gesicht lief plötzlich rot an. Er schien sich zu schämen. »Nun ja, wir verstanden uns auf Anhieb. Wir waren ein paarmal zusammen etwas essen und trinken. Es ging so weit, dass wir auch … dass wir miteinander geschlafen haben. Nicht oft. Dann hat sie … also Hannah meinte, es würde nicht passen mit uns. Der Funke war nicht übergesprungen bei ihr.«

Kappler überließ Eva bei diesem Thema das Feld. Sie war einfühlsamer und geduldiger als er.

»Und wie war es bei Ihnen?«, fragte sie.

»Ich verliebe mich immer sehr schnell, etwas zu schnell. Aber ich musste ihre Entscheidung akzeptieren. Ich bin kein Irrer, der den Frauen nachstellt.«

»Weiß Janus von Hannah?«

Alexander nickte.

»Und was hält er von ihr?«

Alexander sackte auf dem Stuhl in sich zusammen. Er bot einen traurigen Anblick. Die Antwort ließ auf sich warten, Eva warf Kappler einen mahnenden Blick zu, ihm diese Zeit auch zu lassen. Schließlich berappelte er sich. »Janus konnte sie nicht leiden. Er meinte, sie habe mich nur ausgenutzt und danach ausgespuckt wie verfaultes Obst. Ich habe gesagt, dass das nicht stimmt. Aber Janus kann manchmal sehr stur sein, sehr auf seiner Meinung beharren.«

Sein Blick wanderte zwischen den beiden Kommissaren hin und her. »Warum fragen Sie nach ihr?«

»Sie ist auch verschwunden«, sagte Kappler. »Sie wurde entführt.«

Alexander wurde ganz weiß im Gesicht. Er schien nichts darüber zu wissen, Hannahs Entführung gehörte anscheinend nicht zu dem Plan, von dem er Kenntnis hatte.

Eva beugte sich vor, legte Alexander Lorentz eine Hand auf den Arm. »Wir verstehen, dass Sie Ihren besten Freund nicht verraten wollen. Das ist ehrenhaft. Aber es könnte sein, dass Hannah in Gefahr ist.«

Alexander schluckte. Sie hatten ihn am Haken, der Widerstand würde brechen, Kappler spürte es.

»Ich kenne nur wenig Einzelheiten. Nichts, was Sie weiterbringt. Janus ist es vor allem wichtig, hautnah dabei zu sein«, sagte er.

»Sagen Sie uns, was Sie wissen«, bat Eva mit ruhiger Stimme.

»Sie werden einen finden, dem der Kopf fehlt, abgetrennt durch ein Fallbeil. Jemand wird in einem Verlies verbluten, ein anderer von Metallspeeren durchbohrt sein. Es sind die Bilder, um die es geht. Professor Zargert wird mit diesen Bildern im Kopf für immer weiterleben müssen.«

»Darum geht es? Nur darum?« Kappler konnte es nicht fassen.

Alexander nickte.

»Und dafür müssen so viele Menschen sterben? Auch Hannah?«

»Ich möchte jetzt nach Hause, bitte.« Er schaute zu seinem Psychiater. »Ich bin müde, ich muss dringend schlafen.«

Kappler nickte. »Eine letzte Frage noch: Können Sie sich daran erinnern, ob Janus dem Gerichtsgutachter gegenüber auch Hannahs Namen erwähnt hat? Und was er über sie denkt?«

Alexander Lorentz überlegte kurz. »Ich glaube schon. Es ist lange her, tut mir leid. Ich will jetzt gehen.«

Dr. Meyerhoff erhob sich von seinem Stuhl. »Der Patient möchte nach Hause. Die Befragung ist hiermit beendet.«

KAPITEL 37

Sie warteten immer noch darauf, dass irgendwas geschah. Es herrschte Stille im Raum, keine Geräusche, keine Musik, keine Anweisungen. Sepans Leiche lag vor ihnen auf dem Boden. Zwischen ein paar Wachsfiguren, die Melissa umgeschmissen hatte.

Nun waren sie also nur noch zu dritt. Rick, der *Gelassenheit* auf seiner Bordkarte stehen hatte, Melissa, die Empathische. Und Hannah, die sich erinnern sollte. An das, was ihr geschehen war, vor gut vierundzwanzig Stunden, bevor ihr ein Mann mit Cowboyhut K.-o.-Tropfen verabreicht hatte.

Gelassenheit. Empathie. Erinnerung.

Gelassenheit und Empathie waren Wesens- oder Charaktermerkmale. Erinnerung dagegen zählte zu den Geisteszuständen. Geisteszustände traten temporär auf, Erinnerungen wurden durch etwas ausgelöst, manchmal unkontrollierbar, manchmal gezielt. In einer Prüfungssituation war die Erinnerung an das vorher Gelernte die Grundlage für das Bestehen. Bei einem Blackout versagte die Erinnerung, genau wie bei Hannah, seitdem sie in der Dunkelheit erwacht war.

Sie überlegte. Was könnte sie tun, um dieses dunkle schwarze Loch in ihrem Kopf auszuleuchten? Sie schloss die Augen, dachte über den Cowboyhut nach. Gab es irgendeinen Bezugspunkt in ihrem Leben? Einen Mann aus ihrer Vergangenheit, der diesem Cowboy ähnlich gesehen hatte?

Als sie ein Rütteln hörte, öffnete sie die Augen.

Rick stand an einer Flügeltür. An dem Knauf hatte er schon ein Dutzend Mal gerüttelt, die Tür blieb trotzdem verschlossen. So auch diesmal.

»Wäre ja auch zu schön gewesen.« Er drehte sich um, kam zu Hannah zurück.

Sie traute ihren Augen nicht, als sie an Rick vorbeiblickte.

»Was ist?«, fragte er, als er ihren überraschten Gesichtsausdruck bemerkte.

»Dreh dich mal um.«

Das tat er und sah wie Hannah, dass die Flügeltür einen Spaltbreit geöffnet war und langsam weiter aufging.

»Als ich daran gerüttelt habe, war sie noch zu«, sagte Rick und schüttelte ungläubig den Kopf.

»Keine Angst«, beruhigte Hannah ihn. »Du hast uns nicht gerettet.«

Sie sah zu Melissa, die sich auf den Boden gesetzt hatte. »Was ist? Kommst du mit?«

Melissa erhob sich langsam, trottete auf sie zu. »Ja, komme ich. Was macht es schon für einen Unterschied? Und ich will hier nicht allein bleiben.«

»Darf ich bitten?« Rick machte eine einladende Geste. Hannah schritt durch die Tür, Rick und Melissa folgten ihr.

Sie traten in einen quadratischen Raum, Hannah schätzte ihn auf hundert Quadratmeter, vielleicht etwas mehr. Die Wände hatten einen metallischen Glanz, nein, sie glänzten nicht nur, sie waren aus massiven Metallplatten. Der Raum hätte auch als OP dienen können, so steril und kalt wirkte er. In der Mitte befand sich ein Stuhl aus Metall im modernen Design, mit Lederschnallen an den Armlehnen und vorderen Füßen. Etwa fünf Meter entfernt war ein Tisch, ebenfalls aus Metall. Darauf standen ein Computer und ein Monitor sowie eine Art Regiepult mit mehreren Knöpfen und einem drehbaren Regler wie an einem HiFi-Verstärker. Von der Konsole gingen mehrere Kabel ab. Unter dem Tisch war ein Rollcontainer mit Schubladen, davor standen zwei Stühle, über einem lag ein weißer Arztkittel, auf dem anderen standen mehrere Wasserflaschen aus Plastik, die geöffnet waren und in denen jeweils ein Strohhalm steckte.

Hannah hatte eine dunkle Ahnung, worum es in diesem Raum gehen würde. Die Ausstattung und der weiße Kittel über dem Stuhl erinnerten sie an Bilder und Beschreibungen des Milgram-Experiments.

Hannah ging zum Tisch und entdeckte einen Ordner neben dem Computer und den technischen Apparaturen. Als sie den Ordner aufschlug und »Arbeitsanweisung: Milgram-Experiment« und darunter das Datum »9. Januar 2020« las, sah sie ihren Verdacht bestätigt.

Rick und Melissa gesellten sich zu ihr und blickten ihr über die Schulter, während sie den Text überflog. Der Teilnehmer oder die Teilnehmerin mit dem höchsten Gewinn sollte die Rolle des Wissenschaftlers übernehmen und sich den weißen Kittel anziehen. Der Teilnehmer oder die Teilnehmerin mit dem zweitbesten Ergebnis würde in die Rolle des Lehrers schlüpfen und auf dem Stuhl Platz nehmen, auf dem im Moment noch die Wasserflaschen lagen. Der oder die Drittplatzierte musste die Rolle des Schülers einnehmen. Sollte sich einer der Anwesenden nicht an die Regeln des Experiments halten, wie in den Arbeitsanweisungen genauestens beschrieben, so würde sich der Raum innerhalb von Sekunden in eine Gaskammer verwandeln.

Hannah las den folgenden Text laut vor. »Bei dem Gas handelt es sich um Phosgen, das zunächst schwach dosiert in den Raum geleitet werden würde, was den qualvollen Tod des Erstickens verlängert, da die Lunge von Salzsäure zersetzt wird. Im Schnitt dauert der Todeskampf bei dieser Art der Vergiftung rund fünfzehn Minuten.«

Hannah sah zu Melissa und Rick. »Ich weiß nicht, wie es euch geht, aber ich habe nicht vor, so zu sterben.«

Die beiden nickten zustimmend.

In dem Ordner waren drei große Briefumschläge, auf denen »Wissenschaftler«, »Lehrer« und »Schüler« geschrieben stand.

Hannah verteilte die Umschläge. Sie war die Schülerin, Rick der Wissenschaftler, Melissa die Lehrerin.

Als Hannah ihre Aufgabenbeschreibung, die in dem Umschlag gewesen war, zu Ende gelesen hatte, wartete sie mit einem mulmigen Gefühl im Bauch darauf, dass die beiden anderen den Blick hoben.

Rick, der Wissenschaftler, war fertig. Er wandte sich Hannah, der Schülerin, zu. »Setz du dich bitte auf den Stuhl.«

Sein Blick ging hinüber zu den Lüftungsschlitzen, die sich an zwei Seiten des Raums an der Decke befanden. Hannah folgte seinem Blick. Würde daraus das Gas kommen? Sie schüttelte sich bei dem Gedanken, seufzte und folgte Ricks Aufforderung, während der sich den weißen

Kittel über den muskulösen Körper streifte. Dann trat er zu ihr an den Stuhl, steckte ihr rechtes Handgelenk in die Schlaufe aus Leder und zog fest zu. Hannah spürte den kalten Metallstreifen, der in dem Lederband eingenäht war. Danach fesselte Rick ihre linke Hand und ging auf die Knie, um ihre Füße ebenfalls mit den dafür vorgesehenen Schlaufen zu fixieren.

Hannah saß nun nahezu bewegungsunfähig auf dem Metallstuhl. Zwei Elektrokabel verliefen auf dem Boden und verbanden den Stuhl mit dem Regiepult auf dem Tisch. Dahinter hatte Melissa in ihrer Rolle als Lehrerin Platz genommen.

Hannah wusste, was sie erwarten würde.

Auf dem Papier in ihrem Umschlag hatte nur eine einzige Arbeitsanweisung gestanden: »Du wirst dich erinnern. Oder du wirst sterben.«

KAPITEL 38

Blaulichter flackerten durch die Nacht, erhellten die Glasfassaden entlang der zweispurigen Verkehrsader, die über eine Brücke am Hauptbahnhof vorbeiführte. Kappler und Eva folgten in ihrem Dienstwagen einem kleinen Geschwader von schwarz lackierten SUVs, in denen drei Einheiten des Spezialeinsatzkommandos saßen. Sie gaben ein ordentliches Tempo vor, Kappler hatte Mühe mitzuhalten. Er bevorzugte sonst eher einen gemütlichen Fahrstil.

Es war genau der Fall eingetreten, mit dem Kappler selbst in seinen kühnsten Träumen nicht gerechnet hätte: ein Anruf vom Internetprovider. Das Voiceover-IP-Telefon, über das die Teilnehmer am Abend vor dem Experiment angerufen worden waren, hing wieder an einem Router, und dieser ließ sich lokalisieren. Sie hatten eine Adresse.

Während sie durch das nächtliche Hannover rasten, redeten Eva und Kappler über Alexander Lorentz. Das Gespräch mit ihm hatte Früchte getragen. Der Kriminalpsychologe hatte die Kommissare darauf hingewiesen, dass man nun durchaus in Betracht ziehen müsse, dass der, der sich Janus nannte, nicht nur das Spiel bestimmte, sondern selbst daran teilnahm – um »hautnah« dabei zu sein, wie Alexander es genannt hatte.

Sie fuhren in eine Neubausiedlung in der Nähe der

Messe, ein ehemaliges Industriegebiet, wo teure Wohnungen entstanden. In weniger als einer Minute nach Eintreffen am Zielort waren die SEKs einsatzbereit, sie stürmten in das Wohnhaus, während Kappler und Eva neben ihrem Dienstwagen auf das Kommando warteten, dass alles gesichert sei. Es dauerte nicht lange, da erreichte sie der Funkspruch: »Sicher. Festnahme einer Person, lebend. Im Badezimmer ist eine Leiche, wir brauchen die Spurensicherung.«

Kappler und Eva marschierten auf die Haustür zu. Eva sprach ins Mikro ihres Funkgeräts. »Die Leiche, männlich oder weiblich?«

»Männlich. Ebenso der Festgenommene.«

Kappler atmete auf. Einen Moment lang hatte er befürchtet, dass es sich bei dem Opfer um Hannah Preuss handeln könnte.

Der Fahrstuhl brachte sie in die obere Etage, im Korridor warteten drei vermummte Beamte auf weitere Anweisungen, die Heckler & Koch MP-7 im Anschlag, den Lauf zum Boden gerichtet. In den Etagen darunter waren die Türen aufgegangen, die Nachbarn erschienen im Treppenhaus, um zu erfahren, was frühmorgens los war. Sie wurden von uniformierten Polizisten zurück in die Wohnungen gebeten.

Kappler und Eva betraten die Penthousewohnung. Sie bestand aus einem etwa achtzig Quadratmeter großen Wohn- und Essbereich. Die moderne Einbauküche war durch eine Theke abgegrenzt. Dort stand der Router, sehr exponiert, als ob Janus sie angrinste und sagte: »Deshalb seid ihr doch gekommen, oder?«

Die Wohnung schien unbewohnt zu sein, abgesehen von der Kücheneinrichtung gab es keine Möbel. Ein junger Mann in Jeans lag bäuchlings auf dem Boden, die Hände mit Kabelbindern auf dem Rücken fixiert. Zwei SEK-Beamte standen neben ihm. Kappler erkannte den Festgenommenen sofort, es war Anton Kamp, Hannahs Kommilitone.

»Helfen Sie ihm auf«, befahl Kappler.

Die SEKler fassten ihn rechts und links an den Armen, stellten ihn wie eine Puppe auf die Beine. Anton zitterte, er hatte eine Schramme am rechten Jochbein, die Unterlippe blutete. Und er hatte in die Hose uriniert, was bei Festnahmen dieser Art häufiger vorkam. Die SEKs agierten alles andere als zimperlich, vor allem dann, wenn eine Leiche entdeckt wurde und der Verdächtige ein Mörder sein könnte.

»Haben wir einen Stuhl?«, fragte Eva.

An der Küchentheke standen Barhocker. Ein SEKler brachte ihn. Anton durfte sich setzen, bevor seine Beine nachgaben. Er starrte Kappler und Eva flehend an.

»Wir gehen eben ins Badezimmer«, sagte Kappler zu den Kollegen, die ihn bewachten.

In der Tür zum Badezimmer wartete der Einsatzleiter, er hatte den Funkspruch durchgegeben. Das Holz des Rahmens war gesplittert, sie hatten die Badezimmertür eingetreten. Der vermummte Kollege machte einen Schritt zur Seite und damit den Weg frei.

In der Badewanne lag ein nackter Mann. Seine Hände waren mit Handschellen vor dem Körper gefesselt. Seine Haut war kalkweiß, und am Hals zeichnete sich ein deutlich sichtbarer Striemen ab, der von einer Strangulation herrührte. Man müsste auf den Bericht des Gerichtsmediziners warten, um einen genauen Todeszeitpunkt zu bekommen, aber die Erfahrung sagte Kappler, dass der Mann vor mindestens zwei Tagen gestorben war, wenn nicht drei.

Eva nahm stumm ihr Handy aus der Tasche, rief die

Bilder der Probanden auf und wischte mit dem Finger auf dem Display, bis sie ihn gefunden hatte. »Das ist Philip Schweickert, Teilnehmer Nummer fünf, Beruf: Elektroingenieur.«

Kappler und Eva sahen sich an. Das war der Beweis. Janus alias Aurel hatte sich an Philip Schweickerts Stelle in das Escape-Room-Experiment geschlichen. Da sich die Probanden vorher nie gesehen hatten, war das nicht aufgefallen. Die Kommissare hatten genug gesehen und gingen zurück in den Wohnbereich des Penthouse.

Anton Kamp zitterte noch immer, der Schreck saß ihm tief in den Knochen.

»Haben Sie den Mann im Badezimmer ermordet?«, fragte Eva unvermittelt.

Anton schüttelte den Kopf.

»Wieso sind Sie hier?«

»Er hat angerufen.«

Jetzt wurde Eva laut. »Wer? Lassen Sie sich doch nicht alles aus der Nase ziehen!«

Anton nickte und senkte den Blick. »Ein Mann war das. Er nennt sich Janus. Ich weiß nicht, ob das sein richtiger Name ist.«

Kappler glaubte zu wissen, was vor sich ging. Er behielt die Ruhe. »Was hat Janus gesagt?«

»Dass ich herkommen soll, sofort. Und wenn ich die Polizei verständige, dann … dann würde Hannah sterben. Er würde sie qualvoll umbringen.« Seine Stimme versagte, und er brach in Tränen aus.

Eva sah zu den SEKlern. »Sein Handy, schnell.«

Kappler sah Anton in die Augen. »Reißen Sie sich jetzt zusammen. Wann hat er sich bei Ihnen gemeldet?«

Anton schluckte und beruhigte sich etwas. »Heute – äh, also eigentlich gestern Morgen. Er wollte, dass ich zur Polizei gehe und Hannah als vermisst melde. Wenn ich das nicht tun oder etwas verraten würde, würde er sie zu Tode foltern.«

Eva sah sich bereits Antons Handy an und würde versuchen, über den Provider den Anrufer zu ermitteln. Kappler wusste, dass dies zwecklos war. Aurel alias Janus spielte mit ihnen, und bisher hatte er noch keinen Fehler gemacht. Er wollte, dass sie den Router und die Leiche finden. Nur warum?

Anton schluchzte erneut. »Er hat mir genau beschrieben, was er mit Hannah anstellen würde, wenn ich nicht tue, was er sagt. Er würde ihr einen glühenden Lötkolben in alle Körperöffnungen stecken.« Anton schaute Kappler flehend an. »Ich wollte Sie nicht belügen, ich musste es tun. Ich sollte Sie zu Hannahs Wohnung locken, aber mir Zeit lassen. Es sollte nicht so aussehen, als ob ich etwas weiß.«

Kappler nickte und legte ihm die Hand auf die Schulter. »Ich glaube Ihnen. Nun erzählen Sie uns bitte genau, was Sie hier in diesem Penthouse tun sollten.«

»Er sagte, ich solle in die Wohnung gehen, der Schlüssel liege unter der Fußmatte. Ich sollte den Router in die Steckdose stecken und mich vergewissern, dass das Internettelefon, das daran hängt, sich einloggt. Dann sollte ich warten, auf weitere Anweisungen.«

Kappler stutzte über Antons Wortwahl. *Er sollte in die Wohnung gehen* – hatte er die Adresse schon gekannt? »Waren Sie schon einmal hier?«

Anton nickte. »Vor etwa fünf Wochen, da hat es hier noch anders ausgesehen.«

Kappler platzte beinahe der Kragen. Anton hatte ihnen etwas sehr Wichtiges verschwiegen, womöglich aus Angst, womöglich auch nicht.

Fest stand, dass Janus mit ihnen spielte wie mit ein paar Marionetten.

KAPITEL 39

Hannah hatte bisher noch keinen einzigen Stromstoß abbekommen und war darüber ebenso erleichtert wie Melissa, die sich sichtlich unwohl in ihrer Rolle als Lehrerin fühlte. Rick stand im weißen Kittel neben dem Gothic Girl. Seine einzige Aufgabe hatte bis jetzt darin bestanden, wie ein Schiedsrichter auf die Einhaltung der Regeln zu achten. Hannah wusste genau, welche Funktion er ausführte. Wenn es hart auf hart käme, würde er Melissa dazu drängen, den Stromstoß auszulösen, auch wenn sie dies verweigerte. So war es in dem Experiment aus dem Jahr 1962 vorgesehen, als es darum ging, die Manipulation von Menschen durch eine höhere Autorität zu beweisen.

Die bisherigen Fragen, die Melissa von einem Monitor abgelesen hatte, waren belanglos gewesen. Die Antworten erschienen nicht auf dem Bildschirm, es leuchtete nur ein grünes Licht auf, und die nächste Frage wurde automatisch eingeblendet. Wo war Hannah geboren, wo zur Schule gegangen, wie hießen ihre Eltern? Manche Fragen waren mit einem Zeitlimit versehen, andere nicht. Melissa kündigte es jedes Mal an, das Limit bereitete Hannah keine Schwierigkeiten. Bis jetzt. Es würde sicherlich nicht so einfach bleiben. Was sie nicht verstand und was ihr Sorgen bereitete, war die Frage, welche Rolle Hannah im Gesamtzusammenhang dieses kranken Spiels spielte. Warum war ihre Erinnerung so wichtig? Das herauszufinden schien der Weg zu sein, um den letzten Raum zu überleben. Genau diese Meinung vertrat Rick, darum war er der perfekte Mann für die Rolle des Wissenschaftlers. Er würde unermüdlich die Antwort auf diese alles entscheidende Frage einfordern. Gnadenlos. Bis zur maximalen Stromstärke. Hannah war sich bewusst, dass sie auf einem elektrischen Stuhl saß. Auch wenn sie noch keinen Stromschlag aushalten musste, wusste sie, dass sie irgendwann an die Grenze ihres Erinnerungsvermögens stoßen würde.

Die nächste Frage erschien auf dem Bildschirm. Melissa und Rick sahen sich verdutzt an. »Lies vor«, sagte Rick.

Melissa räusperte sich. »Also, die nächste Frage lautet: Was war das Verrückteste, das du je im Kühlschrank eines Fremden gefunden hast?«

Hannah spürte, wie ihr ein kalter Schauer über den Rücken jagte. Sie wusste die Antwort sofort.

»Dir bleiben diesmal zehn Sekunden Zeit für die Antwort«, erklärte Melissa.

Wie kam jemand auf diese Frage? Wer hinter alldem hier steckte, musste sich vor ungefähr fünf Wochen in ihrer Nähe aufgehalten haben. Hatte Anton etwas damit zu tun? Weil sie ihm einen Korb gegeben hatte?

»Noch fünf Sekunden«, warnte Melissa und warf Hannah einen drängenden Blick zu.

»Ein Zeigefinger«, antwortete sie.

Melissa sah auf den Bildschirm. »Der Countdown hat aufgehört, und das grüne Licht blinkt.« Sie stockte. »Und jetzt steht da: *Erläuterung – ohne Zeitlimit*. Du sollst deine Antwort wohl erklären.«

»Ich war mit einem Kommilitonen auf einer Party. Er hatte die Adresse über einen Freund bei Instagram bekommen, wir waren beide nicht eingeladen. Die Party fand in einer Penthousewohnung statt, der Gastgeber war reich – und ziemlich exzentrisch, auf eine coole Weise. Er trug einen Hut, eine Sonnenbrille und eine schwarze Lockenperücke, wie dieser Gitarrist, ich komme gerade nicht auf seinen Namen.«

»Slash?«, fragte Rick. »Der, bei dem man nie so genau weiß, wo vorne und hinten ist.«

Hannah nickte. »Auf jeden Fall war das mehr Chill-out als Party. Die meisten Leute waren, genau wie wir, gar nicht eingeladen. Kaum einer kannte den Gastgeber. Mit ein paar kamen wir ins Gespräch, die waren wie wir über Instagram an die Adresse gekommen. Und einige der Frauen waren bezahlt, würde ich sagen.«

»Und wie war das jetzt mit dem Finger?«, fragte Melissa.

»Irgendwann kam der Gastgeber zu mir, er hatte gehört, dass ich in einer Bar arbeite, und fragte, ob ich Cocktails mixen könnte. Ich bin also in die Küche, habe mir ein paar Sachen zusammengesucht und auch einen Blick ins Eisfach geworfen. Und da lag der Zeigefinger, tiefgefroren in einer Klarsichttüte.«

»Von einem Menschen?« Diesmal kam die Frage von Rick.

»Nein.« Hannah schüttelte den Kopf. »Er war aus Kunststoff, Latex oder so etwas. Es stellte sich heraus, dass ›Slash‹ ein Maskenbildner ist, meist beim Film, aber er hat auch ein paar Sachen für das *Dungeon* in Hamburg gemacht.«

»Und wieso lag der Finger im Eisfach?«, wollte Melissa wissen.

»Er sagte, dass der Finger für einen Krimi gebraucht wird, und da es am Set unter den Scheinwerfern so warm wird, kühlte er das Ding, damit es bei den Dreharbeiten nicht schmilzt.«

»Und das hast du ihm geglaubt?«

»Klar.« Hannah verstand die Frage nicht. »Hätte ich die Polizei rufen sollen?«

Rick schluckte. »Wäre vielleicht besser gewesen. Vielleicht wären wir dann jetzt nicht hier.«

»Wie meinst du das?«

»Denk doch mal nach. Die Party war eine Vorbereitung auf das hier! Auf deine Entführung. Der komische Gastgeber hat dich doch dazu animiert, in den Kühlschrank zu sehen und den Finger zu finden, richtig?«

Hannah nickte. Sie verstand immer noch nicht, worauf er hinauswollte.

»Verdammt, Hannah!« Rick klang überzeugt und schlug sich an die Stirn. »Das ist die Spur, das ist sie. Erinnere dich! Wie ging es weiter?«

Da wurde die nächste Frage auf dem Bildschirm angezeigt.

Melissa las vor. »Wo bist du Slash das nächste Mal begegnet?«

Hannah erstarrte. Dass der Name Slash gefallen war, war höchstens zwei Minuten her. Der Fragesteller hörte also zu.

»Du hast dreißig Sekunden Zeit«, fügte Melissa hinzu. »Die Uhr läuft.«

Hannah dachte nach. Sie konnte sich beim besten Willen nicht daran erinnern, dem Typen mit der Perücke noch mal begegnet zu sein. Auch davor nicht. Wo sollte sie ihn gesehen haben? Und wann?

»Die dreißig Sekunden sind um«, sagte Melissa. Es lag nun an ihr, den Knopf für die Stromstöße zu drücken. Sie drehte den Regler an dem Regiepult auf zehn Prozent, das war die erste Stufe. Im grünen Bereich.

Nun müsste Melissa nur noch den Knopf drücken. Sie zögerte, schien sich nicht überwinden zu können.

Rick sah besorgt an Hannah vorbei, offenbar zu den Lüftungsschlitzen an der Decke. Von dort würde das Gas kommen, wenn Melissa sich nicht an die Regeln hielt.

Ricks Aufmerksamkeit richtete sich auf etwas auf dem Bildschirm. Nach nur einer Sekunde packte er Melissa am Arm. »Du musst es tun!«, schrie er sie an. »Siehst du nicht den Countdown auf dem Schirm? Das ist der Countdown für das Gas, was soll es anderes sein!«

Melissa zögerte keine Sekunde und drückte den Knopf.

Hannah spürte ein starkes Kribbeln, das von den Händen ausgehend ihren ganzen Körper durchdrang. Es war äußerst unangenehm, aber auszuhalten. Sie biss die Zähne zusammen, gab keinen Laut von sich. Dann hörte das Kribbeln abrupt auf, der Stromstoß war vorbei. Hannah entspannte sich wieder und atmete tief durch. Sie spürte, wie ihr der Schweiß ausbrach. Der Stromstoß hatte ihre Muskeln ähnlich beansprucht wie beim Sport, vermutete sie. Plötzlich hatte sie Durst, großen Durst. Es fühlte sich beinahe so an, als würde sie dehydrieren.

»Das waren jetzt zehn Prozent der maximalen Stromstärke«, verkündete Rick.

»Ich habe Durst«, sagte Hannah. »Kann mir jemand Wasser bringen?«

»Oh Scheiße«, stieß Melissa hervor. Sie starrte auf den Bildschirm.

»Was ist los?« Hannah schrie jetzt.

»Es ist noch nicht vorbei«, sagte Rick. »Du hast jetzt neunzig Sekunden Zeit, die Frage zu beantworten. Dann folgt der nächste Stromstoß mit zwanzig Prozent, also der doppelten Stärke.«

Schweiß rann Hannah in dicken Tropfen über Stirn und Gesicht. Sie atmete hektisch. Verdammt! Sosehr sie auch in ihrem Gedächtnis grub, sie hatte nicht den blassesten Schimmer, wann und wo sie Slash nach der Penthouseparty noch einmal begegnet war.

KAPITEL 40

Kappler und Eva standen neben ihrem Dienstwagen, der noch immer vor dem Hochhaus parkte, in dem sie Anton Kamp und die Leiche von Philip Schweickert gefunden hatten.

Sie berieten sich. Sollten sie Anton in Gewahrsam nehmen oder ihn freilassen? Ihn observieren und darauf hoffen, dass Janus sich wieder bei ihm meldete. Die Verbindungsdaten von Antons Handy hatten zu keinem Ergebnis geführt, da Janus wieder über eine Voiceover-IP-Leitung telefoniert hatte, die diesmal über mehrere Router geschaltet war. Die Experten sagten, dass Janus auf diese Weise beinahe jeden erdenklichen Standpunkt auf der Welt vortäuschen könnte.

Anton hatte ihnen von der Party erzählt, zu der er seine Freundin vor fünf Wochen geschleppt hatte. Der Gastgeber, der sich an diesem Abend wie ein Rockstar angezogen hatte, schien reges Interesse an Hannah gehabt zu haben. Da sie nicht auf seine Flirtversuche reagierte, war er irgendwann mit einer anderen Frau im Schlafzimmer verschwunden.

Anton glaubte, diese Frau sei eine Prostituierte gewesen, und nicht nur sie, einige andere Frauen auf der Party ebenfalls. Auch wenn es sich nur um eine Vermutung handelte, war das eine weitere Spur. Kapplers Kollegen waren schon auf dem Weg, um bei den einschlägigen Escort-Agenturen auf den Busch zu klopfen.

Kapplers Hoffnung, diesen Fall rechtzeitig zu lösen und das Leben der Geiseln zu retten, schwand. Die Ermittlungen verloren zusehends an Schwung, auch wenn es durch Anton Kamp neue Spuren gab, die sie verfolgen konnten. Keine schien wirklich vielversprechend zu sein. Aurel alias Janus hatte gewollt, dass sie Anton fanden. Wenn der Junge sie wirklich irgendwie zu Janus' Versteck führen könnte, hätte Janus ihn nicht auffliegen lassen. Du bist verdammt schlau, dachte Kappler, gefährlich schlau.

Eva schien die depressive Stimmung ihres Kollegen zu spüren. »Was, wenn Anton doch mehr über Janus weiß, als er sich zuzugeben traut?«

Kappler seufzte. »Ganz ehrlich: Würdest du mit uns reden, wenn dein Verlobter entführt wurde?«

Sie zuckte mit den Schultern. »Ich weiß nicht. Und wenn er Janus' Komplize ist?«

»Dann weiß er womöglich, wo die Geiseln sind. Dann müsste er ein Geständnis ablegen und wandert für mindestens zehn Jahre oder mehr ins Gefängnis.« Kappler grinste. »Also? Was lernt man auf der Polizeischule zu diesem Thema?«

Eva sah ihn mit saurer Miene an. Manchmal, wenn Kappler müde und gereizt war, rutschte ihm ein Satz in der Art raus, wie er nur zu gut wusste. Es tat ihm sofort leid. Auch wenn Kappler altersbedingt mehr Erfahrung hatte, so war Eva bestimmt keine blutige Anfängerin mehr.

»Entschuldige, das war nicht so gemeint.«

»Ist in Ordnung.« Eva lächelte plötzlich.

Kappler hob die Brauen. »Was ist?«

»So dumm war deine Bemerkung gar nicht. Janus hat recherchiert, wie wir arbeiten. Er hat womöglich auch einen Zeitplan, wusste genau, wann er Anton losschicken musste, was dieser aussagen sollte, damit wir den Cowboyhut finden, das Haar, die DNA-Analyse und so weiter.«

Kappler nickte. »Er kennt unsere Regeln. Wir haben die Wohnung gefunden, weil Anton den Stecker des Routers in die Dose gesteckt hat.«

Eva nickte. »Du warst noch nie in einem Escape Room, oder?«

Er schüttelte den Kopf. »Nein. Sagte ich bereits, solche Spielchen sind nichts für mich.«

»Dachte ich auch zuerst. Aber es macht Spaß. Eine wichtige Regel lautet, dass in einem Escape Room sehr viele Gegenstände zu finden sind, aber nur ganz wenige davon haben eine Relevanz. Die Kunst ist es, die wichtigen Dinge von den unwichtigen zu unterscheiden.«

»Wie in einem Kriminalfall.«

Eva nickte. »Wir sollten anfangen so zu denken, als wären wir in einem Escape Room, nur dass für uns die Tür nicht nach außen aufgeht, sondern nach innen.«

Durch Kappler ging ein Ruck. »Weißt du was? Ich hab die Schnauze voll vom Rätselraten.« Er marschierte zu Anton Kamp, der in einem der SUVs des Spezialeinsatzkommandos saß. Kappler riss die Tür auf, packte ihn am Kragen und zerrte ihn aus dem Wagen. Mit einem heftigen Schubser beförderte er ihn gegen die Heckklappe. Die SEK-Beamten kamen näher, sahen sich an. Sie schienen zu glauben, dass der Kollege durchdreht, und wenn sie das annahmen, würde Anton das auch glauben. Das war Kapplers Plan.

Anton bekam es mit der Angst zu tun. »Was wollen Sie von mir?«

Kappler trat nah an ihn heran und packte ihn am Kragen seiner Jacke. »Jetzt pass mal gut auf! Hannah braucht deine Hilfe. Sofern du auf ihrer Seite bist. Bist du das?« Kappler duzte ihn absichtlich.

Er nickte eifrig. »Ja, natürlich. Ich habe nur gelogen, weil ich Angst um sie hatte. Das müssen Sie mir glauben.«

Kapplers Miene wurde noch finsterer, und er zog den Kopf des Jungen noch näher zu sich heran. »Hannah ist eingesperrt. Zusammen mit den anderen, die entführt wurden. Sie braucht jetzt deine Hilfe. Denn du bist ein Teil dieses Spiels. Vergiss, was Janus erzählt oder womit er dir gedroht hat. Du kannst Hannah nur retten, wenn du uns hilfst.«

Anton blinzelte mehrmals. Er schien zu überlegen, ob er dem Kommissar trauen könnte. »Okay.«

Kappler sprach mit ruhiger Stimme, aber er hielt den jungen Mann immer noch am Kragen fest. »Wir glauben, dass der Gastgeber in Wahrheit ebendieser Janus ist. Hast du ihn nach der Party noch mal wiedergesehen?«

Kappler ahnte die Antwort bereits, aber er wollte sie von Anton hören.

»Das darf ich Ihnen nicht erzählen, hat er gesagt. Wenn ich ihn verrate, dann wird er Hannah foltern, sie umbringen. Und danach mich.«

Kappler verstand die Angst des jungen Mannes, würde aber keine Rücksicht darauf nehmen. Er drückte ihm seinen Unterarm auf den Hals, nicht zu fest, aber so, dass Anton es deutlich spüren musste.

»Wo hast du Janus getroffen? Wie oft und wann?«

KAPITEL 41

Hannah krümmte sich vor Schmerzen. Ihre Arme zerrten an den Lederriemen, die Muskeln krampften. Sie biss die Zähne zusammen. Dann war der Stromstoß vorbei. Endlich. Der Schmerz ließ nur langsam nach. Es fühlte sich an, als ob Ameisen unter ihrer Haut krabbelten, dann verwandelte sich das Kribbeln in Muskelschmerzen wie nach extremer Anstrengung. Das Schlimmste aber war der Durst, der unerträglich wurde.

»Wasser«, keuchte sie. »Ich brauche etwas zu trinken.«

Rick zögerte. Er nahm den Aktenordner, schlug ihn auf und las in der Arbeitsanweisung.

Dann schaute er zu Hannah. »Tut mir leid. Wir sind erst bei fünfundzwanzig Prozent. Hier steht, dass es erst nach einem Stromschlag von dreißig Prozent erlaubt sei, der Person zu trinken zu geben.«

»Das ist mir scheißegal«, schrie Hannah. »Ich muss etwas trinken.«

Rick wurde nun auch ungehalten. »Das steht hier, und wenn wir uns nicht an die Regeln halten, sind wir tot. Alle.«

Hannah starrte Melissa an in der Hoffnung, ihr Herz zu erweichen. Sie senkte den Blick und betrachtete den Bildschirm. »Die Zeit läuft wieder. Du hast noch hundertfünfzig Sekunden, dich daran zu erinnern.«

Hannah verzweifelte. Sie konnte nicht mehr denken, spürte nur ihren brennenden Durst und schmerzenden Körper. Der nächste Stromstoß lag mit dreißig Prozent bereits im gelben Bereich, danach folgte orange und schließlich rot. Ab achtzig Prozent konnten die Stromschläge tödlich sein.

Melissa sah zu Rick, der den Ordner weglegte. »Jetzt gib ihr zu trinken, verdammt! Los!«

»Nein, wir halten uns an die Regeln.« Er blieb eisenhart.

Hannah betrachtete ihn, wie er dastand in seinem weißen Kittel. Kam es ihr nur so vor, oder ging Rick in seiner Rolle auf? Sie konnte sich gut vorstellen, dass er auch Frauen schlug oder sie ans Bett fesselte.

Hannah sah flehend zu Melissa. Der Durst war unerträglich, schlimmer noch als die Stromstöße. Melissa hatte *Empathie* auf ihrer Bordkarte stehen. Genau darauf setzte Hannah, auf Empathie und Mitleid.

»Bitte, Melissa. Scheiß auf die Regel. Bitte. Ich habe unerträgliche Schmerzen.«

»Nein«, schrie Rick und legte seine Hand auf Melissas Schulter.

Melissa blieb sitzen. Rick nahm die Hand wieder von ihrer Schulter.

Hannah konnte kaum noch sprechen, ihr Hals schmerzte fürchterlich. »Du hättest bei den Nazis einen guten Lagerkommandanten abgegeben, Arschloch.«

Das saß. Rick starrte sie einen Moment sprachlos an, als Melissa sich einen Ruck gab und von ihrem Stuhl aufsprang. »Sie kann die Aufgabe nicht lösen, wenn sie sich nicht konzentrieren oder sprechen kann.«

Rick schüttelte den Kopf. »Ich habe mir die Regeln hier nicht ausgedacht.«

Melissa sah auf den Monitor. »Noch sechzig Sekunden bis zum Ende des Zeitlimits, dann kommt der nächste Stromschlag.« Melissa zögerte noch zwei Sekunden, dann verkündete sie ihre Entscheidung. »Ich gebe ihr Wasser, ist mir scheißegal, wie die Regeln sind.«

Rick hielt sie am Arm fest. »Das machst du nicht.«

Hannah hatte plötzlich eine Eingebung. »Der Mann mit dem Cowboyhut«, stammelte sie. Der Cowboy war der einzige skurrile Typ, der ihr seit Slash über den Weg gelaufen war. Und einen Versuch war es wert.

Melissa blickte gebannt auf den Bildschirm – und jubelte. »Der Countdown hat gestoppt. Und hier steht wieder: *Erläuterung – ohne Zeitlimit*.«

Rick schnappte sich eine der Plastiktrinkflaschen mit Strohhalm und ging zu Hannah. Als sie den Strohhalm zwischen ihre Lippen nahm und das Wasser einsaugte, war das kühle Nass auf ihrer Zunge das schönste Gefühl, das sie seit Langem gehabt hatte.

»Mach langsam«, riet Rick. »Es ist genug da. Du hast es geschafft.«

Das stimmte nicht. Hannah hatte keine Erinnerung an den Mann mit dem Cowboyhut, außer dass er wie ein Rodeoreiter ausgesehen, an der Bar gesessen und sich mit einem üppigen Trinkgeld verabschiedet hatte. Hannah wollte nur, dass es aufhörte, der Durst, die Stromstöße. Sie hatte geraten – und Glück gehabt. Vorerst. Schließlich musste sie ihre Antwort noch erläutern.

»Soll ich noch eine holen?«, fragte Rick, als sie die Flasche leer getrunken hatte.

Hannah schüttelte den Kopf. »Kannst du mich befreien?« Sie sah ihn flehend an. Ihre Gesichter waren vielleicht einen halben Meter voneinander entfernt, da er sich zu ihr herabgebeugt hatte, um die Flasche zu halten. Er hatte schöne Augen. Blau, das mochte sie.

»Das kann ich nicht.« Er blickte ihr ebenfalls tief in die Augen. »Ich bin kein Sadist, glaub mir. Ich will nur, dass es vorbei ist. Und du bist der Schüssel zur Tür nach draußen.«

Hannah nickte und sprach leise. »*Du* musst *mir* glauben und mich losbinden. Ich brauche etwas mehr Zeit, um mich …« Als sie erneut in das tiefe Blau seiner Augen blickte, schoss ihr ein Satz in den Sinn: *Augen lügen nicht*, hieß es im Volksmund. Gleichzeitig nahm sie seinen Geruch wahr. Sie spürte, wie sich ihre feinen Härchen im Nacken aufstellten.

» … zu erinnern«, beendete Hannah den Satz.

»Du schaffst das«, sagte er mit einem Lächeln und machte keine Anstalten, sie zu befreien.

Es war eine schwache Note, die sie gerochen hatte und die eine Erinnerung weckte. Ja, das war es, der unangenehme Duft von süßem Parfüm und welkenden Blumen. Ihr Herz klopfte wild. Sie hatte Ricks Aftershave schon einmal gerochen – der Cowboy in der Bar hatte es getragen, sie erinnerte sich nun genau.

Sie versuchte sich nichts anmerken zu lassen, auch wenn ihr beinahe schlecht wurde.

Denn der Mann, der jetzt vor ihr im weißen Kittel stand und ihr zulächelte, war der Mann mit dem Cowboyhut.

Rick war der Cowboy!

KAPITEL 42

Die Sonne kündigte ihr Erscheinen am Horizont an. Dort wurde es langsam heller, das Schwarz des Himmels verwandelte sich in ein dunkles Blau, aber noch ohne den typischen orangeroten Streifen. Dieser würde noch eine Viertelstunde auf sich warten lassen, wusste Peter Decker. Er liebte diese Stunde des Tages, vor allem im Winter, weil es nicht nötig war, dafür so früh aufzustehen. Und er mochte die frische kalte Luft eines Januarmorgens. Leider lag kein Schnee, was zu dieser Jahreszeit in diesen Breiten immer seltener vorkam.

Sein Hund Bosco war vorausgelaufen, schlich zwischen den parkenden Autos umher. Das Tier war gut erzogen, man musste es nicht an die Leine nehmen. Peter Decker hatte Bosco von seinem Vater geerbt, der ein passionierter Jäger gewesen war. Ein Hannoveraner Schweißhund, gezüchtet für die Jagd, weil er über ein fantastisches Riechorgan verfügte, mit dem er verletztes Wild aufspüren konnte – Blutspuren eines Tieres wurden in der Fachsprache als Schweiß bezeichnet. Peter Decker hatte ein schlechtes Gewissen gegenüber dem Tier, weil er selbst kein Jäger war und am Rande einer Kleinstadt, in Sarstedt, wohnte. Hatte Bosco genug Auslauf, genug Training, oder würden seine Sinne irgendwann verkümmern? Es war eine spontane Entscheidung gewesen, den Hund zu nehmen. Sein Vater hätte es bestimmt so gewollt.

Sie bogen in eine Querstraße ein. Vor dem Haus von Andreas Zargert, einem bekannten Psychologen und Uni-Professor, parkten immer noch Fahrzeuge, in denen Journalisten die Nacht verbracht hatten. Decker interessierte sich nicht sonderlich für seinen prominenten Nachbarn. Da war wohl einiges mit einem Experiment des Professors schiefgelaufen, wie er von einer anderen Nachbarin gehört hatte.

Bosco blieb plötzlich stehen. Decker kannte dieses Verhalten, der Hund hatte etwas gewittert. Womöglich eine Katze oder ein anderes totes Tier, dachte sein Herrchen.

»Na, was hast du?«

Er folgte dem Hund bis zu einem Auto. Bosco schnüffelte an der Stoßstange, lief um das Heck des Wagens herum, steckte seine Nase zwischen Reifen und Kotflügel. Irgendwas war da. Womöglich am Reifen des Fahrzeugs? Nein. Bosco kam zur Stoßstange zurück, interessierte sich für den Kofferraum. Decker beobachtete fasziniert, wie der Hund seinen Instinkten und wohl einem bestimmten Geruch folgte. Bei dem Pkw handelte es sich um einen Mittelklassewagen, einen Dacia, wie es sie zu Tausenden auf der Straße gab. Bosco ließ nicht locker, beschnupperte weiter das Auto, wobei sein Schwanz aufgeregt hin und her wedelte.

Nun stand Decker vor der Frage, was er tun sollte. Er sah zum Haus des Professors, direkt vor dem Eingang stand ein Streifenwagen, in dem ebenfalls zwei Polizisten genächtigt hatten. Peter Decker ließ seinen Hund bei dem Wagen und ging zu den Polizisten, die ihn kommen sahen. Die Frau am Steuer ließ das Fenster herunter.

»Guten Morgen«, sagte Decker. »Mein Hund hat da was gewittert.«

»Ihr Hund?«

»Ein Hannoveraner Schweißhund. Er ist für die Jagd abgerichtet. Er hat am Kofferraum eines Autos etwas gewittert.«

Mehr musste Decker nicht sagen. Die Polizisten stiegen sofort aus.

»Können Sie uns einen Gefallen tun und den Hund ganz dezent von dem Fahrzeug entfernen«, sagte die Polizistin. »So, dass es nicht auffällt?«

Zu spät. Die erste Fahrertür schwang auf, und ein Journalist quälte sich aus dem Wagen. Nicht, um sich die Beine zu vertreten. Auch der orangerote Streifen am Horizont war nicht der Grund, sondern Bosco, der mittlerweile mit seinen Pfoten an dem Kofferraumdeckel kratzte.

Die beiden Polizisten beeilten sich, zu dem Fahrzeug zu kommen. Decker nahm seinen Hund an die Leine, zog ihn vom Kofferraum weg, was Bosco mit einem Winseln kommentierte.

»Platz!«, sagte Decker laut. Der Hund gehorchte sofort.

Die Polizistin hatte bereits eine Halterabfrage gemacht, der Pkw war als gestohlen gemeldet.

»Öffnen oder warten?«, fragte ihr Kollege.

»Wir müssen öffnen. Ich informiere schon mal die Kripo.«

Der Polizist wandte sich ab, ging zum Streifenwagen, während seine Kollegin das Handy ans Ohr nahm. Als der Polizist mit einem Brecheisen zurückkam, hatte seine Kollegin die Journalisten bereits zurückgedrängt. Er setzte das Brecheisen an und hebelte das Kofferraumschloss auf.

Die Polizistin stellte sich so, dass die Journalisten nicht sofort etwas sehen konnten, dann hob ihr Kollege die Kofferraumklappe an. Decker und Bosco dagegen hatten einen hervorragenden Blick auf das, was nun zum Vorschein kam.

Als Erstes fiel ein Portemonnaie aus dem Kofferraum heraus und landete auf dem Boden. Es musste dem Mann gehören, der mit durchtrennter Kehle in dem Fahrzeug lag. Nicht sonderlich schockiert beobachtete Decker, wie der Polizist die Geldbörse aufhob und sie aufklappte. Decker sah Kreditkarten, Bargeld und einen Personalausweis.

»Kennen Sie einen Roderick Schumann?«, fragte der Polizist an Decker gewandt.

Decker schüttelte den Kopf. Diesen Namen hatte er noch nie gehört.

KAPITEL 43

Ein Geruch, der tiefe Blick in die Augen und der Stress, dem Hannah ausgesetzt war, hatten ausgereicht, und ihre Erinnerung war zurückgekehrt. Der Mann, der sie entführt hatte, stand nur wenige Meter entfernt, neben Melissa. Rick war der letzte Gast in der Bar gewesen, der Mann mit dem Cowboyhut. Als er im Casino den Hut der texanischen Wachsfigur zum Spaß aufgesetzt hatte, hatte Hannah bereits eine Art Déjà-vu verspürt. Zu dem Zeitpunkt war ihr Gehirn noch nicht in der Lage gewesen, zu erkennen, welche Bedeutung hinter diesem Gefühl steckte. Ausgerechnet Rick, dachte sie, ausgerechnet er, der sie die ganze Zeit dazu animiert hatte, sich zu erinnern: *Erinnere dich! Erinnere dich, darin liegt der Schlüssel, wie wir hier rauskommen.*

Sie verstand es nicht: Wenn Rick dieses Spiel inszeniert hatte, welches Interesse konnte er haben, dass sie sich erinnerte und ihm auf die Schliche kam?

Hannah blickte auf ihre gefesselten Hände in den Lederriemen. Sie war ihrem Peiniger, der noch nicht mal selbst den Knopf drückte, um die Stromstöße auszulösen, hilflos ausgeliefert.

Sie musste versuchen, Rick zu verstehen. Nur wer seinen Gegner durchschaute, hatte eine Chance, ihn zu besiegen. Sie überlegte. All das, was er hier veranstaltete, und dessen akribische Umsetzung ließen für Hannah nur einen Schluss zu: Sie hatte es mit einem zutiefst gestörten Menschen zu tun, mit einem Psychopathen.

Die Denkweise eines solchen Menschen unterlag einer eigenen Logik. Sie waren Meister der Täuschung, manipulativ und unberechenbar. Unberechenbar wie ein verwundetes Raubtier in freier Wildbahn. Denn das waren sie auch: verletzt – tief in ihrer Seele. Jedes forensisch relevante psychopathologische Verhalten ging so gut wie immer einher mit einer Störung in früher Kindheit oder Jugend. Kein Mensch wurde als Monster geboren, man wurde dazu gemacht, das war Hannahs feste Überzeugung. Menschliches Verhalten hing auch mit der genetischen Veranlagung zusammen, konnte aber niemals der einzig ausschlaggebende Faktor sein. Die Ursache einer Tat durfte trotz genetischer Disposition niemals als Entschuldigung für die Tat an sich herhalten. Ein Mensch zu sein bedeutete, sich zwischen Gut und Böse entscheiden zu können. Fast alle Psychopathen wussten, dass ihre Taten unrecht und verboten waren. Nur solche, die nicht mehr zwischen Gut und Böse unterscheiden konnten, galten im juristischen Sinne als schuldunfähig. Sie kämen nicht ins Gefängnis, sondern in eine geschlossene Anstalt. Mitunter für den Rest ihres Lebens.

Hannah hatte mehrere Bücher über Psychopathen gelesen, auch in einem Seminar der Kriminalpsychologie waren sie Thema gewesen. Ihr kam ein bestimmter Serienmörder in den Sinn, Edmund Kemper aus den USA. Er ging in die Kriminalgeschichte ein, weil er der Erste war, der sich vom FBI erforschen ließ. Kemper erlangte in den Siebzigerjahren traurige Berühmtheit als der Co-Ed-Killer. Er hatte in Kalifornien mehrere Anhalterinnen umgebracht, ihnen die Köpfe abgeschnitten und sie post mortem vergewaltigt. Dann war er mit den Leichen seiner Opfer im Kofferraum durch die Gegend gefahren, als ob er nur darauf wartete, erwischt zu werden. Eigentlich verspürte Kemper die ganze Zeit ein anderes Bedürfnis: Er wollte seine Mutter töten, was aber nicht so leicht war, denn er hasste und liebte sie gleichermaßen. Eines Morgens brachte er es dann doch fertig und erschlug seine Mutter, die ihn als Kind misshandelt hatte, und später tötete er noch deren Freundin. Dann stellte er sich der Polizei. Zu seiner narzisstischen Persönlichkeit gehörte es auch, dass er dem FBI bereitwillig von seinen Taten erzählte. Wohl wissend, dass er nie wieder aus dem Gefängnis entlassen werden würde.

War Rick auch darauf aus, ertappt zu werden? Nicht von der Polizei, sondern von Hannah? Er hatte sie ausgesucht, entführt und dazu auserkoren, ihn zu überführen. War es Teil seines Spiels um Leben und Tod – oder steckte eine tiefere Bedeutung dahinter? Eine, an die Hannah sich vielleicht auch erinnern müsste? Und wie wichtig war diese Erkenntnis für ihr Überleben?

Hannah atmete tief durch. Eins nach dem anderen, dachte sie. Sie musste sich etwas einfallen lassen, wie sie Melissa dazu bringen könnte, die Fesseln zu lösen. Rick würde dies verhindern wollen. Er würde sich auf das Regelwerk berufen, um die Angst zu schüren, dass der Raum sich in eine Gaskammer verwandeln könnte.

Hannah hatte nur eine Chance. Sie musste das Spiel umdrehen und Rick unschädlich machen. Da gab es nur ein riesiges Problem: Sie saß festgeschnallt und bewegungsunfähig auf einem elektrischen Stuhl. Also musste Melissa Rick niederschlagen. Es gab keine andere Möglichkeit. Aber wie soll ich sie dazu bringen?, schoss es Hannah durch den Kopf.

Im Moment, in diesem Milgram-Experiment, war Melissa Ricks Komplizin, sie betätigte den Schalter für die Stromstöße.

»Hannah«, erinnerte Melissa sie in diesem Moment. »Du musst uns deine Antwort erklären. Es herrscht zwar kein Zeitlimit, aber wer weiß, wie lange noch.«

Hannah seufzte und erzählte von dem Abend in der Bar, tat so, als ob sie sich nicht an alles erinnerte. Nur beim Cowboy wurde sie konkreter und beteuerte, jetzt überzeugt davon zu sein, dass dies der verkleidete Gastgeber der Penthouseparty gewesen war, dass sie seine Stimme wiedererkannt hätte.

Melissa und Rick nickten, als sie fertig war. Offenbar hatten ihre Ausführungen dem Computer, der die Fragen und Anweisungen ausspuckte, ausgereicht.

Hannahs Nacken prickelte, als sie in Ricks Gesicht schaute. Sie musste endlich etwas tun. »Melissa«, sprach sie das Gothic Girl an, »beim Milgram-Experiment ging es darum, ob man einen friedliebenden Menschen dazu bringen kann, einen anderen zu töten, basierend auf der Behauptung, es sei ein wissenschaftliches Experiment.«

»Ich weiß«, antwortete Melissa und zog die schwarz bemalten Augenbrauen hoch. »Das hast du uns bereits erklärt. Aber wir sind hier nicht mehr bei einem Experiment. Es geht ums Überleben.«

»Um unser aller Überleben oder nur deins?«

Melissa schluckte. »Was erwartest du von mir?«

»Was bräuchte es, was müsste passieren, dass du einem Menschen wehtun möchtest? So richtig wehtun, dass es schmerzt.«

»Wenn mich jemand demütigt«, antwortete Melissa und schaute wieder auf den Monitor. »Die nächste Frage. Wieder ein Zeitlimit, diesmal fünf Minuten.«

»Und die Frage?«

Melissa blickte vom Monitor auf. »Ich verstehe die Frage nicht, lese sie nur vor. *In welchem Kopf steckt Janus?*«

Hannah sah zu Rick.

Sein selbstgefälliges Lächeln verriet ihn. Er hatte Hannah durchschaut, sie war sich sicher. Er wusste, dass sie es wusste.

Hannah bräuchte keine fünf Minuten für die Antwort, aber sie würde jede Sekunde ausnutzen, um Melissa auf ihre Seite zu ziehen. Aus ihr ein Werkzeug zu machen. Ein Werkzeug, um zu überleben.

Der einzige Janus, den Hannah kannte, war die Fantasiegestalt im Kopf eines Ex-Freundes: Alexander Lorentz.

Rick starrte sie erwartungsvoll an. Er schien in ihrem Gesicht lesen zu wollen, was in ihrem Kopf vorging. Dann wandte er den Blick ab, sah zu Melissa und grinste.

»Was grinst du so?«, fragte Melissa.

Rick antwortete nicht sofort. Wieder drehte er den Kopf. Diesmal schenkte er Hannah ein Lächeln, das ihr durch Mark und Bein ging.

»Du hast noch viereinhalb Minuten«, sagte Rick.

»Ich weiß«, sagte Hannah.

Das Duell hatte begonnen.

KAPITEL 44

Anton hatte ein komplettes Geständnis abgelegt. Ihm war während des zweistündigen Gesprächs bewusst geworden, dass er seine Kommilitonin in akute Lebensgefahr gebracht hatte, indem er zum Komplizen eines Psychopathen wurde.

Das erste Mal waren Anton und Aurel alias Janus sich auf der Party begegnet. Ein paar Tage später hatte sich der Psychopath an ihn herangemacht. Er bot sich als Saufkumpan und Seelentröster an. Was Antons Erfahrung mit Frauen anging, gab es noch Luft nach oben, und Janus tat so, als könnte er ihm helfen, die Frau seiner Träume zu erobern. Dazu musste er natürlich möglichst viel über Hannah, Antons Angebetete, wissen. Erst als vor etwa vierundzwanzig Stunden sein Handy geklingelt hatte und der vermeintliche Freund ihm mitteilte, dass Hannah in seiner Gewalt sei, begriff Anton, dass er einem gefährlichen Verrückten aufgesessen war. Ab diesem Moment tat er alles, was Janus von ihm forderte, damit Hannah nicht durch seine Schuld sterben würde – bis schließlich die Tür aufflog und das SEK die Penthousewohnung stürmte.

Kappler hielt Anton für einen miserablen Zeugen. Auf der einen Seite verstand er die Angst des jungen Mannes, auf der anderen Seite hatte er sich unendlich dumm und naiv verhalten für jemanden, der Psychologie und menschliche Verhaltensweisen studierte.

Einen wichtigen Hinweis immerhin hatte Anton den Kommissaren liefern können: Janus hatte Anton bei einem ihrer Treffen nach Escape Rooms befragt, ob er schon einmal in einem gewesen sei, vielleicht sogar mit Hannah. Als er verneinte, hakte Janus nach, ob er nicht Lust hätte, Hannah einmal in einen Escape Room einzuladen, denn das wäre eine lebensverändernde Erfahrung. Anton war diese Frage komisch vorgekommen, und er hatte nur mit den Schultern gezuckt.

Kappler und Eva waren sich daraufhin sicher, dass Janus Hannah und die Teilnehmer in einer Art Escape Room gefangen hielt.

Kappler nahm Anton noch einmal in die Mangel. Der Junge hatte so viel Zeit mit ihrem Täter verbracht, da musste es einfach noch mehr geben.

»Ich fasse noch einmal zusammen: Im Kopf Ihres ehemaligen Kommilitonen Alexander Lorentz lebt Janus, jemand erfährt von Janus und eignet sich dessen Persönlichkeit an. Der lebendig gewordene Janus trifft sich mit Ihnen. Sie werden zu Freunden, zu Komplizen, und der eine verrät dem anderen ein paar Geheimnisse über Hannah. Janus entführt sie, nutzt das Wissen, das er gesammelt hat. Seinen Komplizen, also Sie, liefert er an die Polizei aus.«

Anton nickte zustimmend. »Genau so war es.«

Kappler fuhr fort: »Ich glaube, Hannah ist Teil von Janus' Racheplan. Eine Spielfigur, wie die anderen Teilnehmer auch.«

Eva erhob sich müde von ihrem Stuhl. »Und wenn sie eine Schachfigur wäre, welche wäre sie?«

Kappler schüttelte den Kopf. »Er spielt nicht Schach.«

»Sie spielen ein Escape Game, in einem Escape Room«, führte Eva Kapplers Gedanken zu Ende.

»Und wo ist er, der Escape Room?«, fragte Kappler und sah Anton an. Ein Escape Room konnte sich überall befinden – in einer Lagerhalle oder in jedem anderen größeren Gebäude. Sie brauchten einen Anhaltspunkt, wo sie suchen mussten.

Anton schüttelte bedauernd den Kopf. »Janus hat mir nie einen Ort oder Ähnliches genannt.«

Eva überlegte laut. »Die Teilnehmer wurden von Professor Zargert ausgewählt. Alle bis auf Hannah, die hat Janus mit ins Spiel gebracht.«

»Sie – und noch mindestens einen Komplizen«, fügte Kappler hinzu. »Wir haben zwei Leichen gefunden, von zwei der Probanden. Bis jetzt.«

Kappler rieb sich die müden Augen. Mit seiner Laune hatte es auch schon mal besser gestanden. »Hören Sie, Anton, hat Janus vielleicht einmal über Menschen geredet, die seiner Meinung nach den Tod verdient hätten? Oder über den Tod an sich?«

Anton überlegte kurz. »Also nicht über irgendwelche Leute, die sterben sollten. Er hat mir einmal von einem Projekt erzählt, an dem er für den *Dungeon* gearbeitet hat. Es ging um mittelalterliche Todesarten, furchtbares Zeug. Menschen werden auf Speeren aufgespießt zur Schau gestellt oder verrotten in einem Verlies, Köpfe werden abgehackt und so weiter.«

Kappler traf der sprichwörtliche Schlag. Sie hatten etwas übersehen! Verdammt! Er holte sein Tablet aus der Schublade und rief das Video von dem Gespräch mit Alexander Lorentz auf. Er fand die Stelle, die er suchte, und spielte das Video ab:

»Sagen Sie uns, was Sie wissen.«

»Sie werden einen finden, dem der Kopf fehlt, abgetrennt durch ein Fallbeil. Jemand wird in einem Verlies verbluten, ein anderer von Metallspeeren durchbohrt sein. Es sind die Bilder, um die es geht. Professor Zargert wird mit diesen Bildern im Kopf für immer weiterleben müssen.«

Eva sah ihren Kollegen fragend an.

Kappler hielt das Tablet triumphierend in die Höhe. »Wir müssen nach einem Ort suchen, an dem es ein Verlies gibt. Eine mittelalterliche Burg, eine Festung, so etwas in der Art.« Er machte eine kurze Pause. »Es sind die Bilder, um die es geht, wie Alexander Lorentz gesagt hat.«

KAPITEL 45

In Hannahs Kopf arbeitete es. Sie musste dem Gedankengang des Bösen folgen, um dieses Spiel zu gewinnen. Die aktuelle Frage drehte sich um Alexander Lorentz, ihren Ex-Freund, der an einer schizophrenen Psychose erkrankt war. Hannah hatte Alex nur einmal in der Klinik besucht, sie wäre gerne öfter gekommen, aber Alex schämte sich sehr. Sie sollte ihn lieber so in Erinnerung behalten, wie sie sich kennengelernt hatten. In dem einen langen Gespräch, das sie geführt hatten, erzählte er ausgiebig von den Stimmen, die sich in seinem Kopf befanden. Insgesamt acht. Alex konnte sie genau beschreiben, sagte aber auch, dass seit der Behandlung in der Klinik sieben Stimmen verklungen seien. Nur eine ließ sich nicht abschalten: Der imaginäre Freund nannte sich Janus. Hannah wusste von dem behandelnden Psychiater, den Alex darum gebeten hatte, Hannah seinen Zustand zu erklären, dass Janus ein Ventil war, um den aufgestauten Hass gegen Professor Zargert abzubauen. In Gedanken durfte Alex seine Aggressionen ausleben. Aber nun, so schien es, waren diese Fantasien in die Realität hinübergeschwappt, war Janus zum Leben erweckt worden – oder konnte es eine andere Erklärung für das geben, was hier passierte? In diesem angeblichen Experiment von Professor Andreas Zargert, dessen

Karriere vorbei sein dürfte, wenn der Tod von etlichen Probanden an die Öffentlichkeit geriet. Nein, das musste es sein. Das Puzzle setzte sich allmählich in Hannahs Hirn zusammen.

Janus hatte sein Gefängnis verlassen, stand jetzt als Rick vor ihr, um Rache zu nehmen. An Professor Zargert, so viel stand fest. Und vielleicht auch an ihr, oder warum war sie Teil dieses Spiels? Wollte sich Janus alias Rick an allen rächen, die Alex Schaden zugefügt haben? Hannah war sich keiner Schuld gegenüber Alex bewusst. Die Trennung damals hatte sie gewollt, aber das konnte niemals der Auslöser der Psychose gewesen sein. In diesem Moment begriff sie etwas: Sieben Stimmen waren verschwunden, hatte Alex behauptet, eine war geblieben. Dieser Vorgang schien sich jetzt in der Realität zu wiederholen. Fünf Menschen mussten bereits sterben, drei waren noch übrig. Würde am Ende auch nur einer von ihnen überleben? Und würde das, wie in Alex' Kopf, Janus sein?

Hannah kam ein neuer Gedanke. Was, wenn die Opfer – Phil, Leon, Sophie, Michael und Sepan – genauso schuldig oder unschuldig waren wie die Studentinnen in Kalifornien, die der Co-Ed-Killer umgebracht hatte? Dem Co-Ed-Killer war es damals immer um seine Mutter gegangen.

Ein Elternteil, schoss es Hannah durch den Kopf. Das ist es. Hier könnte es um den Vater gehen! Natürlich, Professor Zargert hatte doch einen Sohn – und sie hatte sogar einmal mit ihm gesprochen, in der Uni, bei einer Podiumsdiskussion vor zwei oder drei Jahren, an der Zargert teilgenommen hatte. Jetzt erkannte sie ihn auch, glaubte es zumindest, denn er hatte sich verändert. Damals war er nicht so muskulös gewesen. Seinen Namen hatte sie jedoch nicht vergessen, der war zu besonders gewesen, und über den hatten sie sich unterhalten: *Aurel,* nach dem römischen Kaiser Marc Aurel.

»Wie geht es dir, Aurel?«, fragte sie nun.

Aurel lächelte. Er schien sich zu freuen, dass Hannah ihn endlich erkannt hatte.

Melissa blickte von einem zum anderen. »Aurel?«

Hannah nickte. »Rick heißt in Wahrheit Aurel, und er ist der Sohn von Professor Zargert.«

Melissa schaute verblüfft zu ihm hoch. »Stimmt das?«

Aurel ignorierte Melissas Frage, er ließ Hannah nicht aus den Augen.

Hannah wollte nicht mehr um den heißen Brei herumreden. »Er bevorzugt den Namen Janus, nehme ich an. In seiner Funktion ist er hier.«

»Was redest du da?« Jetzt war Melissa völlig irritiert.

»Du hast noch zwei Minuten«, sagte Aurel gelassen.

»Dein billiges Aftershave hat dich verraten.«

»So billig war es gar nicht«, erwiderte er.

»Und der Hut.« Sie sah zu Melissa. »Darf ich dir den Mann vorstellen, der mich entführt hat?«

Melissa drehte den Kopf zu Aurel, der völlig ungerührt blieb. Hannahs Worte schienen an ihm abzuprallen.

»Was erzählt sie da, ist das wahr?« Melissa wusste nicht, wem sie glauben sollte.

»Noch anderthalb Minuten«, antwortete Aurel in Hannahs Richtung.

»Melissa, er hat mir K.-o.-Tropfen in die Cola getan. Darum konnte ich mich nicht mehr an sein Gesicht erinnern. Aber jetzt – an sein Aftershave. Und an seine Augen.«

Melissa schüttelte ungläubig den Kopf. »Du willst mir

allen Ernstes erzählen, dass du ihn die ganze Zeit nicht erkannt hast, und jetzt – auf einmal – ist alles wieder da?«

»Hör mir bitte zu«, flehte Hannah. »Er wird dich umbringen. Noch vor mir. Mich hebt er sich ganz bis zum Schluss auf, ich gehöre zum großen Finale.« Sie wusste nicht, ob diese Behauptung wirklich zutraf, aber sie musste Melissa irgendwie zum Handeln bewegen.

»Noch eine Minute«, sagte Aurel ruhig.

Hannah wurde laut. »Die einzige Chance, die wir haben, ist, dass du nicht ihm glaubst, sondern mir und mich von diesen Fesseln befreist.«

Aurel schüttelte den Kopf und legte seine Hand auf Melissas Schulter. »Falsch. Der einzige Grund für mich, dir wehzutun, wäre, dass du gegen die Regeln verstößt und riskierst, dass wir alle vergast werden.«

Melissa blickte unschlüssig zwischen Hannah und Aurel hin und her.

Hannah gab nicht auf. »Welchen Grund könnte es geben, dass der Sohn von Professor Zargert das Experiment seines Vaters sabotiert und uns alle umbringen will?«

»Eben«, sagte sie. »Deine Geschichte klingt bescheuert.«

Aurel sah zum Monitor. »Die Zeit ist um, meine Liebe. Wie lautet die Antwort auf die Frage, in welchem Kopf Janus steckt?«

»Alexander Lorentz«, antwortete sie.

Aurel grinste. »Richtig. Und schon geht es weiter. Lies vor!«, befahl er Melissa.

Melissa wirkte immer unsicherer, aber sie tat wie befohlen. »*Nenne uns den Grund, wieso du hier bist*. Das Zeitlimit beträgt zwei Minuten.«

Hannah konnte sich überhaupt nur einen Grund vorstellen: weil sie Alex damals verlassen hatte. Wenn Aurel sich irgendwie mit Alex angefreundet hatte und Janus als Blaupause für seinen kranken Racheplan benutzte, dann würde er sich an Hannah rächen wollen, für das, was sie Alex angetan hatte. Eine andere Erklärung gab es nicht.

Ihr blieben knapp zwei Minuten, um Melissa endgültig auf ihre Seite zu ziehen. »Aurel spielt mit uns, Melissa. Und du wirst die Nächste sein, bitte glaube mir.«

»Gib mir einen Beweis, dass das stimmt.«

»Ja«, sagte Aurel. »Nenne uns einen einzigen plausiblen Grund, wieso ich so etwas tun sollte? Ich bin nicht Aurel. Ich bin Rick. Roderick Schumann.«

»Du dreckiger Lügner!«, schrie Hannah.

»Die Zeit ist um«, sagte er.

Hannahs Gedanken rasten. Bloß keinen Stromschlag mehr. Sie hatte eine Idee. »Alexander liebt mich. Er liebt mich immer noch, das gefällt Janus nicht. Er ist eifersüchtig und möchte mich loswerden.«

Aurel blickte kurz auf den Monitor und wandte sich dann an Melissa. »Walte deines Amtes. Dreißig Prozent.«

Melissa schüttelte den Kopf. »Moment, der Monitor hat erst Grün angezeigt, also dass Hannahs Antwort zutrifft.«

Aurel machte eine genervte Handbewegung. »Aber jetzt ist er rot. Oder bist du farbenblind? Die Antwort ist falsch. Komm deiner Aufgabe in diesem Spiel nach.«

Melissa zögerte. Hannahs Worte waren vielleicht doch nicht spurlos an ihr vorübergegangen.

»Dreißig Prozent«, schrie Aurel. »Siehst du nicht …« Er deutete auf den Monitor. »… der Countdown hat wieder eingesetzt; wenn du in einer Minute nicht den Strom auslöst, werden wir alle vergast.«

»Nein, werden wir nicht.« Hannah schrie die Worte heraus. »Nicht, solange er mit uns im Raum ist. Aurel würde sich niemals selbst töten.«

Melissa schaute zu Aurel, dann wieder zu Hannah. Ihr zweifelnder Gesichtsausdruck verschwand, und ihre Selbstsicherheit kehrte zurück. »Wisst ihr was? Ich glaube Hannah. Und ich glaube nicht, dass wir eine Chance haben, wenn wir dieses Spiel weiterspielen.«

Als hätte Aurel nichts anderes erwartet, stieß er Melissa zur Seite, sodass sie mitsamt dem Stuhl umkippte. Blitzschnell drehte er den Regler höher.

Melissa schrie: »Nein, nicht auf fünfzig Prozent!« Aber da hatte Aurel schon den Knopf gedrückt, und Hannahs Muskeln verkrampften sich so heftig, dass ihre Zähne aufeinanderschlugen, als hätte ihr jemand einen Kinnhaken verpasst. Der Schmerz war unbeschreiblich, und sie schmeckte Blut. Ihr Kopf schlug unkontrolliert nach rechts und links, dann, mit einem Mal, war es vorbei. Ihr Körper erschlaffte, sie konnte ihren Mund öffnen und spuckte Blut vor sich auf den Boden. Sie hatte sich auf die Zunge gebissen. Konnte sie überhaupt noch sprechen? Sie spuckte erneut Blut aus.

An Melissas entsetztem Gesichtsausdruck erahnte Hannah, wie schlimm sie aussehen musste. Genau dieser Anblick schien Wirkung zu zeigen.

»Ich habe mir auf die Zunge gebissen. Es hört nicht mehr auf zu bluten.« Hannah hatte Mühe zu sprechen. Blut rann ihr aus dem Mund und tropfte auf ihre Hose.

»Die Frage wurde immer noch nicht korrekt beantwortet«, sagte Aurel. »Du hast noch eine Minute.«

Aurels Aufmerksamkeit war auf Hannah gerichtet. So

entging ihm, wie Melissa mit einem Satz vom Boden aufsprang und um den Tisch herum zu Hannah stürmte. Bei Hannah angekommen, machte sie sich sofort an dem Lederriemen der rechten Hand zu schaffen.

»Er kommt«, schrie Hannah, als sie sah, wie Aurel nach vorne schoss.

Melissa hatte die Schlaufe gerade geöffnet, da war Aurel auch schon hinter ihr, packte sie an den langen schwarzen Haaren und zerrte sie weg. Wahrscheinlich hatte Melissa in ihrem Leben mindestens einen Selbstverteidigungskurs absolviert, denn in einer gekonnten Bewegung drehte sie sich blitzschnell zu Aurel um und versenkte ihr Knie zwischen seinen Beinen. Er sackte zu Boden und hielt sich winselnd die Stelle, die Melissas Knie getroffen hatte.

Melissa sah zu Aurel hinunter, den sie nur als Rick kannte. »Du hast dich verraten, Arschloch. Die ganze Zeit hast du auf die Regeln gepocht, aus Angst, wir könnten vergast werden, und plötzlich ist alles scheißegal, wie?«

Aurel krümmte sich vor Schmerzen. Sämtliche Farbe war ihm aus dem Gesicht gewichen. Melissa musste wirklich genau ins Schwarze getroffen haben.

Als Melissa zu ihr zurückkam, hatte Hannah bereits ihren linken Arm befreit. Das Gothic Girl half ihr, die Fußfesseln zu lösen.

»Sag mir bitte, dass du eine Lösung parat hast«, bat Melissa.

»Mir wird schon etwas einfallen.« Das Sprechen klappte schon ein wenig besser. Noch einmal spuckte Hannah eine Ladung Blut vor sich auf den Boden. Dann war sie frei und stand von dem elektrischen Stuhl auf.

»Wie geht es deiner Zunge?«, fragte Melissa. »Lass mal sehen.«

Hannah machte den Mund weit auf, Melissa sah es sich an. »Es blutet noch, sieht aber nicht so schlimm aus. Du solltest vielleicht die nächsten Tage nicht rumknutschen.«

Hannah lächelte. »Hatte ich nicht vor.«

Aurel lag noch immer stöhnend am Boden und schien starke Schmerzen zu haben. Hannah ging zu ihm, überlegte, ob sie ihm noch einen Tritt verpassen sollte. Noch einmal dahin, wo Melissas Knie gelandet war.

»Sag uns, wie wir hier rauskommen.«

Aurel schnappte nach Luft, sah zu ihr auf. Hannah hob das rechte Bein, ihre Fußsohle war genau über seinem Gesicht.

»Ich höre«, schrie sie.

Aurel nahm die Hände von seinen Genitalien. »Na los! Tu es!«, presste er zwischen zusammengebissenen Zähnen hervor.

Wie gerne hätte sie ihm ins Gesicht getreten. In Filmen sah das immer so einfach aus, aber Hannah spürte, dass sie sich nicht überwinden konnte. Sie setzte den Fuß wieder auf den Boden, sah zu Melissa. »Mach du das, ich kann nicht.«

»Ich auch nicht«, schüttelte Melissa den Kopf. »Der Tritt kam spontan. Aber ich habe eine bessere Idee, hilf mir mal.«

Melissa packte Aurel am rechten Arm und zerrte ihn auf die Beine. Er keuchte. Die Frauen zeigten kein Mitleid und beförderten ihn mit vereinten Kräften auf den elektrischen Stuhl, wo sie ihm die Lederriemen anlegten.

Hannah sah zu Melissa. »Trittst du einem Mann öfter mal dahin, wo es richtig wehtut?«

»Nein. Aber ich bin einmal fast vergewaltigt worden. Danach habe ich geübt, damit so etwas nie wieder passiert.«

Hannah verstand und bewunderte Melissa dafür. Langsam ging sie zu dem blank polierten Metalltisch, worin sie sich unscharf spiegelte. Ihr Shirt, die Hose und ihr Gesicht waren blutverschmiert. Sie sah aus wie ein Vampir nach einem Fünfgängemenü. Sie drehte sich um.

Rick oder Janus oder Aurel oder wie immer er aktuell heißen mochte, saß gefesselt vor ihr auf dem elektrischen Stuhl. Von ihm schien keine Gefahr mehr auszugehen.

Dennoch packte Hannah bei seinem Anblick immer noch die Wut. »Du hast fünf Menschen getötet. Woher kommt dieser unglaubliche Hass?«

Er konnte schon wieder lächeln, offenbar hatten seine Schmerzen nachgelassen. »Finde es doch heraus.«

Genau das hatte Hannah vor.

KAPITEL 46

Das Schloss Marienburg thronte auf einem Hügel über der Gemeinde Nordstemmen, eingebettet in einen mehrere Hektar großen Laubwald. Wenn die Mittagssonne es durch die dichten Wolken am Himmel schaffte, reflektierten einige Fenster das Licht und funkelten, als wären sie aus purem Gold. Ein schöner Anblick, fand Kappler, dann aber schob sich wieder eine dunkle Wolke vor die Sonne und machte den Tag beinahe zur Nacht. In der Mitte des Schlosses überragte ein breiter quadratischer Turm die Mauern und Zinnen und ging in einen kleineren Turm über. Drum herum befand sich ein Wehrgang.

Würde man das graue Gemäuer bei Nacht mit bunten Lichtern anstrahlen, sähe es bestimmt aus wie ein Märchenschloss aus einem Disneyfilm. Kappler sah in letzter Zeit häufiger solche Filme mit seinem Enkel. Aber der Anschein eines Märchenschlosses schwand, je näher sie kamen. Bauzäune, Stacheldraht und Gefahrenhinweise wiesen Besucher ab.

Kappler scherte das alles wenig. Er war aus einem anderen Grund hier

Die Einsatzleitung des SEK hatte sich mit sechs schwarzen Kleinbussen auf dem Parkplatz postiert. Alle Zufahrtsstraßen waren abgeriegelt, rings um das Schloss hatten sich Beamte einer Hundertschaft im Wald postiert. Niemandem dürfte es gelingen, unerkannt das Areal zu verlassen. Kappler rechnete sogar mit der Möglichkeit, dass es einen Geheimgang geben könnte, der nirgendwo verzeichnet war. Aus diesem Grund hatte er noch weitere Straßensperren im Umkreis von einem Kilometer angeordnet und für alle Fälle eine Drohne mit Wärmebildkamera bereitstehen. Sie durften sich keinen Fehler leisten. Kappler war sich absolut sicher, am richtigen Ort zu sein.

Die Recherche hatte genug Indizien geliefert. Mitarbeiter des Denkmalamtes hatten bestätigt, dass es bezüglich der Restaurierung des Schlosses noch keine offizielle Baugenehmigung gebe. Trotzdem waren vor einiger Zeit osteuropäische Arbeiter am Schloss gesehen worden. Es hatte eine Kontrolle gegeben, die Arbeiter konnten gültige Papiere vorweisen und eine offizielle Genehmigung, die es ihnen erlaubte, im Namen der Vorbesitzer das Schloss von noch vorhandenen Wertgegenständen zu entrümpeln. Niemand hatte Verdacht geschöpft.

Als Kappler die Information erreicht hatte, dass zwei Jugendliche seit letzter Nacht vermisst wurden, die laut einem Freund »etwas Abgefahrenes« im Schloss veranstalten wollten, hatte er keine Sekunde gezögert und einen Großeinsatz befohlen.

Nun herrschte die Ruhe vor dem Sturm. Die Sonne neigte sich dem Horizont entgegen und animierte die Vogelwelt zu einem letzten Pfeifkonzert des Tages. Kappler und Eva blieben bei den Fahrzeugen im Wald, während die SEK-Teams schwer bewaffnet vorrückten. Es gab mehrere Eingänge in das Schloss, die Teams schritten getrennt voneinander an der Mauer entlang.

Kappler und Eva hatten sich bei dem Einsatzleiter postiert, sie trugen jeder einen Knopf im Ohr, um die Funksprüche zu verfolgen. Zusätzlich waren auf Monitoren im Einsatzwagen die grün-weißen Bilder der Nachtsichtkameras zu sehen, die einige SEK-Beamte auf den Helmen trugen. Das Sichtfeld der Kameras war eingeschränkt, die Bilder wackelten, da man jede Kopfbewegung mitmachte und quasi durch die Augen des Helmträgers sah. Das erste Team erreichte eine verschlossene Tür. Um herauszufinden, was sich dahinter befand, wurde eine Periskopkamera unter dem Türspalt hindurchgeschoben.

»Fuck«, entwich es dem Einsatzleiter, einem Mittvierziger namens Christian Vogt, als er das Bild der Periskopkamera auf einem der Monitore sah. Die Aufnahme war schlecht, Kappler erkannte nur irgendetwas, das in Packpapier eingewickelt zu sein schien.

»Was ist das?«, fragte Kappler.

»Eine *Booby Trap*. Eine Sprengfalle.« Vogt tippte seinem Kollegen, der vor dem Monitor saß, auf die Schulter. »Was würdest du sagen, grau oder gelb?«

»Gelb«, antwortete er.

»Was heißt gelb?« Kappler hasste es, wenn die SEKs sich auf Fachchinesisch unterhielten.

»C4-Plastiksprengstoff, würde ich sagen. Der Größe des Pakets nach zu urteilen, ist es so viel, dass im Falle einer Detonation das Gemäuer einstürzen könnte.«

»Kann man die Bombe entschärfen?«, fragte Eva.

Einsatzleiter Vogt schenkte ihr ein Lächeln. »Das versuchen wir. Wird aber etwas dauern.« Er nahm das Mikrofon an den Mund. »Bruno Eins von Vogt, kommen.«

»Bruno Eins hört«, ertönte es aus den kleinen Knöpfen in ihren Ohren.

»Wir müssen davon ausgehen, dass alle Eingänge mit Sprengfallen belegt sind. Fang bei Team Eins an und arbeite dich dann weiter vor.«

»Bin schon auf dem Weg.«

Vogt schaute zu Kappler, dem er schon ein paarmal begegnet war. »Du sagtest nicht, dass dieser Janus ein Sprengstoffexperte ist, Bernd.«

»War mir auch neu.«

»Das Ding hat kein Anfänger gebaut, sieht man sofort.«

»Janus ist ein Gott«, dachte Eva laut. »Der Herrscher über Ein- und Ausgänge.«

Vogt sah sie an, als hätte sie Chinesisch gesprochen. »Wie ist das jetzt gemeint?«

»Er weiß, dass wir hier sind«, antwortete Kappler.

KAPITEL 47

Aurel Zargert saß gefesselt vor ihr auf dem elektrischen Stuhl, doch Hannah fühlte sich nicht wie eine Siegerin. Sie und Melissa hatten das Spiel zwar unter ihre Kontrolle gebracht, aber sie waren noch nicht frei. Keinesfalls dürften sie den Fehler machen, ihren Gegner zu unterschätzen. Da waren sie sich einig. Immer wieder ging Melissas Blick zu den Lüftungsschlitzen hinauf, aus denen, wie angedroht, das Gas kommen könnte.

»Keine Sorge«, sagte Hannah. »Solange er gefesselt ist, haben wir nichts zu befürchten.« An Aurel gewandt fuhr sie fort: »Wo ist der Ausgang für diesen Raum?«

Aurel lächelte überheblich und ähnelte darin seinem Vater. »Ich sage es dir. Die Antwort folgt *stante pede*, wenn du anfängst, die richtigen Fragen zu stellen.«

»*Stante pede*?« Melissa sah Hannah fragend an.

»Stehenden Fußes. Der römische Gott spricht also Latein.«

Hannah stellte keine Frage. Sie drehte den Regler von fünfzig auf dreißig Prozent zurück und drückte den Knopf. Aurels Muskeln verkrampften sich, er zerrte an seinen Fesseln und biss die Zähne zusammen, genau wie Hannah vorher. Die Erinnerung an die Schmerzen, die sie ausgehalten hatte und die er jetzt zu spüren bekam, veranlasste sie, den Stromstoß frühzeitig abzubrechen. Die Ausübung von Gewalt lag ihr fern. Sie hasste es, was Menschen einander antaten. Dies war ein Grund, weshalb sie sich für das Psychologiestudium entschieden hatte. Sie wollte verstehen, wieso der Homo sapiens zu einem Raubtier mutieren konnte, und mithelfen, solche Auswüchse menschlichen Verhaltens zu verhindern.

»Du kannst dir eine Menge Qualen ersparen«, sagte sie.

Mit allem anderen hätte sie gerechnet, nur nicht mit dem, was Aurel als Nächstes sagen würde: »Wenn ihr mich von nun an Janus nennt, dürft ihr mich alles fragen. Nur nicht, wo der Ausgang ist.«

Melissa verzog spöttisch den Mund. »Okay, mir egal, wie ich dich nennen soll, am besten einfach Arschloch, dann sind Verwechslungen ausgeschlossen.« Sie seufzte. »Ist dies der letzte Raum, *Janus*?«

Er nickte. »Ja, versprochen.«

»Und wenn wir den Ausgang finden, sind wir frei?«

»Ja. Dann habt ihr es geschafft und seid die Gewinner des Spiels.«

»Du sagst, wir müssen die richtigen Fragen stellen?«, wollte Hannah wissen.

Er nickte wieder.

Hannah drehte den Regler auf vierzig Prozent und drückte den Knopf. Wieder fuhr Aurel zusammen, sein Körper zuckte wild.

Hannah beendete den Stromstoß nach wenigen Sekunden. »Was, wenn wir keine Lust mehr auf dein Spiel haben, *Janus*?«

Auf seiner Stirn hatten sich Schweißperlen gebildet, die ihm in die Augen rannen. Er schüttelte ungehalten den

Kopf, damit die Tropfen davonflogen, und holte tief Luft, bevor er antwortete. »Dann, meine liebe Hannah, würdest du nie begreifen, um was es hier geht. Und das willst du doch, oder? *Cui bono* – wem nützt es? Wenn du das wissen willst, musst du mein Spiel bis zum Ende durchhalten.«

Wieder bewegte er ruckartig den Kopf. Dann blinzelte er, seine Augen brannten wohl vom Schweiß. Er seufzte tief, dann redete er weiter. »Du entscheidest, ob dieses Massaker deinem Ex zur Last gelegt wird oder ob der wahre Täter seine gerechte Strafe bekommt.«

Hannah stutzte. »Der wahre Täter?«

»Mein Vater natürlich. Professor Doktor Andreas Zargert.«

Melissa sah zu Hannah. Ihr Blick schien zu sagen: Du hattest also recht.

Hannah spürte, wie Aurels Arroganz sie langsam, aber sicher wieder in Fahrt brachte. »Du willst allen Ernstes der Welt weismachen, dein Vater habe das hier zu verantworten?«

Jetzt grinste Aurel sogar von einem Ohr zum anderen. »Entweder das – oder es waren zwei Verrückte: Alex und Aurel. Der eine sitzt in der Klinik, der andere steht an der Front. Das gibt tolle Schlagzeilen und tolle Bilder, wir werden berühmt. Amoklauf war gestern. Glaubst du, das würde Alex gefallen? Glaubst du, er würde es dann endlich hinkriegen, sich das Leben zu nehmen?«

Hannahs Blut geriet in Wallung. Alex war unschuldig, daran hatte sie nicht den leisesten Zweifel. Er war ein Opfer – zuerst von Professor Zargert und nun von dessen Sohn. Wenn Aurel tatsächlich vorhatte, Alex in den Augen der Welt zu einem Monster zu machen, würde sie das zu verhindern suchen. Mit allen Mitteln. Sie hatte Mühe, ihre Wut in Schach zu halten. Ihr war klar, dass Aurel sie bewusst provozierte. Der Psychopath manipulierte sie nach Strich und Faden, zumindest versuchte er es. Er rechnete wohl damit, dass sie jeden Moment auf ihn losgehen würde. Den Gefallen würde sie ihm jedoch nicht tun.

Hannah nahm eine der Wasserflaschen und schritt zu Aurel, der sofort gierig an dem Strohhalm saugte. Als die Flasche halb leer war, nahm Hannah sie wieder weg.

»Danke«, sagte Aurel. »Du bist ein guter Mensch.«

Hannah hätte ihn am liebsten dazu aufgefordert, diese Aussage zurückzunehmen. Komplimente aus dem Mund eines Psychopathen waren alles andere als eine nette Geste, sie waren allein Mittel zum Zweck, zur Manipulation. »Verlass dich besser nicht darauf. Sage mir, Janus: Woher kommt dieser Hass, uns alle zu töten?«

»Er entspringt dem Kopf deines Ex. Du weißt, wie es dazu kam. Alex und alles, was hier geschieht, ist das Werk meines Vaters. Er ist dafür verantwortlich. Akzeptiere das.«

»Und wieso ist er nicht hier? Wieso sitzt Professor Zargert nicht auf diesem Stuhl?«

Aurel lächelte und zuckte mit den Schultern. »Was würde das bringen?«

»Und was bringt es, all diese Menschen zu ermorden?«

Wieder zeigte er sein überhebliches Lächeln. »Als Janus von den Römern als Gott verehrt wurde, starben viele Unschuldige, weil der Pöbel sich daran erfreute. Derselbe Pöbel steigt heutzutage in den Ring und macht bei Fernsehshows oder solchen Experimenten mit. Warum? Um berühmt zu werden. Derselbe Pöbel applaudiert einem Mann wie meinem Vater. Derselbe Pöbel glaubt einem Jungen kein Wort, wenn er behauptet, dass sein Vater ihn als Versuchskaninchen missbraucht. Mein Bruder und ich, auch wir sind Opfer. Niemand hat uns geglaubt.«

Hannah schüttelte den Kopf. »Das ergibt doch alles keinen Sinn.«

Aurel seufzte. »Für jemanden wie dich vielleicht nicht. Du brauchst für alles eine Erklärung, gehst allem auf den Grund, fragst immer nach dem Warum. Für menschliches Handeln gibt es einen Grund, ja. Aber Janus ist kein Mensch, er ist nicht mal existent, er ist eine Fantasiegestalt, so wie ein Gott.

Diesmal wird der Pöbel zuhören«, fuhr er nach einer kurzen Pause fort. »Aber damit das geschieht, damit die richtigen Leute aufwachen, muss mein Vater selbst in die Arena gestellt werden. Nicht nur zuschauen, nein, er muss um seine Reputation kämpfen, um alles, was er im Leben erreicht hat. Und er muss verlieren. Alles.« Aurels tiefblaue Augen bekamen einen merkwürdigen Glanz. »Nur das entspricht einer adäquaten Rache. Denk an den Grafen von Monte Christo. Er hätte seine Widersacher einfach töten können, oder? Für meinen Vater ist der Tod nicht gut genug. Für ihn beginnt der Kampf, wenn das hier vorbei ist, und er wird verlieren.« Aurel alias Janus lehnte sich mit einem zufriedenen Gesichtsausdruck zurück, bevor er zum Schlusssatz ansetzte: »Denn das hier ist mein Spiel.«

Hannah nickte. Aurel war tatsächlich ein Psychopath wie aus dem Lehrbuch. Eine Frage hatte er ihr noch nicht beantwortet.

»Warum bin ich hier?«

Er verzog spöttisch die Lippen. »Weil Janus das so wollte.«

»Welcher Janus? Du oder der Janus in Alex' Kopf?«

»Es gibt nur den einen.« Er schüttelte den Kopf und schnaubte. »Hast du es immer noch nicht verstanden? Ich bin nur der Bote, der das Paket ausliefert. Ich habe Alex' Fantasien wahr werden lassen.«

Hannah versuchte, sich nicht provozieren zu lassen. »Und warum wollte Janus mich dabeihaben?«

»Weil deine Stimme auch noch in seinem Kopf nachhallt. Im Kopf von Alex.«

Damit hätte Hannah nicht gerechnet. Konnte das sein? Sagte Aurel die Wahrheit?

Auf Aurels Gesicht zeigte sich ein triumphierendes Lächeln. »Ach, das wusstest du nicht? Nun, dann hör mal gut zu. Du warst eine der acht Stimmen, die Alex gehört hat. Alle sind mit der Zeit verklungen, nur du bist geblieben – und Janus.«

Hannah schluckte. »Dann hatte ich also doch recht. Janus ist eifersüchtig? Er duldet niemanden neben sich?«

»Nein. Wenn Janus eifersüchtig wäre, hätte er dich töten können, als Erste.« Er sah ihr tief in die Augen. »Liebe und Hass, Hannah, sind nicht nur Gegensätze. Es sind die stärksten Triebe, die der Mensch hat. Nur eine andere Emotion kann eine ähnlich starke Triebfeder sein – Angst. Sie kann mobilisieren, sie kann aber auch lähmen. Du könntest mich jetzt töten, du hättest die Gelegenheit dazu. Aber du tust es nicht, weil du Angst hast. Die Erfahrungen der letzten sechsunddreißig Stunden reichen nicht aus, deine Angst zu überwinden. Diese Angst wird euch daran hindern, den Ausgang zu finden, und deshalb …« Er nickte wie zur Bestätigung. »… werde ich dieses Spiel gewinnen.«

Hannah hatte genug von seinen kruden Ausführungen,

in denen er sich sonnte. Sie atmete tief durch, drehte sich dann wortlos um und schritt zurück zu dem Metalltisch, an dem Melissa stumm zugehört hatte.

»Erinnere dich an das Seminar, Hannah«, rief Aurel ihr hinterher. »Das Milgram-Experiment hat gezeigt, dass es weder Wut, Aggressionen noch Hass bedurfte, um einen Menschen zu Tode zu quälen. Sie haben alle mitgemacht, nur weil es ihnen einer gesagt hatte. Einer, der sich als Wissenschaftler ausgab und einen weißen Kittel trug.«

Hannah fuhr herum. »Aber die Stromstöße damals waren nicht echt. Sie waren nur simuliert.«

»Macht das einen Unterschied?« Er lachte laut. »Der Mensch entwickelt sich nicht weiter, es gibt keinen moralischen Fortschritt. Der einzige Grund, weshalb wir in unseren Breiten nicht mehr morden, vergewaltigen und brandschatzen, ist der, dass es verboten ist. Aber hier, Hannah, hier darfst du: In diesem Escape Room ist es erlaubt. Niemand würde dir einen Vorwurf machen.« Er seufzte mitleidig. »Außer du dir selbst.«

Jetzt verlor Hannah doch die Nerven. »Ich werde niemanden umbringen!«, schrie sie. »Noch nicht einmal dich, du krankes Arschloch. Ich will nur diesen Wahnsinn beenden und hier raus, mehr nicht.«

Aurel genoss sichtlich seinen Triumph, sie aus der Fassung gebracht zu haben. »Dann, meine Liebe, musst du das Spiel zu Ende spielen.«

Es reichte. Hannah hatte keine Lust und auch keine Kraft mehr für Aurels Spielchen. »Wie du willst«, sagte sie, beugte sich an Melissa vorbei zu dem Knopf hinunter, der den Stromfluss aktivierte, und drückte ihn.

Einen Moment lang geschah nichts.

Hannah drückte den Knopf erneut.

Dann brach Aurel in schallendes Gelächter aus.

Der Strom war längst abgeschaltet.

Aurel lachte so heftig, dass ihm die Tränen über die Wangen liefen. Hannah und Melissa sahen sich an. Verzweifelt und ratlos. Er hatte die Kontrolle, obwohl er gefesselt auf einem Stuhl saß. Sein Plan lief anscheinend wie am Schnürchen.

Plötzlich zitterte der Boden unter ihren Füßen – eine Erschütterung brachte das Gebäude, in dem sie sich befanden, zum Beben. Nach zwei Sekunden war der Spuk wieder vorüber.

»Was war das? Kommt das Gas?«, fragte Melissa und sprang von ihrem Stuhl auf.

Hannah sah zu Aurel.

Der grinste. »Wir kriegen Besuch. Endlich!«

KAPITEL 48

Auf den Bildschirmen zwei und drei sah Kappler nur noch Rauch. Die Sprengfalle war detoniert, obwohl der Bombenentschärfer äußerste Vorsicht hatte walten lassen.

»Schadensmeldung«, schrie Vogt, der Einsatzleiter, ins Mikrofon. »Gibt es Verletzte?«

»Negativ«, ertönte es aus den kleinen Knöpfen in ihren Ohren. »Von der Tür ist nichts mehr übrig, wir können rein.«

»Hält das Gemäuer stand?«

Kappler und Eva sahen dem Geschehen aus sicherer Entfernung zu, quasi durch die Augen der SEK-Beamten, die Helmkameras mit Nachtsichtfunktion trugen. Das Schloss schien stabiler zu sein als vorher angenommen. In dem grünlichen Licht des Nachtsichtgerätes war deutlich zu erkennen, dass ein paar Steine des Türbogens herausgebrochen waren, aber der Gang an sich kaum Schaden genommen hatte.

»Der Korridor hält«, ertönte die Stimme aus den Ohrhörern.

Vogt sprach ins Mikro. »Wir lassen die anderen beiden Eingänge erst mal ruhen. Das Risiko einer erneuten Detonation ist zu groß, und am Ende stürzt doch noch was ein. Team zwei und drei, folgt Team eins mit dreißig Metern Abstand. Es könnte noch weitere Sprengfallen geben.«

Die Männer gingen los. Kappler und Eva schauten gebannt auf die Monitore. Was erwartete die SEK-Beamten? Noch eine Sprengfalle oder ein anderes Hindernis? Der Ton wurde nicht übertragen.

»Hört ihr etwas?«, fragte Vogt.

»Negativ. Hier ist es so still wie in einer Gruft.«

Die Helmkameras schwenkten hin und her, verschafften den Kollegen draußen einen Eindruck des Raums. Es war ein Gewölbe aus Steinbrocken, die in mittelalterlicher Bauweise nicht dieselbe Größe hatten, sondern mit Mörtel übereinander aufgeschichtet worden waren. Die Männer näherten sich einer Tür, schon aus einigem Abstand war zu erkennen, dass diese einen Spaltbreit offen stand.

»Hier stinkt es«, ertönte es aus den Ohrhörern. »Es riecht nach Blut.«

Der erste Mann erreichte die Tür. Obwohl sie offen stand, kam wieder die Periskopkamera zum Einsatz. Diesmal war der Weg frei. Die SEK-Beamten betraten mit vorgehaltenen Waffen den Raum, die Objektive der Nachtsichtgeräte schwenkten umher.

Kappler war der Erste, der es sah.

»Was ist das da in der Mitte des Raumes? Zeigen Sie es uns«, sprach er ins Mikro.

Alle Kameras schwenkten zu diesem Punkt.

»Oh Gott!«, ertönte es aus den Ohrhörern.

In der grobkörnigen Darstellung erinnerten die Bilder auf den Monitoren an eine Illustration aus dem Mittelalter, an ein Gemälde von Hieronymus Bosch. Mehrere verstümmelte Leichen waren ineinander verschlungen, ein Körper lag als Ganzes irgendwo an der Seite, daneben ein abgetrennter Kopf.

Eva wandte angewidert den Blick ab.

»Lagebeschreibung«, forderte der Einsatzleiter.

»Der Raum gleicht einem Verlies«, ertönte es durch die Ohrhörer. »Wir haben hier mehrere Leichen. Es sind drei Körper, würde ich mal schätzen. Zwei davon sind ganz übel zugerichtet. Und wir haben einen Kopf, der zu keiner der Leichen gehört. Er wurde sauber abgetrennt, wie es aussieht worden.«

Vogt und Kappler sahen sich stumm an. Das Grauen bedurfte keiner Worte. Die Nachtsichtkameras lieferten die nächsten Bilder, und Kappler blickte wieder auf die Monitore. SEK-Beamte huschten durchs Bild, auf dem Boden war viel Blut, das durch die Nachtsichtgeräte grünlich schimmerte. Aus einem der Körper ragte so etwas wie ein Holzpfahl heraus.

»Bestätige: Es sind vier Köpfe, männlich«, meldete der SEK-Beamte. »Wir haben eine Leiche, die stranguliert wurde. Zwei Leichen – na ja, keine Ahnung, was mit denen passiert ist – und einen abgetrennten männlichen Kopf.«

Kappler beugte sich vor zu einem Mikrofon. »Der Strangulierte. Wie alt ist er ungefähr?«

»Ein Jugendlicher. Schätzungsweise sechzehn plus.«

Das mussten sie sein, dachte Kappler. Die beiden vermissten Jugendlichen.

Vogt sah zu Kappler, sein Gesicht war ernst. »Mit was für einem Schlächter haben wir es hier zu tun? Ist das ein Ritualmord oder so etwas?«

Kappler zuckte mit den Schultern. Er musste schnellstens Kriminalrat Schmidt informieren. Er ging ein paar Schritte vom Einsatzfahrzeug weg und nahm das Handy ans Ohr. In aller Kürze berichtete Kappler seinem Kollegen so viele Details wie möglich. Am anderen Ende der Verbindung herrschte danach Stille.

»Was für ein Wahnsinn!«, sagte Schmidt irgendwann. »Was soll ich den Journalisten auf der Pressekonferenz gleich sagen?«

Es war eine rhetorische Frage, das wusste Kappler. »Das ist dein Ressort«, antwortete er knapp. »Ich kümmere mich darum, dass dieser Wahnsinn bald ein Ende hat.«

Er beendete das Telefonat, kehrte zu Eva zurück. Auf einem der Monitore im Einsatzfahrzeug erschien ein seltsames Bild. Da war ein Loch in der Decke des Gewölbes, direkt über zwei der Leichen. Der Durchmesser betrug etwa einen Meter, vielleicht etwas mehr. Selbst das Nachtsichtgerät konnte nicht erfassen, was sich am Ende dieses dunklen Lochs befand.

Vogt sprach in sein Mikro. »Wir müssen nachsehen. Klettert hinauf.«

KAPITEL 49

»Nicht mehr lange, dann sind die Cops hier.« Aurel war immer noch an den elektrischen Stuhl gefesselt, schien aber keinerlei Befürchtung zu haben, dass die Polizei ihn festnehmen könnte.

Hannah und Melissa sahen sich fragend an. Sagte Aurel die Wahrheit? War die Polizei auf dem Weg zu ihnen?

»Ihr könntet also ausharren und warten, bis sie euch retten«, fuhr Aurel fort. »Aber auf ihrem Weg hierher müssen sie viele Hindernisse überwinden. Die Detonation kam von einer Sprengfalle. Eine von vielen. Und wer weiß, vielleicht stürzt dieses Gemäuer auch ein und begräbt uns alle.«

Nun glaubte Hannah ihm jedes Wort.

»Tja, und eine andere Sache wäre da natürlich auch noch …« Aurel sah vielsagend zu den Lüftungsschlitzen hinauf.

Melissa fing an zu zittern. Hannah nahm sie fest in den Arm, drückte sie an sich. »Ganz ruhig. Nur nicht die Nerven verlieren.«

»Ich kann nicht mehr«, sagte Melissa mit Tränen in den Augen. »Beende es, bitte!«

Hannah nickte. Genau das hatte sie vor. Sie löste sich von der zitternden Melissa und trat wieder vor Aurel.

»Wie kommen wir hier raus?«

»Ich sage es dir.« Aurel lächelte. »Siehst du den kleinen Rollcontainer unter dem Tisch? In der obersten Schublade liegt ein Scanner für Fingerabdrücke und ein kurzes USB-Kabel. Um den Mechanismus für den Ausgang zu aktivieren, müsst ihr den Fingerscanner mit dem Computer verbinden. Das Kabel ist allerdings sehr kurz, und nur ich kann mit meinem rechten Zeigefinger den Mechanismus, der die Tür öffnet, aktivieren. Ihr müsst mich also losmachen, damit ich zum Tisch gehen kann.« Er sah erneut hinauf zu den Lüftungsschlitzen. »Oder ihr hofft auf Hilfe von außen.«

Hannah ging schnurstracks zu dem Tisch, riss die oberste Schublade des Rollcontainers auf. Darin lag tatsächlich ein Fingerabdruckscanner mit einem kurzen USB-Kabel, genau wie Aurel es beschrieben hatte. Hannah nahm beides heraus, verband den Scanner mit dem Computer. Auf dem Bildschirm wurde angezeigt, dass die Hardware erkannt wurde.

»Lass uns lieber auf die Polizei warten«, sagte Melissa, die sich wieder ein bisschen beruhigt hatte.

Hannah drehte sich zu ihr. »Und wenn die Polizei nicht kommt? Oder es wieder eine Explosion gibt? Nein, wir müssen hier raus.«

»Aber er ist stärker als wir beide zusammen.«

»Ich weiß«, sagte Hannah. »Und er macht Kampfsport.«

»Das war ein reiner Glückstreffer mit dem Knie«, sagte Melissa. »Noch einmal schaffe ich das nicht.«

Hannah sah zu der Kordel an Melissas schwarzem Kapuzenshirt.

»Darf ich die Kordel haben?«

»Wozu?«

»Vertrau mir einfach.«

Melissa zog an einem Ende der Kordel und entfernte sie ganz aus ihrer Kapuze.

Hannah nahm sie. »Warte hier.«

»Was machst du?«, rief Melissa ihr hinterher. »Ihn fesseln?«

Ohne zu antworten, schritt Hannah auf Aurel zu.

»Du kannst meine Hände festbinden.« Er grinste. »Dann bin ich keine Gefahr für euch.«

»Nein, das habe ich nicht vor«, sagte Hannah ruhig. Sie nahm die Kordel, legte sie wie eine Schlaufe um das Mittelgelenk seines rechten Zeigefingers, zog fest zu und machte einen Knoten. Das Blut wurde gestaut, der Finger lief rot an.

Aurel verzog spöttisch den Mund. »Willst du ihn mir abbeißen?«

Hannah schüttelte den Kopf. Sie langte nach unten, in die Seitentasche ihrer Cargohose, und zog die Gartenschere heraus, die sie seit dem Terrarium bei sich trug.

»Wow!«, sagte Aurel verblüfft. Sein Gesichtsausdruck verlor an Selbstsicherheit. »Ich verstehe. Nicht schlecht, die Idee, aber dazu gehört mehr Mumm, als du hast, Miststück!«

Melissa kam näher, sah den abgebundenen Finger und die Gartenschere in Hannahs Hand und begriff. »Du willst ihm den Zeigefinger abschneiden?«, fragte sie und machte große Augen.

»Nur den halben. Hast du eine bessere Idee?«

Aurel sah flehend zu Melissa. »Sie ist verrückt. Bitte, halte sie davon ab. Ich verspreche euch, die Tür zu öffnen, wenn ihr mir die Fesseln löst.«

»Auf dein Versprechen pfeife ich«, sagte Hannah und setzte die geöffnete Schere kurz hinter dem mittleren Glied an.

»Na los!« Aurels Augen blitzten. »Du wirst es eh nicht durchziehen, Miststück!«

»Weißt du was? Es reicht!« In dieser wohl außergewöhnlichsten Sekunde ihres Lebens verspürte Hannah nichts, noch nicht mal Wut. Es war ein rein mechanischer Vorgang. Und es ging sehr schnell. Ein leises Knacken, und der halbe Zeigefinger war abgetrennt.

Aurels Schrei beförderte Hannah in die Realität zurück. Für einen kurzen Moment war sie wie in Trance gewesen. Sie sah auf ihre linke Handfläche, auf der der halbe Zeigefinger lag. Dann blickte sie zu Aurel, der kalkweiß im Gesicht vor sich hin wimmerte und auf seinen verletzten Finger starrte.

»Du verdammtes Miststück!«

Hannah drehte sich um.

Melissa stand wie paralysiert hinter dem Tisch, konnte offensichtlich noch nicht ganz glauben, was Hannah da gerade getan hatte.

Hannah gab sich einen Ruck. Komm schon, dachte sie, du hast es durchgezogen, jetzt lebe damit. Und vor allem: überlebe.

»Versorge seine Wunde«, forderte sie Melissa auf, als sie bei ihr am Metalltisch ankam.

Das reichte, um Melissa aus ihrer Erstarrung zu holen. »Womit denn?«

Hannah reichte Melissa die Gartenschere. »Schneide ein Stück seines Kittels ab und verbinde ihn. Erst dann löst du die Kordel, nicht vorher.« Als sie den besorgten Blick ihrer Mitstreiterin bemerkte, fügte sie hinzu: »Er ist gefesselt, er kann dir nichts tun.«

Melissa nickte und ging zu Aurel, der beide Frauen wütend anstarrte. Hannah wischte sich inzwischen das Blut, das der Finger auf ihrer Handfläche hinterlassen hatte, an ihrer Hose ab. Dann drückte sie Aurels Fingerkuppe auf den Scanner und sah gebannt auf den Monitor. Der Moment der Wahrheit. Es dauerte ein paar Sekunden, dann leuchtete der Bildschirm grün, und ein Schriftzug erschien: *Identity checked.*

In diesem Moment erklang ein lautes Zischen. Hannahs Blick huschte sofort hinauf zu den Lüftungsschlitzen, doch da war kein Gas, zumindest kein sichtbares. Das Geräusch kam woandersher, von weiter unten. Und dann sah sie es: Die rechte Wand, die wie die anderen Wände aus grauen Stahlplatten bestand, bewegte sich, zumindest ein Teil von ihr. Eine Stahlplatte löste sich und fuhr langsam nach vorn, sodass ein Spalt entstand, breit genug, dass ein Mensch hindurchpasste.

»Lass uns abhauen«, rief Hannah Melissa zu, die immer noch mit Aurels Wundversorgung beschäftigt war. »Um den kümmert sich die Polizei.«

Plötzlich spürte Hannah, wie sie jemand von hinten antippte. Sie fuhr herum, hätte beinahe geschrien vor Schreck. Phil stand vor ihr. Diesmal nicht als Wachsfigur.

»Hi!«, sagte er. »Überrascht?«

Hannah schnappte nach Luft.

»Wie hast du das gemacht?«, stieß sie hervor und ahnte im selben Moment die Antwort.

»Na ja. Es gab gar keinen Frosch, oder hast du ihn etwa gesehen?« Phil grinste. »Der Rest war reine psychologische

Irreführung. Die hier allerdings …« Er deutete auf eine Pistole in seiner rechten Hand. »… ist sehr real.«

Kaum hatte er zu Ende gesprochen, richtete er den Lauf der Pistole auf Hannahs Kopf.

Phil sah zu Melissa. »Hast du ihn verbunden?«

Melissa nickte.

»Dann mach seine Fesseln los. Sofort!«

Melissa reagierte nicht.

Phil feuerte einen Warnschuss ab, gezielt an Hannahs Kopf vorbei. Der Knall war unerträglich laut. Hannah zuckte zusammen, ihre Ohren schmerzten. Sie fuhr herum. Das Projektil traf die Metallwand unweit von Melissa, prallte ab und schoss als Querschläger durch den Raum, erwischte aber kein lebendes Ziel.

»Bist du wahnsinnig, du Idiot?«, schrie Aurel. »Die Wände sind kugelsicher. Willst du uns alle umbringen?«

Melissas Widerstand war gebrochen. Sie bückte sich, um Aurels Fußfesseln zu lösen.

Der Nachhall in Hannahs Ohren wurde leiser. Das darf doch alles nicht wahr sein, dachte sie und kämpfte mit den Tränen. Was hatte dieses Schwein namens Aurel oder Janus noch alles in petto? Noch mehr Tricks, noch mehr lebendig gewordene Tote?

Phil wirkte tiefenentspannt. Ein Indiz dafür, dass die Polizei in diesem Augenblick nicht kurz davorstand, diesen Raum zu stürmen.

»Ich habe es irgendwie geahnt«, sagte Hannah zu Phil. »Im Casino, als ich deine Puppe gesehen habe.«

Phil zuckte mit den Schultern. »Eine Ahnung zu haben, reicht nicht. Erkenntnis ohne Handeln bedeutet keine ausreichende Erkenntnis. Hat mal irgend so ein japanischer

Philosoph gesagt, kurz bevor er Harakiri beging.« Phil lachte, er schien das witzig zu finden. »Tja. Die Menschen sehen, was sie sehen wollen. Glauben, was sie glauben wollen.«

Aurel erhob sich von dem elektrischen Stuhl, Melissa wich zurück. Seine natürliche Gesichtsfarbe war zurückgekehrt, und ihm schien es gut zu gehen, trotz der Amputation seines halben Zeigefingers.

Aurel schritt zu seinem Komplizen, der neben Hannah getreten war. »Warum hast du nicht eingegriffen?«

Er zuckte die Schultern. »Ich habe zu spät gemerkt, was sie vorhat. Tut mir leid.«

Aurel hielt ihm die linke unverletzte Hand hin, und Phil legte die Pistole hinein.

»Wie ist das Erkennungszeichen?«, fragte Aurel.

»Pink.«

Hannah hatte keine Ahnung, was damit gemeint war. Aurels Blick richtete sich auf Hannah. Die Stunde der Wahrheit, dachte sie. Nun würde sich zeigen, wie rachsüchtig Janus wirklich war.

Phil schien die Gefahr nicht kommen zu sehen, Hannah schon. Gerade noch rechtzeitig hielt sie sich die Ohren zu und duckte sich, als der erste Schuss losging. Phil zuckte zusammen. Janus war kein guter Schütze. Zwei Schüsse verfehlten ihr Ziel, prallten von den Metallwänden ab und schwirrten als Querschläger durch den Raum. Aber die nächsten Kugeln trafen und zerfetzten Phils Brustkorb, wo bereits der erste Schuss getroffen hatte. Das letzte Projektil ging durch die Stirn und ließ Phils Gehirn aus dem Hinterkopf platzen. Phil war tot, bevor sein Körper auf dem Boden aufschlug.

Dies alles war innerhalb von noch nicht einmal zehn

Sekunden passiert, und Hannah brauchte ein paar weitere Augenblicke, um das Bild des durchlöcherten Phil zu verarbeiten.

Aurel warf die Pistole weg, die polternd neben Hannah liegen blieb. Die Waffe sah seltsam aus, das Metallteil, aus dem die Patronenhülsen geflogen kamen, war blockiert, als ob es eine Ladehemmung gegeben hätte. Dachte Hannah zumindest. Ihr Wissen über Schusswaffen hielt sich in Grenzen.

Hannah kam langsam wieder auf die Beine. Erst jetzt fiel ihr auf, dass sie Melissa nicht mehr sah.

»Melissa?«

Sie huschte um den Tisch herum. Melissa lag wimmernd dahinter, offenbar hatte sie dort Deckung gesucht, und ihr Bein blutete. Ein Querschläger hatte sie ins Knie getroffen.

»Es tut so weh«, stöhnte sie. »Ich kann mich nicht mehr bewegen.«

Da erbebte das Gebäude erneut. Heftiger als beim ersten Mal.

Aurel stand regungslos vor Phils Leiche. Er hatte den beiden Frauen, seit er seinen Komplizen ins Jenseits befördert hatte, keine Beachtung mehr geschenkt.

Das änderte sich nun. Er drehte sich zu Hannah um, die bei der verletzten Melissa kniete. »*Chapeau.*« Er hielt seine verletzte rechte Hand in die Höhe und grinste. »Du verdammtes Miststück.«

Hannah wusste nicht, was sie davon halten sollte. Als Aurel ohne einen weiteren Kommentar zu dem Spalt in der Wand schritt und dahinter verschwand, war ihre Verwirrung komplett.

»Haben wir es geschafft?«, fragte Melissa stöhnend.

Hannah nickte. »Es sieht ganz so aus.«

Melissa begann zu weinen. Hannah nahm ihre Hand. Auch ihr standen Tränen in den Augen.

»Es ist vorbei. Es ist vorbei«, schluchzte Melissa.

Nein, dachte Hannah. Für sie war es noch nicht vorbei. Ihr Blick ging zu dem Spalt in der Wand, durch den Aurel verschwunden war. Sie löste ihre Hand aus Melissas Griff.

»Die Polizei ist im Anmarsch. Deshalb musste Aurel abhauen. Kommst du bis dahin allein klar?«

Melissa wischte sich eine Träne aus dem Augenwinkel. »W-w-was hast du vor?«

Hannah ging nicht auf ihre Frage ein. »Kommst du allein klar?«, wiederholte sie.

»Es tut höllisch weh, aber es blutet nicht stark. Ich denke also schon.«

Hannah stand auf, ging zu der Stelle, wo die Pistole lag, und hob sie auf. Aurel hatte das Ding leer geschossen. Aber vielleicht … Sie trat zu Phils Leiche und starrte auf den zerplatzten Schädel. Es kostete sie einige Überwindung, ihre Hand in die Taschen des Toten zu stecken. In seiner rechten Hosentasche fand sie, wonach sie suchte – zwei Patronen.

Hannah hatte nur ein Problem: Sie kannte sich überhaupt nicht aus mit Waffen. Wie lud man so ein Scheißding?

»Äh, Melissa, du bist nicht zufällig eine Schusswaffenexpertin, oder?«, fragte Hannah, während sie zu der Verletzten schritt.

»Na ja, ich habe eine Gaspistole zu Hause. Mit der kenne ich mich aus. Gib mal her.«

Hannah kniete sich neben sie und reichte ihr die Pistole. Melissa zog und drückte daran, und etwas schnappte ein.

»Hast du Patronen?«

Hannah gab sie ihr. Wieder machte Melissa irgendetwas mit der Pistole, wieder ertönte ein schnappendes Geräusch.

»So, bitte sehr, geladen.« Melissa gab Hannah die Waffe zurück.

Hannah staunte nicht schlecht. »Danke! Damit hast du uns womöglich beide gerettet.«

In diesem Moment hörte Hannah das Zischen wieder. Es kam von der Wand, ein Mechanismus setzte sich in Gang und verschloss langsam den Spalt. Ohne eine weitere Sekunde verstreichen zu lassen, sprang sie auf und rannte zu der Lücke.

»Hannah«, rief Melissa ihr hinterher.

Sie drehte sich noch einmal um.

»Egal, was passiert, danke für alles. Und verzeih mir, dass ich dir nicht von Anfang an geglaubt habe.«

Hannah lächelte. »Schon gut.«

»Ich will dich wiedersehen. Lebend.«

»Das wirst du. Bis später!«

Hannah verschwand durch den Spalt, der gerade noch groß genug war, dass sie hindurchpasste. Zwei Sekunden später war die Metallwand ganz eingefahren und der Weg zurück versperrt.

KAPITEL 50

Kappler hatte das Gefühl, die Nacht sei ein paar Stunden zu früh hereingebrochen, so dicht waren die Wolken am Himmel. In dem Wald rund um das Schloss wurde es schon dunkel.

Seit den Explosionen galten verschärfte Regeln, der oder die Täter waren gewarnt. Das Technische Hilfswerk und die lokalen Feuerwehren hatten Scheinwerfer bereitgestellt, die das Areal mit Licht fluteten. Eine Drohne schwebte in der Luft, die hochauflösende Wärmebildkamera erfasste jede Bewegung am Boden. Alle Einsatzkräfte mussten einen neonfarbenen pinken Streifen deutlich sichtbar an der Uniform tragen. Würde jemand ohne dieses Erkennungszeichen herumlaufen, würde er festgenommen werden.

Kappler und Eva verfolgten am Monitor, was sich innerhalb des Schlosses tat. Zwei SEKler hatten es geschafft, das fünfzig Meter hohe Loch hochzuklettern, das im Schlossturm endete. Sie waren dabei durch mehrere Holzböden gestiegen, in denen sich jeweils ein großes Loch befand. An einem Seil kamen weitere Teams nach und teilten sich auf.

Von dem Loch, in das anscheinend eins der Opfer gestürzt und durch alle Böden bis ins Verlies gefallen war, ging ein Korridor ab. Team Eins folgte dem Licht am Ende des Korridors. Dort angekommen, konnten sie die Nachtsichtgeräte ausschalten und im normalen Kameramodus weiterfilmen. Die Einheiten befanden sich nun in einer Art Fluggastbrücke, wie man sie in Flughäfen vorfand, um zur Maschine zu gelangen. Erst als sie kurze Zeit später in einem Loch im Boden die blutüberströmte Leiche einer jungen Frau entdeckten, war ihnen die Gefahr bewusst, in der sie schwebten. Jeden Moment könnte der Boden auch unter ihren Füßen nachgeben. Schnell bewegten sich die SEKler zum Anfang des Schlauchs zurück. Über eine Wendeltreppe gelangten sie abwärts und dort in einen Raum, der gut in ein Schloss zu passen schien, mit seinen eleganten Möbeln, seinem Teppichboden und dem Kronleuchter. Nur ein riesiger Blutfleck an der Wand und der kopflose Torso eines Mannes wirkten fehl am Platz.

Team Zwei gelangte am Ende des dunklen Korridors in einen Raum, der wie ein Spielcasino eingerichtet war, mit mindestens zwei Dutzend Schaufensterpuppen und Wachsfiguren.

»Vorsicht«, sprach Vogt ins Mikro. »Seht genau hin, jede Puppe könnte eine Sprengfalle sein.«

Die Einsatzkräfte schauten sich um, kontrollierten jede Puppe, jeden Winkel. Sie fanden nur eine Person, und die lag tot auf dem Boden und hatte eine Kugel im Rücken.

Einer der SEKs meldete, dass er Klopfzeichen gehört habe.

Vogt nickte. »Findet heraus, wo die herkommen, sofort.«

Seine Männer begaben sich auf die Suche.

Auf den Monitoren tat sich etwas. Die SEKs hatten eine

Tür gefunden, die allerdings fest verschlossen war. Sie ging nach innen auf, was eine gezielte Sprengung ohne Personengefährdung dahinter möglich machte.

Der Sprengmeister kommentierte über Funk, was er tat. In den schmalen Spalt zwischen Tür und Rahmen wurde HMX-Plastiksprengstoff eingebracht. Alle gingen in Deckung, dann erfolgte die Zündung, und die Tür flog komplett aus dem Rahmen.

Zwanzig Sekunden später drang eine Erfolgsmeldung zu Kappler, Eva und Vogt durch. »Wir haben jemand gefunden, angeschossen. Und eine weitere Person, tot.«

Die Kamera erfasste das Gesicht der Überlebenden. Eva sah auf die Fotos der Teilnehmerliste. Es war Melissa Ahrendt.

Kappler und Eva wechselten einen erleichterten Blick. Sie hatten eine Niederlage nach der anderen hinnehmen müssen, aber mindestens eine Person hatte überlebt.

Kappler beugte sich zu dem Flaschenhalsmikrofon herunter. »Fragen Sie die Frau bitte nach weiteren Überlebenden.«

Der SEKler, der bei Melissa Ahrendt war, fragte sie, dann hielt er ihr das Mikro hin.

Ihre Stimme drang durch die Ohrhörer. »Nur Hannah und ich sind übrig. Und Rick, der aber in Wahrheit ein anderer ist. Er ist durch einen Spalt in der Wand abgehauen, Hannah ist ihm gefolgt. Jetzt ist der Ausgang wieder verschlossen.«

Kappler sah zu Vogt. »Die sollen die Tür irgendwie öffnen und hinterhergehen.«

Der Einsatzleiter gab den Befehl. Eine zweite Sprengung war vonnöten.

Kappler und Eva unterhielten sich mit Melissa Ahrendt auf einer gesonderten Frequenz, und sie bekam ein eigenes Funkgerät. Die Kommissare erfuhren, dass Aurel Zargert alias Roderick Schumann alias Janus seinen Komplizen getötet hatte, den Mann, den Melissa Ahrendt nur als Philip Schweickert kannte.

»Und Sie sollten noch etwas wissen«, sagte Melissa Ahrendt zum Schluss. »Hannah hat eine Waffe.«

KAPITEL 51

Hannah ging gebückt durch ein schmales, enges Gewölbe, das spärlich beleuchtet war. Angst spürte sie keine, nur den Drang nach dem, was sie hierhergebracht hatte – Gerechtigkeit. Sie musste Aurel alias Janus folgen. Er durfte nicht davonkommen.

Hannah wollte Gerechtigkeit, und sie wollte Antworten. Während sie weiter durch den engen, feuchten Korridor schritt, den Lauf der Waffe nach vorne gerichtet, erinnerte sie sich daran, wie sie nach dem Abitur noch nicht genau wusste, was sie studieren wollte. Psychologie oder Jura? Deshalb hatte sie mehreren Mordprozessen als Zuhörerin beigewohnt und im Gerichtssaal miterlebt, wie bei jeder Verlesung der Anklageschrift zuerst der Tathergang beschrieben wurde. Wie eine Geschichte aus einem Buch, nur dass die Ereignisse tatsächlich geschehen waren. Ein Mord war schwer zu erklären, selbst wenn ein handfestes Motiv wie Hass, Eifersucht oder Geldgier vorlag. Deshalb musste die Geschichte aller Beteiligten erzählt werden. Erst nach der Erzählung des Sachverhaltes wandten die Juristen ihre Werkzeuge an, diskutierten, gegen welches Gesetz verstoßen wurde, und fanden zu einem Urteil. Aber egal, wie viele Juristen, Psychologen und sonstige Experten am Werk waren, die Geschichte des Täters blieb im Verborgenen. Hannah erinnerte sich, wie mancher hinter der Anklagebank still dasaß, andere empört den Richter anstarrten oder mit den Anwälten diskutierten. Es gab aber auch die, die während der Urteilsbegründung lächelten, als wären sie stolz auf sich oder zumindest darauf, einmal im Mittelpunkt zu stehen. Was wirklich passiert war, wusste nur der Täter.

Hannah hatte sich für Psychologie entschieden, weil die Geschichten sie mehr interessierten als die juristische Aufarbeitung. Sie wollte jede Lücke in Aurels Geschichte schließen. Dazu müsste sie den Weg bis zu Ende gehen – ihr Spiel spielen, nicht seins.

Hannah konnte ihre eigenen Schritte hören, die in dem engen Gang hallten. Es tat gut, die Pistole in der Hand zu fühlen. Das kalte Metall verlieh ihr Sicherheit, auch wenn sie nicht wusste, ob sie überhaupt in der Lage wäre abzudrücken.

Ich werde es vielleicht bald wissen, dachte sie, als der Gang an einer Holztür endete. Langsam drückte Hannah die Klinke herunter und zog daran. Mit Quietschen und Knarzen ging die Tür auf.

Sie betrat den Raum dahinter. Ein ans Kreuz genagelter Mann starrte auf sie herab – Jesus von Nazareth, aus Holz geschnitzt. Sie blickte sich um. Ja, sie war in einer Kapelle. Von draußen fiel Licht durch die bleiverglasten Fenster. Scheinwerfer, vermutete Hannah. Von der Polizei? Die Fenster waren zu hoch, um nachzusehen. Sie könnte natürlich einen Schuss abfeuern, aber dann hätte sie nur noch eine Patrone im Lauf. Nein, sie wollte Aurel finden, er durfte nicht entwischen. Hannahs Blick schweifte in der spärlich beleuchteten Kapelle umher. Hinter dem Altar flackerte eine Kerze in einem roten Gefäß – das ewige Licht, das in jeder Kirche brannte. Als sie darauf zuging, die Pistole fest im Griff, sah sie, dass hinter dem Altar ein Durchgang war, aus dem ebenfalls Licht hereindrang. Eine Steintreppe führte nach unten. Da unten war wohl eine Krypta, vermutete Hannah. Sie würde es bald wissen.

Los geht's, du schaffst das, sprach sie sich selbst Mut zu.

Gerade als sie die erste Stufe nehmen wollte, erzitterte das Gemäuer ein weiteres Mal.

KAPITEL 52

Die Entschärfung der dritten Sprengfalle war misslungen, zum Glück war aber niemand verletzt worden.

Auch die Öffnung der Metallwand, durch die Hannah Preuss und Aurel Zargert laut Aussage der Zeugin verschwunden waren, erwies sich als schwieriger als gedacht. Die Platten waren aus drei Zentimeter starkem V2 A-Stahl. Metallsprengungen galten als besonders gefährlich, und die Explosion könnte die Mauern in Mitleidenschaft ziehen. Darum wurden mehrere Schweißbrenner geordert, die aber erst zum Schloss geschafft werden mussten.

Die erneute Verzögerung ließ Kappler noch unruhiger werden. Er griff zu einem Mikro und nahm Kontakt mit dem Team auf, das den dritten Eingang an der Ostseite des Schlosses geöffnet hatte.

»Team Drei. Die Kollegen kommen wegen der Metallwände nicht weiter. Ihr müsst ihnen entgegengehen, von der anderen Seite vordringen.«

»Verstanden«, antwortete der Leiter von Team Drei. »Können Sie uns sagen, wohin?«

Eva sah auf den Lageplan des Schlosses. Sie hatte eine Idee. Kappler reichte ihr das Mikrofon.

»Hören Sie. Von dort, wo Sie jetzt sind, müssen Sie südwärts in Richtung Kapelle gehen. Von der Kapelle aus führt ein Gang dorthin, wo der Täter zuletzt gesehen wurde.«

»Verstanden«, ertönte es aus den Ohrhörern. »Südwärts zur Kapelle.«

»Vorsicht«, sagte Kappler besorgt. »Nicht nur der Täter ist geflüchtet. Eine der Geiseln ist ihm gefolgt. Passt auf, sie ist eine wichtige Zeugin.«

»Verstanden.«

Ob das reichte, Janus zu fassen?, fragte sich Kappler.

Eva schien seine Gedanken zu lesen. »Wir sind noch nicht am Ziel.«

Er nickte. »Ja. Aber wenn Janus eins mit Sicherheit nicht vorhergesehen hat, ist das der Alleingang einer bewaffneten Geisel. Hannah Preuss könnte unsere alles entscheidende Karte in diesem Spiel sein.«

KAPITEL 53

Hannah stieg mit vorgehaltener Pistole die Treppe zur Krypta hinab. Nach zehn Stufen öffnete sich ein Gewölbe vor ihr mit niedriger Decke. An den vielleicht zwei Meter hohen Wänden vergilbten Gemälde von Heiligen. Neun Pfeiler in der Anordnung drei mal drei verbanden Boden und Decke, dazwischen befanden sich schwere Grabplatten aus Granit und Marmor. Der Geruch von Moder lag in der Luft, vermischt mit ein wenig Weihrauch.

Hannah spürte vom ersten Moment an, dass sie nicht allein war. Als Aurel hinter einem der Pfeiler hervortrat, stellten sich ihre feinen Haare im Nacken auf. Er trug die komplette Ausrüstung eines SEK-Beamten. Mit schwerer Bewaffnung, kugelsicherer Weste und einem Titanhelm auf dem Kopf. Über der rechten Brust leuchtete ein neonfarbener Streifen in Pink. Aurel lehnte mit der linken Schulter an der hinteren Säule und verbarg seinen linken Arm. Über die rechte Hand, an der sein halber Zeigefinger fehlte, hatte er einen schwarzen Handschuh gezogen. Hannah konnte nur vermuten, was er in seiner linken Hand hielt. Wahrscheinlich eine Schusswaffe.

Sie hob ihre Pistole und zielte auf ihn.

Aurel lächelte, klappte das kugelsichere Visier seines Titanhelms herunter. »Und jetzt?«

Hannahs Hand, die die Pistole hielt, zitterte. Verdammt! Sie stellte keine Bedrohung für ihn dar. Nicht, wenn sie zitterte wie Espenlaub. Also ließ sie den Lauf der Pistole sinken.

»Braves Mädchen«, sagte Aurel. »Ich hatte nie vorgehabt, dich zu töten, Melissa schon. Sie war nur Beiwerk. Du hast ihr quasi das Leben gerettet. Gratuliere.« Er deutete auf die Pistole in Hannahs Hand. »Ich habe ein paar Kugeln zu viel für Phil vergeudet, weil ich mit links schießen musste.«

»Er hatte noch Patronen in der Tasche. Ein ganzes Dutzend«, log sie.

Er zuckte mit den Schultern, es schien ihm egal zu sein, dass sie eine geladene Pistole dabeihatte. »Weißt du, Hannah, du wärst diejenige gewesen, die überlebt hätte und der ganzen Welt berichten sollte. Jetzt aber hast du meine Pläne schon wieder durchkreuzt. Es war ein Fehler, mir zu folgen.«

»Vielleicht.« Hannah versuchte ruhig zu klingen. »Aber es war auch ein Fehler, mich zu entführen. Übrigens, du hast da etwas liegen lassen. Deinen halben Finger. Ich habe ihn dabei.«

Aurel starrte sie an, versuchte wohl in ihrem Gesicht zu lesen, ob sie bluffte.

»Na schön. Gib ihn mir, und ich lasse dich gehen.«

Hannah schüttelte den Kopf. »Beantworte mir erst eine Frage: Warum bin ich hier?«

Er klappte das Visier wieder hoch. »Ich dachte, das wüsstest du längst?«

Hannah schüttelte erneut den Kopf. »Deine Erklärung war Schwachsinn.«

Er lächelte. »Ich wollte dich persönlich kennenlernen.«

»Das hast du bereits auf der Party. Wem gehörte der Zeigefinger im Eisfach?«

»Meiner Mutter. Ich habe sie vor sieben Jahren getötet. Kurz bevor der Sarg geschlossen wurde, nahm ich eine Gartenschere, genau wie du, und habe ihr den Finger abgetrennt.« Er sagte das mit einer Selbstverständlichkeit, die Hannah einen Schauer über den Rücken jagte.

»Und warum hast du ihn abgeschnitten?«

»Ich wusste, dass ich ihn eines Tages brauchen würde.«

»Wieso hast du sie ermordet?«

Aurel seufzte. »Weil sie tatenlos bei den Spielchen zugesehen hat, die mein Vater mit uns trieb. Sie wurde krank dadurch, nahm Tabletten. Aber sie unternahm nichts. Eines Tages schluckte sie die falschen Pillen.« Er grinste und zeigte seine weißen Zähne. Dann streckte er seine rechte Hand aus. »Na los, gib ihn mir!«

»Nein! Erst die Antworten. Und diesmal die Wahrheit. Warum hast du mich entführt?«

Aurel seufzte noch einmal tief, als ob er es müde wäre, sich zu wiederholen. »Egal, was ich dir sage, du wirst keine Antwort akzeptieren. Es gibt Dinge im Leben, die sind nicht erklärbar. Wieso bekommt ein Kind Leukämie, und die Eltern müssen zusehen, wie es stirbt? Medizinisch gibt es Gründe dafür. Aber ist das eine Antwort auf die Frage der Eltern nach dem Warum?« Er schüttelte den Kopf. »Die Zeit heilt alle Wunden, sagt man. Quatsch. Ein Trugschluss. Es bleiben immer Narben auf der Seele zurück. Und um solche Narben zu heilen, deshalb studierst du doch Psychologie, richtig?«

Hannah nickte. »Was hat Alexander dir über mich erzählt?«

»Alles. Ich weiß alles über dich. Janus ist nicht eifersüchtig. Ganz und gar nicht. Es war seine Idee, dich an dem Spiel teilhaben zu lassen. Um dich kennenzulernen.«

»Aber *warum?*« Sie war laut geworden.

»Warum, warum, warum!« Er lächelte. »Ich wollte dir zeigen, was in Alexanders Kopf vor sich geht.«

»Alex tötet keine Menschen.«

»Doch! Er tötet immer denselben. Und mit jeder neuen Fantasie, in der mein Vater starb, verschwand eine weitere Stimme in seinem Kopf. Bis nur noch Janus übrig blieb. Und du!«

Hannah schwieg. Aurel war noch nicht fertig, das spürte sie.

»Auf dich wartet jetzt eine wichtige Aufgabe«, fuhr er schließlich fort. »Ich habe dir gezeigt, was in seinem Kopf vorgeht, damit du das niemals vergisst und denjenigen zur Rechenschaft ziehst, der dafür verantwortlich ist.«

»Deinen Vater!«

Aurel nickte. »Du bist jetzt mein Racheengel. So wie ich der von Alexander war. Ich gebe den Staffelstab weiter an dich. Trage die Geschichte hinaus in die Welt. Je mehr du mich verteufelst, desto besser. Denn am Ende jeder Geschichte steht die Frage, wie konnte das nur passieren? Wie ist so etwas nur möglich?« Er machte eine Pause. »Willst du die Antwort wissen?«

Hannah nickte. Deshalb war sie hier.

»Monster werden erschaffen. Von Leuten wie meinem Vater. In New York bin ich Typen begegnet, die Existenzen zerstört haben, skrupellos. Mit einem Fingerschnippen. Echte Psychopathen, aber sie trugen keine Handschellen, sondern teure Anzüge mit Nadelstreifen.« Er atmete tief ein, ehe er das Visier wieder herunterklappte. »Mache aus mir ein Monster, Hannah, erzähle jedem, was passiert ist. Schreibe einen Bestseller. Vergiss nie, was du hier erlebt hast. Und dann erinnere die Welt daran, wer Schuld daran hat: Professor Dr. Andreas Zargert, der seine Kinder als Versuchskaninchen missbraucht hat.«

Dumpfe Geräusche drangen von oben aus der Kirche zu ihnen herab.

»Die Polizei ist da«, sagte Hannah.

Aurel machte einen Schritt auf sie zu und streckte die Hand aus. »Gib mir den Finger.«

Sie riss ihre Pistole hoch. »Du bleibst, wo du bist! Dann werden sie ihn dir wieder annähen.«

Nun, da er einen Schritt vorwärts gemacht hatte, konnte Hannah auch sehen, was Aurel in der linken Hand hielt – eine Pistole, und ihr Lauf richtete sich auf sie.

»Gib. Ihn. Mir!« Er betonte jedes einzelne Wort.

Hannah hatte noch nie in ihrem Leben mit einer Schusswaffe geschossen, geschweige denn auf einen Menschen, aber in dem Augenblick, als Aurel einen weiteren Schritt auf sie zu machte, krümmte sie instinktiv den Finger am Abzug. Die Patrone im Lauf explodierte, der Rückschlag riss die Waffe in ihrer Hand nach oben, der zweite Schuss löste sich von allein, und die Kugel schlug in die Decke ein.

Aurel taumelte. Hannah hatte ihn in die Brust getroffen. Wieder war es ihr Überlebensinstinkt, der das Kommando übernahm. Sie fuhr herum, sprintete zur Treppe, als hinter ihr Schüsse losgingen, die neben ihr in Pfeiler und Wand krachten. Steinsplitter flogen, sie spürte, wie sie in ihre Wange schnitten, da hatte Hannah die Treppe erreicht.

Gleich drei Stufen auf einmal nahm sie, stürzte, rappelte sich blitzschnell wieder auf und stürmte weiter nach oben. Die Pistole hielt sie fest in der Hand. Als sie hinter dem Altar in die Kapelle gelangte, wurde sie von grellem Licht geblendet. Sie hielt sich die Hand mit der Pistole schützend über die Augen, um etwas zu erkennen.

»Waffe runter!«, schrie jemand. »Auf den Boden!«

Sofort ließ Hannah die Waffe fallen, im selben Moment packten starke Hände ihre Schultern und Arme und rissen sie zu Boden. Das tat weh, doch Hannah ließ alles widerstandslos über sich ergehen. Zwei Männer tasteten sie ab, wieder blendete sie der Schein einer Taschenlampe.

»Es ist die Frau«, sagte einer der Männer.

Sie halfen Hannah wieder auf die Beine, und nun sah sie, mit wem sie es zu tun hatte, mit Männern ganz in Schwarz. Sie trugen kugelsichere Westen und Helme mit Gesichtsschutz. Neben dem Schriftzug »Polizei« war ein pinkes Fähnchen angebracht, und jetzt verstand Hannah, was die letzten Worte zwischen Aurel und Phil zu bedeuten hatten. Das Fähnchen war ein Erkennungszeichen, das zur Uniform gehörte. Aurel sah haargenau so aus wie die anderen Beamten des Sondereinsatzkommandos.

»Sind Sie verletzt?«, fragte der Mann, der vor ihr stand.

Sie schüttelte den Kopf.

»Ist Ihr Name Hannah Preuss?«

Sie nickte.

Der Beamte sprach in sein Mikro. »Es ist die Zielperson: Hannah Preuss. Sie ist unverletzt.« Er bekam über Funk eine Antwort, die Hannah nicht hören konnte.

»Wo ist Janus?«, fragte der Beamte.

»In der Krypta.« Hannah zeigte zu der Stelle, wo sie

heraufgekommen war. »Er ist bewaffnet. Und er trägt die gleichen Klamotten wie ihr. Auch das pinke Fähnchen.«

Der, den Hannah für den Teamleiter hielt, gab diese wichtige Information sofort über Funk durch, während auf sein Geheiß drei vermummte Beamte mit Maschinenpistolen in die Krypta hinabstiegen. Nach vielleicht einer Minute kamen sie wieder die Stufen nach oben.

»Da ist niemand«, sagte einer von ihnen.

»Er muss da sein«, rief Hannah. »Oder es gibt noch einen anderen Weg.«

Der Teamleiter zögerte, dann erteilte er den nächsten Befehl. »Sehen wir noch einmal nach. Sie kommen mit, Frau Preuss.«

Der Teamleiter ging mit zwei Beamten voran. Hannah und ein weiterer Beamte folgten ihm.

Die Krypta wirkte wie unberührt. Nur die verstreuten Patronenhülsen und die Einschusslöcher in der Wand und an den Säulen erinnerten an die Geschehnisse vor nicht einmal drei Minuten. Von Aurel jedoch fehlte jede Spur.

»Er stand genau hier, an den Pfeiler gelehnt.« Hannah zeigte ihnen die Stelle. Die SEKs hatten nur eine Erklärung und versuchten, die schweren Grabplatten auf dem Boden zu verschieben. Bei der dritten gelang es ihnen, und ein Loch tat sich vor ihnen auf. Der Teamleiter leuchtete hinein. In dem Moment gab es eine gewaltige Explosion, eine Staubwolke schoss aus dem Loch in die Krypta, da lag Hannah schon auf dem Boden und hustete.

»Ist jemand verletzt?«, schrie der Teamleiter.

Hannah rappelte sich auf, sah durch die staubige Luft, wie die Daumen der anderen Männer nach oben gingen. Sie tat es ihnen nach.

Der Teamleiter sprach in sein Funkgerät. »Zielperson nicht angetroffen. Es gibt einen geheimen Ausgang, aber der Gang wurde gesprengt, wir können nicht hinein.«

Hannah wusste, was das bedeutete.

Aurel war entkommen.

KAPITEL 54

Melissa saß auf einer Trage, während die Ärzte ihre Schusswunde am Knie versorgten. Hannah winkte ihr zu, bevor Melissa samt Trage in einen Rettungswagen geschoben wurde, der kurz darauf mit Blaulicht davonfuhr.

Hannah blieb zurück, bei zwei Kommissaren, die sich als Bernd Kappler und Eva Dahlhaus vorgestellt hatten.

Der Kommissar hörte auf etwas, das in seinem Ohr gesagt wurde, und blickte dann zu seiner Kollegin.

»Haben sie ihn gefasst?«, fragte Hannah.

Kappler schüttelte den Kopf. »Nein, sie durchkämmen weiter das Areal.«

»Sie werden ihn auch nicht fassen«, sagte Hannah.

»Mit Ihrer Hilfe vielleicht schon«, sagte Kappler. »Keiner kennt ihn so gut wie Sie. Wann können wir reden?«

Hannah überlegte kurz. Sie war unendlich müde, jetzt, da ihr Körper das Adrenalin abgebaut hatte. »Geben Sie mir einen Tag. Dann werde ich Ihnen alles erzählen.«

Kappler nickte. »Es bringt Sie jemand nach Hause oder wohin Sie wollen. Sie stehen unter Polizeischutz, die ganze Zeit. Rufen Sie uns morgen bitte an, wenn Sie so weit sind.«

Er gab ihr seine Visitenkarte, und sie verabschiedeten sich.

Kaum dass die beiden außer Sichtweite waren, befühlte

Hannah die rechte Beintasche ihrer Cargohose. Sie hatte die Gartenschere zurückgelassen. Etwas anderes jedoch nicht.

VIER WOCHEN SPÄTER

Die Mexican Bar war für diese Uhrzeit noch gut besucht. Zehn junge Männer belagerten den größten Tisch, den es im Restaurantbereich gab, und sorgten für ordentlich Stimmung. Wie Hannah erfahren hatte, gehörten sie alle zu einem Wasserballteam. Die Jungs hatten kaum etwas unversucht gelassen, um Hannah zu einem Drink einzuladen, aber sie war standhaft geblieben. Nun brachte sie die Rechnung, die Wasserballer gaben ein anständiges Trinkgeld, und Hannah bedankte sich lächelnd. Gerade als sie ihnen den Rücken zuwenden und zurück zur Bar gehen wollte, sprach einer der Spieler sie an.

»Entschuldigung! Kann es sein, dass ich dich schon mal im Fernsehen gesehen habe?«

Hannah lächelte. »Nein, da verwechselst du mich mit jemand.«

»Sicher?«

»Absolut. Ich meide Fernsehkameras, wo immer ich welche sehe«, sagte sie und ging ohne ein weiteres Wort zur Theke.

Die Truppe verließ lautstark die Bar, einige andere Gäste, die sich gestört fühlten, schien das zu freuen. Die Küche hatte bereits geschlossen, Jamal und Heike machten sauber. Der Abend neigte sich dem Ende entgegen, aber es war noch zu früh, die Tür von innen abzuschließen.

Der Wasserballspieler hatte ein gutes Auge gehabt. Hannah wich so gut es ging jeder Kamera aus, aber es gelang ihr nicht immer. Die Fernsehpräsenz hatte sie ihrer Mitstreiterin überlassen. Melissa kostete die Publicity aus, hatte sich sogar einen PR-Manager genommen, der für sie Verträge machte und gute Honorare forderte. Im Gegenzug musste Melissa Interviews geben, erschien in Talkshows, berichtete immer und immer wieder über das Massaker in den Escape Rooms. Aurel alias Janus war allgegenwärtig in den Medien. Nicht zuletzt, weil es so unbegreiflich schien, dass jemand insgesamt acht Menschen auf solche Art tötete. An Amokläufe hatte sich die Gesellschaft inzwischen gewöhnt, ebenso an Attentate. Aber ein Massaker in einem Escape Room war neu – und die Medien stürzten sich auf den Fall. Hannah allerdings versalzte ihnen die Suppe. Denn lieber noch hätten die Fernsehleute und Journalisten über sie berichtet, über die Studentin, die das letzte Gespräch mit dem Psychopathen geführt hatte. Aurel war untergetaucht, immer noch auf der Flucht, obwohl die ganze Welt nach ihm suchte. Sogar beim FBI stand er auf der Fahndungsliste. Es gab zahlreiche Spuren und Anhaltspunkte, wo er sich aufhalten könnte, aber jeder Zugriff erwies sich als Fehlschlag. Aurel spielte weiter. Was sein Aussehen betraf, gab es detaillierte Bilder, aber auch die halfen wahrscheinlich nicht viel. Heutzutage konnte man biometrische Daten durch plastische Chirurgie unbrauchbar machen.

Sein Vater, Professor Dr. Andreas Zargert, saß wegen Verdunklungsgefahr in Untersuchungshaft. Er hatte ein

Teilgeständnis abgelegt und zugegeben, dass er seine Kinder für ein Langzeitexperiment missbraucht hatte. Der fehlende Teil, die Lücken, an die der Professor sich angeblich nicht mehr erinnern konnte, wurde durch Aurels Bruder Lovis gefüllt. Er war extra aus Australien angereist, um den Ermittlern dienlich zu sein.

Die Recherchen ergaben, dass Aurel bis kurz vor dem Massaker noch engen Kontakt zu seinem Vater gepflegt hatte, und die Ermittler glaubten, dass Professor Zargert etwas hätte ahnen müssen. Zumindest von dem Moment an, als die sieben Teilnehmer und Hannah Preuss spurlos verschwunden waren. Das Zögern des Professors konnte bestenfalls als unterlassene Hilfeleistung gewertet werden, womöglich würde der Staatsanwalt sogar auf eine Mittäterschaft pochen. Egal, welche strafrechtlichen Konsequenzen auf Zargert warteten, er war schon jetzt ruiniert. Die Universität hatte ihm gekündigt, sein Verlag zog alle Bücher aus dem Handel zurück, um sie dem Altpapier zuzuführen.

Hannah hatte kein Mitleid mit ihm, konnte sich aber auch nicht darüber freuen. Sosehr sie den Professor verachtete, war ihr bewusst, dass genau dies zu Aurels Plan gehörte. Janus hatte gewonnen, auf ganzer Linie. Nur eine Person verweigerte sich seinem weiteren Spiel: Hannah. Sie gab keine Interviews, lehnte Fernsehanfragen ab und verzichtete auf sehr viel Geld. Sie machte Melissa keine Vorwürfe, dass sie die Chance ihres Lebens nutzte. Schließlich hatte Melissa auch einiges durchgemacht und wie durch ein Wunder überlebt. Die beiden trafen sich hin und wieder, heimlich – unter Ausschluss der Öffentlichkeit.

Die Tür ging auf, ein weiterer Gast trat ein. Er trug einen

langen dunklen Mantel, Schal und einen Hut, der sein Gesicht verdeckte. Hannah erkannte ihn sofort. Bernd Kappler nahm den Hut ab, lächelte zur Begrüßung und zog den Mantel aus. Er setzte sich auf einen Barhocker, legte den Hut auf den Tresen, Mantel und Schal auf den Hocker neben sich.

»Wie geht es dir?«, fragte er Hannah.

Schon im Laufe der ersten Befragung hatte er ihr das Du angeboten.

»Gut. Und selbst?«

Er nickte einmal. »Viel zu tun, wie du dir denken kannst.«

Es war Freundschaft auf den ersten Blick gewesen. Während seine Kollegin Eva Dahlhaus sich etwas spröde und pflichtbewusst gab, hatte Kappler Fürsorge spüren lassen. Wenn Hannah ihn ansah, hatte sie das Gefühl, in die Augen ihres Vaters zu blicken, der viel zu früh gestorben war. Kappler zwang Hannah zu nichts, sie konnte ihr Herz ausschütten oder schweigen. Seine Taktik war aufgegangen. Hannah hatte ihm alles erzählt, zumindest glaubte er das.

Kappler strahlte eine unglaubliche Ruhe aus. Er war ein Typ, fand Hannah, den man an seiner Seite haben möchte, wenn es brenzlig würde. Sie hatte auf seinen Rat hin zugestimmt, sich von der Polizei digital überwachen zu lassen, in den ersten Wochen war sie sogar observiert worden. Kappler hatte ihr garantiert, dass dies nur ihrer Sicherheit diene und Hannah die Kontrolle behalte. Sie dürfe die Observation jederzeit abbrechen, hatte er ihr zugesagt, was Hannah irgendwann dann auch so wollte. Jetzt hatte sie nur noch einen Notfallsender in der Handtasche, der direkt auf die Einsatzleitstelle der Polizei geschaltet war. Ein Knopfdruck, und ihre GPS-Koordinaten würden übermittelt und Himmel und Hölle in Bewegung gesetzt werden.

Die beiden waren schon so weit, dass sie nicht nur über den Fall redeten. Kappler trank zwei Flaschen Corona kurz nacheinander, er war außer Dienst und hatte sein Auto zu Hause gelassen. Jamal und Heike waren fertig in der Küche und verabschiedeten sich. Es wurde leerer in der Bar.

Nachdem der letzte Gast gegangen war, schloss Hannah gewohnheitsmäßig hinter ihm die Tür ab. Nun war sie mit Kappler allein und begann hinter der Theke sauber zu machen. Sie schüttete ein Weizenglas voll mit Wasser über die Schankanlage. Genau wie an dem Abend, als Aurel ihr gegenübergesessen hatte.

»Schaust du dir Melissa hin und wieder im Fernsehen an?«, fragte Kappler und sah zu, wie sie die Theke säuberte.

»Nein. Ich schalte jedes Mal um, wenn das Thema kommt. Warum?«

»Sie erzählte neulich die Geschichte mit dem Zeigefinger.«

Hannah nickte, sah ihn fragend an. Sie hatte ihm die Umstände, wie es dazu gekommen war, genau berichtet.

»Der Finger ist verschwunden«, sagte er.

Hannah nickte. »Aurel hat ihn mitgenommen. Vielleicht wollte er ihn sich wieder annähen lassen.«

Kappler schwieg, starrte sie nur an. Er schien zu warten.

Hannah senkte den Blick. »Was denn?«

»Melissa hat bei uns genau dasselbe ausgesagt, aber im Fernsehen ist ihr eine Bemerkung rausgerutscht.«

»Was für eine Bemerkung?«

»Ich kann mich nicht mehr an den Wortlaut erinnern. Aber mir schwante danach etwas.« Er machte eine kurze Pause. »Hannah, hast du seinen Finger behalten?«

Sie nickte, ohne zu zögern.

Er sah sie irritiert an. »Warum? Sag es mir!«

»Weil ich hoffe, dass Aurel sich bei mir meldet, um ihn sich zu holen. Ich lagere ihn in Formalin, er ist noch gut erhalten.«

Kappler verzog das Gesicht. Hannah wusste, worin für ihn das Problem lag. Er war Kommissar, und er musste jede Straftat verfolgen.

Kappler beugte sich vor. »Ich muss dir nicht sagen, dass du dich damit strafbar gemacht hast, oder? Aber ich werde mal so tun, als hätte unsere Unterhaltung nie stattgefunden. Wie kommst du darauf, dass Aurel sich bei dir melden wird? Glaubst du wirklich, dass er nur wegen eines Fingers seine Deckung verlässt und sich der Gefahr aussetzt, gefasst zu werden?«

Hannah nickte. »Ich bin mir sicher, dass er es tun wird. Vielleicht noch nicht heute oder morgen – aber irgendwann. Unser letztes Gespräch ist nicht in seinem Sinne verlaufen. Er konnte sein Spiel nicht wie geplant zu Ende bringen, und wenn er seine rechte Hand anschaut, wird er jedes Mal daran erinnert. Er mag nach Punkten gewonnen haben, aber der letzte Punkt, der an mich ging, dürfte seinem Ego schwer geschadet haben.«

Kappler kratzte sich den Dreitagebart. »Würdest du mir Bescheid geben, wenn Aurel sich meldet?«

Hannah schüttete noch ein volles Weizenglas mit Wasser über den Ablauf der Zapfanlage, dann sah sie Kappler ernst an. »Nur unter einer Bedingung.«

»Die da wäre?«

Sie öffnete noch eine Flasche Corona, steckte ein Stück Limette in den Flaschenhals und stellte das Bier vor ihn auf den Tresen.

»Danke«, sagte Kappler. »Und die Bedingung?«

»Ein üppiges Trinkgeld.«

Sie hob ihr Glas mit Cola, er seine Flasche, sie prosteten sich zu und tranken.

Hannah wurde wieder ernst. »Wenn ich mich noch mal auf ein Spiel mit Aurel einlasse, möchte ich gewinnen. Er soll für den Rest seines Lebens im Knast verrotten.«

Kappler nickte. »Das will ich auch.«

Hannah glaubte ihm zwar, aber sie hatte Zweifel an seinen Methoden. »Du bist Kommissar, du musst dich an Regeln und Vorschriften halten. Ich nicht. Die Erfahrung hat gezeigt, dass Aurel auch mit euch sein Spielchen gespielt hat. Ich denke da nur an Anton.«

Hannah hatte ihren Kommilitonen nicht mehr gesehen, seitdem sie in Freiheit war. In ihren Augen hätte er einige Morde verhindern können. Natürlich war sein Handeln in gewisser Weise nachvollziehbar, er hatte Angst um Hannah gehabt, aber das rechtfertigte nicht so viel Dummheit. In diesem Punkt war Hannah sich mit Kappler einig, in einem anderen nicht. Hannah hatte auch Schuldgefühle, die der Kommissar ihr auszureden versuchte. Er hielt jedes Mal dagegen, wenn Hannah mit ihrem »Hätte, Wenn und Aber« anfing – wäre sie schneller auf Ricks wahre Identität gestoßen und hätte sie sich früher erinnert, wäre Aurels Plan gescheitert, Sepan oder Leon hätten ihn überwältigen können. Leon wusste womöglich, wie man jemanden folterte und ihn dazu zwang, die Tore zu öffnen. Aber Hannahs

Erinnerungen waren erst im letzten Raum zurückgekehrt. So etwas konnte noch nicht mal Aurel geplant haben. Temporäre Amnesie ließ sich nicht steuern. Ein unerforschtes Terrain. Genau darin hatte wohl der Reiz des Spiels gelegen, zumindest für Aurel. Mit Phils Hilfe wäre er vielleicht entkommen, aber das Spiel hätte Aurel verloren gehabt. Und um das Spiel ging es ihm, dessen war Hannah sich sicher. Alles andere, seine Philosophie, die er von sich gegeben hatte, diente wohl mehr der inneren Rechtfertigung und war für die Nachwelt gedacht, die sich darüber den Kopf zerbrechen sollte. Hannah hatte ihn durchschaut: Aurel war ein Menschenfeind. Genau wie sein Vater, nur viel extremer. Die Teilnehmer waren der Pöbel gewesen, während Aurel alias Janus in der Loge gesessen und gottgleich den Daumen nach unten gesenkt hatte, um das Schicksal der Gladiatoren zu besiegeln. Seinen Daumen hatte Aurel noch, der Zeigefinger war ihm abhandengekommen, zumindest zur Hälfte.

Kappler stellte die Flasche ab und reichte die Hand herüber. »Deal. Wir spielen nach deinen Regeln.«

Sie schlug ein.

Kappler fuhr Hannah mit dem Taxi nach Hause. Das Taxi wartete so lange, bis Hannah das Wohnhaus betreten und die Haustür hinter sich geschlossen hatte.

Sie schaltete das Licht im Treppenhaus an. Eigentlich musste sie nicht in den Briefkasten sehen, das hatte sie heute Mittag schon gemacht, aber aus dem Schlitz ragte ein Werbeprospekt von einem Pizzaservice. Sie zog ihn heraus, wobei sich die Klappe des Briefkastens öffnete. Sie war nicht verschlossen. Habe ich vergessen, sie zu verschließen? Sie zuckte die Schultern. Schon möglich, auch wenn ihr das eher selten passierte. Und das Schloss sah intakt aus, war nicht aufgebrochen worden. Hannah schloss den Briefkasten ab, ging die Stufen nach oben und hörte ihre eigenen Schritte. Aus der Wohnung im ersten Stock drangen Fernsehgeräusche ins Treppenhaus, dort wohnte ein Student, der die Nacht manchmal zum Tag machte.

Sie erreichte ihre Wohnungstür, schloss auf, trat in die Diele, schaltete das Licht ein, zog die Jacke aus und hängte sie an die Garderobe.

Dann machte Hannah einen obligatorischen Kontrollgang, wie sie es seit vier Wochen immer tat. Alles lag an seinem Platz, es war nichts verschwunden, nichts hinzugekommen.

Plötzlich stutzte sie. War das Einbildung, oder nahm sie einen fremden Geruch wahr? Einen süßlichen Geruch, den sie nie im Leben vergessen würde? Sofort suchte sie in ihrer Handtasche nach dem Notfallknopf, löste ihn aber nicht aus. Noch nicht.

»Bist du da?«, rief sie in Richtung Wohnzimmer.

Es kam keine Antwort.

Im Wohnzimmer war es dunkel, abgesehen von dem Licht, das von der Diele hereinfiel. Die LED-Leuchten vom Fernseher und einer Mehrfachsteckdose mit rotem Schalter erhellten den dunklen Raum. Der Geruch war hier intensiver als in der Diele. Hannah betätigte den Lichtschalter, in der Erwartung, dass Aurel vor ihr stehen würde.

Das Wohnzimmer war leer.

Hannahs Blick schweifte umher, es gab nichts, das ihr auf Anhieb auffiel. Sie ging weiter zum Schlafzimmer, der

Geruch ließ nach. Im Schlafzimmer war nichts Auffälliges, genauso wenig im Bad und in der Abstellkammer. Die ganze Zeit über ruhte Hannahs Finger auf dem Notfallknopf.

Hannah ging zum Wohnzimmer zurück. Sie wollte nicht in Paranoia verfallen, aber der Geruch seines Aftershaves war nicht wegzuleugnen, er schwebte in der Luft.

Einen Augenblick lang blieb sie in der Wohnzimmertür stehen, dann stürmte sie hinein und sah hinter die Tür, wo sich die kleine Küchenzeile befand. Auch dort: niemand; es sei denn, er hätte sich im Backofen versteckt. Hannah musste über sich selbst lachen, als sie für alle Fälle auch dort nachschaute. Kaum hatte sie die Backofenklappe geöffnet, erstarrte sie.

Auf dem Backblech in der mittleren Schiene lag ein braunes Kuvert in der Größe DIN-A5. Vorsichtig nahm sie den Umschlag in die Hand, er war nicht schwer. Mit zittrigen Händen öffnete sie ihn. Ein Briefbogen kam zum Vorschein. Doch da war noch etwas anderes. Sie zog das Papier heraus und drehte den Umschlag um. Ein eingeschweißtes Plastiktütchen fiel auf die Arbeitsplatte der Küche. Auf den ersten Blick hätte es Marihuana sein können, aber bei näherer Betrachtung erkannte Hannah, dass es Blumensamen waren.

Sie faltete den Briefbogen auseinander. Das Papier war mit Tinte beschrieben, in krakeliger Schrift. Aurel musste wohl erst lernen, mit der linken Hand zu schreiben. Hannah konnte den Text trotzdem entziffern.

»Noch vor Romulus und Remus war ein Gott König. Er hieß Janus und hatte zwei Gesichter. Zu seiner Zeit brauchten die Häuser keine Türen, weil ihre Bewohner nichts zu

befürchten hatten. – Du hast nichts zu befürchten, wenn du mir wiedergibst, was du mir genommen hast.«

Anstatt einer Unterschrift war der Brief mit neun Fingerabdrücken unterzeichnet, die auf altmodische Weise mit einem Stempelkissen zu Papier gebracht worden waren. Der Zeigefinger der rechten Hand fehlte. Darunter gab es ein Postskriptum: *»Im Winter unter dem tiefen Schnee liegt der Samen, der durch das Licht der Frühlingssonne zur Rose wird. Pflanze ihn, und stelle die Blume ans Fenster. Dann weiß ich, dass du gewillt bist.«*

Hannah lächelte. Ihr Plan hatte funktioniert.

Sie war wieder im Spiel.

DANKSAGUNG

Ende letzten Jahres, als Corona nur eine Biersorte war, bekam ich die Einladung zu einem Escape Room. Zu dem Zeitpunkt ahnte ich nicht, dass ich dort ein spannendes, aber auch herausforderndes halbes Jahr verbringen würde, bis das letzte Rätsel gelöst war und die Tür sich wieder öffnete.

Zum Glück war ich in dieser Zeit nicht allein, sondern hatte Mitspieler, bei denen ich mich an dieser Stelle ganz herzlich bedanken möchte. Jedem von ihnen überreiche ich hiermit eine persönliche »Bordkarte«, auf der die besonderen Fähigkeiten festgehalten sind.

Als Erster wäre da mein Agent Lars Schultze-Kossack, auf dessen Bordkarte *Gelassenheit* steht. Er öffnete mir die Tür zu diesem Raum.

Und die erste Mitspielerin, die mich dort erwartete, war Judith Mandt, meine Lektorin beim Ullstein Verlag. Ihr überreiche ich die Bordkarte für *Präzision* und *Genauigkeit*. Ich selbst bin eher der intuitive Typ, aber Intuition allein, wenn man die Ideen nicht hinterfragt, führt im Escape Room eher selten zur richtigen Lösung. So bildeten wir ein gutes Team und haben eine Tür nach der anderen aufgestoßen.

Heike Fiene war meine Sparringspartnerin, ihre bevorzugte Technik ist die linke Gerade ohne Vortäuschen. Auf ihrer Bordkarte steht eindeutig *Inspiration*. Sie half mir auch sehr bei der Namensfindung, was nicht so einfach ist, wie viele Leser denken.

Für die Ausgestaltung einiger Räume brauchte es einen Designer, den ich wieder mal in meinem langjährigen Freund Hubertus Erfurt gefunden habe. Auf seiner Bordkarte steht *Intellekt*. Er führte mich unbeschadet durch die Französische Revolution (mein Kopf ist noch dran).

Abschließend sei noch die eine Person erwähnt, die nicht als Mitspieler fungierte, der ich aber die meisten meiner psychologischen Kenntnisse zu verdanken habe: Dr. phil. Harald Krauß, der leider viel zu früh verstorben ist.

Allen noch einmal vielen Dank, und ich freue mich bereits auf weitere Mitspieler im nächsten Escape Room.

Marc Meller, Nordstemmen im Juni 2020